rororo

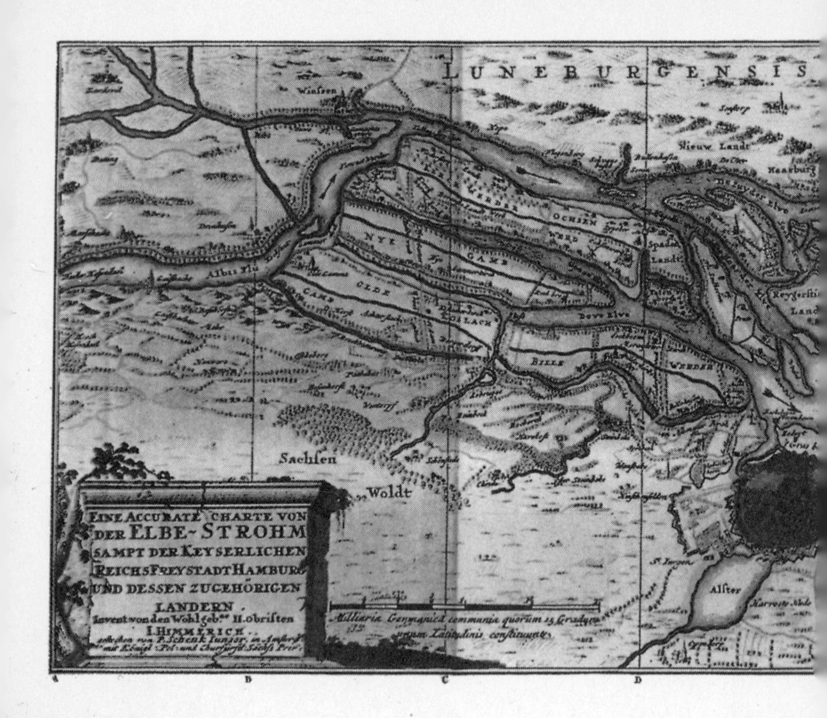
LUNEBURGENSIS
EINE ACCURATE CHARTE VON
DER ELBE-STROHM
SAMPT DER KEYSERLICHEN
REICHS FREYSTADT HAMBURG
UND DESSEN ZUGEHÖRIGEN
LANDERN.
Invent von den Wohlgeb. H. obristen
I. HIMMERICH.
Sachsen
Woldt
OCHSEN
WERDER
NYE
CAMP
OLDE
BILLE
WERDER
Alster
Nieuw Landt
Haarburg
Milliaria Germanica communia quorum 15 Gradum
unum Latitudinis constituunt
A
B
C
D

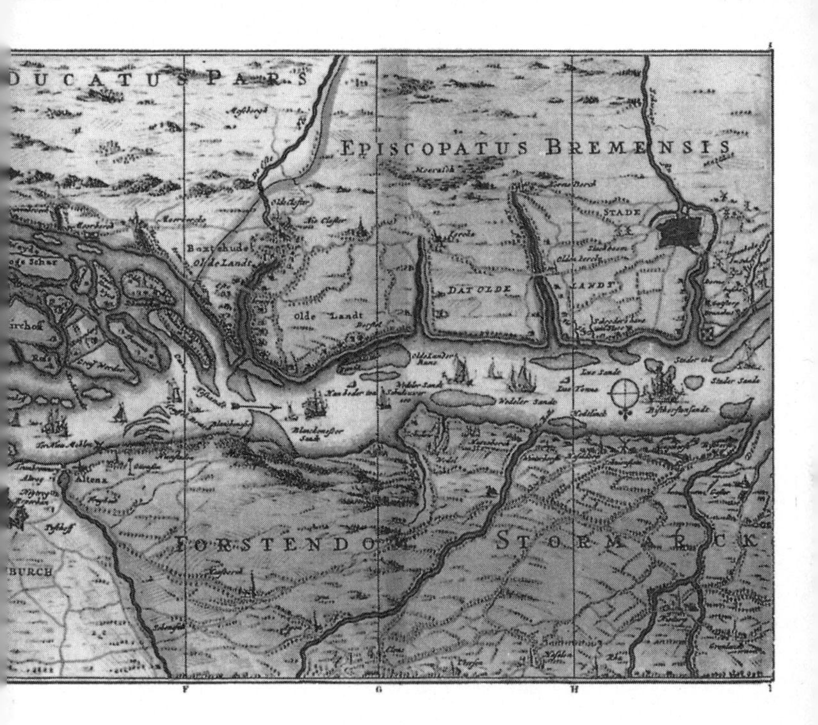

DUCATUS PARS
EPISCOPATUS BREMENSIS
STADE
DAT OLDE
LANDT
olde Landt
Altena
FORSTENDOM
STORMARCK
BURCH
F
G
H
I

rororo

PETRA OELKER

Die ungehorsame Tochter

EIN HISTORISCHER KRIMINALROMAN

ROWOHLT TASCHENBUCH VERLAG

Originalausgabe
Veröffentlicht im Rowohlt Taschenbuch Verlag
GmbH, Reinbek bei Hamburg, November 2000

Umschlaggestaltung C. Günther/W. Hellmann
(unter Verwendung eines Ausschnitts des Gemäldes
«Blick von Baurs Park nach Hamburg»,
1811, von Ludwig Philipp Strack [1761–1836])
Karten Seite 20/21 und 52/53:
D. Ahmadi/P. Palm, Berlin
Historische Elbkarten Seite 2/3 und 398/399:
Altonaer Museum, Hamburg
Satz Caslon 540 (Linotype) bei
Pinkuin Satz und Datentechnik, Berlin
Druck und Bindung Clausen & Bosse, Leck
Printed in Germany
ISBN 3 499 22668 5

Die Schreibweise entspricht
den Regeln der neuen Rechtschreibung.

Das eben ist der Fluch der bösen Tat,
dass sie, fortzeugend, immer Böses muss gebären.

Friedrich Schiller

Das süßeste Glück, das es gibt,
ist das des häuslichen Lebens, das uns enger
zusammenhält als ein andres.

J.-J. Rousseau

Im September 1760

EINE NACHT ENDE SEPTEMBER

Die Hunde! Wenn nur die Hunde nicht bellten. Es waren gute Tiere, wachsam und schnell. Sie waren zu dritt und schienen doch überall zu sein. Wer immer sich dem Hof oder den Gärten, ja selbst dem hinteren Park näherte, wurde von ihnen bemerkt. Und wenn die Hunde bellten, käme der Torwächter, und wenn der Torwächter käme – dann musste sie eben schneller sein.

Sie schloss die Knöpfe der samtenen Kniehose, sie passte genau, und schlüpfte in die Jacke aus dickem wollenen Tuch. Die allerdings war viel zu groß, auch nicht mehr ganz heil, aber warm, und, was noch wichtiger war, der Gärtner würde sie nicht vermissen. Nicht, bevor es kalt wurde. Sie hatte nie zuvor gestohlen und hoffte, Gott werde ihr vergeben. Natürlich auch der Gärtner und der kindliche Diener, dem die Kniehose gehörte. Sie selbst besaß nur Kleider aus Seide, Batist oder feinem Kattun, nicht die richtige Garderobe für das, was heute Nacht beginnen sollte.

Vom Glockenturm des Schlosses auf dem Hügel eine halbe Meile nördlich des Parks klangen zwei dünne Schläge herüber, und sie wusste, dass es nun Zeit war.

Als sie am Abend zu Bett gegangen war, hatte sie gefürchtet, doch einzuschlafen. Aber sie war wach geblieben, all die Stunden, hatte auf die Geräusche der Nacht gehört und von ihnen Abschied genommen. Zuerst von denen des Hauses: Von den selbstbewussten Schritten ihres Vaters auf der Treppe, als er hinauf in sein Schlafzimmer ging, vom Klappen seiner Tür. Gleich darauf folgten die Schritte seines Dieners, kurze, fast militärische Schritte, gleichwohl von angemessener Ergebenheit, bis in seine Kammer unter dem Dach. Aus der Küche im Souterrain klapperten gedämpft die großen kupfernen Töpfe und Pfannen, die die Köchin frisch poliert an die Haken an der Wand über dem Arbeitstisch hängte. Sie hörte die huschenden Füße der Mädchen, hastig unterdrücktes Kichern, schließlich die schwereren der Köchin auf der hinteren Treppe für das Gesinde. Irgendwo schlug ein Fenster zu, alte Dielen knarrten. Dann war es still.

Still genug, das Flüstern des Windes in den Blättern der Bäume und Büsche vor ihrem Fenster zu hören. Sie wartete auf den Schrei der Schleiereule, die in dem alten, schon längst nicht mehr benutzten Backhaus wohnte, doch heute Nacht blieb er aus. Dafür glaubte sie das leise Plätschern des Baches und das sanfte Knarren des großen Wasserrades der Mühle in der Teichsenke zu hören. Das konnte nur ein Spiel der Phantasie sein. In der Nacht stand das Rad still, erst bei Sonnenaufgang würde der Müller wieder mit seiner Arbeit beginnen. Auch das schläfrige Scharren und Schnauben der Pferde im Stall hinter dem Gartenhaus waren nur in ihrem Kopf, Teil der vertrauten Abendmelodie ihrer Kindheit, die heute endgültig zu Ende ging.

Sie hatte gedacht, dass sie in dieser Nacht, besonders in diesen letzten Stunden, zornig sein würde, vielleicht auch angstvoll, gar schwankend in ihrem Entschluss. Sie hatte jedoch nicht erwartet, so traurig zu sein.

Nun lag alles in tiefem Schlummer, selbst der oft schlaflose Mann in seinem großen Bett mit dem schweren Baldachin. Und die Hunde? Sie griff nach dem Bündel auf ihrem Bett, prüfte die Knoten des Tuches und schob entschlossen das kleine rundliche Kinn vor. Sie spürte die Bewegung in ihrem Gesicht, und für einen Moment verflog alle Traurigkeit. Nie wieder würde jemand zu ihr sagen, vor lauter Trotz sei ihr Kinn schon wie das eines Mannes.

Die Schuhe, wie Jacke und Hose gestohlen, ein wenig zu groß und mit Wolllappen ausgestopft, verschwanden in den Taschen ihrer Jacke.

Die Hunde würden ruhig bleiben. Sie kannten sie ihr Leben lang, und sie hatte sie niemals geschlagen oder getreten, wie es der Torwächter manchmal tat. Sie lauschte ein letztes Mal in die Stille des Hauses, sah sich noch einmal in ihrem Zimmer um, atmete noch einmal den vertrauten Geruch von Lavendel, Puder und Melisse, stieg endlich auf das Fensterbrett und glitt sachte an der äußeren Mauer wieder hinunter. Trotz der Myriaden von Sternen war die Nacht dunkel, denn der Mond zeigte nur eine schmale Sichel. Vielleicht wäre es besser gewesen, in einer Neumondnacht zu gehen. Doch sie hatte in der Küche gehört, dass Neumond die Nächte der Straßenräuber waren, auch war ihr die Vorstellung der absoluten Dunkelheit zu schrecklich gewesen.

Der Duft des Gartens, trotz der Kühle des Abends immer noch süß von der Wärme des Tages, umschloss sie tröstlich, als wolle auch er sich verabschieden. Sie zog die Schuhe aus den Jackentaschen, schlüpfte hinein und huschte über den Hof. Zum Glück war nur die Auffahrt zur vorderen Treppe mit knirschenden Kieseln bestreut, so verschwand sie geräuschlos hinter den Rosenbüschen des Lustgartens.

Die Hunde erwarteten sie am Rande der dahinter liegenden, mit Obstbäumen bestandenen Wiese. Sie hörte ihr Knurren schon, bevor sie die schwarzen Körper in der Dunkelheit sah. Sie hockten da, einer neben dem anderen, mit aufgestellten Ohren und schief gelegten Köpfen. Aber sie bellten nicht. Sie kamen heran, rieben ihre struppigen Köpfe an ihren Knien, stupsten ihre Nasen gegen ihre Hände, und der jüngste, schwarz wie die anderen, doch mit einer weißen Blesse auf der Brust, begleitete sie bis zu der Stelle an der Gartenmauer, an der ein kleines, hinter dickem Efeu fast verborgenes Tor ihr den Weg in die Freiheit öffnete. Sie schlüpfte hindurch, und als sie sich ein letztes Mal umsah, glaubte sie die Blesse noch in der Dunkelheit schimmern zu sehen. Sie lauschte auf das winselnde Jaulen des Tieres, wandte sich eilig um und verschwand in der Nacht.

Im Martius
1769

KAPITEL 1

MITTWOCH, DEN 8. MARTIUS,
MORGENS

In der Nacht waren die Pfützen wieder zu kleinen Inseln aus dünnem Eis gefroren. Sie zerbrachen knirschend unter den Stiefeln des Mannes, der, den Kopf gegen die feuchte Nebelluft gesenkt, entlang der Elbe nach Altona ging. Der dumpfe Klang der Stampfbalken in den Trögen der Neumühlener Pulvermühle versickerte schon hinter ihm in dem wattigen Dunst, trotzdem glaubte er noch den Schwefel und die Kohle aus Lindenholz zu riechen. Aber das war unwahrscheinlich, denn es fehlten nur noch wenige Schritte bis zu Butts Leimsiederei. Der Gestank der tagelang in mächtigen Kupferkesseln vor sich hin köchelnden Häute, Knochen und Fischschuppen, der Abfälle der Gerber, Schlachter und Abdecker ließ alle anderen Gerüche umgehend vergessen. Die von der Tranbrennerei vielleicht ausgenommen.

Doch dann fiel ihm ein, dass die Feuer unter den Kesseln in Butts Schuppen in den letzten Wochen kalt geblieben war. Weil Butt bankrott sei, hieß es. Weil er nur noch Leim aus Waltran-Grieben kochen wolle, behauptete hingegen Butt, denn der sei der beste. Was gewiss nicht stimmte, aber tatsächlich konnte der Leimsieder den ausgekochten Walspeck nur bekommen, nachdem die Grönlandfahrer mit ihrer fetten Ware wieder eingelaufen waren. Das würde noch Monate dauern – bis zum Spätherbst. Noch lagen die wuchtigen kleinen Schiffe wie alle anderen in den Häfen fest.

Allerdings nicht mehr lange. Auch wenn es in den letzten Nächten wieder gefroren hatte, wenn auf der Elbe noch Eisschollen trieben, dünn und scharf wie Messer, würden bald Walfänger mit ihren großen Seeschiffen auslaufen. Deren Schiffsbäuche, am Bug innen durch Streben, außen mit Eisenplatten verstärkt, waren für die Meere am Rande der nördlichen Eiswüsten gewappnet, die letzten Schollen im Elbwasser konnten ihnen nichts anhaben. Auf den Schiffen der Walfänger, zumeist Fluiten und Barken, in den Häfen von Hamburg und Altona herrschte schon lange Geschäftigkeit, die Mannschaften waren längst geheuert, und es war nur noch eine Frage weniger Tage, bis die Walfangflotten in Hamburg und Altona Segel setzten.

Falls endlich Wind aufkam, den Nebel vertrieb und die Segel füllte. Seit Tagen schon lag die graue Decke über dem Land, als hielten sie die zahlreichen Arme, in die der breite Fluss sich südöstlich von Hamburg teilte, gefangen. Nur gegen Mittag wurde der Nebel dünner, und gestern hatte sogar die Sonne als matter weißer Fleck durch den Dunst geschimmert.

Zacharias Hörne kroch tiefer in seine dicke Jacke, bohrte die Fäuste in die Taschen und machte längere Schritte. Zwei Fischerknechte kamen ihm mit einer Schubkarre voller neuer Hanfseile entgegen und grüßten mehr als höflich, wie alle den Ältermann der Övelgönner-Neumühlener Lotsen stets grüßten. Er beachtete sie nicht, und die Knechte erzählten später dem Kalkbrenner, Zacharias Hörne sei heute mal wieder in ganz besonderer Stimmung. Wo doch einer, der es so weit gebracht habe wie er, alle Tage bester Laune sein müsste.

Zacharias Hörne war selten bester Laune, und in den vergangenen Monaten erst recht nicht. Sein hitziges Temperament gab ihm in leichten Zeiten die für sein Amt nötige Entschlossenheit und Autorität, in schweren brachte es den zornigen Mann zum Vorschein, der er tatsächlich war. Dieses Frühjahr, genau genommen der ganze letzte Winter schon, war für ihn eine schwere Zeit. Nicht nur wegen der nicht endenden Querelen unter den Lotsen.

Zacharias Hörne hatte noch einen anderen Grund für seinen Grimm: die Familie. Der erzürnte ihn mehr als jeder andere, weil er überflüssig war. Eine Familie hatte ein Oberhaupt, und dem war zu gehorchen. Da gab es nichts zu debattieren. Es war ihm nicht leicht gefallen, Anna, seine einzige Tochter, aus dem Haus zu geben. Aber das war Familienpflicht gewesen, und er hatte keine Sekunde gezögert, als Thea ihn darum bat. Und ebenso keine Sekunde daran gedacht, dass Anna das Leben im Haus seiner Schwester dazu benutzen könnte, ihn so bitter zu hintergehen.

Irgendwo im Dunst vor ihm bellte ein Hund. Das musste der schieläugige schwarze Köter sein, der die Segelmacherei bewachte. Jedenfalls tat er so. Er sah wohl aus wie ein Höllenhund, als Wächter war er trotzdem nicht besser als ein alter Hahn.

Er passierte die Wassermühle, die einst dem kleinen Ort am Elbufer westlich von Altona den Namen gegeben hatte, und schritt an den lang gestreckten niederen Backsteinhäusern vorbei, die Fischer und Lotsen hier für ihre Familien gebaut hatten. Bald darauf erreichte er ein al-

Königstraße
Armenhäuser
Armenkirche
nach Ottensen
Akad. Gym.
Christaneum
Kleine Mühlenstraße
Große Mühlenstraße
Palmaille
van-der-Smissen-Weg
Dreyerstraße
Auf dem
Sandberg
Elbstraße
nach Neumühlen
Elbe

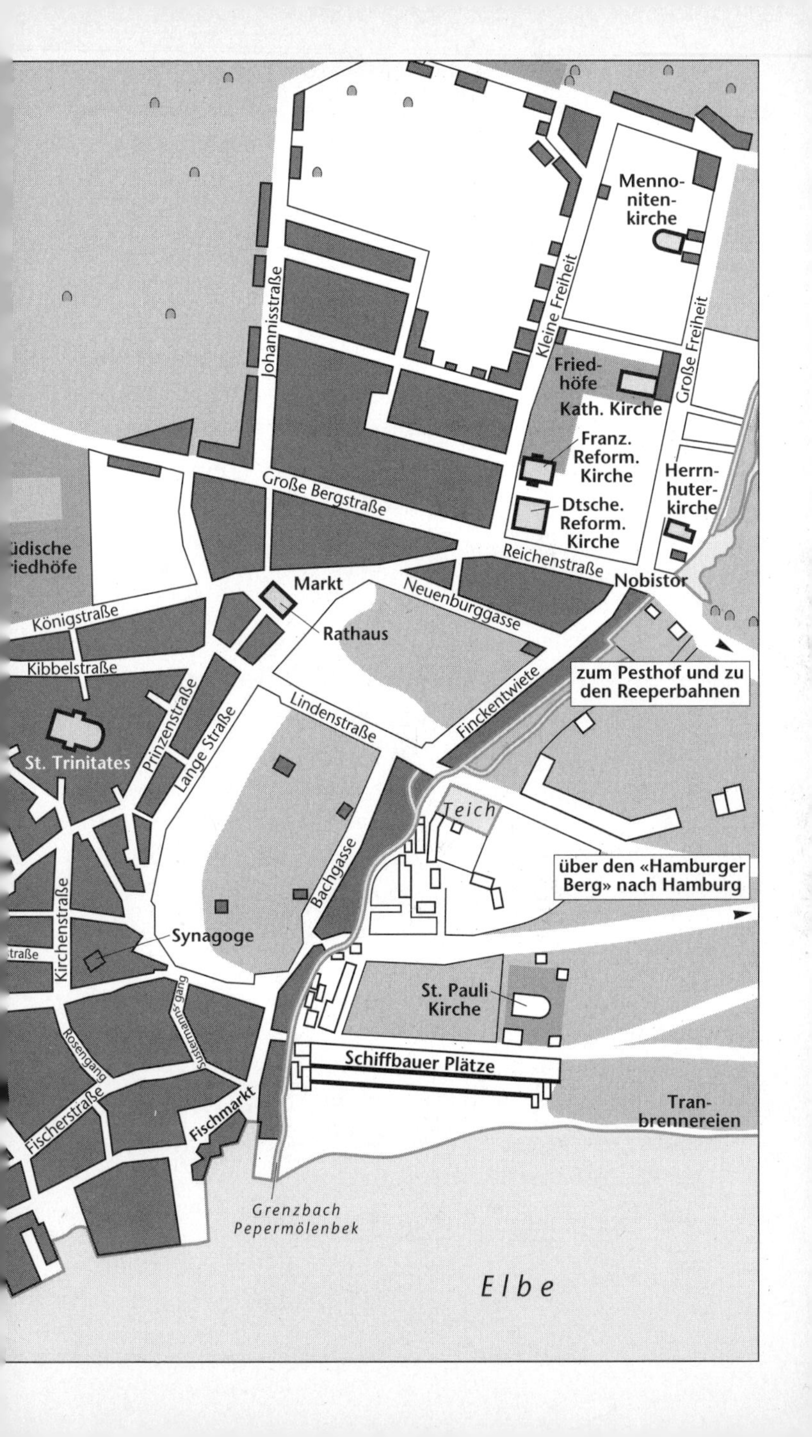
Menno-
niten-
kirche
Johannisstraße
Kleine Freiheit
Große Freiheit
Fried-
höfe
Kath. Kirche
Franz.
Reform.
Kirche
Herrn-
huter-
kirche
Große Bergstraße
Dtsche.
Reform.
Kirche
Reichenstraße
Nobistor
Markt
Neuenburggasse
Rathaus
Königstraße
Kibbelstraße
zum Pesthof und zu
den Reeperbahnen
Finckentwiete
Lindenstraße
Prinzenstraße
Lange Straße
St. Trinitates
Teich
über den «Hamburger
Berg» nach Hamburg
Bachgasse
Kirchenstraße
Synagoge
St. Pauli
Kirche
Rosengang
Schiffbauer Plätze
Tran-
brennereien
Fischerstraße
Fischmarkt
Grenzbach
Pepermölenbek
Elbe

lein stehendes, tief unter sein Reetdach geducktes Haus, das den vorigen bis zu den blau gemalten Fensterrahmen glich.

Er blieb stehen, zog die Schultern hoch, sah noch einmal zurück und klopfte. Er trat nicht einfach ein, wie es Sitte und bei Verwandten überall selbstverständlich war, sondern wartete, dass ihm die Tür geöffnet werde.

Ungeduldig rieb er die Fäuste aneinander, wandte sich um und sah hinunter zum Fluss. Der Nebel war immer noch so dick, dass Zacharias die breite Wasserfläche, keine zweihundert Fuß entfernt, nur erahnen konnte. Die Elbinseln, im Sommer grüne Idylle von saftigem Gras und Gebüsch und voller Vieh, jetzt noch bis auf die bewohnten größeren öde, grau und verlassen, verbargen sich vollends im Nebel.

Er atmete tief, doch der Zorn, der beim Blick auf diese trügerische Nebelwelt, Schrecken eines jeden Seemanns auf See, noch stärker in ihm aufstieg, ließ sich nicht so einfach verschlucken. Er glaubte das Eintauchen von Rudern zu hören und trat einige Schritte vor. Wer konnte verrückt genug sein, an so einem Morgen aufs Wasser zu gehen? Zwar hatte man beschlossen, mit dem Ausloten der Elbe fortzufahren; die Winterstürme, besonders die des Februars, hatten die Sände im Fluss verschoben, und die Lotsen brauchten genaue Auskünfte über die Veränderung des Fahrwassers. Bei diesem Wetter war das aber mehr als dumm. Auch der erfahrenste Pilot verlor bei dichtem Nebel schnell die Orientierung, und es war immer noch kalt genug, um im Labyrinth der Flussarme, Sandbänke und Inseln zu erfrieren. Auf der ganzen Elbe galt: Bei dichtem Nebel Ankerwerfen und beständig das Horn blasen. Was nicht ging, ging eben nicht. Das Wetter wurde nicht von den Lotsen, sondern immer noch von Gott gemacht, die Kaufleute und ihre Schiffer mussten warten, bis der Himmel sich klärte.

Ein geduckter dunkler Schemen glitt langsam am Ufer vorbei. Das konnte nicht die Schaluppe der Lotsgaleote sein, wahrscheinlich gehörte sie zu einem der Walfänger, die in Altona auf Reede lagen. Die hielten sich von jeher für unverwundbar. Er mochte die Walfänger nicht. Viele ihrer Schiffer und des Seevolks vom Schiffsjungen bis zum Steuermann kamen von Föhr, Amrum und dem holsteinischen Festland. Allesamt, so fand er, habgierige Kerle, die glaubten, dass ihre eigene und ihrer Steuerleute gute nautische Ausbildung schon reichte für eine gute Fahrt. Von den vierzig oder gar fünfzig Männern an Bord waren aber der größere Teil in der Seefahrt unerfahren: jüngere Kätner- und Bauernsöhne, billige Herumtreiber aus den Schenken am Hafen oder andere Taugenichtse, die sonst niemand haben wollte. Kein Wunder, dass so viele von ihnen nicht vom Rand des Eises zurückkamen.

Er klopfte noch einmal, dieses Mal mit der ganzen Faust, und als er gerade zum dritten Mal gegen die Tür hämmern wollte, wurde sie geöffnet.

«Du magst schwerhörig sein, Zacharias Hörne. Ich bin es nicht.»

Eine Frau in schwarzer Witwentracht stand, auf einen Stock gestützt, in der Tür und sah ihren Besucher mit zusammengezogenen Brauen an. Thea Benning, fast sechzig und zwei Jahre älter als ihr Bruder Zacharias, war kleiner als er, so rundlich wie er hager und ihre Nase so klein und spitz wie seine kräftig. Sie hatte immer noch die rosige Haut einer weit jüngeren Frau. Während sein Gesicht von Wind, Wetter und zu viel schlechter Galle von tiefen Falten durchfurcht war, zeigte ihres nicht viel mehr als freundliche Runzeln. Thea Benning, sagten die Leute, sei in jungen Jahren heimlich zum Wunderbrunnen nach Borgfelde gepilgert, und es sei ein Glück, dass Anna mehr ihrer Tante gleiche als ihrem Vater.

Theas Gesicht verzog sich zu einem spöttischen Lächeln. Viele fürchteten Zacharias Hörne, denn er war tatsächlich nicht besonders freundlich und forderte stets den größten Respekt. Für sie aber war er einfach nur ihr Bruder. Ein Mann, den sie mochte, meistens sogar liebte, seit sie denken konnte. Ein Mann, von dem sie wusste, dass er bei all seiner Knorrigkeit schwarze Kirschen über alles liebte, als Junge unter schrecklicher Seekrankheit gelitten hatte und bei einem besonders schönen Sonnenaufgang über der sommerlichen Flusslandschaft ergriffen schwieg.

«Davon, dass du mich so grimmig anstarrst, Zacharias, wird mir nicht wärmer. Sollen wir in der Kälte anfrieren? Pass auf, beinahe hätte ich dich bei einem Lächeln erwischt.»

«Behalt's für dich», brummte er, nun tatsächlich schmal lächelnd, einem alten Geschwisterspiel folgend. Er trat ein und schloss die Tür. Behagliche Wärme und der würzige Geruch von Torf- und Buchenholzfeuer umfingen ihn, und ausnahmsweise knurrte er heute nicht, dass sie mal wieder verschwenderisch mit dem Feuerholz umgehe. Er zog seine Jacke aus schwerem schwarzbraunem Tuch aus, und während er sie an den Haken neben der Haustür hängte und seiner Schwester in die Wohnstube folgte, horchte er auf die Geräusche des Hauses. Da war das Knistern des Feuers, das Ticken der Wanduhr und das Maunzen des dicken rotweißen Katers, der – respektlos wie sein Herrin – um seine Beine strich. Sonst war es still.

Als er in die Stube trat, saß Thea schon in ihrem Lehnstuhl am Fenster. An klaren Tagen ging der Blick von hier über den Uferweg und ihren dahinter liegenden, zum Strand abfallenden Garten, weiter über den Fluss zur Mündung des Köhlbrand genannten Nebenarmes der Süderelbe zwischen den Inseln bis hinüber ans andere Elbufer.

«Wenn du Kaffee magst, die Kanne steht auf dem Ofen, die Tassen – aber das weißt du ja.»

«Kaffee!?», sagte er, und sie nickte vergnügt: «Ja, Kaffee. Am Vormittag, zudem an einem ganz gewöhnlichen Dienstag. Nun setz dich endlich und mach auch ein Gesicht wie an einem ganz gewöhnlichen Dienstag. Oder», plötzlich saß sie sehr aufrecht, «oder ist etwas mit den Jungen?»

«Aber nein.» Zacharias schüttelte ungeduldig den Kopf. Immer sorgte sie sich gleich, dass etwas mit den Jungen sei. «Solange wir nichts von ihnen hören, gibt es keinen Grund zur Sorge. Jacob ist jetzt wohl auf seinem Holländer unterwegs nach der afrikanischen Goldküste, und Hanns – weiß der Teufel, wo sein Schiff sich rumtreibt. Kann gut sein, dass es schon vor Cuxhaven liegt und hier einläuft, sobald der Nebel und das letzte Eis weg sind. Die Hamburger Lotsen sind schon seit zwei Wochen draußen. Nein, es ist nichts mit den Jungen. Mit denen ist nie was.»

Er nahm eine Tasse aus dem verglasten Wandschrank, trat an den Kachelofen und bediente sich aus der messingnen Kanne. Er liebte Kaffee, auch wenn er es niemals zugegeben hätte und nicht fand, dass dieses teure

Getränk, von dem auch viele sagten, es sei nicht gut für den Geist und nur der Sünde förderlich, in das Haus einer ehrbaren Lotsenwitwe gehörte. Er nahm reichlich Sahne und Zucker, wenigstens war es der billigere bräunliche, rührte um und sagte: «Nun.» Rührte weiter, und als seine Schwester immer noch beharrlich schwieg, blieb ihm nichts, als endlich zu fragen: «Und Anna? Wo ist Anna?»

«Das gute Kind.» Thea strich sanft über ihre schwarzen Röcke und zupfte zierlich ihr graues Schultertuch zurecht. «Deine Tochter hat sich trotz dieses schrecklichen Wetters nach Altona aufgemacht. Uns sind Butter und Honig ausgegangen, stell dir vor, und bei Rogge soll es noch chinesischen Tee geben. Es ist wirklich Zeit, dass die Elbe wieder frei wird. Das Eis und nun noch dieser Nebel. Glaubst du, dass es bald aufklart und endlich Wind aufkommt? Aber in diesem Jahr weiß man ja nicht, womöglich bringt der nur eine neue Nebelbank von der See mit. Wenn nicht bald ...»

«Thea!!» Zacharias fand, seine Schwester plappere, und weil er nie begriffen hatte, dass sie so redete, wenn sie etwas nicht sagen wollte, war er gleich wieder da, dieser Zorn. Er war verflogen, als er sie so klein und auf ihren Stock gestützt in der Tür stehen sah. Obwohl die Entfernung zwischen ihren Häusern kaum eine halbe Meile betrug, sahen sie einander nicht oft. Selbst seit er nicht mehr ständig als Lotse arbeitete und häufiger an Land war. Doch stets, wenn er sie sah, spürte er das warme Gefühl einer besonderen Vertrautheit, das er nur für sie empfand. «Thea», wiederholte er, «du plapperst.»

«Tue ich das? Wahrscheinlich. So sind wir Frauen eben. Wir plappern. Nun gut. Ich werde schweigen, wenn du mir sagst, weshalb du gekommen bist. Sicher nicht, um Kaffee zu trinken, obwohl du hier unten am Fluss nirgends sonst welchen bekommen wirst, schon gar nicht am Vormittag. Was willst du von Anna?»

«Kann ich nicht einfach meine Tochter besuchen?»

«Natürlich kannst du das. In den vier Monaten, die sie in meinem Haus lebt, hast du das allerdings nur einmal getan, und wenn du plötzlich mit diesem Gesicht vor der Tür stehst – das sieht wahrlich nicht nach väterlicher Sehnsucht aus. Ich kenne dich, Zacharias, also mach mir nichts vor und sag, was du willst. Glaub mir, es ist besser.»

Es hieß, dass Anna bei ihr lebe, weil sie, die kränkliche Tante, Hilfe brauche. Sie beide, Zacharias und Thea, wussten, dass er dem nur zugestimmt hatte, weil er in seinem Haus Frieden wollte.

«Du hast nun Frieden in deinem Haus. Und Anna hat ihn hier auch. Sie ist eine gehorsame Tochter, Zacharias. Was willst du mehr?»

«Warum betonst du das so: eine gehorsame Tochter. Ich habe anderes gehört.»

«Hast du das. Oder hat Berte etwas anderes gehört?»

«Auch wenn du Berte nicht magst, erbitte ich mir Respekt gegen meine Frau. Es reicht, wenn Anna ihrer Stiefmutter das Leben schwer gemacht hat. Außerdem hat es nichts mit Berte zu tun. Kocke hat sie mit diesem Menschen gesehen, am hellen Tag vor Melzers Kaffeehaus. Als hätte ich ihr nicht ein für alle Mal verboten, ihn zu treffen. Sie hat meine Verbote zu respektieren. Jung und dumm weiß nicht, was gut für sie ist. Und sie *will* nicht wissen, was der für einer ist. Verdammt, Thea, ich erlaube nicht, dass jemand aus meiner Familie mit einem Paulung, mit einem Paulung …»

«Was mit einem Paulung?»

«Eine Liebschaft hat», brüllte Zacharias Hörne plötzlich und sprang auf.

«Liebschaft! So ein Unsinn. Dein blinder Zorn wird dir irgendwann den Kopf platzen lassen.» Thea Bennings rundliches Gesicht wurde schlagartig zu einer starren Maske, und nun glich sie ihrem Bruder auf erstaunliche Weise. «Jetzt will ich dir etwas sagen. Deine Tochter ist mit ihren fast zwanzig Jahren nicht mehr so jung, wie du glaubst, und ganz gewiss ist sie nicht dumm. Ein wachsweiches Lamm wie deine Berte ist sie allerdings nicht, sie hat ihren eigenen Kopf. Doch so oder so, es ist unerhört und absolut respektlos gegenüber deiner Tochter, ihr eine Liebschaft anzudichten, nur weil ein rotnasiger Bierbrauer Gespenster sieht. Ich müsste es wissen, und ich weiß davon nichts. Selbst *wenn* sie Matthias Paulung in Altona über den Weg gelaufen ist, warum sollte sie nicht mit ihm sprechen? Nur weil du dich mit dem alten Paulung, der in der Tat ein unangenehmer Patron ist, über euren Lotsengeschäften zerstritten hast, ist Matthias ganz gewiss kein Verräter und Tagedieb, wie du behauptest. Sie kennt ihn, seit sie laufen kann, und dass sie einen Sommer lang in ihn verliebt war – damals war sie fünfzehn!, diese kindliche Schwärmerei ist längst vergessen. Doch ganz abgesehen von der Sache mit Matthias, nein, du hörst mir jetzt zu, ganz abgesehen davon möchte ich dir empfehlen, anstatt immer nur auf den dir zustehenden Respekt zu pochen, an die Liebe zu denken, die deine Tochter dir zeigen würde, wenn du sie nur ließest. Du vergisst, dass Anna keiner von deinen Lotsknechten ist. An deinem dummen Respekt wirst du eines Tages erfrieren.»

Zacharias Hörne starrte auf das zorngerötete Gesicht seiner Schwester hinunter. Er konnte sich nicht erinnern, wann er sie das letzte Mal so erlebt hatte. Thea konnte heftig werden, doch das kam selten vor. Sie war immer die gewesen, die alles mit einem raschen Lachen zurechtbog, die stets das richtige Wort fand. Er begriff nicht, dass sie auch diesmal die richtigen Worte gefunden hatte, sondern fühlte sich verraten. Er hatte gedacht, sie sei seine Verbündete, ganz besonders in dieser Sache, nun war er dessen nicht mehr sicher.

«Zacharias», Theas Stimme klang nun wieder ruhig, auch wenn sie noch ein wenig atemlos schien, «Anna tut nichts, was dir schadet.»

«Mir schadet? Es reicht, wenn sie sich selbst schadet. Dass sie an den Ruf meiner Familie denkt, erwartete ich schon gar nicht mehr. Glaube mir, Thea, wenn sie wieder etwas mit dem jungen Paulung angefangen hat, dann, verdammt, dann weiß ich nicht, was ich tue. Das kannst du ihr sagen. Und ihm auch, du scheinst sehr vertraut mit ihm zu sein.»

Bevor Thea auch nur nach ihrem Stock greifen und aufstehen konnte, stürzte er hinaus, riss seine Jacke vom Haken und ließ die Tür hinter sich zufallen. Sosehr sie sich auch beeilte, als sie vor ihr Haus trat, war er nur noch ein dunkler Schatten auf dem Weg nach Altona, den gerade der Nebel verschluckte. Sie stützte sich müde auf ihren Stock, es hatte keinen Sinn, ihm nachzurufen, er würde nicht umkehren. Es war dumm gewesen, zu glauben, sie könne ihm so einfach den Kopf zurechtrücken und danach sei alles gut. Sie wünschte sich sehnlich, dass alles gut werde, doch vielleicht war ihr Weg der falsche. Hatte sie ihm die Wahrheit gesagt? Was wusste sie, und was wusste sie nicht? Wo war die Grenze zwischen wissen und nicht wissen?

GEGEN MITTAG

Der Mann schob seine Mütze in den Nacken, kratzte sich über dem linken Ohr und betrachtete mit vorgeschobener Unterlippe das kleine Stück Papier in seiner Hand. Ein Schnaps, ein paar Krümel Tabak oder eine Kupfermünze, der übliche Obolus für einen Fuhrknecht, wäre ihm lieber gewesen. Vielleicht hätte er die Truhe doch nicht ganz so achtlos von seiner Karre auf die Straße rutschen lassen sollen.

Helena Becker seufzte. «Na gut», sagte sie und griff ein zweites Mal in ihre Rocktasche. Leider holte sie auch diesmal kein Kupferstück heraus, sondern ein zweites dieser dummen Papierschnipsel. «Zwei Billetts sind aber wirklich mehr als genug. Jedes ist fünf Schillinge wert, und die Plätze auf der Galerie sind bei diesem Wetter die besten, da oben ist es immer hübsch warm.»

«Soso», brummte der Kärrner und noch etwas, das nach «Tanzmamsellen» und «fremdländischen Sitten» klang. Er stopfte die Eintrittskarten für die Beckersche Komödie achtlos in seine Joppe, wuchtete die Karre hoch und verschwand im Gedränge auf der Elbstraße.

Noch immer hing über der Stadt ein Dunst, der alle Farben grau machte, doch der Nebel hatte sich etwas gelichtet, und nun, gegen Mittag, war es endlich taghell.

«Helena!» Eine schlanke Gestalt, wie Madame Becker in ein dunkelgraues Wolltuch gewickelt, drängte sich an einem mit Fässern beladenen Fuhrwerk vorbei, sprang über eine mit schwarzem Wasser und Unrat gefüllte Pfütze und landete direkt neben Helena vor der Tür von Melzers Kaffeehaus an der Einmündung der Brauerhof genannten Gasse.

«So ein grässliches Wetter. Wäre es nicht so kalt, fühlte man sich wie in einem Waschhaus.»

Sie zog mit einer raschen Bewegung das Tuch von Kopf und Schultern und schüttelte es kräftig. Rosina war Mitte zwanzig, etwa ein Jahrzehnt jünger als Helena, und wie sie Komödiantin in der Beckerschen Gesellschaft. Während die Ältere mit ihrer fülligen Gestalt, ihrer bei Bedarf und in zornigen Momenten äußerst würdigen Haltung auf der Bühne für die stolze Heroine, huldvolle Königin oder die entsagungsvoll Liebende prädestiniert war, gehörten zu den ersten Rollen der Jüngeren die heitere Schäferin, die Primaballerina oder die muntere, stets Schabernack treibende jugendliche Mamsell. Ihre Spezialität waren Hosenrollen, beim Publikum im Parkett wie auf der Galerie außerordentlich beliebt. Ganz und gar unverzichtbar für ihren Prinzipal machte sie jedoch ihr für ein Mitglied einer so kleinen Theatergesellschaft ungewöhnlich lieblicher Sopran. Und wie der größte Spaßmacher auf der Bühne im wahren Leben oft ein Griesgram und Misanthrop ist, waren auch die Temperamente der beiden Frauen, sobald sie das Theater verließen, oft vertauscht.

«Es nützt nichts», sagte Rosina und betrachtete grimmig den von der Feuchtigkeit schwer herabhängenden Umhang. «Weiß der Himmel, wann das Ding jemals wieder trocken sein wird. Ist das eine der neuen Truhen?»

Sie strich leicht mit der von der Kälte geröteten Hand über das Holz und nickte anerkennend. Zwar zeugten schon einige Risse und die an manchen Stellen brüchige Farbe von ihrem ehrwürdigen Alter, dennoch schien sie stabil. Die Malerei, Reihen von Blattranken und dunkelroten Äpfeln an den Rändern, in der Mitte ein pausbäckiges, einander die Hände reichendes Paar, konnte Rudolf mit nur wenig Mühe wieder wie neu erscheinen lassen.

«Was hast du dem Mann gegeben? Etwa ein Billett?»

«Zwei, Rosina. Eines reichte ihm nicht, jedenfalls machte er so ein Gesicht. Es kann nicht schaden, wenn wir jede Gelegenheit nutzen, das Theater zu füllen. Es schien ihn aber nicht sonderlich zu freuen.»

Rosina lachte. «Wahrscheinlich wusste er nicht, was es war. Oder glaubst du, dass er lesen kann?» Sie strich mit den Fingerspitzen über die dilettantisch, gleichwohl liebevoll gemalten Gesichter. «Ein hübsches Stück. Wo sollen wir sie hinstellen?»

«Eine sehr lästige Frage, Rosina. Darüber denke ich nach, sobald wir sie oben haben. Irgendwo wird sich schon ein Platz finden.»

An dem Problem mit der Truhe hatte sich am Abend zwar heftiger Streit entzündet. Die Beckersche Komödiantengesellschaft, zu der die beiden Frauen gehörten, gastierte nicht zum ersten Mal in Altona. Die Wohnung über Melzers Kaffeehaus, in dieser Stadt stets ihr Quartier, war ihnen immer komfortabel und geräumig erschienen. In diesem Winter allerdings hatte der Prinzipal seine Truppe um zwei Köpfe vergrößert, Melzer wiederum zwei Dachkammern an einen Schiffszimmerer und dessen Frau vermietet, kurz und gut, die Beckerschen, nun zwölf an der Zahl, mussten sich mit mehr Köpfen und weniger Raum begnügen. Was nicht nur zu mehr Lärm und Streiterei, sondern vor allem zu mehr Unordnung führte. Und damit zu neuem Streit.

Gestern Abend, als Jean Becker, Helenas Ehemann und Prinzipal der Gesellschaft, am Tisch in der Wohnstube saß und Titus, Spaßmacher der Gesellschaft, und Filippo, Akrobat und jugendlicher Held, aus einem neuen Stück vorlas, kam es zum Eklat.

Das Stück, noch nicht mehr als das Fragment einer Komödie, stammte aus der Feder Gregor Beauforts, eines völlig unbekannten, dafür aber wohlhabenden jungen Mannes, der beschlossen hatte, sich als Dichter zu versuchen. Erst kürzlich hatte er Jean in einer Schenke angesprochen und ihm sein Werk angedient. Jean war begeistert. Mit einem neuen Stück, insbesondere einer Komödie, aus der Feder eines reichen Bürgers warb es sich auch leichter um die Gunst der Bürger.

Nun hatte er, wie es seine Art war, nicht nur mit dem Mund, sondern auch mit Händen und Füßen deklamiert und schließlich in melodramatischer Emphase weit ausholend ein Tintenfässchen umgestoßen. Dessen Inhalt ergoss sich über den Tisch, färbte nicht nur die alte zerkratzte Holzplatte, was niemanden außer Melzer wirklich grämen würde, sondern eine bis dahin schneeweiße Alongeperücke, eine schon ziemlich zerlesene Ausgabe des ersten Teils von Gellerts wahrhaft ergreifendem Roman *Leben der Schwedischen Gräfin von G.*, zwei Paar rosenfarbene Spitzenhandschuhe, ein gerade erst angeschnittenes Weißbrot und Gesines fein bestickten Nähbeutel. All das sog die Tinte begierig auf und färbte sich dunkelblau, nur die Handschuhe entschieden sich für ein frivoles Violett.

Was wiederum Gesine, auf der Bühne zumeist die grämliche Alte oder stumme Dienerin, als vortreffliche Kostümmeisterin aber eines der wichtigsten Mitglieder

der Gesellschaft, zu einem vulkanischen Zornausbruch veranlasste. Ausgerechnet Gesine, die als die Bescheidenheit selbst galt und Unmut gewöhnlich mit nichts als abgrundtiefem Schweigen kundtat, was alle sehr angenehm fanden. Von ihrem erstem Schrei erschreckt, warf Filippo ein Glas um, und der rote Wein wandelte nun alle Tintenflecken umgehend in tiefstes Violett. Worauf Helena, die in diesem unpassenden Moment den Raum betrat, Gesines Gezeter mit einer Tirade über die ewige Unordnung ablöste, und warum Jean, zur Hölle!, nicht besser aufpassen könne, wenn er schon mit den Armen rudere wie eine Windmühle im Sturm, anstatt die Bedeutung seiner Worte wenigstens bei der Probe in Stimme und Mimik zu legen, wie es ein *wirklich* großer Komödiant täte.

Es würde zu weit führen, auch noch zu erwähnen, was daraufhin Jean und Titus zum Besten gaben. Nur Filippo war klug genug, während des ganzen Disputs zu schweigen, und Rudolf, Gesines Ehemann, Kulissenmaler und Maschinenmeister, hörte schon auf der Treppe das Geschrei und eilte, ohne den Raum auch nur zu betreten, umgehend zurück zu seinen Pinseln, Flugwerken und Donnermaschinen. Schließlich ging allen die Luft aus, und als selbst Jean nichts mehr einfiel, verkündete Helena in die plötzliche, nur noch von Gesines leisem Schluckauf unterbrochene Stille, da es dem Herrn Prinzipal nicht gelinge, eine geräumigere Wohnung für seine Leute zu finden, werde sie zumindest für neue Korbtruhen sorgen, um die kostbaren Kostüme und Bücher vor seinem Ungeschick in Sicherheit bringen zu können. Da könne Jean noch so viel jammern, dass deren Anschaffung zu teuer und im Budget nicht vorgesehen sei.

Am Morgen hatte sie sich gleich nach dem Frühstück auf den Weg zum Korbflechter im Pötgergang gemacht, zwei Korbtruhen mittlerer Größe in Auftrag gegeben und auf dem Rückweg dem Tischler in der Reichenstraße beim Nobistor eine kleinere Holztruhe abgeschmeichelt, die der Meister erst vor wenigen Tagen einer bedürftigen Witwe für sein eigenes Lager abgekauft hatte. Sie war in der Tat zu teuer, aber Helena fehlte an diesem Morgen die Geduld zu handeln. Es hätte auch wenig Erfolg versprochen. Wohl war Altona eine Stadt, nach der Hauptstadt gar die größte im Reich des dänischen Königs, aber doch klein genug, dass man einander kannte. Klein genug, dass es geradezu als Bürgerpflicht galt, so wenig geehrtes Volk wie wandernde Komödianten zu übervorteilen. Selbst wenn es sich um eine so schöne und trotz des kastanienfarbenen lohenden Haars durchaus gesittet erscheinende Komödiantin handelte.

«Wirklich», wiederholte Rosina, «eine hübscher kleiner Kasten, gerade recht für die Perücken. Besonders mit diesem Luftloch hier.» Sie schob einen Zeigefinger durch ein längliches Loch am Rande des Deckels. «Aber wieso steht sie auf der Straße? Warum hat der Fuhrmann sie nicht hinaufgebracht?»

«Das wollte er nur zu gerne. Ich habe ihn aber nicht gelassen. Soll er etwa in der Stadt herumerzählen, die Komödianten hausen über Melzers Kaffeehaus wie die Wilden? Dieses kleine Ding schaffen wir auch allein die Treppe hinauf.» Sie zog ihr Tuch von den Schultern, griff auch nach Rosinas und warf beide in die Truhe, verknotete flink ihre Röcke vor den Knien und schob beide Hände unter den eisernen Griff. «Worauf wartest du, Rosina? Fass an.»

Rosina war nicht wie Helena, Titus oder Jean auf dem Komödiantenkarren geboren. Niemand außer ihr selbst wusste, woher sie gekommen war, als Jean sie an einem regnerischen Herbstabend auf einer Landstraße fand. Wenn auch ihr Gesicht unter den dicken blonden Locken einem flüchtigen Betrachter trotz des festen Kinns immer noch zart erscheinen mochte, war sie alles andere als zerbrechlich. Ihr Eigensinn war nicht nur bei den Mitgliedern der Beckerschen Gesellschaft gefürchtet. Nach etlichen Jahren als Komödiantin, Tänzerin und Sängerin, die bei den Fahrten über das Land auch auf dem Kutschbock saß und die Pferde lenkte, die wie alle anderen Kisten und Körbe, die Kulissen und andere Utensilien schleppte, war sie kräftiger, als ihre schmale Taille vermuten ließ. Was nicht bedeutete, dass das Herumschleppen schwerer Truhen, und sahen sie auch so harmlos aus wie diese, zu ihren liebsten Beschäftigungen gehörte.

«Lass den Fuhrmann erzählen, was er will», sagte sie und knotete gleich Helena ihre Röcke, «das tut er sowieso, und davon, dass du ihm bezahlte Arbeit ersparst, wird er uns noch lange nicht für ehrbare Leute halten. Du lieber Himmel!» Mit einem ärgerlichen Ächzer ließ sie die Truhe, die sie am eisernen Griff der anderen Seite gefasst und angehoben hatte, wieder fallen. «Machen die ihre Kasten hier aus Blei?»

«Aus Eiche», sagte Helena. «Das ist zwar unpraktisch und nur wenig leichter, aber haltbar, äußerst haltbar. Stell dich nicht an, ein bisschen Anstrengung kann uns nicht schaden. Wenn wir warten, bis einer der Männer …»

«Kann ich helfen? Wohin soll die Truhe?»

Zwar keiner der gerade geschmähten Komödianten, aber ein Mann von vielleicht dreißig Jahren in einer Jacke aus grobem Tuch hatte sich aus der Menge gelöst und war stehen geblieben.

«Danke», Helena beugte sich entschlossen wieder über den Griff, «aber das ist nicht ...»

«Das ist sehr freundlich», fiel Rosina ihr ins Wort. «Wirklich sehr freundlich. Unsere Wohnung ist im ersten Stock und die Truhe schwerer, als wir dachten. Wenn Ihr aber an einem und wir beide am anderen Ende anfassen, wird sie leicht zu tragen sein.»

Der Mann nickte, zog seine Joppe aus und reichte sie einem Mädchen, das gerade aus Melzers Kaffeehaus getreten war und die beiden fremden Frauen mit unverhohlener Neugier musterte.

«Warte hier», sagte der Mann, «es dauert nur einen Augenblick.»

Als habe sie ihn nicht gehört, kam sie einen halben Schritt näher. «Seid Ihr von den Komödianten?», fragte sie. Ihre kleine Zunge flitzte wie die einer Eidechse über ihre Oberlippe, und sie sah fragend von Rosina zu Helena und wieder zurück.

«So lass doch, Anna. Komödiantinnen oder nicht, die Truhe muss schnell die Treppe rauf, das ist alles.»

Wieder hörte sie ihm nicht zu. «Verzeiht meine Frage, aber Madame Melzer hat gesagt, Ihr gehörtet zu denen, obwohl Ihr nicht so ausseht. Wie Fahrende, meine ich, ich kenne natürlich keine, aber die Leute sagen ...»

«Anna. Es ist doch egal, was die Leute sagen. Die sagen immer irgendwas.»

Helena ließ sich mit einem Seufzer auf die Truhe plumpsen, schob ihre kalten Hände unter die Achseln, und Rosina lachte schon wieder.

«Da hat er Recht», sagte sie. «Es ist egal, was geredet

wird. Trotzdem sehen viele Komödianten ganz manierlich aus.»

Das Mädchen nickte ernsthaft, als habe es gerade etwas Bedeutungsvolles gelernt. «Manierlich. Madame Melzer sagt, auch wenn die Kirche den Pastoren verbietet, das Theater zu besuchen, so sei es doch nicht so unchristlich, wie manche glaubten. Madame Melzer sagt, sie selbst habe schon viele Eurer Aufführungen gesehen, es sei sehr vergnüglich. Die Musik und die Kostüme ...» Sie verstummte seufzend unter dem strengen Blick ihres Begleiters.

«Warum probiert Ihr es nicht einfach selbst aus?» Helena erhob sich von der Truhe. Sie fror und sehnte sich nach einer Tasse heißen Tees. «Heute Nachmittag», fuhr sie fort und zog zwei Billetts aus den Tiefen ihrer Rocktasche, «um fünf. Wir geben ein Lustspiel mit Gesang. Natürlich auch ein Ballett. Ich versichere Euch, obwohl in den Gasthäusern das Gegenteil behauptet wird, tanzen wir niemals unbekleidet. Sollte das Spiel Euch trotzdem nicht behagen, könnt Ihr ruhig früher gehen.»

«Unbekleidet? O nein.» Anna errötete bei dieser Vorstellung. «Das hätte ich niemals geglaubt. Aber es geht nicht, leider.» Hilfesuchend sah sie sich nach ihrem Begleiter um. «Es geht doch nicht, Matthias?»

«Nein, es geht nicht. Vielleicht später einmal, Anna, wenn ich ...» Er sprach nicht weiter, sah auf seine breiten schwieligen Hände und zog die Schultern hoch.

«O doch», rief Rosina, die begriff, was die beiden an dem Besuch der Komödie hinderte, und wandte sich an den Mann, den das Mädchen Matthias genannt hatte. «Es geht ganz einfach. Ihr helft, die Truhe die Treppe hinaufzutragen, und wir bedanken uns mit zwei Billetts.»

Anna zögerte nur eine Sekunde, dann griff sie blitzschnell nach den Billetts, die Helena ihr entgegenhielt, und ließ sie in ihrem Korb verschwinden. Ihr Begleiter öffnete den Mund, als wolle er protestieren. Doch dann sagte er nur: «Ihr habt Recht, zuerst muss die Truhe aus dem Weg. Warte hier, Anna, ich bin gleich zurück.»

KAPITEL 2

DONNERSTAG, DEN 9. MARTIUS,
MORGENS

Anne Herrmanns lächelte mit ungewohnter Nachsicht über ihren törichten Gedanken. Die resedagrüne Seide ihres neuen Negligés, hatte sie gerade beschlossen, stehe ihr ganz ausgezeichnet. Auch wenn ihr Ehemann es nicht zu bemerken schien, gab sie ihren graugrünen Augen selbst jetzt am Morgen, der eine Frau im reifen Alter von neununddreißig Jahren ja stets blass macht, den richtigen Glanz. Töricht, dachte sie und unterdrückte einen Seufzer. Solche Gedanken schlichen sich eben ein, wenn man sich keine gewichtigeren zu machen hatte. Sie lauschte auf das leise Knacken der Buchenscheite im Kamin, beobachtete, wie der Honig dick von ihrem Löffel auf das Weizenbrot tropfte, und seufzte wohlig. War es nicht doch ganz wunderbar, keine als diese leichtfertig-resedagrünen Probleme zu haben? Die Wärme des Feuers in ihrem Rücken umfing sie wie eine Hülle und erinnerte sie an die Hitze der vergangenen Nacht. Ihr Blick wanderte vom Honig zu ihrem Ehemann, der ihr, in seinem Stuhl zurückgelehnt und in die neue Ausgabe des *Hamburgischen Correspondenten* vertieft, gegenüber saß. Sie liebte die Gemächlichkeit des beginnenden Tages, gerade weil sie sich dieses Luxus sehr bewusst war. Die Zeiger der Uhr auf der Kommode zwischen den hohen Fenstern zeigten schon halb zehn.

Tatsächlich begann nur für sie der Tag erst jetzt. Claes Herrmanns hatte wie an jedem Morgen um diese Zeit schon zwei Stunden in seinem Kontor verbracht. Niklas, ihr jüngerer Stiefsohn, saß längst auf seiner Bank in der Lateinschule Johanneum, und Christian, der ältere und schon Kaufmann wie sein Vater, war bald nach Sonnenaufgang zum neuen Herrmannsschen Speicher am Hafen gegangen.

Selbst Augusta Kjellerup, die Tante des Hausherrn, hatte sich heute schon früh ins Johanniskloster zu Domina Mette van Dorting kutschieren lassen. Die beiden Damen planten ein neues Unternehmen, aus dem sie zwar ein großes Geheimnis machten, von dem dennoch die halbe Stadt wusste: Nachdem sie sich lange und genussvoll über die Qualität der Holbergschen Komödien gestritten hatten, waren sie zumindest darin einig gewesen, dass die deutschen Übersetzungen miserabel seien. Eine wie die andere altmodisch und ohne den Biss, der den großen dänischen Dichter doch gerade auszeichnete. Eben durch und durch brav. Da sie mit dieser Meinung in der Stadt ziemlich alleine waren und trotz aller Missionsversuche auch blieben, fand sich niemand, der eine bessere zu machen bereit war. So beschlossen sie, selbst zur Tat zu schreiten. Seitdem hockten sie an drei Vormittagen der Woche im Salon der ersten Dame von St. Johannis, tranken unanständig viel Kaffee, weil das ihren Geist beflügelte, und strapazierten die Nerven eines jungen Hilfsgeistlichen, der bestellt war, ihre zwar guten, doch ebenfalls recht altbackenen Dänischkenntnisse aufzupolieren.

Alle im Hause Herrmanns waren beschäftigt, auch Claes würde bald wieder seinen Geschäften nachgehen, und sie – Anne Herrmanns seufzte ein zweites Mal, diesmal allerdings nicht wohlig, sondern ratlos. Alle waren ständig beschäftigt, nur sie nicht. Im Januar hatte sie beschlossen, doch noch eine gute Hausfrau zu werden, und alle Leintücher der Tisch- und Nachtwäsche zu zählen. Auch dem Tafelsilber wollte sie eine neue Ordnung geben. Zur besseren Übersicht hatte sie lange Listen angelegt, die Elsbeth an den Rand der Verzweiflung gebracht hatten. Die Köchin und eigentliche Herrin des Haushaltes hatte alles im Kopf und brauchte diesen unnötigen Papierkrieg so dringend wie ein Schoßhund Flöhe. Sicherheitshalber hatte sie gestern ihrer Herrin diskret bedeutet, dass deren Hilfe bei der großen Waschwoche, die wie immer im März bevorstand, nicht vonnöten sei.

Immerhin würde Anne sich, sobald dieser endlose Winter vorbei war, wieder ihrem Garten vor der Stadt widmen können. Soweit die Gärtner es zuließen.

Sie mochte den Winter nicht, der in diesem Land noch weniger ein Ende nehmen wollte als anderswo. Die kleine englische Insel nahe der französischen Küste, von der sie stammte, lag nur um wenige Breitengrade südlicher als ihre neue Heimat, aber je länger sie fort war, umso lieblicher und wärmer wurde sie in ihrer Erinnerung. Wohl gab es auch dort in manchen Jahren eisige Winterwochen, aber im März blühten schon Veilchen und Apfelbäume, leuchteten in den Gärten der großen Häuser Tulpen und Narzissen – nun gut, nicht in jedem Jahr, aber doch in den meisten. Selbst der Nebel, der hin und wieder auch die weite Bucht von St. Aubin heimsuchte, gab dort stets nach wenigen Stunden auf.

«Hör mal, Anne, das ist interessant.» Claes Herrmanns

warf seiner Frau einen kurzen Blick zu und begann vorzulesen:

«‹Von Neu-York wird gemeldet, dass zwei Söhne zweier vornehmer Indianer die englische Sprache erlernt hätten und dass sie nun mit allem Fleiß die Arzneikunst und Chirurgie studieren, sonderlich die Wissenschaft der Inoculation, da die Blatternkrankheit jährlich unter den Indianern grassiert und sehr viele hinwegrafft. Die Indianer werden immer geneigter, sich zum Christentum zu bekennen und gesittete Leute zu werden.›

Erstaunlich», schloss er, «höchst erstaunlich. Findest du nicht?»

«Unbedingt, Claes. Wirklich erstaunlich.» Sie hatte schon vor geraumer Zeit aufgegeben, ihm zu erklären, dass sie es nicht liebte, ausgewählte Häppchen aus einer Zeitung vorgelesen zu bekommen, die sie später selbst lesen wollte. «Möchtest du noch Tee?»

«Unglaublich», murmelte er und nickte, wobei er nicht den Tee meinte, sondern die Nachricht, dass aus wilden Indianern Chirurgen werden konnten. «Selbst wenn man in Rechnung stellt, dass ein Chirurg nicht viel mehr als ein Bader und noch lange kein Arzt ist, ist das für Kerle, die für ihre Sprache nicht einmal Buchstaben kennen und ihren Feinden bei günstiger Gelegenheit das Fell über die Ohren ziehen, eine beachtliche Leistung.»

Rasche Schritte sprangen die Treppe von der Diele zum kleinen Salon im ersten Stock herauf, die Tür flog auf, und Christian Herrmanns, der älteste Sohn des Hauses, trat ein. Das walnussbraune Haar war vom schnellen Gang durch die feuchte Luft stärker als sonst gelockt, eine dicke Strähne fiel ihm über die Stirn, mit einer raschen Bewegung schob er sie wieder in das schwarze Band im Nacken zurück. Mit seinen grauen Augen, hellwach und meistens vergnügt, seiner geraden, nicht sehr großen Nase glich der Vierundzwanzigjährige seiner um zwei Jahre jüngeren Schwester Sophie auf männliche Weise beinahe wie ein Zwilling, was Anne heute besonders deutlich schien.

«Guten Morgen, Madame, Monsieur.» Er nickte fröhlich seinem Vater zu, der sich für den Moment eines begrüßenden, wohlwollenden Blicks von seiner Zeitung losriss, beugte sich schwungvoll über die Hand seiner Stiefmutter und ließ sich auf einen Stuhl fallen. «Morgen, spätestens übermorgen, ist die Elbe frei», verkündete er. «Das Eis ist fast weg, und der Lotsinspektor hat die Peilungen für das Fahrwasser bis Cuxhaven schon bekommen. Vor Altona wird zwar noch gelotet, aber auch das ist heute Nachmittag erledigt.» Er griff nach dem Brot, brach ein Stück ab, schwankte kurz zwischen Aalpastete und Hirschschinken, entschied sich für letzteren und fuhr fort: «Aber darüber redet heute Morgen am Hafen kein Mensch. Alle reden nur über die *Rose of Rye*. Ein ganz passables Schiff, das kann niemand bestreiten, und ein frecher Kapitän. Paulung hat verdammtes Glück gehabt, dass er nicht auf einem der Sände gelandet ist.»

Die *Rose of Rye*, eine englische Bark, war gestern mit der Dämmerung in den Hafen eingelaufen, das erste Schiff in diesem Frühjahr, und auch wenn mancher anerkennend durch die Zähne gepfiffen hatte, war die Empörung über den Kapitän groß. Dem hatte trotz des schwachen Windes das auflaufende Wasser gereicht, von seinem Ankerplatz vor Glückstadt den Hamburger Hafen zu erreichen. Er hatte noch mehr Glück gehabt, dass das

Wasser hoch genug stand, um nicht an den Sandbarren vor Blankenese und Altona stecken zu bleiben. Doch wenn er die Häfen des Kontinentes kannte, hatte er ohne Zweifel gewusst, dass das Bett der Elbe am Ende des Winters durch die nassen Monate und das Schmelzwasser der zahlreichen Nebenflüsse und Bäche stets besonders gut gefüllt war. Es hieß, der Nebel sei westlich von Schulau nicht mehr der Rede wert, dennoch war diese Fahrt mehr als leichtsinnig gewesen. Wäre er auf Grund gelaufen oder hätte einen der Ewer oder Milchboote von den Inseln gerammt, die bei aufkommendem Nebel im Fahrwasser ankern mussten, wäre es unvermeidlich zur Havarie gekommen, das Fahrwasser wäre dann wer weiß wie lange blockiert gewesen, und das so kurz bevor all die Schiffe, die seit Wochen oder gar Monaten darauf warteten, endlich wieder die Elbe hinauf- und hinabfahren konnten.

«Unverantwortlich», sagte Claes, obwohl auch er dieses Schurkenstück, wie sein alter Freund Bocholt es gestern genannt hatte, heimlich bewunderte und – noch heimlicher – bedauerte, dass die Waren aus England, die er so dringend erwartete, nicht zur Ladung der *Rose of Rye* gehörten. Ganz besonders das Campecheholz, von dem in ganz Hamburg nichts mehr aufzutreiben war. Es hätte einen exzellenten Preis gebracht, wäre es ein oder zwei Wochen früher als die anderen Ladungen hier gewesen. «Er hatte einen Stader Lotsen. Von denen ist nichts anderes zu erwarten. Hauptsache, sie können den Hamburgern oder Övelgönner-Neumühlenern ein Lotsgeld wegschnappen.»

Christian, der noch nicht lange genug im Kontor seines Vaters arbeitete, um das Vergnügen über ein Wagnis hinter der Maske der Rechtschaffenheit zu verbergen, lachte.

«Sie haben Unternehmungsgeist, ohne Zweifel, und der alte Paulung scheint die Elbe zu kennen wie ein hundertjähriger Lachs. Der versteht es, selbst die Verschiebung der Sände während des Winters ganz ohne Lot zu berechnen. Obwohl Monsieur Bocholt eher glaubt, der Lotse habe die neuen Peil- und Lotungslisten unseres Lotsinspektors geklaut. Oh, fast hätte ich es vergessen. Gerade wir dürfen nicht auf den Schiffer und seinen Lotsen schimpfen, er hat nämlich auch eine Lieferung für uns an Bord.»

«Für uns? Bist du sicher?» Eine ganze Reihe von Lieferungen befanden sich zurzeit in Schiffsbäuchen irgendwo zwischen Hamburg und Frankreich, Spanien, den nördlichen Ländern und vor allem England. Aber die *Rose of Rye* gehörte trotz des an die südenglische Grafschaft Sussex erinnernden Namens schottischen Kaufleuten, mit denen die Herrmanns' noch nie Handel getrieben hatten.

«Ganz sicher. Der Bauch ist zwar halb voll Kohle und Wolle, aber sie haben auch alles mögliche andere geladen. Zum Beispiel eine kleine, aber kostbare Fracht für Madame Herrmanns. Ich soll dir ausrichten, Anne», er verbeugte sich amüsiert in Richtung seiner Stiefmutter, «du mögest umgehend Auftrag geben, dass jemand deine Bäume abholt. Einer sehe zwar nicht mehr sehr lebendig aus, aber die Wurzeln der anderen warteten dringend auf frische Erde.»

«Endlich», Anne klatschte freudig in die Hände, «sie hätten schon im November hier sein sollen, und ich habe befürchtet, sie seien während des Winters irgendwo unterwegs erfroren. Weißt du ...»

«Bäume? Auf der *Rose of Rye*? Das kann doch nur ein Scherz sein, Christian.»

«Die meisten Leute im Hafen sind völlig deiner Ansicht, Vater, aber nein, es ist kein Scherz. Ich konnte mich nur schwer zurückhalten, sie gleich mitzubringen, aber sie waren zu unhandlich. Der kleinste misst sieben Fuß, mindestens. Außerdem stecken sie in dicken Ballen. Ohne den Kran bekommen wir sie kaum vom Schiff. Wir müssen wohl warten, bis die *Rose* bei den Vorsetzen beim Neuen Kran festmachen kann. Jetzt sind dort natürlich noch alle Liegeplätze besetzt, aber wenn die Elbe morgen wirklich frei ist und ein bisschen Wind aufkommt, wird der Hafen im Handumdrehen leer sein, und die *Rose* kann von ihrem Platz an den Duckdalben nachrücken, bevor der neue Ansturm die Elbe rauf kommt.»

Christian war allerbester Laune. Wegen der skurrilen Fracht auf der *Rose*, das auch, aber vor allem, weil diese Tage am Ende des Winters, wenn die Schifffahrt nach der langen, von der Natur erzwungenen Ruhezeit endlich wieder in Bewegung kam, ihm die aufregendsten im Jahr waren. Beinahe, als stünde er selbst vor einer langen Reise.

«Bäume! Mit dem Kran?» Claes, der nicht wusste, ob er lachen oder ärgerlich sein sollte, entschied sich für den Mittelweg: Er grinste breit, was allerdings nicht wirklich vergnügt aussah. «Willst du Böckmann Konkurrenz machen, Anne? Soviel ich weiß, ist er bisher der Einzige, der in der Stadt mit Bäumen handelt. Wenn auch nicht mit schottischen. Ich wusste gar nicht, dass dort überhaupt Bäume wachsen, die es zu importieren lohnt. Ich dachte, da oben gedeihen nur Krüppelbirken, Farne und Moose.»

«Du hast Binsen und Ginster vergessen, Vater.» Christian bemühte sich um ein ernsthaftes Gesicht. «Und das Heidekraut. Die schottischen Schafe fressen Berge von Heidekraut.»

«So ein Unsinn.» Aus Annes Nasenwurzel wuchs die allseits gefürchtete steile Falte. «Ich habe im letzten Jahr bei Booth in Falkirk vier Bäume bestellt, die hier niemand zieht. Zwei Scharlacheichen und zwei Hemlocktannen. Bäume aus den amerikanischen Kolonien, die Kälte und Nebel und überhaupt dieses scheußliche Wetter in Schottland und hier bei euch gewohnt sind. Sie werden prächtig wachsen.»

«Hem-was-Tannen? Davon habe ich noch nie gehört. Was ist so Besonderes daran? Wenn du Bäume willst, die *bei uns* wachsen, warum kaufst du die Bäume nicht auch wie alle anderen *bei uns*, nämlich bei Böckmann? Der hat seine Gärten am Gänsemarkt und an der Alster voller Setzlinge und junger Bäume. Was ist gegen eine hamburgische Eiche oder Buche zu sagen? Scharlacheichen. Wir sind hier nicht in Versailles oder London, wo es Mode ist, Geld zum Fenster hinauszuwerfen.»

Mit einem Ruck schob Anne ihren Stuhl zurück und stand senkrecht wie eine dieser stolzen Hemlocktannen, von denen Claes noch nie gehört hatte.

«Zum einen», sagte sie mit gefährlicher Ruhe, «ist es *mein* Geld, das hier zum Fenster hinausgeworfen wird. Du wirst in *deinem* Kontor keine Rechnung dafür finden. Zum anderen», sie faltete mit kurzen energischen Bewegungen ihr Mundtuch zusammen und ließ es mit Schwung auf den Tisch fallen, «zum anderen hast du keine Einwände gegen diese Bestellung gehabt, als ich dir im vergangenen Herbst davon erzählte. Ich habe sogar um deine Zustimmung gebeten und sie bekommen. Es scheint, dass du hin und wieder nur so tust, als hörtest du mir zu. Gewiss ist es besser und auch in deinem Sinn, wenn ich in Zukunft meine Entscheidungen allein treffe. So wie ich es früher gewohnt war.»

Plingplingpling. Wie hypnotisiert starrten die drei Herrmanns' auf die Stutzuhr auf der Kommode zwischen den beiden vorderen Fenstern, deren zartes Glöckchen die volle Stunde in die gespannte Stille schlug.

«Du meine Güte», rief Claes, als das letzte Pling erklang, und sprang auf, «schon zehn. Ich sollte längst fort sein. Blohm», brüllte er, «meinen Reitmantel!», und eilte mit langen Schritten zur Tür. Er hatte die Klinke schon heruntergedrückt, als er sich daran erinnerte, dass eine Ehefrau, besonders eine (meistens) heiß geliebte Ehefrau, kein Kontorlehrling war, und drehte sich noch einmal um. «Ich war ein wenig, nun ja, zu heftig. Es tut mir Leid, Anne. Und die Rechnung», schon klang seine Stimme wieder ungehalten, «geht natürlich über das Kontor.»

Damit lief er die Treppe hinunter, Anne und Christian hörten seine Schritte in der Diele und im langen gefliesten Gang zu den Ställen im Hof verklingen.

Brooks, der Stallmeister und Kutscher, wartete schon und führte den friedlichen Fuchs, den sein Herr am liebsten ritt, wenn er in der Stadt unterwegs war, im Hof herum. Claes warf den weiten Mantel, den Blohm, der wegen des Lärms aus dem Salon verwirrte alte Diener, ihm in der Diele gereicht hatte, um die Schultern und schob den Fuß in den Steigbügel.

«Verdammt», murmelte er plötzlich, warf dem Stallmeister Mantel und Dreispitz zu und eilte mit langen Schritten zurück in das Haus und die Treppe hinauf. Anne stand noch genauso im Salon, wie er sie verlassen hatte. Nur ihre Augen brannten nun nicht mehr vor Zorn, sondern sahen müde und dunkel aus. Er verfluchte sein Temperament, das an der Börse, am Hafen und in den Handelskontoren so allgemein wie falsch als behäbig und unerschütterlich erlebt wurde, und schloss seine Frau in die Arme.

«Ich bin ein Idiot», murmelte er an ihrem Ohr. «Die Bäume werden wunderbar aussehen, ich meine, wachsen. Bestell, so viele du magst und wo immer du magst. Kannst du mir vergeben?»

Es dauerte ein wenig, bis es Annes Körper gelang, gegen allen Trotz weich zu werden und zumindest der Umarmung nachzugeben. Sie atmete die Wärme und den vertrauten Geruch seines Körpers, den Duft von Melisse aus dem Leinen seines Hemdes und schloss die Augen. Sie würde jetzt nicht weinen. Jetzt nicht.

«Natürlich», flüsterte sie, «natürlich vergebe ich dir. Wenn du mir vergibst. Ich sollte nicht so heftig sein, und das nächste Mal», sie hob das Kinn, damit er die kleine Träne, die nun doch ihre Wange hinunterkroch, wegküssen konnte, «das nächste Mal ...»

Da küsste er schon ihren Mund, und das nächste Mal war egal. Jedenfalls für heute.

Christian hatte diskret den Salon verlassen, als sein Vater heraufgestürmt kam. Er löste sein Ohr von der anderen Seite der Tür und schlich zufrieden lächelnd die Treppe hinab. Er mochte und achtete seine Stiefmutter, es gab Momente, in denen er sie verehrte. Dennoch, dachte er jetzt, vielleicht war es nicht von Vorteil, eine Frau wie Anne zu heiraten. Eine die klug war, um nicht zu sagen eigensinnig, und zudem über ihr eigenes Vermögen selbst verfügte, anstatt es, wie es üblich und ohne jeden

Zweifel vernünftiger war, alles ihrem Ehemann zu übertragen. Auf jeden Fall war es von Vorteil, mit der Ehe möglichst lange zu warten. Dieses ewige Auf und Ab von Streit und Versöhnung war doch recht aufreibend.

Claes Herrmanns lenkte seinen Fuchs am Hafen entlang, und sosehr er diesen Weg liebte, heute nahm er kaum etwas von dem Gewusel auf den Straßen und an den Vorsetzen, dem Gedränge bei der Waage und beim Neuen Kran wahr. Auch wenn er es nicht wollte und für überflüssig hielt, konnte er seine Gedanken nicht von der Missstimmung in seinem Salon lösen. Anne hatte ja Recht, dieser Winter war endlos. Die Sache mit den amerikanischen Bäumen allerdings! Nun gut, warum sollte er ihr die Freude nicht gönnen? Es war doch einerlei, wenn Böckmann ein paar Tage beleidigt tat. Warum war er nur so heftig geworden? Das lag gewiss an dem ewigen Stubenhocken. Und an der Warterei auf die Schiffe.

Er blickte zum Himmel, blinzelte in den grauen Dunst und entdeckte zufrieden den blassen hellen Fleck. Da war sie, die Sonne. Auch der dringend erwartete Wind würde nicht mehr lange auf sich warten lassen.

Er blieb auf der Schaarsteinwegbrücke stehen und sah suchend über den Herrengraben, der sich wie eine offene, schwarz schwärende Wunde nach Norden erstreckte. Er hatte Lärm und eine kleine Armee von Arbeitern erwartet, doch es war still, und kein Einziger war zu sehen. Zwei Jahre hatte eine verschlossene Schleuse dafür gesorgt, dass der Herrengraben austrocknen konnte, und endlich, vor drei Wochen konnten die Arbeiter des Bauhofes beginnen, die halb getrocknete, halb gefrorene, doppelt mannshohe Schlammschicht auszuheben und

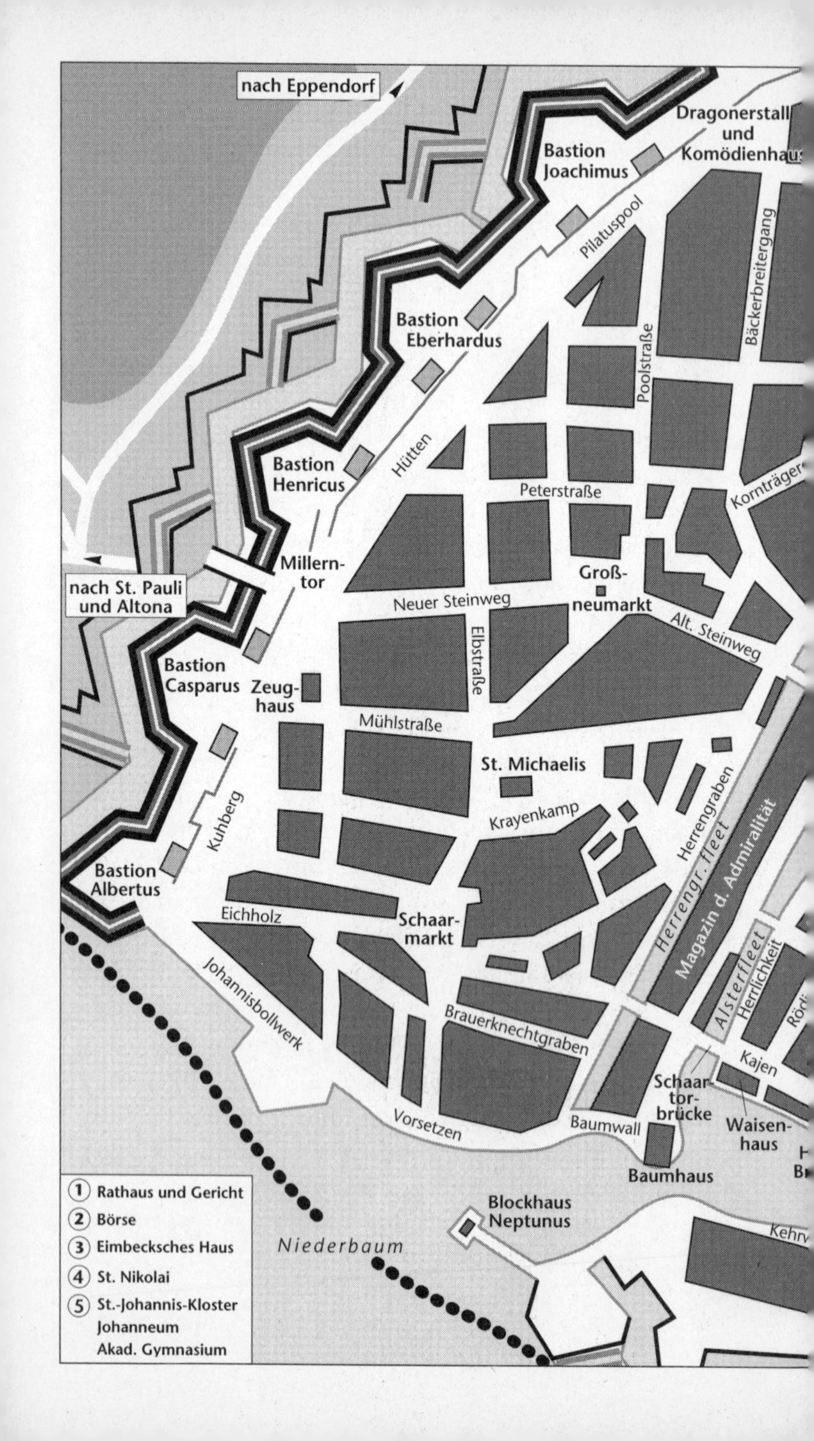
nach Eppendorf
Dragonerstall und Komödienhaus
Bastion Joachimus
Pilatuspool
Bäckerbreitergang
Poolstraße
Bastion Eberhardus
Hütten
Bastion Henricus
Peterstraße
Kornträger
Millerntor
Groß-neumarkt
nach St. Pauli und Altona
Neuer Steinweg
Alt. Steinweg
Elbstraße
Bastion Casparus
Zeughaus
Mühlstraße
St. Michaelis
Kuhberg
Krayenkamp
Herrengraben
Herrengr. fleet
Magazin d. Admiralität
Bastion Albertus
Eichholz
Schaarmarkt
Alsterfleet
Herrlichkeit
Johannisbollwerk
Brauerknechtgraben
Kajen
Schaartorbrücke
Vorsetzen
Baumwall
Waisenhaus
Baumhaus
Blockhaus Neptunus
Niederbaum
1 Rathaus und Gericht
2 Börse
3 Eimbecksches Haus
4 St. Nikolai
5 St.-Johannis-Kloster Johanneum Akad. Gymnasium

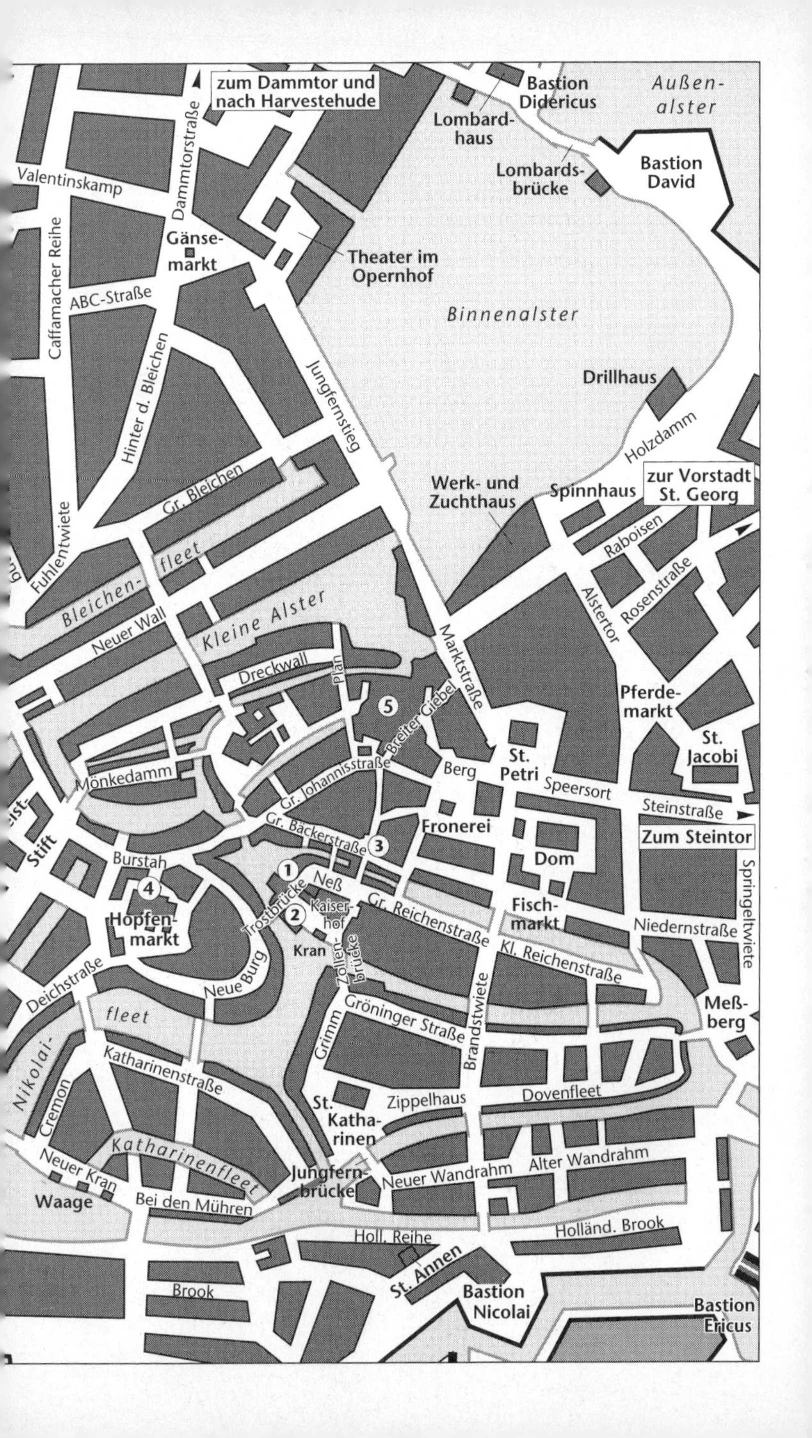
zum Dammtor und
nach Harvestehude
Bastion
Didericus
Außen-
alster
Lombard-
haus
Lombards-
brücke
Bastion
David
Valentinskamp
Dammtorstraße
Gänse-
markt
Theater im
Opernhof
Caffamacher Reihe
ABC-Straße
Binnenalster
Hinter d. Bleichen
Jungfernstieg
Drillhaus
Holzdamm
Gr. Bleichen
Werk- und
Zuchthaus
Spinnhaus
zur Vorstadt
St. Georg
Fuhlentwiete
Bleichen-
fleet
Raboisen
Rosenstraße
Alstertor
Neuer Wall
Kleine Alster
Marktstraße
Dreckwall
Plan
Pferde-
markt
Breiter Giebel
St.
Jacobi
Mönkedamm
Gr. Johannisstraße
Berg
St.
Petri
Speersort
Steinstraße
Gr. Bäckerstraße
Fronerei
Zum Steintor
Stift
Burstah
Neß
Dom
Springeltwiete
Hopfen-
markt
Trostbrücke
Kaiser-
hof
Gr. Reichenstraße
Fisch-
markt
Niedernstraße
Kran
Zollen-
brücke
Kl. Reichenstraße
Deichstraße
Neue Burg
Meß-
berg
fleet
Gröninger Straße
Brandstwiete
Grimm
Nikolai-
Katharinenstraße
Cremon
St.
Katha-
rinen
Zippelhaus
Dovenfleet
Katharinenfleet
Neuer Kran
Jungfern-
brücke
Neuer Wandrahm
Alter Wandrahm
Waage
Bei den Mühren
Holl. Reihe
Holländ. Brook
St. Annen
Brook
Bastion
Nicolai
Bastion
Ericus

abzufahren. Am Ufer warteten nun riesige Haufen von Eichenstämmen (ganz gewiss keine aus Schottland), um für die schweren Bohlen der neuen Vorsetzen in die Erde gerammt zu werden. Umso unverständlicher, dass die Baustelle völlig verlassen lag.

Der Herrengraben, in alter Zeit, als die Neustadt noch außerhalb der Mauern lag, ein von der Alster gespeister Festungsgraben längs des alten Stadtwalles, mündete direkt im Niederhafen in die Elbe. Er war schon seit Jahren ein Ärgernis. Früher hatten nur die Bürgermeister und Ratsherren das Fischereirecht in dem breiten Fleet, inzwischen barg es nichts als Schlamm und trübe Brühe, in die nur die noch ihre Kescher tauchten, die zu lahm waren, weiter zu laufen, oder zu arm, um sich Fische zu kaufen. Die ewige Bewegung von Ebbe und Flut, die die anderen Fleete halbwegs sauber hielt, konnte in diesem im Schlamm ertrunkenen Areal nur wenig ausrichten. Der Herrengraben war zu einem im Sommer unerträglich stinkenden, mit Modder und Unrat gefüllten Pfuhl geworden. Die unbefestigten Ufer hatten sich immer weiter ausgedehnt, sodass das Fleet nun beinahe dreihundertfünfzig Fuß breit war. Immer wieder hatten die Bürger der Neustadt sich beim Rat über das stinkende Ärgernis beschwert, seit nahezu zwölf Jahren forderte die Commerzdeputation einen Ausbau des verschlammten Fleets zum schiffbaren, von Speichern gesäumten Kanal. Sieben Gutachten hatten Baumeister Sonnin und Professor Büsch seither erstellt, stets in Abstimmung mit der Kaufmannschaft. Nun endlich, nicht zuletzt durch ständigen Druck der Commerzdeputation, hatten Rat und Bürgerschaft beschlossen, den Herrengraben als Erweiterung des längst zu klein gewordenen Binnenhafens auszubauen. Ein gewaltiges Unternehmen, das mehrere Jahre in Anspruch nehmen würde.

Claes Herrmanns klopfte beruhigend den Hals seines Pferdes, das es gar nicht liebte, auf Brücken herumzustehen, und sah sich ratlos um. Er war sicher gewesen, Baumeister Sonnin hier zu treffen. Der hatte zwar nicht die Bauaufsicht über die Arbeiten bekommen, aber da seine und Professor Büschs Pläne dem Ausbau des Herrengraben zugrunde lagen, trieb er sich ständig hier herum, guckte dem Bauinspektor über die Schulter und gab unerbetene Ratschläge. Claes musste Sonnin unbedingt sprechen. Natürlich hätte er einen Boten oder einen der Kontorlehrlinge schicken können, aber auch wenn Anne klagte, das Wetter sei immer noch wie im tiefsten Winter, roch er doch den Frühling in der Luft und nutzte jede Gelegenheit, das Kontor zu verlassen. Es musste ja nicht gleich ein scharfer Galopp vor den Wällen sein, aber ein friedlicher Ritt durch die Stadt gab ihm doch das Gefühl, den Winterschlaf abzuschütteln.

Der Teufel wusste, warum die Arbeit heute ruhte, Sonnin würde es ihm gewiss erklären. Er schnalzte leise, und der Fuchs setzte sich in Bewegung, als habe er nur auf den vertrauten Klang gewartet. Wenn nicht hier, würde er Sonnin beim Neubau des Hanfmagazins finden.

Er ritt weiter durch die Neustadt. Die ganze Stadt summte heute vor Lebendigkeit. Die Straßen waren voller Menschen, und auch wenn die meisten noch in dicke Tücher und Jacken gehüllt waren, schien ihm, als bewegten sie sich freier, als beugten sie nicht mehr Schultern und Köpfe gegen die Kälte. Als sei die Sonne tatsächlich schon durch den Dunst gekrochen und wärme das Land, standen überall Fenster weit offen, baumelten Wäsche und Bettzeug träge auf den zwischen die vorkragenden Fachwerkgiebel gespannten Leinen, wurde überall geputzt und gescheuert. Er bog von der Mühlstraße in den Zeughausmarkt ein und konnte gerade noch dem trüben Inhalt eines Wassereimers ausweichen, der aus einer der Kellerwohnungen mit Schwung auf die Gasse geschüttet wurde.

Menschen, dachte er, waren in der Tiefe ihrer Seele doch noch tierhaft. Sie fühlten die Zeichen der Natur, bevor sie sie sehen konnten, krochen aus ihren Löchern wie die Igel, wenn irgendeine geheimnisvolle Kraft verhieß, dass das Leben nun weiterginge.

Er verließ die Stadt durch das Millerntor und lenkte den Fuchs nach rechts am Hornwerk vorbei zum Fluss. Über dem Steilufer blieb er stehen und sah zu den Inseln hinüber, die sich nun deutlich aus dem Grau hoben. Er glaubte sogar den Schemen des Harburger Schlosses weit jenseits der Süderelbe zu erkennen. Claes Herrmanns war in Geschäften viel und weit gereist, er hatte als junger Mann einige Jahre in London gelernt und gelebt, dennoch würde er stets sagen, er habe sein Leben an der Elbe verbracht. Auch wenn das nun schon beinahe fünfzig Jahre währte, wurde er diesen Blick vom Hochufer über den Fluss und die weite flache Landschaft niemals müde.

Er ritt zum Ufer hinunter und passierte Roosens verlassene Tranbrennerei. Erst im Herbst, wenn die Walfänger mit ihrer wahrhaft fetten Beute kamen, wurden die Feuer unter den Kesseln wieder entzündet, sodass der penetrante Gestank des köchelnden Walspecks aufstieg. Die stinkende Brennerei hatte ihren Platz außerhalb der Stadt gefunden, so wie die Pulvermühlen und auch das neue Hanfmagazin mit ihren leicht entzündlichen Waren am einsamen Elbufer erbaut waren. Der Teerhof am Oberhafen, Lager für alle anderen feuergefährlichen Waren, war auch einmal am Rande der Stadt am Oberhafen erbaut worden. Inzwischen waren die Häuser und Speicher viel zu nahe gerückt, es war höchste Zeit, sich über einen Neubau außerhalb der Mauern Gedanken zu machen. Hamburg hatte lange schon keinen großen Brand mehr erlebt, ein immenses Glück, das aber auch zum Leichtsinn verführte. Immerhin wurde jetzt das Hanfmagazin gebaut. Sozusagen im letzten Moment: Den Bremern war es schon beinahe gelungen, den Hanfhandel ganz zu übernehmen, nur weil im Hamburger Hafen keine geeigneten Lager zur Verfügung standen.

Für das neue Magazin hatte die Commerzdeputation gar Jahrzehnte kämpfen müssen. Vor fünf Jahren endlich hatte der Rat zugestimmt, sofern die Commerzdeputation als Vertreterin der Kaufmannschaft die Hälfte der Kosten trage. Schließlich wurde die stillgelegte Amidammacherei neben den Tranbrennereien gekauft und abgerissen und im vorigen Jahr mit dem Bau begonnen. Claes hasste es, bei jedem neuen Unternehmen zu wissen, dass es Jahre, oft Jahrzehnte dauerte, bis es in die Tat umgesetzt wurde. Genauso war es mit Maßnahmen gegen die außerordentlich bedrohliche Versandung der Elbe, deren Stand der Planung er nun mit Sonnin besprechen wollte. Einige seiner ältesten Freunde saßen im Rat, aber manchmal wünschte er die ganze betuliche Gesellschaft zum Teufel.

«Hoher Besuch!», rief eine spöttische Stimme. «Die Commerzdeputation persönlich. Welche Ehre.»

Baumeister Sonnin, den schwarzen Rock wie immer staubig, die Schuhe mit den schlichten Schnallen wie die

Wadenstrümpfe nass und voller kalkigem Sand, stand in einer der Ladeluken im ersten Boden des nahezu fertig gestellten Magazins und schwenkte vergnügt seinen Dreispitz. Dann verschwand er, um eine Minute später vor dem Gebäude aufzutauchen, und ohne mehr als eine Minute für eine Begrüßung zu vergeuden, begann er umgehend, den Besucher herumzuführen.

«Im Juni», schloss er, als Claes Herrmanns hinter ihm wieder aus dem Magazin trat, ein wenig atemlos von den steilen Treppen und nun staubig wie der Baumeister, «ist alles fertig. Dann kann es endlich losgehen. Und hier», Sonnin wischte mit der Hand durch die Luft und wies auf den Strand vor der Baustelle, «hier wird in den nächsten Tagen mit dem Bau eines ordentlichen Vorsetzen begonnen. Der Giebel», sein Finger fuhr steil in die Luft, «kragt neun Fuß vor, so kann der Hanf von der Winde über kleineren Schiffen und Schuten direkt auf die Böden befördert werden. Wie bei den Speichern an den Fleeten.»

Claes nickte, murmelte etwas wie «Donnerwetter» und «Respekt!» und klopfte höflich anerkennend gegen die massiven Holzstreben, die die auskragende Giebelwand stützten.

«Pass doch auf, Paulung», brüllte plötzlich eine wütende Stimme über den Strand. «Das ist heute schon deine zweite Tölpelei. Wenn das noch mal passiert, kannst du gehen. Verdammt», knurrte Bauhofinspektor Kopp und kam mit großen Schritten auf Sonnin und dessen Besucher zu, «das kommt davon, wenn man Fischer zu Bauknechten macht.» Er rieb sich den linken Oberarm, den der Arbeiter beim Umdrehen mit dem geschulterten Balken getroffen hatte, und prüfte, ob das raue Holz seinen

Rock zerrissen hatte. «Glück gehabt, der Kerl», knurrte er, und sein Ton verriet, dass er darüber nicht unbedingt froh war.

Sonnin beugte sich über den Ärmel, kniff die Augen zusammen und spitzte die Lippen. «Außer ein bisschen feuchtem Sand ist da nichts zu sehen. Ihr solltet wirklich besser Acht geben, Kopp», fuhr er mit unschuldigem Gesicht fort, «so eine Baustelle ist gefährlich. Wer wüsste das besser als der städtische Bauhofinspektor?»

«Eure Scherze sind wie immer schwach, Sonnin», versetzte Kopp. «Aber immer noch besser als gar keine», fügte er versöhnlich hinzu. Seit er Sonnin vor zwei Jahren bei der Bewerbung um die Inspektorenstelle ausgestochen hatte, zeigte er sich dem umstrittenen Baumeister gegenüber gerne generös. «Und was sagt die Commerzdeputation zu unserem Werk?», fuhr er, an Claes Herrmanns gewandt, fort.

«Sehr ordentlich, Kopp, wirklich sehr ordentlich. Aber sagt mal, dieser Arbeiter dort drüben», seine Augen wanderten über die Baustelle und suchten den Mann, dessen Balken Kopp so gefährlich im Weg gewesen war, «wer ist das?»

«Der mich gerade beinahe erschlagen hätte? Das ist einer von diesen Kerlen, die vom Bauen nichts verstehen. In diesem Frühjahr müssen wir leider eine ganze Menge von ihnen anheuern. An allen Ecken der Stadt wird gebaut, was sehr erfreulich ist, aber auch mancherlei Schwierigkeiten mit sich bringt. Mancherlei! Der Ausbau des Herrengrabenfleets ist die größte Baustelle, natürlich, aber da sind auch die schiefen Kirchtürme, die Pesthofkirche, der Wasserturm am Schweinemarkt, nichts davon ist überflüssig, jedes wird Handel und Leben in der

Stadt außerordentlich befördern. Außerordentlich! Aber woher soll ich so viele gute, kenntnisreiche Arbeiter nehmen?»

«Wenn nun auch noch das Eimbecksche Haus abgetragen und neu gebaut wird», grinste Sonnin, «müsst Ihr womöglich Frauen und Juden für Euch arbeiten lassen.»

«Spottet nur, Sonnin. Ihr liefert Gutachten und Aufrisse wie die Wolken Regen. Wie viele Männer ich dafür auftreiben muss, muss Euch nicht kümmern. Aber tatsächlich ist Euer Vorschlag durchaus bedenkenswert. Ich sollte ihn dem Rat unterbreiten.»

«Dann wäre ich allerdings dankbar, wenn Ihr meinen Namen nicht erwähnen würdet. Ich möchte Euch die Ehre dieser grandiosen Idee, für die man Euch gewiss eine saftige Gratifikation gewährt, nicht streitig machen.«

«Habt Ihr ihn Paulung genannt?» Claes hatte heute weder Sinn für die ständigen Klagen des Bauhofinspektors, noch für Sonnins spitzen Humor.» Warum arbeitet er für Euch, wenn er Fischer ist?»

«Wie ich schon sagte, die Stadt will bauen, bauen, bauen, doch niemand bedenkt, dass man dazu fähige Leute braucht. Die sind keine Heringe, die man mit dem Netz fangen kann. Es gibt genug, denen Arbeit und Brot fehlen, mehr als genug, aber wenig, die es auch wert sind.»

«Das ist gewiss ein ernstes Problem. Ist es nicht ungewöhnlich, dass einer, der Fischer ist, an Land arbeitet? Und ausgerechnet als Handlanger für den Bauhof?»

«Das stimmt schon, aber der Paulung hatte keine Wahl. Sein Ewer ist im letzten Spätherbststurm in der Elbmündung gekentert und untergegangen. Bis auf einen, den andere Fischer aus dem Wasser gezogen haben, sind seine Männer abgesoffen. Er selbst konnte sich, weiß der Himmel wie, zur Rettungsbake auf Scharhörn retten. Er muss einen guten Aufpasser im Himmel haben.»

«Für den Tag mag das stimmen», fiel ihm Kopp ins Wort. «Obwohl ich nicht weiß, ob das wirklich Glück ist, wenn einem die Leute absaufen, während man als Schiffer gerettet wird.»

«Wohl kaum. Deshalb ist es nur vernünftig und christlich, lieber Kopp, dass Ihr ihm hier Arbeit gebt. Ich fürchte übrigens, Ihr werdet schon wieder gebraucht.»

Sonnin wies auf den Strand in Richtung Altona. Von dort näherte sich ein offener Zweisitzer. Der dick vermummte Mann hinter seinem Kutscher verschwand beinahe in seinem breiten Pelzkragen. Dennoch erkannte Claes in ihm den Stadtkämmerer. Der war wohlbeleibt und befahl seinem Kutscher lange Umwege, wo ein kurzer Weg den Gebrauch seiner Beine erfordert hätte. Erst wenige Schritte vor Altona führte ein Fahrweg, den auch Kutschen und Fuhrwerke befahren konnten, an den Strand hinunter.

Sonnin sah mit gerunzelter Stirn dem Bauhofinspektor nach, der mit fliegenden Rockschößen, den Hut schon in der Hand, den Kopf schon halb gebeugt, dem Stadtkämmerer, immerhin einem der wichtigsten Männer der Stadt, entgegeneilte.

«Letztlich bin ich doch froh, dass Euer Rat mich nicht zum städtischen Inspektor machen wollte. Mein Rücken ist für solche Mätzchen seit jeher zu steif. Aber verratet mir, warum interessiert Ihr Euch so für den jungen Paulung?»

«Aus keinem besonderen Grund. Ich finde es nur seltsam, dass er hier arbeitet. Ist sein Vater nicht einer von den Lotsen, die auf die hannöversche Seite gewechselt sind? Warum folgt er seiner Familie nicht?», fuhr er fort, als der Baumeister nickte. «Wenn er ein erfahrener Fischer ist und sich kein neues Boot leisten kann, könnte er sich dort zumindest als Hauerlotse bewerben.»

«Das könnte er. Doch selbst wenn die Stader freie Lotsstellen haben, schuftet er lieber hier im Dreck. Das ist eine lange Geschichte. Ich will gerade zurück in die Stadt gehen. Wenn Ihr Euch dazu durchringen könntet, Euer Pferd am Zügel zu führen und mich per pedes zu begleiten, will ich sie Euch gern erzählen.»

Claes ließ sich nie eine gute Geschichte entgehen. Beinahe hätte er darüber den Grund seines Besuches vergessen, aber die neuen Probleme wegen der Versandung des Oberhafens, die ihm noch am Morgen so dringlich erschienen waren, dass er sich auf den weiten Weg bis zum neuen Hanfmagazin gemacht hatte, konnten ein Stündchen warten.

Der alte Paulung, berichtete Sonnin, habe in der Tat vor einigen Jahren zu den Ersten gehört, die die Lotsstation am hannöverschen Südufer eingerichtet hatten. Henning Paulung war wie die meisten Fischer gewesen, bevor er Lotse wurde. Seit Generationen waren die Paulungs Elbfischer, Henning war der Erste, der auch auf die Nordsee hinausfuhr, wie später auch sein Sohn Matthias. Es hatte viel Rederei gegeben, als die Abtrünnigen an das Südufer wechselten, die ganze Lotsenschaft von Cuxhaven bis Hamburg war empört, aber über die Paulungs wurde besonders und aus noch einem anderen Grund geredet.

Henning und sein Sohn, so hieß es, seien schon von

jeher wie Katz und Hund gewesen. Warum, wusste keiner ganz genau, obwohl es natürlich viele Gerüchte gab. Weil Matthias als junger Mann zu viel gesoffen und keine Schlägerei ausgelassen habe, sagten die einen. Weil Henning, kaum dass er die Tür seines Hauses hinter sich geschlossen habe, vom honorigen Raubein zum Tyrannen wurde, sagten die anderen. Eva Paulung, Hennings Frau, wurde oft tagelang nicht gesehen. Wegen der blauen Flecken, sagten die Leute, aber keiner war sicher, woher sie die hatte, von Henning oder von Matthias. So zerstritten die Paulungs sein mochten, was zwischen ihnen vorging ließen sie niemanden wissen.

Als Henning sich ans Südufer absetzte, blieb Matthias. Was keinen wunderte, er hatte ja längst sein eigenes Boot.

«Die Leute sind seltsam», sagte Sonnin und blieb, schnaufend vom steilen Aufstieg, am Saum des Hanges beim Hornwerk stehen. «Jeder weiß, dass Matthias mit seinem Vater zerstritten ist, trotzdem lassen sie es ihn büßen, dass er der Sohn des alten Paulung ist, der sich auf die andere Seite geschlagen hat und nun seinen eigenen Leuten Lotsgelder wegschnappt.»

«Deshalb arbeitet er lieber für den Bauhof, als sich einen Platz auf dem Ewer eines anderen Fischers zu suchen?»

Sonnin zuckte mit den Achseln. «So ganz genau weiß ich das nicht. Aber er ist ein halsstarriger Kerl, im Zorn möchte auch ich ihm nicht gerne begegnen. Ich denke, er will sich einfach niemandem unterordnen, der auf ihn und seine Familie, so zerstritten sie auch sein mögen, heruntersieht. Er wird versuchen, einen neuen Ewer zu bekommen. Wobei ich mir nicht vorstellen kann, wie er bei diesem Lohn auch nur ein paar Pfennige zusammenkratzen kann.»

«Vielleicht macht er es wie Ihr und spielt in der Lotterie?»

«Nun ist es an mir zu sagen: Spottet nur. Ich hoffe, er ist klüger als ich. Mir geht es wie unserem gelehrten Freund Lessing. Wir zahlen mit unseren Einsätzen immer nur für die Gewinne der Glückreicheren. Aber nein, dass Paulung sein Glück in der Lotterie versucht, glaube ich nicht. Dafür braucht man nicht nur einen kindlichen Glauben an die Gunst des Unwahrscheinlichen, sondern auch Leichtfertigkeit und Lust am Spiel. Nichts davon kann man ihm nachsagen. Doch nun lasst uns weitergehen. Was haltet Ihr von einem wärmenden Glas heißen Wein im *Traubental*?»

Davon hielt Claes Herrmanns sehr viel. Ihm wäre zwar ein Besuch in Jensens Kaffeehaus lieber gewesen, aber Sonnins Lieblingsschenke stand in der Neustadt nicht weit hinter dem Millerntor. Ein unbestreitbarer Vorteil, denn so trennte sie nur eine Viertelstunde von dem wärmenden Genuss.

KAPITEL 3

DONNERSTAG, DEN 9. MARTIUS,
VORMITTAGS

Berno Steuer fror. Das lag weniger an seiner dünnen Jacke als am Zustand seines Körpers. Genauer gesagt: seines Kopfes. Der schmerzte, als sei ihm in der vergangenen Nacht eine Kiste voller Eisennägel daraufgefallen. Was nicht geschehen war, natürlich nicht, schuld war vielmehr der Branntwein. Und Samuel Luther, der besonders. Luther hatte ihn in das Komödienhaus mitgenommen, der Teufel wusste, woher er das Geld für die Billetts gehabt hatte. Wieso war Luther, der fahrende Komödianten für nicht besser als vogelfreie Kesselflicker ansah, überhaupt auf diese verrückte Idee gekommen?

Gleich nach der Anfangsmusik zog Luther ein kleines Fläschchen aus der Jacke. Weil doch die Hitze auf der Galerie den Hals so trocken mache. Berno sah in Luthers spöttisch feixendes Gesicht und trank. Ein bisschen nur, er hatte längst gelernt, so zu tun, als trinke er große Schlucke, wenn er tatsächlich nur winzige nahm. Er mochte diesen Fusel nicht, weder den Geschmack noch das Gefühl, wenn die Flüssigkeit ätzend durch seine Kehle rann, den Bauch erreichte und wärmte, als dehne sich darin ein dickes hitziges Tier. Noch weniger mochte er das Gefühl des Schwebens und Schwankens, das bald darauf einsetzte, als gehöre ihm sein Körper nicht mehr, als sei er nicht mehr Herr seiner Gefühle, Gedanken und

Worte. Also trank er fast niemals Branntwein, also vertrug er auch keinen.

Sicher hätte er auch gestern Abend nicht weitergetrunken, wenn er sie nicht plötzlich am anderen Ende der Galerie entdeckt hätte. Sie beugte sich über die Brüstung, und obwohl das Tuch über ihrem Kopf und ihren Schultern ihr Gesicht fast vollständig verbarg, erkannte er Anna sofort, so wie er sie immer erkannte, seit er ihr das erste Mal begegnet war.

Jeder andere wäre dort geblieben, hätte sich durch die Menge auf der Galerie gedrängt und ihre Nähe gesucht, hätte etwas herumgelärmt und angegeben – und er? Er trank, als müsse er sich bestrafen. Er rannte, kaum dass der Vorhang das erste Mal fiel, davon. Luther folgte ihm, und von dem, was dann geschah, erinnerte er nur noch wenig. Die Schenke war düster, es stank darin nach Tranlampen, schalem Bier und zu vielen Menschen, und der Branntwein, den Luther sofort bestellte, von dem er ihm immer wieder nachschenkte, brannte noch schärfer.

«Pass doch auf, Berno. Schlaf zu Hause auf deinem Strohsack. Hier wird gerudert!» Olaf Hennrichs, Altonas Hafenmeister, saß im Bug des Bootes, das Seil mit dem Lot schon in der Hand, und sah sich ärgerlich nach dem Mann um, der über seinem Riemen hing, als trüge er die Last der Welt. Berno hoffte, Hennrichs und die beiden anderen Männer, die mit ihm und Luther an den Riemen saßen, röchen seinen Atem nicht. Andererseits, sollten sie ihn nur riechen, sollten sie nur lachen. Sie hatten auch oft genug gelacht, wenn er den Kopf schüttelte und die Flasche weiterreichte, ohne getrunken zu haben. Diesmal hatte er eben getrunken.

«Noch etwa fünfzig Fuß», rief Hennrichs, der sich wieder umgewandt hatte und auf den Fluss starrte. Fünfzig Fuß. Dann würden sie kurz vor der Barre sein, die sich bei Altona aufgebaut hatte. Die Sandbank war immer im Fluss, ragte schräg vom Ufer bis in die Mitte der Fahrrinne und störte die Schifffahrt. Die Altonaer hatten eigentlich nichts dagegen, denn so mussten die großen Segler, voll beladen mit Gütern für die Hamburger Handelshäuser, und auch die Grönlandfahrer mit ihren wuchtigen Schiffsbäuchen voller Walspeck im Fluss vor Neumühlen leichtern. Aber Vertrag war Vertrag, und die sich immer wieder auftürmenden Anschwemmungen mussten zumindest vermessen werden.

Auch wenn die Elbe vor Altona und Hamburg nicht so flach war wie bei Bunthaus, wo Süder- und Norderelbe wieder zusammenflossen und in trockenen Sommern vor lauter Schwemmsand schon die Gemüseewer aus den Vierlanden hängen blieben, war sie auch hier nicht annähernd so tief, wie es die Schiffer und Kaufleute gern gehabt hätten. Das salzschwere Meerwasser drängte mit der Flut Sand die Elbe hinauf, das Elbwasser schwemmte Sand aus dem Flussbett flussabwärts – und nach und nach bauten sich feste Sandbarrieren, die Barren, in den Fluss. Je eine große behinderte die Schiffe bei Altona und bei Blankenese. Tagelang mussten die Schiffer oft warten, bis sie mit einer hohen Flut über die Sände segeln konnten.

In jedem Winter veränderten sich die Barren mit der Strömung, den Stürmen und den hohen Fluten. Bevor die ersten großen Segler ausliefen oder die Elbe herauf von der Nordsee den Altonaer oder Hamburger Hafen anliefen, musste die Fahrrinne ausgelotet werden, damit die Schiffe sicher durch den Fluss kamen und ihre Liegeplätze an den Vorsetzen und Duckdalben unbeschadet erreichen konnten.

Auch in diesem Jahr hatten die Lotsen und ihre Knechte wie stets schon in den letzten Februartagen zwischen den vermeintlich letzten Eisschollen die Oberelbe ausgelotet. Doch mit dem März war nicht nur der strenge Frost zurückgekommen, heftige Frühjahrsstürme von Nordwesten hatten hohe Fluten die Elbe hinaufgedrückt, Sand und alle Arten von Unrat aufgeschwemmt, als gelte es zurückzubringen, was der Fluss in Jahren mit sich genommen und in die Nordsee gespült hatte. Immerhin hatten die Deiche gehalten.

Berno fror noch immer, selbst die Arbeit an den Riemen erwärmte ihn nicht. Am Morgen hatte ihn die Übelkeit so gequält, dass er zweimal auf seinen Strohsack zurückgesunken war, bevor er sich endlich stark genug fühlte, um aufzustehen. Dass auch heute Flaute herrschte, war ihm ein großes Glück, schon die kleinste Dünung hätte ihn umgebracht. Aber der Fluss schob das Wasser nur träge über den Sand seines weiten Bettes. Zusammenreißen, dachte er und atmete tief die kaltfeuchte Luft, streckte sich über den Rand des Bootes, schöpfte eine Hand voll Wasser und warf es sich ins Gesicht. Der Mann auf der Ruderbank hinter ihm, Dedje Luhns, lachte leise. «Fieber, Berno?»

Alle hatten es gehört, und das Gelächter der Männer an den Riemen hallte über den Fluss. Sogar Hennrichs lachte.

Berno bemühte sich zu grinsen, wie Männer miteinander über Männersachen grinsten. Noch einmal streckte er seine Hand vor, doch er tauchte sie nicht mehr ins Wasser. Das Boot war nun nahe einer kleinen Sandinsel, auf der sich mageres Weidengestrüpp festgesetzt hatte. Die letzte hohe Flut hatte den Sand bis an die Sträucher fortgerissen. Etwas Hölzernes, eine lange Stange, vielleicht eine Stelze, wie sie die Schäfer benutzten, um ihre Herde besser überblicken zu können, hatte sich im Wurzelgeflecht verhakt und hielt etwas fest. Es sah nicht nach dem üblichen Unrat aus, der von den großen Schiffen über Bord geworfen wurde, obwohl das streng verboten war. Nein, auch wenn es mehr unter als auf dem Wasser schwamm, erkannte Berno etwas, das wie ein Stoffballen aussah, der sich im Wiegen der Flut auszurollen begann.

«Da drüben», rief er und zeigte zu dem Gestrüpp hinüber, «da schwimmt was. Sieht noch ziemlich gut aus.»

Alle reckten sich nach der Sandinsel, Hennrichs nickte und sagte: «Dann mal los. Der dritte Teil für dich, Berno, der Rest für uns.» Und nach kurzem Zögern: «Sonst geht das keinen was an. Merkt euch das.»

Mit wenigen Ruderschlägen erreichten sie ihren Fund und gingen längsseits. Berno, an dessen Seite der Stoffballen im Wasser lag, griff nach ihm, doch gerade als er einen Zipfel erwischt hatte, trieb das Boot einige Fuß ab, und er musste seinen Fund wieder loslassen.

«Verdammt», rief er, «haltet den Kahn ruhig. Stak uns wieder ran, Dedje.»

Dedje stand auf, bohrte seinen Riemen in den Sand, und während Luther und der vierte Mann an den Riemen, Dedjes Bruder Hanjo, das Boot im Gleichgewicht hielten, beugte Berno sich über den Bootsrand. Luther bohrte seinen Riemen nun an der andern, der flussseitigen Seite des Bootes in den Sand, und so lag es ruhig im Wasser. Wieder griff Berno nach dem Stoff, diesmal packte er fest zu – und ließ mit einem würgenden Schrei wieder los. Der Ballen, oder was er dafür gehalten hatte, hatte sich gedreht, aus den wabernden Stoffen blickte ihm ein Gesicht entgegen, und eine bläulich weiße Hand schien ihm aus der Schwärze des Wassers zuzuwinken.

Die kleine Truhe war wirklich ein hübsches Stück. Dank Helenas Entschlossenheit und gegen Manons jammernden Protest nahm sie nun den Platz zweier Körbe unter dem rechten Fenster der Wohnstube ein. Die Körbe, hatte Helena gesagt, fänden genug Platz unter Manons Bett, da gehöre solcherart Krimskrams hin. Manon fand zwar nicht, dass ihre Schätze, bunte Bänder, Kämme und Tücher, zwei zerlesene Romane, ihre alte Stoffpuppe und ähnliche Kostbarkeiten, in ein staubiges Versteck verbannt werden durften, doch die Entscheidung der Prinzipalin duldete keinen Widerspruch. Jedenfalls wenn es um so belanglose Dinge wie Ordnung und die Definition von Krimskrams ging.

Dennoch hatte sich das Durcheinander in dem Raum, den die Beckerschen in der Altonaer Wohnung als ihre gute Stube bezeichneten, kaum verringert. Solange die beiden Korbtruhen, von denen wirklich niemand wusste, wo sie noch Platz finden sollten, nicht geliefert waren, würde das auch so bleiben. Immerhin musste Rosina nun nicht mehr fürchten, eine so kleine Ungeschicklichkeit wie eine ausholende Geste könnte kostbare Kostüme ruinieren. Die Perücken, Handschuhe, eben alles, was auf dem Tisch aufgehäuft gewesen war, befand sich nun in Sicherheit.

Rosina griff nach einem Leinfetzen und putzte sorgfältig die Tintenreste von der Feder. Während sie die letzten Zeilen ihrer Übersetzung noch einmal überflog, tasteten ihre Finger im Schreibkasten nach dem Federmesser. Vergeblich. Das Messerchen, hauchfein und scharf genug, die Federn ganz ohne Scharten zuzuschneiden, war nicht an seinem Platz. Ärger stieg in ihr auf wie eine heiße Welle. Sie liebte ihr Leben bei den Komödianten, nur manchmal, besonders an Tagen wie diesem, wünschte sie sich sehnlich viel Platz. Und viel Einsamkeit. Zeit und Raum, die nur ihr gehörten. Das waren Tage voller Ungeduld, Tage, an denen sie sich vorstellte, einfach wegzugehen, irgendwohin in ein anderes Leben.

Sie schloss die Augen, atmete tief und lehnte sich fest gegen die hohe Rückenstütze ihres Stuhls. Der abgewetzte Samt hielt ihren Rücken wie eine sanfte Hand, der eilige Herzschlag des Zorns beruhigte sich, und sie versuchte zu lächeln. Lächeln, das hatte sie an einem solcher Tage herausgefunden, half diesen Momenten.

Sie öffnete die Augen, entdeckte das Messer, das sie in Manons oder Fritz' Körben wähnte, halb unter ihren Papierstapeln verborgen, und begann die Feder nachzuschneiden. Gewiss lag es nur an dem Nebel, an der eigentümlich tauben Stille, die er über die Stadt legte, dass sie in den letzten Nächten so seltsame Träume gehabt hatte. Die Bilder einer Zeit, an die sie sich sonst beharrlich weigerte zurückzudenken, waren so deutlich gewesen, dass sie beim Erwachen im Morgengrauen die behutsamen Schritte auf der Treppe für die ihres Vaters gehalten hatte. Erst Manons Schlafgemurmel hatte sie in die Gegenwart zurückgeholt.

Sie prüfte die frisch zugeschnittene Feder mit den Fingerspitzen, tauchte sie in das Tintenfässchen und beugte sich wieder über ihre Arbeit. Monsieur Jean-Jacques Rousseaus tändelndes Schäferspiel trug den hübschen Titel *Der Dorfwahrsager*. Schon der allein, hatte Jean versichert, werde dem Publikum gefallen.

Den Namen des Autors hingegen wollte er nur sehr klein auf dem Theaterzettel vermerken. Immerhin war es möglich, dass der eine oder andere ihn kannte und sich davon abschrecken ließ. Monsieur Rousseau war nun mal ein anstrengender Denker und ein trübsinniger, gar zu eigenwilliger Mensch. Obwohl sein Singspiel dem französischen König so gut gefallen hatte, dass er den komponierenden Poeten trotz seiner unbequemen Gedanken ohne Zweifel zum Hofkomponisten erhoben hätte, hatte der es sich verscherzt. Zur Premiere vor dem fünfzehnten Ludwig samt seinem Hofstaat erschien er schlampig wie ein Gassenkerl, der am nächsten Tag gewährten Audienz blieb er gleich ganz fern. Nun, so hieß es, hungerte er wieder und verdiente sein knappes Brot mit Notenabschreiben.

Rosina mochte diesen Teil ihrer Arbeit ganz besonders. Sie liebte das Spiel mit den Worten, die Suche nach den deutschen Entsprechungen, die dem Text noch seine eigene Melodie ließen, die Freiheit, die Handlung so abzuändern, dass sie für die kleine Zahl und die begrenzten Talente der Beckerschen Gesellschaft passte. Und für den Geschmack des hiesigen Publikums. Altona war nicht Paris. Was Ludwig XV. und Madame Pompadour genug amüsiert hatte, dem Schöpfer dieser kleinen Oper um ein verliebtes Hirtenpaar und einen Dorfpropheten 150 Louisdor zu verehren, verführte die Bürger an Elbe und Alster noch lange nicht zu Begeisterungsstürmen.

Streitende Stimmen auf der Treppe rissen Rosina aus ihren Gedanken.

«Gesine hat *natürlich* Recht», rief Jean. «Es ist zu viel! Du siehst mit diesem Kopfputz nicht wie eine verführerische junge Schäferin aus, sondern wie ein Wiedehopf, der sich einbildet, König zu sein.»

«Das ist gemein.» Manons helle Stimme zitterte. «Ständig sind dir Mutters Kostüme zu brav, nur wenn es um meine geht, willst du sparen.»

«Es geht nicht darum zu sparen, Kind. Kunst und Sparen!! Es geht einzig um die richtige Wirkung. Selten, sehr selten sogar, ist weniger mehr. Hier haben wir so einen Fall. Und nun will ich davon nichts mehr hören, geh zurück zu deiner Mutter und hilf ihr, dein Kostüm fertig zu machen. Du wirst darin bezaubernd aussehen. Glaub mir, Manon», mit diesem Appell öffnete er schwungvoll die Tür und trat, von einer zornigen Manon und einem grinsenden Filippo gefolgt, in das Zimmer. «Glaub mir, ich kenne die Wirkung auf der Bühne. Stell dir das Licht der Kerzen vor, Rudolfs Kulissen, die Musik, besonders die Musik!, die malt in den Köpfen des Publikums Bilder, die es sonst nie sehen würde. Das stell dir vor, und du wirst dein Kostüm mit anderen Augen sehen. Und nun», er hob die Arme wie am Beginn eines besonders inbrünstigen Couplets, ausnahmsweise, ganz ohne etwas umzuwerfen, weil einfach nichts in der Nähe war, «nun ist Schluss. Nun kehrst du zu Nadel und Faden zurück, und damit basta. Lass dir nicht einfallen, Gesine zu sagen, ich hätte anders entschieden.»

Aufseufzend ließ er sich auf einen Stuhl fallen, lauschte den zornigen Schritten seiner jüngsten Komödiantin auf der Treppe nach und seufzte mit flehend erhobenen Händen: «Sie war ein so reizendes, braves Kind. Warum muss sie nur wachsen. Sag, Rosina, warum?»

Rosina lachte. «Ich habe keine Ahnung, warum die Natur so eingerichtet ist. Manon kenne ich seit beinahe zehn Jahren, ich bin mir nicht sicher, ob sie wirklich jemals brav war, falls du damit still und demütig meinst.»

«Glaubst du?» Jean zupfte stirnrunzelnd an den schon etwas ausgefransten Spitzen, die aus den Ärmeln seines quittegelben Rockes hervorsahen, seufzte und faltete ergeben die Hände vor der Brust. «Vielleicht werde ich einfach alt. Seit graue Fäden in mein Haar schleichen, sind mir diese Geschöpfe zwischen Kind und Weib doch recht anstrengend.»

Rosina ignorierte unbarmherzig die unausgesprochene Aufforderung, den Verlust seiner Jugendlichkeit zu bestreiten. «Fünfzehnjährige sind immer anstrengend, Prinzipal. Ich bin sicher, du warst es auch.»

«Glaubst du? Daran kann ich mich wirklich nicht erinnern. Setz dich doch endlich, Filippo», rief er und drehte sich nach seinem Akrobaten um, «räum den Stuhl dort frei und setz dich.» Filippo war schon seit einem guten Jahr Komödiant der Beckerschen Gesellschaft. Sein Respekt vor dem Prinzipal war dennoch ungebrochen, was dem außerordentlich gefiel. Filippo, fand Jean, sei in dieser kurzen Zeit schon ein unersetzliches Mitglied in seinem Ensemble geworden. Was wiederum alle anderen wunderte. Noch im letzten Sommer war auch Rosina sicher gewesen, Filippo werde die Beckerschen bald wieder verlassen. Er war von dieser frischen Hübschheit, die den Damen besonders gefiel, er war ein guter Tänzer und passabler Sänger, wenn auch mit ein wenig zu viel Schmelz. So war er genau der Richtige für die Rollen, die Jean trotz des Silbers in seinem dichten schwarzen Haar stets für sich reklamierte. Eine solche Konkurrenz, da waren alle sicher gewesen, würde der Prinzipal nicht lange ertragen. Nun aber warteten sie gespannt auf den Tag, an dem Jean ihm zum ersten Mal eine dieser begehrten Rollen abtreten würde. Filippo hatte es verstanden, niemand wusste so recht, wie, Jean für sich einzunehmen. Wer immer den Neuling, der in der Tat noch viel zu lernen hatte, zu kritisieren wagte, wurde in seine Schranken verwiesen. Wo Jean war, war auch Filippo, und Titus, der bärbeißige Spaßmacher der Gesellschaft, hatte Helena neulich gefragt, ob der Herr Gemahl neuerdings den Vater in seiner Seele entdeckt habe.

«Wir suchen Fritz, Rosina, ich dachte, er sei bei dir. Ist jetzt nicht Zeit für seinen Flötenunterricht?»

«Eigentlich ja. Aber er hat mich gebeten, den Unterricht auf morgen zu verschieben.»

«Warum? Wo ist er?»

Rosina zuckte mit den Achseln. «Das weiß ich nicht. Es hat nicht viel Sinn, einen Vierzehnjährigen viel zu fragen.»

«Er kann doch nicht einfach verschwinden. Wir brauchen ihn bei der Probe. Er ist so schrecklich gewachsen, ich bin mir nicht sicher, ob er noch für den Putto taugt. Ach, Rosina», Jean stützte die Ellenbogen auf und legte sein Kinn in die Hände, «warum muss …»

«… er nur erwachsen werden», vollendete sie freundlich spottend seinen Satz. «Ich weiß, Jean. Aber sicher stromert er nur ein bisschen am Hafen herum und hofft, dass die ersten Segel auftauchen. Du weißt doch, wie ihn die Schiffe locken.»

«Bald wird ihn eines so sehr locken, dass er sich anheuern lässt und vollends verschwindet. Und dann?»

«Das wird nicht geschehen. Außerdem wird Muto bei ihm sein, der passt schon auf, dass Fritz seine Abenteuerträume beherrscht.»

«Da bin ich aber gar nicht sicher. Das klingt mir eher wie einen Fuchs ein Huhn bewachen lassen.»

Wieder lachte Rosina. «Das ist ein nettes Bild. Zumindest passt es zu den weißblonden und dem rostfarbenen Haarschöpfen der beiden. Warum machst du aus dem rundlichen Putto nicht einfach einen hehren Engel? Das wird niemanden stören, und für den ist Fritz weder zu lang noch zu dünn. Es passt auch besser, wenn seine Stimme vom kindlichen Sopran zum Reibeisen kippt.»

«Eine formidable Idee. Und so einfach. Jeder wird sofort bereit sein, zu glauben, es sei meine.»

Nun lachte auch Jean, laut und vergnügt, und Rosina spürte wieder, dass sie ihn nicht nur aus Dankbarkeit mochte. Ihr Prinzipal war eitel, leichtsinnig, zuweilen selbstsüchtig, sein Herz war dennoch groß, und meistens wusste er auch, wann es an der Zeit war, über sich selbst zu lachen.

«Wo hast du so gut Französisch gelernt, Rosina?» Filippo hatte Rosina und Jean nur mit halbem Ohr zugehört und nach dem Bogen gegriffen, der noch tintenfeucht auf dem Tisch lag.

Rosina, die gerade einen ihrer ewig rutschenden Kämme in ihre dicken Locken zurücksteckte, verharrte in der Bewegung.

«Auf dem Theater ist das nur von Vorteil», sagte Jean schnell. «Die lustigsten Stücke kommen meistens aus Frankreich, vor allem diese Singspiele mit den Vaudevilles. Keine Bühne, die auf sich hält, kommt noch ohne sie aus. Keine. Nur die Hamburger Gesellschaft am Gänsemarkt findet diese Stücke für ihr Akademistenrepertoire natürlich nicht gut genug. Nichts gegen Monsieur Lessing, er ist ein wirklich vergnügter Mensch, und seine

Minna ist recht unterhaltsam. Obwohl er darin ganz auf Tanz und Gesang verzichtet hat, was sehr ungeschickt war. Doch nichts geht über die französische und italienische Comédie. Nicht einmal Monsieur Gellerts *Zärtliche Schwestern* in unserer heiteren kurzen Fassung. Da ist es nur gut, wenn man das Französische beherrscht. Ich tue das auch.»

«Ja. Aber Rosinas Französisch ist, mit Verlaub, Prinzipal, sehr viel besser als deines. Es ist», nach dem richtigen Wort suchend, sah er sie aufmerksam an, «es ist elegant. Auch ihre Übersetzung ist elegant. Vornehmer als die anderer Wandertheater.»

«Elegant, so. Was glaubst du, warum ich ihr erlaube, die Übersetzungen zu machen? Jeder hat seine Talente, wir lassen keines ungenutzt, nichts wird verschwendet. C'est ça.» Er warf Rosina, die immer noch mit ihren Kämmen beschäftigt war, einen Blick zu und fuhr rasch fort: «Woher weißt du überhaupt, dass ihr Französisch besser ist als meines? Du kennst doch nur die Übersetzungen.»

Filippo schüttelte den Kopf. «Vorgestern hat uns ein Franzose nach der katholischen Kirche gefragt. Ich habe kaum ein Wort verstanden, er sprach sehr schnell und schien es für selbstverständlich zu halten, dass alle Welt seine Sprache spricht. Der Weg ist nicht einfach zu erklären, aber Rosina hat mit ihm parliert, als verdiene sie ihr Brot nicht auf unseren Brettern, sondern mit dem Unterricht fürstlicher Töchter.»

«Sehr fein gesagt, Filippo, in der Tat. Aber das ist ganz allein Rosinas Sache. Hier zählt nur, was man kann, nicht woher oder warum man es kann.»

«Lass nur, Jean.» Rosina war nun mit ihren Kämmen fertig und zog Filippo den Bogen, den er wie ein Beweisstück immer noch festhielt, aus den Fingern. «Meine Mutter hat mich Französisch gelehrt. Das ist kein Geheimnis. Und nun, Messieurs, möchte ich weiterarbeiten.»

«Gewiss, die Übersetzung ist eilig.» Jean schien völlig vergessen zu haben, dass er sich gerade noch als vehementer Verfechter der Diskretion gebärdet hatte. «Deine Mutter, sagst du? Ja, die Mütter. Sie lehren ihre Töchter alles, was sie können und wissen. Dann hat sie dich gewiss auch das Singen gelehrt? Natürlich hast du diese große Gabe von Gott und der Natur, wobei die Natur selbst auch eine Gottesgabe ist, aber ich hatte schon immer das Gefühl, dass deine Stimme eine ganz besondere Übung erfahren hat.»

Er sah Rosina an, sah die Veränderung in ihrem Gesicht und räusperte sich unbehaglich. «Ja, Übung», fuhr er fort. «Aber gewiss täusche ich mich. Es tut wirklich nichts zur Sache. Die Natur ist die beste Schule. Die Natur und das Singen lehren das Singen. Oder hat vielleicht doch, ich meine, du musst es natürlich nicht erzählen, hat nicht doch deine Mutter ...»

Rosinas beharrliches Schweigen über ihre Vergangenheit war von den Komödianten stets akzeptiert worden. Auch von Jean, der seine Nase sonst in alles steckte, was ihn nichts anging. Viele der Fahrenden hatten ein altes Leben abgestreift und zogen mit neuem Namen über die Straßen. Manche freiwillig, für andere war es der einzige Ausweg. Wer da viel fragte, blieb bald allein. Für diesmal wurde Rosina die Suche nach einer Antwort erspart.

Die Tür flog auf, und mit einem Schwall kalter Luft stob Helena in den Raum, ließ den zum eiligen Treppensteigen gerafften leuchtendblauen Rock fallen, zog ihr nebelfeuchtes Schultertuch mit den glänzenden roten Fransen vom Kopf und warf es mit spitzen Fingern auf die Truhe.

«Rosina», rief sie, «stell dir vor – Jean, mein Lieber, und Filippo. Was tut ihr hier? Ich denke, ihr probt mit Fritz und Manon. Könntest du bei Melzer eine Kanne Kaffee bestellen, Jean, nur eine klitzekleine Kanne Kaffee? Ich bin so erschrocken, eine Tasse Kaffee würde mich retten, unbedingt.»

Rosina fand, dass Helena viel eher vor Aufregung zu platzen schien als vor Schreck ermattet zu sein. Tatsächlich, schon bevor Jean den Wunsch seiner Frau als Befehl an Filippo erteilte, gab Helena den Grund ihrer Erregung, oder ihres Schreckens, je nachdem, preis.

«Es ist furchtbar. Habt ihr es denn nicht bemerkt? Von hier oben», sie trat eilig ans Fenster, «ja, von hier hätte man es gut sehen können, obwohl es natürlich unten viel besser zu sehen war. Meine Güte, bin ich froh, dass ich so etwas nicht alle Tage erleben muss, wirklich froh.»

«Was, Helena? Was war besser zu sehen? Was willst du nicht alle Tage erleben?»

«Was? Eine Tote natürlich. Eine Wasserleiche. Nicht dass sie schon ganz aufgedunsen war wie dieser Diener, den sie in Dresden aus der Elbe gezogen haben. Erinnerst du dich nicht, Rosina? Ganz aufged…»

«Ja! Ich erinnere mich genau. Aber nicht gerne.»

«Eine Tote?» Jeans Augen blitzten plötzlich. «In der Elbe?»

«In der Elbe, ja. Eine ganz junge Frau.» Helenas gerötetes Gesicht wurde ein wenig bleicher, als begriffe sie erst jetzt, was geschehen war. «Dem Leben so ein Ende zu setzen. Und dann noch im treibenden Eis. Nun ja, die

Schollen sind schon dünn und nur noch wenige, aber doch Eis.»

Sie hatte beim Seifensieder am Fischmarkt Unschlittkerzen für die Bühnenbeleuchtung bestellt. Auf dem Rückweg, schon beinahe vor dem Kaffeehaus, bemerkte sie die Menge an den Hafenvorsetzen bei dem neuen Packhaus der Heringscompagnie. Die hätte sie kaum gekümmert, ständig liefen auf der Elbstraße Menschen zusammen, weil sich zwei prügelten oder ihre Hunde aufeinander hetzten, weil ein neues Gerücht debattiert oder eine Harfenistin bewundert werden musste, doch diese Versammlung kam ihr seltsam vor. Die Menschen standen da, reckten die Hälse, drehten ihre Mützen in den Händen, aber – das vor allem – sie schrien nicht herum, verursachten nicht den geringsten Lärm. Sie standen einfach da, eng beieinander, und schwiegen. Dennoch schien die Menge zu vibrieren.

Es gelang ihr nicht, sich durch die Menschenmauer zu drängen, so kletterte sie auf einen Haufen dicker Taue an der Wand des Packhauses, um über die Köpfe sehen zu können, und nun sah sie es auch. An den Vorsetzen hatte ein kleine Schaluppe festgemacht, ein Boot ohne Mast, für vier oder sechs Riemen. Auf dem hölzernen Steg der Anlegestelle lag ein Mädchen, ihre Augen waren geschlossen und ihr Gesicht bleich wie, ja, wie das einer Toten. Die dunkle Wolle ihres Kleides schimmerte schwarz vom Wasser, aus dem Gewirr ihrer lockigen Haare liefen Rinnsale, die auf den unebenen Bohlen zu kleinen Pfützen wuchsen. Ihre Füße waren nackt.

«Warum hilft denn niemand?» Die schrille Stimme des jungen Mannes, der neben der Toten kniete, durchbrach die Starre des Moments. «So helft ihr doch.» Er griff nach der Hand des Mädchens und begann sie zu reiben und zu kneten. «Sie ist so kalt», flüsterte er, «sie muss doch frieren.»

Er zog seine Jacke aus und breitete sie zärtlich über die nasse Gestalt. Die Hoffnungslosigkeit in seinen Augen zeigte allen, die ihn und das Mädchen anstarrten, dass er wusste, warum niemand half, dass die Jacke nichts nützen würde. Hier gab es nichts mehr zu helfen.

«Lass doch, Berno.» Der Mann, der kurz zuvor das Boot vertäut hatte, berührte den anderen sanft an der Schulter. «Dedje ist schon unterwegs zu ihrem Vater. Wir wollen sie jetzt hier wegbringen. Steh auf», sagte er lauter, als der Mann, den er Berno genannt hatte, nur die Hand des toten Mädchens fester umklammerte und sich wie ein Kind neben ihr zusammenkauerte. Schließlich schob er ihn behutsam beiseite, hob das Mädchen auf und trug sie davon. Zwei weitere, die mit im Boot gewesen waren, zogen Berno auf die Füße und mit in das Packhaus, in dem der andere mit der Toten verschwunden war.

Helena kletterte von den Seilen und fühlte sich plötzlich wie auf der Bühne. Als werde in einer Szene, die schon geraume Zeit ihren Lauf genommen hatte, endlich der Vorhang hochgezogen, kam Leben in die Menge.

«Eine Schande», rief jemand. «So ein Unglück», jemand anderes. Alle redeten und flüsterten durcheinander. Helena hörte deutsche, dänische, holländische, auch ein paar portugiesische und englische Wortfetzen. Das Mädchen sei gewiss aus Hunger ins Wasser gegangen. Aus Hunger? So dünn habe sie nicht ausgesehen, brummte ein hagerer Einbeiniger auf Krücken. Nein, rief eine Frauenstimme, eine Schande habe sie im Leib, das sei doch wohl klar. Warum sonst sei der unter den nassen Kleidern so gewölbt gewesen. Ihr Leib gewölbt? Dann sei es vielleicht gut, dass sie tot sei, ihr Vater schlüge sie sonst sowieso tot.

Wer dieser Vater war, konnte Helena nicht in Erfahrung bringen. Wen sie auch fragte, wandte sich eilig ab.

«Ihr solltet euch schämen», übertönte plötzlich eine helle Mädchenstimme zornig die anderen, «das hätte sie nie getan. Niemals. Es war ein Unglück.»

Wieder tönten die Stimmen durcheinander, keiften und brummten, riefen und raunten, und plötzlich, als habe eine Windbö sie erfasst, trieb die Menge auseinander, wurde zu noch streitenden Grüppchen, zu eilig davonlaufenden Einzelnen, verschwammen alle mit den Wagen, Kutschen und Karren, den Hühnern, Hunden und anderen Menschen auf der Straße, die dieses schreckliche, dieses wunderbar aufregende Ereignis am Ufer versäumt hatten. Die Nachricht von der Toten aus der Elbe würde flink wie ein Schwarm Spatzen durch die Stadt fliegen.

«Es ist so traurig», sagte Helena, stellte ihre noch halb volle Tasse Kaffee, den Filippo mit seltener Geschwindigkeit aus Melzers Gaststube heraufgeholt hatte, auf den Tisch und strich sich mit den Handrücken über die Augen. «Dort unten habe ich gar nicht gemerkt, wie traurig es ist.»

«Und niemand wusste, wer sie ist?», fragte Jean.

«Alle schienen es zu wissen. Zumindest viele. Ganz sicher die Männer im Boot, die sie im Fluss gefunden hatten. Der eine heulte wie ein Kind, und die anderen sahen auch nicht unbedingt gleichgültig aus. Einer war geradezu grün im Gesicht. Aber mir wollte es niemand sagen. Mir», seufzte sie, «einer Fremden.»

«Macht nichts, Helena.» Rosina erhob sich, trat ans Fenster und starrte in den trüben Tag. «Warte eine halbe Stunde, dann kommt Titus. Ganz gewiss nimmt er nicht die Treppe, ohne vorher eine kleine Pause bei Melzer einzulegen. Er wird mehr und auch anderes wissen als alle, die dort unten am Hafen dabei waren. Da kommt er schon.»

Doch die Schritte, die die Treppe heraufstapften, gehörten Rudolf. Die Windmaschine sei nun repariert und heule wieder tüchtig. Die stürmischen Szenen, die in den letzten Tagen aus allen Stücken gestrichen worden waren, könnten wieder stattfinden. Und ob Jean nun entschieden habe, welche Farben die Wolken der Himmel in Monsieur Rousseaus Oper haben sollten? Rosenfarbene oder doch nur weiße? Himmel mit weißen Wolken seien ja immer da. Für rosenfarbene jedoch sei es höchste Zeit, mit den Malarbeiten zu beginnen. Die Farben trockneten bei diesem Wetter so schwer.

Von einer Toten im Fluss hatte Rudolf nichts gehört. Was alle bedauerten, aber niemanden wunderte. Rudolf hörte und sah selten mehr als seine Farbtöpfe, Bühnenmaschinen und Werkzeuge. Ausgenommen natürlich seine Frau Gesine und ihre Kinder Fritz und Manon, aber auch das war nicht sicher.

Erst am Abend, als sie mit vom matten Licht der Unschlittkerze geröteten Augen auch die letzte Seite des *Dorfwahrsagers* übersetzt hatte, fiel Rosina ein, dass sie Filippo bisher niemals auch nur ein Wort in einer fremden Sprache hatte sprechen hören. Wieso konnte er ihr Französisch beurteilen? War das nicht nur möglich, wenn seines mindestens ebenso gut war?

Doktor Hensler zog behutsam das Tuch über den toten Mädchenkörper, streifte seine aufgerollten Hemdsärmel herunter und griff nach seinem Rock. Er war ein kräftig gebauter Mann von etwa dreißig Jahren. Auch seine Hände waren kräftig, nur, wer sie sah, vermochte sich kaum vorzustellen, dass er nicht nur ein einfacher Stadtphysikus, sondern auch einer der besten Starstecher war, den ein Erblindender sich erhoffen konnte.

Er wusste nicht, ob er erleichtert sein sollte. Gab es dafür überhaupt einen Grund, wenn ein junger Mensch, egal auf welche Weise, gestorben war? Er beugte sich noch einmal über die Tote, zog das Tuch weiter zurück und betrachtete das bleiche Gesicht. Nein, es gab keinen Grund. Dennoch, selbst wenn es für ihre Familie kein Trost war, so bedeutete es für sie wenigstens keine neue Schuld.

Als der Junge ihn holte und zum Packhaus brachte, hatte der Arzt noch gefunden, das sei wahrlich kein guter Ort für diesen Anlass. Doch als er wenige Minuten darauf den Hafen erreichte, zollte er Hafenmeister Hennrichs Respekt. Der hatte sich für den kürzesten Weg entschieden, um das Mädchen den neugierigen Blicken zu entziehen. Die Tür des Packhauses knarrte, der Arzt zog das Tuch wieder über das Gesicht der Toten und drehte sich ärgerlich um. Hatte er die Männer des Hafenmeisters, die sie aus der Elbe geborgen hatten, nicht deutlich genug angewiesen, draußen zu warten und auch sonst niemanden hereinzulassen?

In den letzten Minuten war das Gemurmel vor der Tür lauter geworden, das Häuflein Wartender wurde schnell größer. Schlechte Neuigkeiten breiteten sich flinker aus als Blattern und Halsbräune. Er war sicher, dass sich dort trotz der Kälte ein ganzer Schwarm von Neugierigen drängte, Spekulationen und Behauptungen austauschte und darauf wartete, dass er endlich die Tür öffne, darauf hoffte, wenigstens einen kleinen Blick auf die Attraktion des Tages werfen zu können. Der Arzt hatte diese Gier nach dem Unglück anderer nie verstanden. Doch vielleicht würde er sie ebenso verspüren, sähe er nicht Tag für Tag mehr Unglück, als ihm lieb war. Besonders seit er Segeberg verlassen und die Stelle des Altonaer Stadtphysikus übernommen hatte, die ihn auch zur Behandlung der Armen, der Stadtsoldaten und der Zuchthäusler verpflichtete.

Nicht ein unverschämter Gaffer, sondern der Polizeimeister von Altona schob sich durch den Türspalt, den einer der Männer für ihn offen hielt und schnell, einen Vorwitzigen mit der Schulter abdrängend, hinter ihm schloss.

Proovt, wie stets im dunkelblauen Rock aus feinstem Tuch (der zu seinem Verdruss dennoch den Uniformen der Offiziere des Militärs nur wenig glich) und blitzblanken schlankschaftigen Stiefeln, nickte grüßend und trat an den Packtisch, auf den die Männer das Mädchen gelegt, und auf dem Hensler sie auch untersucht hatte.

«Nun.» Proovt räusperte sich, sagte noch einmal: «Nun» und sah den Arzt fragend an.

«Seht nur genau hin», sagte der, «sie kann euch nichts mehr tun. Sie hat nicht einmal eine Seuche weiterzureichen, *nichts,* was sie noch weitergeben könnte. Bis auf ein paar nützliche Informationen natürlich.»

Proovt ignorierte den letzten Satz. Den davor offenbar

auch, denn er zog ein feines weißes Tuch aus seiner Rocktasche, beiläufig, als habe er es sowieso gerade herausziehen wollen, und hielt es ebenso beiläufig vor Mund und Nase. Ein Hauch von Rosenwasser drängte sich in den Fischgeruch des Packhauses, als er an den Tisch trat.

«Fatal», sagte er, «äußerst fatal. Immerhin haben die Männer sie gleich geborgen.»

Hensler nickte. Er redete schon lange gegen diese unsinnige Angst der Menschen, Ertrinkenden zu helfen und Tote aus dem Wasser zu ziehen.

«Hatte sie einen Grund, sich zu ertränken?» Die Gerüchte über das, was am Fluss geschehen war, hatten Proovt erreicht, kaum dass er die Wache verlassen hatte.

«Das kann ich Euch nicht sagen, ich habe das Mädchen nicht gekannt.»

«Natürlich nicht.» Proovt nickte höflich. «Ich meine einen anderen Grund.» Er hüstelte, tupfte mit dem Tuch über die Lippen und steckte es umständlich zurück in die Tasche. «Einen konkreten, einen, nun ja, weiblichen.»

«Ihr meint, ob sie schwanger war? Nein, ganz gewiss nicht. Es sei denn seit gestern oder vorgestern. Ich werde sie später genauer untersuchen, aber in dieser Sache bin ich recht sicher.»

Proovt schien erleichtert, und Hensler verbiss sich ein Grinsen. Der junge Polizeimeister war erst seit einem guten Jahr im Amt. Er machte seine Sache nicht schlecht, darin waren sich die Altonaer und sogar der Magistrat einig, aber er war der Sohn eines Professors der Moral und schönen Wissenschaften, seine Mutter, so hieß es, stamme gar aus holsteinischem Landadel und schreibe Gedichte, die allerdings noch nie jemand gesehen hatte.

Eine ungewöhnliche Herkunft für seinen Beruf, kurz gesagt: Proovt besaß wohl die dafür nötige Intelligenz, Autorität und Ausdauer, aber die Niederungen der städtischen Gesellschaft, Gemeinheit, Elend und Tod, waren ihm noch nicht vertraut. Es stand zu befürchten, dass er sich nie ganz daran gewöhnen werde.

«Tragisch», murmelte er, und es klang, als habe er eigentlich «welch eine Zumutung» sagen wollen. «Niemand sollte so etwas seiner Familie antun.»

Immerhin, dachte Hensler, der ein gläubiger Christ, doch auch ein wacher Kritiker verknöcherter kirchlicher Dogmen war, beginnt er nicht gleich von der Sündhaftigkeit zu lamentieren. «Wahrscheinlich nicht. Aber ich denke, sie hat nichts getan, was sie nicht hätte tun sollen.» Er trat an den Tisch und zog das Tuch zurück. «Seltsam, dass die Leute immer denken, die Tote habe sich ertränkt, wenn ein Mädchen aus dem Wasser gezogen wird. Hier», er zeigte auf den Hals und zog Proovt, der unwillkürlich einen halben Schritt zurückgetreten war, am Ärmel wieder näher. «Seht Euch den Hals genauer an. Es ist nur undeutlich zu sehen, das Wasser ist ja sehr kalt, es wirkt wie eine Kompresse. Vielleicht war auch nur ein leichter Ruck nötig.»

«Ruck?» Nun doch neugierig, beugte Proovt sich über die Tote und betrachtete mit zusammengekniffenen Augen den schlanken Hals. Der Packtisch stand zwar nahe einem der Fenster, und der Arzt hatte, bevor er mit seiner Untersuchung begann, die Männer angewiesen, die Bretter abzunehmen, dennoch erhellte das trübe Licht des Tages den Raum nur dürftig. Alle Abwehr war aus dem Gesicht des Polizeimeisters verschwunden und hatte gespannter Aufmerksamkeit Platz gemacht.

«Erwürgt?», fragte er, ohne aufzusehen. «Nein», murmelte er dann, «nicht erwürgt. Tatsächlich», er richtete sich auf und sah den Arzt um Nachsicht bittend an, «tatsächlich habe ich bisher nur einen Erwürgten gesehen, und der war fett wie eine Mastgans. Die Spuren des Schicksals, das ihn im Hinterhof einer Abdeckerei ereilt hatte, waren nahezu gänzlich unter speckigen Falten verborgen. Trotzdem, diese Spuren am Hals sehen nicht aus, als sei sie erwürgt worden.»

Der letzte Satz klang wie eine Frage, und Hensler nickte.

«Überhaupt nicht. Ich denke auch nicht, dass sie von etwas herrühren, das ihren Tod herbeigeführt hat. Sie ist ohne Zweifel ertrunken. Doch sie sind seltsam. Seht her», behutsam griff er unter den Kopf der Toten und drehte ihn leicht. «Das sind Abschürfungen, schmal und am stärksten am hinteren Hals, schwächer an den Seiten, links stärker als rechts, und vorne an der Kehle ist gar nichts. Ich denke, das ist eindeutig. Das Mädchen muss eine Kette getragen haben, und die hat ihr jemand abgerissen.»

Proovt riss sich mit seiner Rechten eine imaginäre Kette vom Hals und nickte mit vorgeschobenem Kinn. «Tatsächlich. Genauso sieht es aus. Irgendjemand hat ihr die Kette geraubt und sie dann in den Fluss gestoßen. Ein Raubmord.»

Er vergaß völlig, dass es nicht seine Art war, Kriminalsachen mit Untergebenen zu besprechen, als welchen er den neuen Stadtphysikus betrachtete, auch wenn das nicht ganz richtig war.

«Möglich», antwortete der und vergaß völlig, dass es nicht die Aufgabe eines Stadtphysikus war, dem Polizeimeister über die medizinischen Tatbestände hinaus Ratschläge zu erteilen. «Durchaus möglich. Es kann aber auch sein, dass die Kette schon vorher abgerissen wurde, nicht lange vorher, aber doch am selben Abend. Sie hat sonst keine Verletzungen, die auf einen Überfall schließen lassen. Vielleicht ist sie einfach auf den bei Nacht gewiss noch vereisten Vorsetzen ausgerutscht und ins Wasser gefallen. Wobei zu fragen bleibt, was sie bei Nacht dort gemacht hat. Besonders so nah an der Kante. Ich nehme jedenfalls an, dass sie hier ins Wasser gefallen oder gestoßen worden ist. Aber ich kenne die seltsamen Strömungsverhältnisse der Elbe nicht. Die ändern sich ja ständig mit Ebbe und Flut, und der Wind macht auch noch Sperenzien. Mal fließt das Oberwasser anders als das tiefere, mal wieder nicht. Wenn das hier von Bedeutung ist, solltet Ihr den Hafenmeister fragen. Oder, noch besser, einen der Lotsen.»

Proovt nickte kurz. Darum würde er sich später kümmern. «Die Kette wurde am selben Abend abgerissen, sagt Ihr? Also ist sie nicht heute Morgen gestorben?»

Der Arzt schüttelte entschieden den Kopf. «Es muss schon gestern Abend passiert sein. Selbst wenn man bedenkt, dass das Wasser den Körper kühl gehalten hat. Andere Verletzungen, feinere, konnte ich in diesem trüben Licht noch nicht entdecken.»

«Gewiss, das Licht.» Der Polizeimeister hob den Kopf, als sehe er nach den Fenstern, aber sein Blick ging weiter in eine ungewisse Ferne und kehrte schließlich zu Dr. Hensler zurück. «Wie weit geht Eure Schweigepflicht, Doktor? Verzeiht, ich will Euch nicht beleidigen, ich habe keinen Anlass, Euch für schwatzhaft zu halten. Ich möchte nur wissen, ob es mit Euren Pflichten vereinbar ist, über die wahre Ursache dieses Todes vorerst zu schweigen.»

«Ich werde nicht mit der Schelle herumlaufen und die Ergebnisse meiner Arbeit ausrufen. Aber ich muss einen Bericht schreiben, und Ihr wisst, wie das ist. Den liest der Magistrat, der Bürgermeister, der Präsident, einer von ihnen erzählt es unter dem Siegel der Verschwiegenheit seiner Frau oder seiner Liebschaft, ein Diener hört zu, der erzählt es einer Zofe, die flüstert es der Köchin zu, immer unter dem unnützen Siegel der Verschwiegenheit – und schon weiß es die ganze Stadt.»

Der Polizeimeister betrachtete seine Fußspitzen, zupfte sich ein Stäubchen vom Ärmel und sagte schließlich: «So geschieht es gewöhnlich. Wenn Ihr nun ein wenig länger für den Bericht brauchtet? Ihr habt zurzeit schrecklich viel zu tun, das weiß jeder, die Blattern im Zuchthaus ...»

«... und die Halsbräune in den Armenhäusern. Ich verstehe, was Ihr meint. Verratet Ihr mir auch, warum ich bei all der vielen Arbeit keine Zeit für meinen Bericht finden soll? Und was ich tun soll, wenn mich einer der Herren Beamten auf der Straße trifft und fragt?»

«Oh, das ist einfach. Es wird Euch niemand fragen. Wir werden nichts Genaues sagen, und das auf eine Weise, die jeden glauben lässt, es sei ein Unfall gewesen. Falls doch einer fragt, könnt Ihr immer sagen, der Polizeimeister erlaube Euch nicht, Auskunft zu geben. Ich weiß, dass Euer Vorgänger Struensee sich einen Teufel um das geschert hat, was der Polizeimeister sagte oder meinte. Aber wir sind beide noch nicht lange in unserem Amt. Also wird sich niemand wundern. Ich wäre Euch besonders verbunden, wenn Ihr auch den Vater des Mädchens nicht aufklärtet. Überlasst ihn wie alles andere einfach mir.»

«Nun gut. Ihr werdet wissen, warum Ihr es so wollt. Ich wiederum wäre Euch sehr dankbar, wenn es am Ende nicht hieße, der neue Stadtphysikus sei zu dumm und ungeschickt, einen gewaltsamen Tod zu erkennen.»

«Darauf werde ich achten, das verspreche ich Euch. Eure – nennen wir es mal Diskretion – wird bei dieser Untersuchung sehr hilfreich sein.» Er hielt inne und blickte zur Tür. «Was ist denn da draußen los?»

Die Stimmen, ohnehin in den letzten Minuten ruhiger geworden, erstarben völlig, und gleich darauf wurde die Tür aufgestoßen. Diesmal nicht nur einen Spalt, sondern weit und heftig, und herein trat Zacharias Hörne. Er sagte nichts, er stand da, das zerfurchte Gesicht trotz der von der Kälte geröteten Haut wie aus italienischem Marmor gemeißelt, und starrte auf das Tuch, das seine tote Tochter Anna bedeckte.

KAPITEL 4

FREITAG, DEN 10. MARTIUS,
GEGEN MITTAG

Titus fand, man sollte in diesen Tagen eine schöne junge Frau nicht alleine durch die dunklen Gassen bei Hamburgs Hafen gehen lassen. Außerdem hatte er schon lange nicht mehr seinen alten Freund Jakobsen, den Wirt des Gasthauses *Zum Bremer Schlüssel* in der Neustadt besucht – gleich zwei gute Gründe, Rosina auf ihrem Weg zu Gesines Stoffhändlerin zu begleiten.

Rosina bewunderte Gesines Kunstfertigkeit, aus scheinbar überflüssigen Stofffetzen, Resten von Spitze und alten Goldfäden fürstliche Roben zu zaubern. Auch die schlichten Kostüme nähte sie oft aus edlen, für eine Komödiantengesellschaft wie die Beckersche eigentlich viel zu teuren Stoffen. Nun lernte sie Gesines Geheimnis kennen: Ein Labyrinth enger staubiger Räume auf dem ersten Boden eines ehemaligen Speichers, der aussah, als stehe er seit Barbarossas Zeiten auf der Cremoninsel. Zimmerchen für Zimmerchen voller bis unter die Decke reichender offener Schränke und Regale. Alle waren gut gefüllt mit Stoffen und Spitzen aller Art, mit Schachteln für Knöpfe, Papier- und Seidenblüten, Nähgarnen, Glasperlen und all den Kinkerlitzchen, die in eine gut ausgestattete Schneiderei gehören. Das meiste allerdings angestaubt, manches verfärbt oder stockfleckig.

Das ganze Haus summte von Menschen, die in dem schiefen, offensichtlich nur durch Nachbarhäuser aufrecht gehaltenen Gemäuer wohnten und auch ihre kleinen Geschäfte betrieben. Eindeutig Geschäfte mit Waren, die der Wedde besser verborgen blieben. Auch die Geräusche vom obersten Boden, das betrunkene Kreischen einer Mädchenstimme war noch das unverfänglichste, hätte Wagner mit all seinen Weddeknechten und einer ganzen Abteilung Stadtsoldaten umgehend zur Tat schreiten lassen.

Die Vorstellung, dass ausgerechnet die strenge Gesine in diesem Sündenbabel feilschte und ihre Stofftruhe auffüllte, sobald die Beckerschen in Hamburg gastierten, fand Rosina grandios. Obwohl sie zugleich der Gedanke beunruhigte, wie wenig man einen Menschen tatsächlich kennt, den man doch schon so viele Jahre gut zu kennen glaubt.

Nichts als Reste von den feinen Läden am Jungfernstieg und am Gänsemarkt, lispelte die Besitzerin, die sich Madame Céline nennen ließ, eine penetrante Duftmischung von Fisch, Pfefferminzliqueur und Veilchen verströmte und mitten in der Verhandlung um den Preis für eine besonders delikate Silberlitze flink auf dem obersten Boden für Ruhe sorgte. Auf ihre Frage, wieso die Schneider dort ganze Ballen von Brokat, Caffa und Seide als Reste bezeichneten, fühlte Rosina umgehend einen heftigen Schubs von Titus' Ellenbogen, und sie beeilte sich selbst zu antworten: Ja, so sei das eben am Jungfernstieg. Die reinste Verschwendung. Und: Wie gut, dass es verdienstvolle Menschen wie Madame Céline gebe, die auch daraus etwas zu machen verstünden.

Das fand Madame Céline auch und legte dieser so ungemein verständigen jungen Frau zwei kleine Knöpfe von Perlmutter gratis in ihren gut gefüllten Beutel. Als sie endlich wieder auf der Straße standen und sich den Schmutz von Madame Célines staubiger Höhle von den Kleidern klopften, fand auch Rosina, es sei höchste Zeit für ein Glas Wein.

Die Tür des Gasthauses *Zum Bremer Schlüssel* stand weit offen. Auch Jakobsen roch den Frühling, und wenn er schon nicht wie einige Wirte der besseren Häuser über einen Garten im Hof verfügte, in dem er seine Gäste bei schönem Wetter bedienen konnte, wollte er ihnen wenigstens die frische Luft nicht vorenthalten. Was heute allerdings nicht erwünscht war.

An einem der mit weißen Leintüchern gedeckten hinteren Tische für die besseren Gäste saßen zwei dunkel gekleidete Männer über einer Mappe voller Dokumente, zu tief in ihr leises Gespräch vertieft, um sich um solche Nebensächlichkeiten zu kümmern. Doch als Rosina und Titus die Schenke betraten, gerieten sie mitten in einen heftigen Disput zwischen dem Wirt und einem anderen Gast, der mit seinem Kumpan an dem langen Tisch gleich neben dem Bierfass hockte. Es ging um die Gefahren, die zu viel frische Luft für den menschlichen Körper bedeutete.

«Du kannst da nicht mitreden, Jakobsen», entschied der Alte, das Gesicht unter grauem Zottelhaar schrumpelig wie eine Backpflaume. «Wir wissen das besser.» Er sah den anderen auffordernd an, aber der zog nur dösend an seiner Tonpfeife und dachte nicht daran, sich die Großzügigkeit des Wirtes durch überflüssige Aufmüpfigkeiten zu verscherzen. «Jakobsen drückt sich sein Leben lang hinter seinem Schanktisch rum, immer im Warmen und weit und breit kein Sturm, von Seeschlangen und wild gewordenen Walen gar nicht erst zu reden. Oder etwa nich? Lüders?»

Anstelle von Lüders, der nicht mal die Augen öffnete, antwortete Jakobsen: «Wenn's dir zu frisch ist, Broder, nimm dein Bier und verzieh dich in die Nische dahinten. Da erwischt dich kein Lüftchen, du kannst in den Hof gucken und hast deine Ruhe. Und ich auch.»

«Du spinnst. Ich kann sitzen, wo ich will.» Ganz gewiss kam er nicht aus seiner Hinterhofkammer in den *Bremer Schlüssel,* um in einem versteckten Winkel seine Ruhe zu haben. «Ich war gerade mal elf bei meiner ersten Reise», plapperte er unbeirrt weiter, «*ich* hab alles gesehen, was einer auf See erleben kann, und ich sage dir, die Männer sind gestorben wie die Fliegen. Jetzt fragst du, warum? Frische Luft, zu viel frische Luft, das sage ich. Nicht zu wenig Sauerkraut und Zitronen – ich weiß gar nicht, was das soll mit den gelben Dingern. Sind teuer, und wer kann so was essen? Kein Schwein. Was Gutes hätte unser Herrgott nie so sauer gemacht. Und anno 32 auf der – wie hieß das Schiff doch gleich, Lüders? Ist ja egal, der Schiffer hieß Laab, das weiß ich genau. Wir waren nach Grönland unterwegs, bei Spitzbergen war damals schon nicht mehr viel zu holen, da waren wir bisschen abgetrieben und drei Meilen vor Jan Mayen angelangt. 'n ödes kleines Eiland, nichts als ein Klotz im Wasser und voller Eis, und der spuckte plötzlich Feuer und Dampf, und wir kamen da nicht wieder weg. Feuer und Dampf. Nicht nur an der Spitze, wie sich das bei so einem Berg gehört. Überall. Vier Tage und Nächte ist schwarze Asche vom Himmel gerieselt, das ganze Schiff war voll davon, die Segel sahen aus wie die vom Teufel seinem Kahn. Vielleicht war das Zeug auch vom Teufel, war nämlich kalt, und ist Asche direkt aus dem Feuer etwa kalt? Genau. Zu viel frische Luft, sag ich dir. So ein Berg steht ja auch immer im Wind. Irgendwann muss der ja husten. Und das ganze Eis da …»

Broder sah nichts als die schwarze See und mitten in zu viel frischer Luft den feuerspuckenden Berg. Deshalb merkte er auch nicht, dass Jakobsen ihm nicht mehr zuhörte. Bei «anno 32» hatte der die Flucht ergriffen und Rosina und Titus entdeckt, die grinsend in der Tür standen. Alle kannten Broders Geschichten, und obwohl die von Jahr zu Jahr grandioser wurden, hörte ihm doch niemand mehr zu. Nur manchmal, wenn sich ein fremder Reisender in den *Bremer Schlüssel* verirrte, hatte er einen glücklichen Tag und konnte Seemannsgarn gegen ein offenes Ohr und einen Krug Bier tauschen.

Beim nächsten Schlag der Wanduhr, nagelneu und Jakobsens ganzer Stolz, saßen Titus und Rosina vor einer dampfenden Terrine mit einer Suppe von Entenkeulen und -leber. Sie duftete nach Rotwein, zerkochten Äpfeln und Thymian, und in der mit Sahne und einem Schuss Bier verrührten Brühe schwammen dicke Rosinen.

«Und nun erzählt.» Jakobsen zog seinen Hocker heran, ein besonders stabil gearbeitetes Möbel, das stets für ihn reserviert war. «Der Mord muss doch direkt vor Eurer Tür passiert sein.»

«Mord?» Rosina ließ erschrocken den Löffel sinken, und Titus nuschelte, den Mund voll zarter Entenleber: «Du musst nicht alles glauben, was du hörst, Jakobsen. Auf dem Weg von Altona über den Hamburger Berg wird aus einer Erbse ein Kürbis. Wenn du das tote Mädchen in der Elbe meinst, das war ein Unfall. Vereiste Holzbohlen und stockdunkle Nacht vertragen sich nicht. Das ist alles.»

«In Altona redet kein Mensch von einem Mord», sagte Rosina und schob ein glibberiges Stück Speck auf den Tellerrand. «Jedenfalls fast kein Mensch.»

«Siehst du, Titus?» Jakobsen rieb sich fröhlich die Hände. Als wandelnde Nachrichtenbörse der Neustadt hörte er auch die nicht ausgesprochenen Worte. «Du achtest nur nie auf das, was die Leute sagen.»

Titus nahm einen Schluck Bier und nickte. «Weil sie mit Vorliebe Unsinn reden. Besonders bei Nebel wird immer Unsinn geredet.»

«Du bist ein Griesgram, alter Freund. Nebel hin oder her, was reden die Leute in Altona denn nun, Rosina?»

Die zuckte mit den Achseln. «Ich weiß nur, was Madame Melzer redet. Sie hat heute Morgen die Treppe gefegt und den Schmutz so gründlich hin- und hergeschoben, bis endlich jemand von uns herunterkam, und das war dummerweise ich. Sie schien zu glauben, dass ich das Mädchen gekannt habe, und musste mir unbedingt erzählen, dass sie die Tochter irgendeines Lotsen sei. Die Lotsen von dieser Seite der Elbe, sagt sie, lägen seit Jahren mit denen am hannöverschen Ufer im Streit, und sie, Madame Melzer, habe schon lange darauf gewartet, dass ein echtes Unglück passiere. Ein echtes, betonte sie noch einmal und meinte eines, bei dem jemand nachgeholfen hat. Wobei sie nicht sicher ist, ob das womöglich der Vater des Mädchens selbst war.»

«Das ist stark», rief Jakobsen. Diese Neuigkeit war besser als alles, was er erwartet hatte. «Der alte Hörne ist ein harter Brocken, und von dem Ärger mit seiner Tochter weiß jeder. Aber dass der an ihrem Tod schuld sein soll, ist wirklich stark. Und natürlich blanker Unsinn», fuhr er nach einer kleinen Atempause mit frommem Gesicht fort. «Die Melzerin soll aufpassen, was sie redet, sonst landet sie noch am Pranger.»

«Das sag ich doch», murmelte Titus mit vollem Mund, «die Leute reden nichts als Unsinn.»

«Titus hat Recht.» Rosina bereute schon, dass sie das Geschwätz weitergetragen hatte. «Vergiss, was ich gesagt habe, Jakobsen. Erkläre uns lieber, was das für ein Streit zwischen den Lotsen ist.»

Ganz bestimmt würde Jakobsen nicht vergessen, was er gerade gehört hatte, dennoch ging er auf den Ablenkungsköder ein. «Ach, die Lotsen», sagte er und füllte Titus' Bierkrug nach. «Die haben Ärger untereinander, solange es sie gibt. Es würde mich nicht wundern, wenn's seit Neptuns Zeiten so wär. Früher war es nur der Krach mit den Helgoländern und Fischern, besonders den Blankenesern, die ohne Erlaubnis und zu niedrigerem Preis lotsen und den anderen die Pilotagen wegschnappen. Obwohl Schiffer, die dumm genug sind, sich auf so was einzulassen, selbst schuld sind. Wer es billiger haben will und einen ungeprüften Piloten nimmt, landet oft genug auf einer Sandbank, was noch viel teurer kommt. Vor ein paar Jahren jedenfalls, es mögen sechs oder sieben sein, haben die Dänen den Neumühlener und Övelgönner Lotsen eine Königlich Dänische Elblotsgesellschaft verpasst. Zu der gehören sechzig geprüfte Lotsen. Was nur neuen Ärger machte, das Lotsgeld wurde verdoppelt, und das wilde Lotsen nahm danach natürlich nicht ab, sondern zu. Bei all dem Ärger liefen drei Övelgönner auf die andere Seite über und machten eine neue Lotstation bei Stade auf. Das gab nun erst recht Wirbel, besonders, weil die Kaufleute vom Englischen Haus sich so über diese absurde Lotsgelderhöhung ärgerten, dass sie das unterstützt haben. Wahrscheinlich haben sie es überhaupt angezettelt. Jedenfalls fahren die englischen Schiffe jetzt fast alle mit den Stader Lotsen. Es heißt, ihr königlicher Georg hat dazu Anweisung gegeben.»

«Ist das denn so schlimm? Jedes Jahr kommen doch Hunderte Schiffe nach Hamburg und Altona.»

«Das stimmt schon, aber die englischen machen einen besonders großen Teil aus. Das Lotsen ist ganz genau geregelt, Titus. Ein bisschen zu genau, sagen manche. Es gibt so viele Bestimmungen, ich kenn mich da auch nicht aus. Hamburg hat seit jeher alle Rechte auf der Elbe, wenn die Stader und Glückstädter auch immer versucht haben, ihren Teil abzubekommen. Unsere Seelotsen wohnen bei ihrer Station in Cuxhaven, von dort aus fahren sie mit ihren Galioten in die Elbmündung und bis vor Helgoland, da müssen alle Schiffe, die die Elbe rauf wollen, einen geprüften und amtlich bestellten Lotsen an Bord nehmen. Was natürlich den Helgoländern, die selbst lotsen, mächtig stinkt. So oder so, wer meint, er kann auf einen Lotsen verzichten, muss Hamburg trotzdem das Lotsgeld zahlen.»

«Das ist frech», fand Titus. «Warum soll einer bezahlen, was er nicht braucht?»

«Fast alle Schiffer brauchen einen Lotsen, und zwar einen guten, weil die Elbe voller Sände und das Fahrwasser schmal und veränderlich ist. Außerdem müssen nicht nur die Lotsen ihren Lohn bekommen und die Station und die Galioten unterhalten werden, auch die Tonnen und Baken kosten, das Auslegen im Frühjahr und das Einholen und Lagern im Winter. Vom Hamburger Hafen bis in die See sind es achtzehn Meilen, da begrenzen hundert Tonnen das Fahrwasser, von einer kann man immer schon die nächste sehen. Alle zehn Jahre müssen neue gemacht werden, das Wasser und vor allem die verdammten Seewürmer zerfressen das Holz. Die ungeteerten sogar schon nach zwei oder drei Jahren. Außerdem klauen trotz bitterer Strafen ständig irgendwelche Strolche die Tonnen, die sind schlimmer als die Seewürmer. Die Tonnen sind aus bestem Holz, und die Ketten und großen Steine, die sie an ihrer Position halten, sind teuer und gut zu gebrauchen. Oder zu verkaufen. Natürlich müssen die Schiffer wie überall auch für jede Elbfahrt noch ein Tonnengeld zahlen, aber das ist gering, die Admiralität muss Jahr für Jahr draufzahlen. Und dann muss mindestens einmal im Monat die Elbmündung neu ausgelotet werden, der Sand ist ja immer in Bewegung, nach jedem Sturm werden Tonnen, Baken und Leuchtfeuer kontrolliert – das alles kostet.»

«Der Vater des toten Mädchens», sagte Rosina, «soll zu den Övelgönner Lotsen gehören. Liegen die Hamburger mit denen auch im Streit?»

«Nein. Jedenfalls nicht mehr, inzwischen gibt es Abkommen, die aber auch längst nicht jedem gefallen. Die Hamburger in Cuxhaven bringen die Schiffe bis zur Station bei St. Margarethen. Die dänischen haben das Recht, die Schiffe dort zu übernehmen und nach Altona oder Hamburg zu bringen. Sie dürfen auch von Hamburg wieder elbabwärts lotsen.»

«Die hannöverschen Lotsen», erinnerte Rosina an den Streit, um den es eigentlich ging, «haben den Hamburgern also ihre Geschäfte weggeschnappt. Deshalb wird jetzt gestritten?»

«Sie verhandeln seit Jahren immer wieder. Alle Proteste vom Hamburger Rat und vom dänischen König haben nichts genützt. Jetzt heißt es, dass man sich bald arrangieren wird. Aber die haben sich schon so ans Streiten gewöhnt wie die Herren Unterhändler ans gute Essen und Trinken, ohne das sie nun mal nicht debattieren können, ich kann mir nicht denken, dass ein Vertrag zwischen den Stadern und denen am nördlichen Ufer wirklich Ruhe bringt.»

«Der Mensch als solcher», sagte Titus und sah bedauernd in sein schon wieder leeres Glas, «ist ein Streithammel. Die ganze Bibel ist voll davon, und so wird's auch bleiben. An den Grenzen sowieso.»

«Gut, dass nicht alle so griesgrämig wie du sind, alter Freund», parierte Jakobsen und stieß Titus grinsend den Ellenbogen in die Seite. «Bei dieser Streiterei geht's allerdings nicht nur um Pfründen und Verträge. Die ersten drei, die auf die hannöversche Seite gingen, die sozusagen zum Feind überliefen, gehörten zu den Neumühlenern und Övelgönnern, also den dänischen Lotsen. Sie wollten aber nicht in die neue Gesellschaft eintreten und sind lieber ans andere Ufer gewechselt. Ich weiß nicht, was für eine Fehde da tatsächlich getobt hat, kann aber gut sein, dass das was mit Hörne zu tun hatte. So was reden die Leute jedenfalls, obwohl die Lotsen keine sind, die viel über ihre Angelegenheiten sprechen. Kann auch sein, dass sie da nur Extraordinäre Lotsen sein durften, und vielleicht hat Hörne nicht zugelassen, dass sie …»

«Extraordinäre?», fragte Titus.

«So 'ne Art Unterlotsen, die verdienen nur halb so viel wie die Ordinären Lotsen. Etwa so wie bei den Hamburgern die Hauerlotsen.»

«Hauerlotsen?»

«Eben auch so 'ne Art Hilfslotsen, Titus. Sie bekommen immer erst ein Schiff, wenn die anderen schon eins haben und unterwegs sind. Manchmal werden viele Lotsen gebraucht, manchmal wenige. Ganz nach Wind, Wetter und Jahreszeit. Die Hilfslotsen kriegen oft kaum ihre Kinder satt.»

«Ich bin nicht sicher, ob ich alles verstanden habe, Jakobsen», sagte Rosina, «aber ich kann mir nicht vorstellen, dass wegen so einer alten Rivalität die Tochter eines Lotsen getötet wird. Was sollte das Mädchen damit zu tun haben?»

«Die Anna», mischte sich nun der alte Broder ein, der, sosehr er sich auch bemüht hatte, auf seiner Bank beim Schanktisch nur Wortfetzen verstanden hatte und näher gerückt war, «die Anna war 'ne ganz Kecke, und Zacharias Hörnes neue Frau konnte die nicht leiden. Hörne hat sie rausgeschmissen, das hat er. Und dass sie was mit dem jungen Paulung hatte, hat ihn fuchsteufelswild gemacht.»

«Hör auf, solchen Unsinn zu erzählen, Broder, und setz dich wieder auf deine Bank.» Jakobsen wandte sich ärgerlich nach ihm um. «Das Mädchen hat bei ihrer Tante gelebt, weil die den ganzen Winter über krank war. Rausgeschmissen? Das ist Unsinn. Das hätte Hörne nie getan. Schon weil sonst die Leute geredet hätten. Dem geht doch nichts über seine Familienehre.»

«Genau.» So leicht ließ sich Broder nicht abwimmeln. «Und der junge Paulung, der Matthias, ist der Sohn vom alten Paulung, und der gehört zu den ersten Stadern. Hörne und Paulung, der alte meine ich, sind wie zwei Bullen, die 'ne Hornisse gestochen hat, wenn sie sich nur von ferne sehen. Das war schon immer so, weil der Paulung das Mädchen geheiratet hat, das dem Hörne verlobt war. Tatsächlich hat er sie sogar erst in Schande gebracht und dann notgedrungen geheiratet. So war das. Von wegen Lotsgelder.»

Jakobsen schob energisch seinen Hocker zurück, richtete sich zu seiner ganzen Größe auf und stemmte die Arme in die Hüften. «Du bist geschwätzig wie ein Waschweib. Diese alte Geschichte ist ein staubiger Mehlsack, und wahrscheinlich ist kein Wort davon wahr.»

«Sag ich ja», Titus rieb mit dem letzten Stück Roggenbrot seinen Teller sauber und grinste breit, «die Leute reden nichts als Unsinn. Und wenn wir uns jetzt nicht auf den Rückweg machen, Rosina, denkt Gesine, uns hat auch einer in die Elbe geschubst. Mitsamt ihren Stoffen und Bändern.»

An der Tür drehte sich Rosina noch einmal um. «Wie hieß das Mädchen, Jakobsen? Anna?»

«Anna, ja. Anna Hörne.»

«Und wie sah sie aus?»

«Wie Mädchen so aussehen. Nicht groß, nicht klein, ziemlich schlank und blond. Sie war ganz hübsch mit ihrer hellen Haut und den Locken. Obwohl sie die immer ganz fest geflochten trug, Hörne hätte kaum erlaubt, dass sich da was kringelt und ringelt. Trotzdem, lass dir von Broder keine Flausen in den Kopf setzen. Es kann ja sein, dass es wirklich kein Unfall war. Altona ist nicht Hamburg, aber auch dort treibt sich alles mögliche Gesindel herum und kommt auf dumme Gedanken, besonders, wenn die Schiffe so lange im Hafen liegen müssen. Selbst wenn es kein Unfall war, der alte Hörne ist der Letzte, der mit ihrem Tod zu tun hat.»

«Ein Königreich für deine Gedanken, Rosina.»

Seit sie das Millerntor passiert hatten und über den Hamburger Berg wanderten, hatte Rosina nichts mehr gesagt. Einmal war sie stehen geblieben und hatte einem Schwalbenpaar nachgesehen und gemurmelt, dass es nach einem so kalten Winter doch recht früh für Schwalben sei. Sonst nichts.

«So viel sind sie nicht wert. Ich denke nur über den Klatsch der Melzerin nach. In einem hatte sie Recht, Titus. Ich kannte das Mädchen.»

«Unsinn, Rosina. Die war eine Lotsentochter, solche Leute kennen uns nicht.»

«Eigentlich nicht. Aber sie war vorgestern Abend im Theater. Broder hat doch erzählt, sie sei mit dem jungen Paulsen, oder heißt er Paulung?, befreundet. Matthias hat er ihn genannt, daran erinnere ich mich genau, und das Mädchen hieß Anna. Vorgestern hat ein Mann Helena und mir geholfen, die neue Truhe die Treppe hinaufzutragen, und ich weiß genau, dass er das Mädchen, das bei ihm war, Anna genannt hat und sie ihn Matthias. Sie wollte furchtbar gerne in die Vorstellung, aber er hatte offenbar nicht genug Geld. Vielleicht hat er das auch nur vorgeschoben, weil er ein solches Vergnügen für seine brave Liebste für zu frivol befand oder weil er den Zorn ihres Vaters fürchtete. Jedenfalls haben wir ihm für seine Hilfe zwei Billetts geschenkt. Er war nicht sehr erfreut, das Mädchen aber umso mehr.»

«Das heißt noch lange nicht, dass sie tatsächlich an ihrem letzten Abend in die Theaterscheune gekommen sind. Vielleicht war er zu höflich, euren Lohn abzulehnen, und hat die Billetts auf den Mist geworfen.»

«Das glaube ich nicht. Sie schien mir recht entschieden zu sein, eine, die wusste, was sie wollte. Außerdem bin ich ihr an dem Abend begegnet, und wenn ich nicht auf sie gehört hätte, würde sie jetzt sicher noch leben.»

Rosina erinnerte sich jetzt genau. Die Vorstellung war schon zu Ende gewesen. Die Schauspieler saßen in dem engen Hinterzimmer, das bei der Altonaer Theaterscheune als Garderobe fungierte, befreiten sich aus ihren Kostümen und kratzten sich die dicke Schminke vom Gesicht. Gesine flatterte herum, rettete hier einen Handschuh, dort ein Stück Litze, Goldflitter oder einen falschen Zopf vom staubigen Boden, ermahnte Manon, sie möge endlich aufhören, in den Spiegel zu starren, und ihr Kostüm ausziehen, half Helena einen Kamm aus dem Gewirr ihrer Locken zu nesteln und beobachtete mit Argusaugen Maline und Joseph, die beiden neuen Mitglieder. Sie spielten noch die kleinsten, zumeist sogar die stummen Rollen, tanzten dafür schon ganz passabel Ballett.

Jean, immer noch im königlich blutroten Mantel des Tyrannen, in dessen Rolle er gerade noch das Publikum hatte erschauern lassen, blätterte in seiner Abschrift des Textes und suchte die Stelle, an der der Tyrann vom Saulus zum Paulus wird und an der er, wie Helena behauptete, fürchterlich gepatzt hatte. Titus kroch auf dem Boden herum und suchte leise fluchend einen Knopf, der in irgendeine Ecke gerollt sein musste, und Fritz saß versunken in einer Nische und blies leise Rosinas silberne Flöte. Filippo war schon fertig, jedenfalls war er nicht mehr da. Er war Muto nachgelaufen, gewiss wollte er ihm und Rudolf helfen, das Flugwerk und die Donnermaschine zu sichern.

Alle hatten etwas zu tun, schwatzten und lachten, stritten, ob diese Ballettmusik zu schnell oder zu langsam gespielt worden war, ob die Altonaer Stadtpfeiffer schlechter musizierten als die Hamburger, Braunschweiger oder Leipziger oder ob das neue dunkle Rouge nicht gar zu sehr nach überreifen Pflaumen aussah.

Ihre Erschöpfung spürten sie jetzt noch nicht. Noch waren sie wie elektrisiert von der Erregung des Spiels, von der Musik und vom Applaus. Besonders vom Applaus. Es gab auch Abende, an denen es nach der Vorstellung in der Garderobe still war, an denen die Stimmen müde und dumpf klangen. Oder scharf, je nach Temperament. Abende, an denen der Funke nicht übergesprungen war und das Publikum sich kaum anders als auf einer Promenade am Sonntagvormittag gebärdet hatte, Abende, an denen Parkett und Galerie leerer geblieben waren als Bühne und Orchesterboden. An diesem Abend jedoch war das Theater fast ausverkauft gewesen. Vor allem auf der Galerie hatte sich gut gelauntes Volk gedrängelt (was möglicherweise nur an Helenas Großzügigkeit mit den Freibilletts lag), das keinen Lacher, keinen Ausruf des Erstaunens oder wohligen Entsetzens verschenkte. Der Applaus war grandios gewesen.

In den nächsten Wochen stand auch wieder Monsieur Lessings neue Komödie *Minna von Barnhelm* auf dem Plan, die leider keinerlei königlichen oder göttlichen Glanz bot. Zum Glück hatte sie einen zweiten Titel, *Das Soldatenglück,* was gut für die Kasse war, denn Soldaten versprachen Spektakel. Da Lessings Stück tatsächlich absolut keinen Spektakel bot, hatte Jean die Rolle des treuen Werner Titus gegeben und aus dem Rittmeister einen rechten Spaßmeister gemacht. Weil ihm auch das noch zu dünn erschien, hatte er ihm einen Gehilfen erfunden, den Filippo zu spielen hatte, was wiederum akrobatische

Einlagen ermöglichte. Kurz und gut, das Publikum würde auf seine Kosten kommen, und falls sich Monsieur Lessing nach Altona verirrte – nun, der war beim Umgang mit seinen Stücken sowieso einiges gewöhnt.

Rosina streifte das luftige Gewand einer jugendlichen Göttin aus leichter Seide, Flitter und allerlei Papierblumen ab. Sie wischte sich mit weichem Schmalz die helle Schminke von Gesicht, Hals und Dekolleté und bürstete sich den Puder aus dem Haar. Dann schlüpfte sie in Rock und Mieder aus grauem Kattun, zog Bluse und Jacke darüber und ging zurück auf die Bühne. Sie liebte es, nach der Vorstellung für einige Minuten im Theatersaal allein zu sein. Die Stille nach dem Lärm und dem Pathos des Spiels erschien ihr dann noch nicht absolut; wohl waren Parkett und Galerie verlassen, aber so, wie man nach dem Erwachen aus einem Traum noch Schemen der Schlafbilder zu sehen meint, deren Tönen und Gefühlen nachspüren kann, waren diese einsamen Minuten auf der verlassenen Bühne wie das Lauschen auf ein von ferne nachhallendes Echo. Sie wusste nicht, warum sie diese Minuten so liebte. Sie wollte nicht darüber nachdenken, ihr genügten die Ruhe und Geborgenheit, zu denen sie auf diese Weise zurückfand.

«Saal» war eine schmeichelhafte Bezeichnung. Die Altonaer Theaterscheune verleugnete nicht, was sie einmal gewesen war: eine kleine Scheune. Sie war kaum größer als das Komödienhaus im Dragonerstall auf den Hamburger Wällen, in dem sie im letzten Sommer gastiert hatten. Diese Bühne war um einige Fuß breiter und tiefer, der etwas höhere Raum erlaubte eine geräumigere Galerie – vielleicht doch ein Saal. Eben ein kleiner Saal.

Sie ging über die Bühne, mied wie stets die fünfte,

knarrende Bohle und blieb in der Mitte stehen. Das Wachs der tropfenden Kerze rann heiß über ihre Hand. Sie hätte sie nicht gebraucht. Filippo, dem heute auch die Rolle des Lichtputzers zugeteilt war, hatte vergessen, die Kerzen zu löschen. Auch der Vorhang war nur halb zur Seite geschoben und noch nicht an den Wänden festgebunden. Dieser konnte nicht wie der im großen Theater am Gänsemarkt gehoben und gesenkt werden, sondern lief an Ringen auf einem quer über die Bühne gespannten, kräftigen Seil. Wenn die beiden Hälften nicht sorgfältig an den Seitenwänden festgezurrt wurden, konnte es geschehen, dass sie langsam, aber sicher wieder in die Mitte rutschten. Wie am letzten Montag. Jean deklamierte gerade seine wichtigste Szene – mit jeder Zeile hinter weiter geschlossenem Vorhang. Im Publikum wurde schon fleißig gepfiffen und gejohlt, bis er schließlich, die Königskrone aus Goldpapier vom Ärger schief auf dem Kopf, selbst den Vorhang zurückzerrte und ordentlich verknotete. Das Publikum war von dieser unfreiwilligen Einlage begeistert.

Rosina blies die erste Kerze an der Rampe aus, als sie das leise Scharren hörte und das Flackern auf der Galerie nahe der linken Wand entdeckte. Sie richtete sich auf und hielt ihre Kerze höher. Da oben kroch irgendjemand herum und steckte, wenn er nicht sehr gut Acht gab, das Theater in Brand.

«So löscht doch die Kerze!», rief sie, sprang von der Bühne, lief durchs Parkett und die Treppe hinauf auf die Galerie. Schon bei ihren ersten Schritten schwand der Lichtschein. Als sie die Galerie erreichte, entdeckte sie in der Dunkelheit nur einen Schemen, der sich, als sie mit ihrer Kerze näher trat, als ein Mädchen entpuppte, das zusammengekauert am Boden hockte und ihr erschreckt entgegensah.

«Was tut Ihr hier? Die Vorstellung ist schon lange aus, Ihr müsst gehen.»

«Verzeiht, Mademoiselle.» Das Mädchen erhob sich, strich eine der blonden Locken aus ihrer erhitzen Stirn und lächelte verzagt. «Ich weiß, dass ich nicht hier sein sollte. Aber ich muss mein Tuch finden. Ich war schon beinahe zu Hause, da habe ich gemerkt, dass ich es vergessen habe. Natürlich hätte ich es gleich bemerken müssen, als ich auf die Straße trat, es ist sehr kalt, aber ich fühlte mich erhitzt.» Ihre Augen leuchteten, und im Schein der Kerze glühte ihr Gesicht. «Es war so wunderbar. Nie zuvor habe ich etwas Schöneres gesehen. Und erst die Musik! Glaubt Ihr, ich könnte auch lernen, so zu singen? Aber verzeiht. Ihr müsst müde sein, und ich halte Euch auf.» Plötzlich schien sie sich an den Grund ihres Kommens zu erinnern: «Ich kam zurück, um mein Tuch zu holen, ich muss es unbedingt haben. Die große Tür war schon verschlossen, aber die kleine», sie zeigte über die Brüstung der Galerie zur rechten Längswand der Scheune, «die kleine dort war noch offen. Ich dachte nicht, dass ich jemanden erschrecken könnte. Bitte, ich muss es unbedingt suchen.»

«Dann wollen wir Euer Tuch schnell finden.» Rosina nahm dem Mädchen einen klebrigen Kerzenrest aus der Hand, entzündete ihn an ihrem Licht und gab ihn ihr zurück.

«Die Kerze», fuhr das Mädchen eifrig fort und hielt den Stummel in die Höhe, «habe ich dort unten von dem Wandhalter genommen. Ich hätte sie ganz gewiss wieder zurückgestellt.»

Rosina nickte. Ihre Augen suchten schon nach dem verlorenen Tuch. Sie glaubte nicht, dass sie es finden würden, auf der Galerie blieb selten etwas zurück, das wertvoll genug war, nicht umgehend auf dem Abfallhaufen zu landen. Sicher wärmte das Tuch schon die Schultern einer anderen Frau. Aber sie hatten Glück, der Umhang aus dichter dunkler Wolle lag am Ende der Galerie unter einer Bank.

«Habt Ihr niemanden, der Euch begleitet?», fragte Rosina, als sie dem Mädchen folgte, das die Treppe hinunter ins Parkett lief. «Es ist spät, Ihr solltet nicht alleine durch die Straßen laufen.»

«Das macht mir nichts aus. Der Weg ist nicht weit.»

«Ich kann jemanden rufen, der Euch begleitet.»

«Sehr freundlich.» Sie schüttelte das Tuch aus, schlang es um ihre Schultern und öffnete die kleine Seitentür. «Es ist nicht nötig. Wirklich nicht. Ich bin nicht allein.»

Mit diesen Worten schlüpfte sie eilig durch die Tür, zog sie hinter sich ins Schloss und verschwand, nun mit fast aufgelöstem Haar, in dem schmalen Gang entlang der Wand zur Elbstraße.

Titus hatte Rosina schweigend zugehört. Für das letzte Stück des Weges über den Hamburger Berg hatten sie die Fahrstraße mit ihren Wagen und Fuhrwerken verlassen und waren den schmaleren Weg nahe dem Hochufer entlanggewandert. Das Sägen und Hämmern von den Plätzen der Schiffbauer am Ufer erfüllte die Luft, Möwen segelten hoch in den immer mehr aufklarenden Himmel, und in den Ställen bei den ersten Altonaer Häusern stritten Schweine, Gänse und Hunde. Titus blieb stehen, ließ das Bündel mit den Stoffen ins Gras fallen und sah auf die kleinen Werften hinunter. Auf die Buden und die Stapel frisch gesägter Bretter, auf ein hölzernes Gerippe, aus dem in wenigen Wochen ein neuer Ewer entstehen würde, das Gewusel der Männer und Jungen, auf einige hoch auf das Ufer gezogene Jollen, die noch seefest gemacht werden mussten. Es roch nach Holz, Teer und brackigem Wasser.

«Und nun meinst du, sie war diese junge Frau, deren Begleiter ihr die Freibilletts gegeben habt? Und dass sie auch dieses tote Lotsenmädchen ist?»

«Ich weiß, dass sie es war. Auf der Galerie war es zu dunkel, aber unten an der Seitentür habe ich sie gleich erkannt. Wer weiß, was sie zu Hause erzählt hat, wo sie den Abend verbringen würde. Im Zweifelsfall beim Pfarrer. Eine Lotsentochter verrät es gewiss nicht, wenn sie ins Theater geht. Manchmal muss man Eltern Lügen erzählen, weil man sonst erstickt. Ich hätte ihr helfen müssen, Titus, sie nicht allein in die Dunkelheit hinausgehen lassen dürfen, sondern nach dir oder Filippo rufen müssen, damit ihr sie begleitet.»

«Warum? Sie hat doch gesagt, sie habe einen Begleiter. Sicher hat der Kerl draußen gewartet. So ein Mädchen geht am Abend alleine nirgendwohin, nicht mal heimlich ins Komödienhaus.»

«Ja, das ist seltsam.» Rosina beschirmte die Augen mit der Hand und verfolgte den eleganten Flug eines Graureihers über den Inseln. «Trotzdem. Ich glaube, dass sie diesen Begleiter nur erfunden hat, weil sie nicht wollte, dass ich jemanden rufe. Oder glaubst du, dass er sie allein in die dunkle Theaterscheune gelassen hätte? Vielleicht schien es ihr sicherer, allein zu gehen, als mit irgendeinem fremden Komödianten.»

«Wahrscheinlich. Sie ist hier zu Hause, und seltsamerweise glauben die Menschen unbeirrbar, dass das Böse nur in der Fremde lebt.» Titus schulterte das Bündel und strubbelte sich unwirsch durch sein struppiges gelbes Haar. «Wenn du Recht hast, Rosina, war es womöglich tatsächlich kein Unfall, und wenn vor der Tür doch jemand auf sie gewartet hat ...»

«Genau darüber denke ich gerade nach. Direkt vor der Tür war niemand, den hätte ich sehen müssen. Aber wenn jemand wenige Schritte weiter oder auf der Elbstraße auf sie wartete ...»

Sie sprach den Satz ebenso wenig zu Ende wie Titus. Es war nicht nötig, ihn zu Ende zu sprechen.

Rosina hatte es plötzlich sehr eilig. Sie gingen durchs Pinastor, und Titus hatte Mühe, mit ihr Schritt zu halten. Er kannte diesen Ausdruck ihres Gesichts, er gefiel ihm gar nicht.

«Misch dich da nicht ein, Rosina», sagte er, «womöglich kommt sonst einer auf die Idee, dass es einer von uns war. Du weißt genau, dass sie nur freundlich sind, solange sie über uns lachen können. Wenn sie einen Sündenbock brauchen, ist es damit sofort vorbei.» Als sie schwieg, fuhr er fort: «Du bist hier nicht in Hamburg, hier gibt es keinen Weddemeister Wagner, keine Familie Herrmanns, hinter denen du dich verstecken kannst, wenn es brenzlig wird. Es ist völlig überflüssig, sich da einzumischen. Wenn der Alte im *Bremer Schlüssel* weiß, mit wem sie eine Liebelei hatte, findet das der Polizeimeister auch heraus, und wenn sie mit ihm auf der Galerie war, haben sie genug andere mit ihm gesehen. Kümmere dich nicht wieder um Sachen, die dich nichts angehen. Verdammt, Rosina, warum hörst du mir nicht zu.»

Titus irrte sich. Sie hörte ihm ganz genau zu.

«Doch, Physikus, genauso das hat er gesagt: umgehend. Der Bürgermeister erwartet Euren Bericht umgehend. Noch heute. Also müsst Ihr ihn auch noch heute schreiben.»

Der dünne Mann mit der strengen, etwas zu knappen Perücke vor Dr. Henslers Tür machte ein Gesicht, als habe er dem Physikus sein Todesurteil gebracht. Er sah auch sonst wie ein Leichenbitter aus, aber das wusste Dr. Hensler, der zum ersten Mal die Ehre hatte, eine Nachricht des Bürgermeisters zu bekommen, nicht. Die Galle, diagnostizierte er mit einem Anflug von rachsüchtiger Zufriedenheit, und ein Bandwurm.

«Sagt dem ehrenwerten Bürgermeister, ich werde mein Bestes tun, aber jetzt muss ich ins Zucht- und Werkhaus. Wir haben dort schon den vierten Fall von Blattern, gewiss will er nicht, dass die ganze Stadt daran stirbt, und wird einsehen, dass der Bericht warten muss. Das Mädchen ist tot, da hat nichts mehr Eile.»

Der Bote machte schmale Lippen und faltete die Hände vor der Brust. «Es hat dennoch Eile. Ich habe Auftrag, Euer Haus erst zu verlassen, wenn Ihr mir den Bericht überantwortet habt.» Krätze!, dachte Dr. Hensler und fixierte die roten Pusteln am Hals des Mannes. «Wenn Ihr also so freundlich wärt, mich einzulassen? Ich werde nicht stören.»

«Das Versprechen kommt zu spät», sagte der Arzt und bemühte sich, seine Gedanken zur Ordnung zu rufen. «Aber wenn Ihr warten müsst, müsst Ihr eben warten. Dort!»

Er zeigte auf einen staubigen Hocker in einer dunklen Ecke des Flurs, ging zurück in sein Behandlungszimmer und warf die Tür hinter sich ins Schloss.

Er zog seinen Rock aus, warf ihn über die Lehne eines schon mit einem Bücherstapel belegten Stuhles und trat an das Schreibpult. Der Bürgermeister hatte es eilig? Dann würde er auch einen eiligen Bericht bekommen. Ihm war bei der Bitte des Polizeimeisters, er möge seinen Report über die Tote aus der Elbe recht langsam schreiben, gleich unbehaglich gewesen. Dennoch hatte er ihr entsprochen, Proovt hatte gewiss gute Gründe für seine Geheimnistuerei. Leider hatte es nichts genützt. Wenn der Bürgermeister plötzlich und umgehend nach dem Bericht verlangte, würde er Zweifel an der Zufälligkeit des Todes haben. Irgendwer hatte ihm etwas zugeflüstert. Fragte sich nur, wer? Vielleicht war es bloß eines dieser Gerüchte, wie sie alle Tage durch die Stadt liefen. Wenn sich jemand verschluckte, wurde schon drei Straßen weiter erzählt, er liege im Sterben. Ein totes Mädchen in der Elbe war viel unterhaltsamer, wenn es nicht einfach ins Wasser gefallen, sondern von mörderischer Hand hineingestoßen worden war.

Er tauchte die Feder ein und begann zu schreiben. Es war nicht seine, sondern die Aufgabe des Polizeimeisters, herauszufinden, was in jener Nacht tatsächlich geschehen war, seine Vermutungen gehörten nicht in den Bericht an die Obrigkeit der Stadt. Der Physikus hatte nur zu beschreiben, was er an dem Körper gesehen, gerochen und gefühlt hatte. Es war nicht viel Besonderes gewesen: Die schmalen Schürfungen am Hals, eine leichte Druckstelle am linken Oberarm. Keine anderen Verletzungen, auch keine von einem Schlag auf den Kopf, was die Sache eindeutiger gemacht hätte. Monsieur Baur und sein Magistrat würden enttäuscht sein. Sie war auch nicht schwanger gewesen, was die Klatschmäuler der Stadt allerdings kaum daran hindern würde, das Gegenteil durch die Gassen zu flüstern.

Er setzte seinen Namen unter den tatsächlich ungewöhnlich kurz geratenen Bericht, fügte «Stadtphysikus zu Altona» hinzu und blies die Tinte trocken. Dann rollte er den Bogen zusammen, verschnürte ihn und griff nach dem Siegellack. Ungeduldig sah er den roten Tropfen zu, die viel zu langsam herabfielen. «Krätze», murmelte er, «der ganze Magistrat.»

Eilige Schritte kamen die Treppe herauf, durchquerten den engen Flur vor seiner nicht minder engen Wohnung, und schon wurde die Tür aufgerissen.

«Ich hatte Euch doch um eine kleine Frist gebeten», rief Polizeimeister Proovt, «nur eine kleine Frist.»

«Am besten, für Euch und für mich, schließt Ihr erst einmal die Tür. Hinter Euch natürlich.»

Hensler hatte nun genug Siegellack auf das Dokument geträufelt, er drückte seinen Stempel auf und legte den Finger auf den Mund.

«Der Kerl da draußen ist ein Bote aus dem Rathaus», knurrte er durch die Zähne, «Ihr müsst ihm ja nicht alles auf die Nase binden, schon gar nicht Eure Finten, wozu Ihr sie auch braucht. Es tut mir Leid», fuhr er laut fort, «die Blattern im Zuchthaushospital haben mir einfach keine Zeit gelassen. Es ist unverzeihlich, ich weiß, aber so ist es nun einmal, zuerst die Kranken, dann die Toten. Monsieur Baur wird das verstehen. Doch nun», er hielt die Papierrolle in die Höhe und öffnete die Tür, «nun ist der Bericht geschrieben. Voilà! Meine Empfehlungen an den Bürgermeister», sagte er zu dem Boten, dessen Nase nicht mehr als ein Zoll von der Tür getrennt gewesen sein konnte. «Er ist kurz, wegen der

Eile, für weitere Erläuterungen stehe ich jederzeit zur Verfügung.»

Mit einer schwungvollen Verbeugung überreichte er dem Boten das Dokument.

«Bestimmt», sagte der, blickte missmutig auf die Versiegelung und kletterte mit steifem Hals die steile Treppe hinunter, «wenn Ihr nicht gerade den Kanaillen im Zuchthaus den Vorzug geben müsst.»

«So ein unverschämter Kerl», rief der Physikus. «Was denkt der, wer er ist?»

Das interessierte den Polizeimeister nicht im geringsten. «War das der Bericht über Mademoiselle Hörnes Tod?», fragte er. «Wenn Ihr ihn noch nicht geschrieben und abgeliefert hattet, woher weiß der Bürgermeister dann von unserem Verdacht? Ich bin für heute Nachmittag zum Rapport über den Mord an der Tochter des Lotsenältermanns Hörne bestellt. Genauso hat es der Bote ausgedrückt. Ich dachte natürlich, er habe das aus Eurem Bericht. Woher sonst kann er es wissen?»

«Das wiederum weiß *ich* nicht. Vielleicht läuft der, der es getan hat, in der Stadt herum und brüstet sich damit.»

Proovt verstand keine Scherze, wenn es um seinen Dienst ging. «So einfach wird er es uns nicht machen. Außerdem», er richtete seine verzagt hängenden Schultern auf, «noch wissen wir gar nicht, ob es einer war, ein Mord, meine ich. Warum hätte ich Bürgermeister und Magistrat damit beunruhigen sollen? Ja, das klingt gut. Genauso werde ich es vortragen. Wer sagt uns überhaupt, dass diese kleinen Verletzungen, die Ihr entdeckt habt, Ergebnisse einer Gewalttat sind? Vielleicht hat sie sich die Kette selbst abgerissen. Vielleicht war es das Geschenk eines

Liebhabers, dem sie gram war. Das wäre doch möglich. Meint Ihr nicht?»

Dr. Hensler grinste. Nicht nur Proovts Erscheinung, auch seine Phantasie taugte eher für einen Dichter als für einen Polizeimeister. «Oder sie ist in jener Nacht zwei Unholden begegnet. Der erste entriss ihr die Kette, der zweite stieß sie ins Wasser. Möglich ist alles, wahrscheinlich hingegen erheblich weniger. Jedenfalls glaube ich nicht, dass sie sich die Kette selbst abgerissen hat. Die Haut war abgeschürft, das zeugt von einem kräftigen Ruck, der ganz gewiss wehgetan hat. Ich würde Euch gerne einen Mord ersparen, Polizeimeister, obwohl ich stets dachte, dass so etwas Abwechselung in Eure Geschäfte bringt. Mal etwas anderes als immer nur Diebe, Schmuggler und blutig geschlagene Trunkenbolde. Aber die Verletzung sah ganz danach aus, als habe sie jemand kräftig gestoßen, dabei die Kette festgehalten, sich vielleicht auch darin verfangen, was weiß ich, und das Gewicht des Mädchens hat sie im Sturz zerrissen.»

Proovt nickte. «Durchaus plausibel», murmelte er, und plötzlich erhellte sich sein Gesicht. «Wenn es so war, und, wie ich schon sagte, es scheint durchaus plausibel, dann wird der, nun ja, bleiben wir dabei: der Mörder die Kette eingesteckt haben. Man muss nur den finden, der sie hat.»

«Kolossal einfach. Wäre ich er, hätte ich sie allerdings weggeworfen, in die Elbe oder in die Teertöpfe einer der Werften. Eingesteckt hätte ich sie bestimmt nicht.»

«Nein.» Proovt schüttelte energisch den Kopf. Um nichts in der Welt würde er sich den Glauben an dieses schöne Indiz nehmen lassen. «Nein. Er wird bestimmt versuchen, sie zu verkaufen. Ich werde sofort allen Händlern eine Beschreibung geben lassen, und sobald er es versucht, zack!, haben wir ihn.»

«Wenn der Mordbube arm und hungrig ist, mag er so dumm und gierig sein. Glaubt Ihr wirklich, dass er auch dumm genug ist, seine Beute in die Werkstatt eines der Goldschmiede oder zu einem Preziosenhändler zu tragen?»

Die Schultern in dem dunklen amtlichen Rock sackten wieder ein wenig tiefer. «Nein, wohl nicht.» Proovt stützte sich auf das Stehpult, musterte mit gerunzelter Stirn das verklebte Tintenfass und die zerzauste Feder, tupfte mit der Fingerspitze ein wenig Streusand auf und sagte schließlich: «Trotzdem! Eine Beschreibung zu verteilen kann nicht schaden. Vielleicht ist er dümmer, als wir denken.»

«Dazu wäre es hilfreich, herauszufinden, was für eine Kette sie trug. Ihre Tante wird das wissen, sie wird auch wissen, ob das Mädchen sie an ihrem letzten Abend wirklich trug. Doch nun müsst Ihr mich entschuldigen, Monsieur. Die Blattern warten auf mich. Lasst Euch nur Zeit bei der Jagd nach diesem Unmenschen. Ich befürchte nämlich, dass noch zwei Häftlinge erkrankt sind. Wenn es stimmt, erkläre ich das gesamte Zucht- und Werkhaus zur Quarantänestation. Dann darf nicht nur niemand heraus, sondern auch niemand mehr hinein, egal was der Bürgermeister sagt.»

Proovt nickte, doch sein Gesicht zeigte, dass er nicht mehr richtig zuhörte. Er hasste es, trauernde, gar verzweifelte Menschen mit Fragen zu bedrängen. Er hasste überhaupt Trauer und Verzweiflung. Bisher hatte er den Besuch bei der Familie der Toten hinausgeschoben. Stattdessen war er herumgelaufen und hatte nach Zeugen gesucht. Bisher erfolglos, niemand hatte das Mädchen oder auch nur irgendein Mädchen in der Nacht am Hafen gesehen. Nun galt keine Ausrede mehr. Wieder einmal zweifelte er, ob es richtig gewesen war, die Stelle des Polizeimeisters anzutreten.

Am Rande der großen Wiese bei den Armenhäusern hockten zwei junge Männer auf einem Stapel frisch geschlagener Buchenstämme. Mit Brombeerranken durchwuchertes Haselgesträuch verbarg sie halb, der Arzt und der Polizeimeister sahen sie nicht, als sie an ihnen vorbeieilten. Sie hätten sie auch kaum beachtet, der eine war mit seinen Gedanken schon bei den Kranken im Zuchthaus, der andere memorierte seinen befohlenen Vortrag für das Rathaus. Trotzdem unterbrachen die Männer hinter den Büschen ihr Gespräch und duckten sich.

«Ich weiß wirklich nicht, ob du weggegangen bist, Berno», sagte der Kleinere der beiden schließlich, der Blonde in der schwarzen, oft geflickten Joppe, während seine Augen dem Physikus und dem Polizeimeister folgten und beobachteten, wie der eine an der Steuerschen Korbflechterei in den Pötgergang einbog und der andere die lange Königstraße hinunter zum Rathausplatz eilte. «Glaub ich aber nicht. Du warst bestimmt die ganze Zeit im *Weißen Wal*. Warum hättest du auch gehen sollen? Wohin? Du müsstest dich doch erinnern.»

«Aber das kann ich nicht.» Berno Steuer schlang die Arme um die hochgezogenen Beine, legte das Kinn auf die Knie und starrte ins Leere. «Ich weiß fast gar nichts mehr von vorgestern Abend. Nur noch, dass wir aus der Theaterscheune und in den *Weißen Wal* an der unteren Elbstraße gegangen sind. Und dass du Wacholderbranntwein bestellt hast. Wir haben getrunken und über die Komödie geredet und über das Eis auf der Elbe, du hast dich eine ganze Weile mit irgendeinem Dänen über seinen König gestritten, und dann – dann bin ich am Morgen in unserem Schuppen aufgewacht.»

Samuel Luther nickte. «Da hab ich dich hingebracht. Es war verdammt spät, ich dachte, es ist besser, wenn dein Vater dich nicht sieht. So sternhagelvoll. Der hätte nur Ärger gemacht, wenn wir ihn geweckt hätten.»

Berno hatte kaum noch stehen, geschweige denn allein gehen können, berichtete Luther, und er sei froh gewesen, als er ihn endlich in der Steuerschen Flechterei auf einen Strohhaufen fallen lassen konnte. Und erleichtert, dass Berno nicht wieder zu lamentieren begann, wie er es den ganzen Abend getan hatte. Anna dies, Anna das, und der Paulung ist ein Schwein. Er war sofort eingeschlafen, und Luther war durch die kalte Dunkelheit nach Hause geschlichen. Immer an den Wänden entlang, stets bereit, in einem Eingang oder Hoftor zu verschwinden, sobald er die Schritte der Wache hörte.

Er grinste und rüttelte seinen Freund aufmunternd an der Schulter. «Denk einfach nicht mehr dran, Berno. Jeder besäuft sich mal. Ich war auch blau wie ein Veilchen.»

«Aber du weißt noch, was du gemacht hast, Luther, wo du gewesen bist.»

«Ich bin das Zeug eben mehr gewöhnt als du. Aber glaub mir, wir waren die ganze Zeit im *Weißen Wal*.»

«Wirklich die ganze Zeit? Zusammen? Ich meine: Du warst immer bei mir, und ich war immer da?»

«Das sage ich doch. Du bist nur mal zum Pinkeln rausgegangen, für ziemlich lange, ich hab schon gedacht, du bist irgendwo im Hof umgefallen und eingeschlafen.

Kann ja vorkommen in so ’ner Nacht. Ich wollte dich gerade suchen, es war kalt, und du warst so besoffen, ist ja schon mancher im Suff erfroren. Irgendwann warst du wieder da. Was machst du denn für ein Gesicht? Ist Pinkeln etwa auch was Sündiges?»

«Wie lange war ich weg, Luther?»

«Kein Ahnung. ’ne ganze Weile, aber ich hab nicht auf die Glocken gehört. Es war auch zu laut im *Wal*, da konnte man gar nichts hören. ’ne ganze Weile eben. Ich denke, du hast irgendwo im Hof ein bisschen geschlafen.»

«Aber ich muss doch was gesagt haben, als ich wiederkam, irgendwas?»

Luther hob bedauernd die Hände. «Keine Ahnung. Wahrscheinlich hast du wieder was von Anna gebrabbelt, und wahrscheinlich habe ich zum hundertsten Mal gesagt, du sollst dir das Mädchen aus dem Kopf schlagen. Was willst du mit ’ner Lotsentochter, wo du nicht mal die Korbflechterei erbst und jede Arbeit annehmen musst, die dir über den Weg läuft. Jedenfalls wenn deine beiden Brüder nicht bald das Zeitliche segnen oder nach den Kolonien abhauen, was die bestimmt nie tun. Aber warte mal, jetzt fällt es mir wieder ein.»

Er schob die wollene Mütze auf den Hinterkopf und blinzelte mit gerunzelter Stirn in das dunstige Licht.

«Genau. Du warst ganz rührselig, als du zurückgekommen bist. Du musst kräftig gekotzt haben, du hast nämlich ausgesehen wie nach drei Wochen auf der Bleiche. Und du hast irgendwas gesagt wie ‹Jetzt ist es vorbei›. Ja, jetzt weiß ich es wieder. Und ich hab gesagt: ‹Endlich wirst du vernünftig.› Oder so ähnlich. Es tut mir ja auch Leid, dass sie nun tot ist, aber wenn es stimmt, was geredet wird, nämlich, dass das gar kein Unfall war, sondern dass sie einer ins Wasser gestoßen hat – Berno, pass doch auf!!»

Er griff zu spät nach dem Arm seines Freundes. Der rutschte, als habe ihm plötzlich jemand alle Knochen aus dem Leib gezogen, von den Stämmen ins feuchte Gras. Schweißperlen glänzten auf seiner Oberlippe, sein Atem ging schnell und flach, und er schloss die Augen. Er zog etwas aus der Tasche und hielt es Luther entgegen.

«Was ist das?» Luther griff nach dem blanken Silberschmuck, der an einer Kette von Bernos Hand baumelte, und drehte ihn neugierig in den Fingern. Der Schmuck war etwa einen Zoll hoch und anderthalb Zoll breit, ein filigranes bäuerliches Kunstwerk von Ranken, in dessen Mitte zwei schnäbelnde Tauben auf einem Herz hockten. «Wo hast du das denn her?»

«Das weiß ich nicht.» Er öffnete die Augen und lehnte müde den Kopf gegen das Holz. «Ich weiß es wirklich nicht. Aber ich weiß, wem es gehört. Dreh es um.»

Der Schmuck, fein gearbeitet, doch für einen Kettenanhänger von beachtlicher Größe, wirkte in Luthers Händen klein und zerbrechlich. Er musste ihn ins Licht halten, um die zierlichen Buchstaben auf der Rückseite zu erkennen.

«Verstehst du jetzt, warum ich unbedingt wissen muss, wo ich war? A und H. Der Schmuck gehört Anna. Sie war sehr stolz darauf und hat ihn immer um den Hals getragen.»

Luthers Finger glitten tastend die silberne Kette entlang. Sie war nicht an ihrem Verschluss geöffnet, sondern an einem der letzten Glieder davor gerissen. Er pfiff leise durch die Zähne.

«Du musst sie wegwerfen», sagte er. Seine Stimme

klang in Bernos Ohren wie ein Zischen. «Sofort. Wirf sie in die Elbe, die nimmt sie mit weg. Und wenn sie in einem Fischernetz hängen bleibt oder an den Strand gespült wird, denken alle, sie hat sie im Wasser verloren.»

Sein Blick flog rasch die Straße entlang und über die Wiese. Bei den Armenhäusern hängten zwei Frauen Wäsche auf, ein paar Jungen spielten irgendein nicht erkennbares Spiel. Auf der Königstraße rumpelten ein Bauer mit einer Torffuhre und eine zweispännige geschlossene Kutsche, am Schlag ein vergoldetes Wappen, vorbei. Niemand beachtete sie.

«Wirf es weg», wiederholte er. «Und hör auf zu grübeln. Denk einfach nicht mehr dran.»

«Das kann ich nicht. Jetzt, wo ich weiß, dass ich eine ganze Weile draußen war, erst recht nicht. Was soll ich tun, Luther? Ich habe sie getötet. Ich muss es gewesen sein. Woher sollte ich sonst die Kette haben?»

«Vielleicht hat sie sie dir gegeben. Vielleicht …»

«Du weißt, dass sie das nie getan hätte. Wozu? Sie war freundlich zu mir, weil der Bruder meines Vaters Lotse ist. Aber eigentlich hat sie mich gar nicht gesehen. Ich muss zu Proovt gehen, Luther. Ich muss sagen, was ich getan habe.»

«Bist du verrückt? Zum Polizeimeister! Du hältst den Mund. Du weißt ja gar nicht, was du getan hast. Es stimmt, du warst lange genug draußen, ist ja nicht weit bis zu den Vorsetzen, wo sie denken, dass sie reingefallen ist. Nicht mehr als ein paar Schritte. Aber für was man nicht weiß kann man auch keine Schuld haben.» Luther zog die Unterlippe zwischen die Zähne, betrachtete noch einmal den Schmuck und schüttelte langsam den Kopf. «Vielleicht», sagte er schließlich, «ist es doch nicht so gut, sie wegzuwerfen. Besser, du versteckst das Ding irgendwo, wo es keiner findet. Aber vergiss die Polizei.»

Er sah Berno streng an, der Junge, einen halben Kopf größer als er und von deutlich schwererer Statur, erschien neben ihm wie ein Kind. «Am besten, du überlässt das hier mir.» Er hielt die um Kette und Anhänger geballte Faust hoch. «Sonst machst du nur Blödsinn.» Er schob die Faust in die Tasche seiner Joppe und rutschte von den Brettern. «Die warten nur drauf, dass einer so blöde ist. Willst du etwa, dass deine Mutter dich hängen sieht? Willst du ihr das antun? Vergiss einfach alles. Jeder würde das tun.»

Berno wollte protestieren, aber als er den Mund öffnete, hörte er seinen Namen rufen. Vor der Tür der Korbflechterei an der Ecke zum Pötgergang stand die Frau seines ältesten Bruders und sah sich suchend um. «Berno!», rief sie wieder, entdeckte die beiden jungen Männer und kam eilig näher. «Was machst du hier? Die Körbe müssten längst bei Madame Solange sein. Wegen deiner Trödelei wird sie die nächsten noch woanders bestellen.»

Berno hoffte, sie werde nun wieder gehen, aber sie warf Luther einen harten Blick zu, verschränkte die Arme vor der Brust und wartete mit sichtlicher Ungeduld, bis Berno sich erhob und ihr vorausging.

Luther strich mit der flachen Hand über die Tasche seiner Joppe und zwinkerte ihm wie zum Abschied zu. Als Berno sich an der Tür zur Werkstatt noch einmal umdrehte, war Luther schon verschwunden.

KAPITEL 5

SONNABEND, DEN 11. MARTIUS,
NACHMITTAGS

«Es ist sehr freundlich, dass du mich begleitest, Rosina. Der Korb wird mir nun doch zu schwer.» Mattis rundes Gesicht verzog sich lächelnd in tausend kleine Falten. «Manchmal», seufzte sie, «ist das Alter doch eine rechte Plage.»

«Ja, Matti», Rosina hob spöttisch den Korb hoch, der nichts als drei federleichte Leinensäckchen mit Kräutern barg, «dein Alter bereitet dir grässliche Beschwerden. Ich frage mich nur, wie es dir trotz deiner Schwäche gelingt, immer noch all diese Geburten durchzustehen.»

«Du bist schrecklich, Kind.» Matti, klein, rundlich, eisgraues Haar unter einer festen Haube vom gleichen Grau wie ihr schlichtes Kleid aus feiner Wolle, lachte leise. «Immer musst du alles beim Namen nennen. Wenn du es so genau wissen willst, auch bei den Geburten bin ich nicht mehr allein. Ich habe mir in den letzten Jahren angewöhnt, stets eine meiner jungen Schülerinnen mitzunehmen.»

Matti war seit beinahe vierzig Jahren Hebamme. Anders als die meisten Frauen ihres Standes war sie begeistert gewesen, als Dr. Struensee, der letzte Stadtphysikus von Altona, beim äußerst widerwilligen Magistrat die Einrichtung einer Hebammenschule durchsetzte. Die Wehmütter galten nicht als geachteter Stand. Viele von ihnen dachten mehr an ihr Branntweinfläschchen als an die Pein der Gebärenden und empfanden, wie auch die meisten Ärzte, Wasser, Seife und frische Tücher als überflüssige oder gar schädliche Last. Dass in Struensees Gebärhaus weniger Kinder starben und auch weniger Mütter am Kindbettfieber, änderte daran wenig. Für Matti war der neue junge Physikus ein Blick in eine bessere Zukunft gewesen, dass sein Nachfolger genauso dachte und handelte, stärkte ihre Zuversicht.

«Natürlich kann ich dieses kleine Körbchen selber tragen. Doch Kräuter allein sind nicht genug Hilfe für eine gequälte Seele. Thea Benning braucht mehr, unser Besuch wird ihr gut tun. Sie lebt hier draußen viel zu einsam. Besonders jetzt.»

Mit den Geräuschen der Stadt und des Hafens blieb am Ende der Großen Elbstraße auch die Enge zurück. Der Weg nach Neumühlen, nur von vereinzelten Häusern mit schmalen Gärten gesäumt und gerade breit genug für ein Fuhrwerk, lag nahezu verlassen vor ihnen. Ein Wagen fuhr nach der Pulvermühle, und drei Jungen, jeder einen Kescher geschultert, rannten mit einem humpelnden Hund zwischen den Kopfweiden zum Fluss hinunter. Sonst war niemand zu sehen. Oberhalb des Steilufers verbargen sich noch einige Häuser in herrschaftlichen Gärten. Das aufgeregte Gezwitscher aus vielen kleinen Kehlen zeigte, dass dort schon fleißig Nester gebaut wurden.

«Wir sind da.» Matti blieb stehen und zeigte auf das einstöckige, reetgedeckte weiße Haus, das nur noch fünfzig Schritte entfernt nahe am Steilufer stand, als ducke es sich in dessen Schutz.

«Glaubst du wirklich, sie braucht auch meinen Besuch? Wird es nicht eher schmerzvoll für sie sein, mich zu sehen?»

«Vielleicht. Anna war einige Jahre jünger als du, wohl auch kleiner, aber genauso blond und schlank. Viele junge Frauen sehen hier so aus, damit wird sie nun leben müssen.» Matti atmete tief, und alle Gelassenheit schwand aus ihrem Gesicht. «Es ist so furchtbar. Ich kannte Anna nicht sehr gut, sie lebte erst seit einigen Monaten bei ihrer Tante. Aber Thea kenne ich seit vielen Jahren, schon lange, bevor ich half, ihre Kinder zur Welt zu bringen.»

«Ich dachte, sie lebt allein. Warum sorgen ihre Kinder nicht für sie?»

«Ihr erster Sohn ist schon als Kind gestorben, die beiden anderen leben in Surinam. Der ältere hat dort die einzige Tochter eines wohlhabenden Indigobauern geheiratet, der jüngere ist ihm gefolgt. Surinam gehört den Holländern, trotzdem leben an seiner Küste viele Deutsche. Manche sagen, sogar mehr als Holländer. Das Reichwerden ist dort wohl einfacher als hier.»

«Surinam», sagte Rosina und erinnerte sich an ein kostbares Buch, dessen Bilder sie vor vielen Jahren immer wieder angesehen hatte. «Es muss dort wundervolle Schmetterlinge geben, in den leuchtendsten Farben und größer als eine Hand. Unendliche Wälder und Flüsse, gegen die die Elbe als ein magerer Bach erscheint. Wenn Madame Benning hier allein zurückgeblieben ist, warum folgt sie ihren Söhnen nicht?»

«Es ist eine sehr weite Reise. Ans Ende der Welt. Tatsächlich hat sie davon gesprochen, und Anna sollte mit ihr reisen. Das hat Zacharias Hörne natürlich nicht erlaubt. Doch nun lass uns weitergehen. Thea wird schon auf uns warten, sie weiß, dass ich dich mitbringe. Sie hat mich darum gebeten.»

«Warum? Sie kennt mich nicht.»

«Aber sie hat von dir gehört. Dieser neue Polizeimeister ist ein hübscher Mann mit stets glänzenden Stiefeln. Es ist allerdings nicht sicher, ob man auch sein Denkvermögen als glänzend bezeichnen kann. Irgendjemand hat Anna getötet, Rosina, und es darf nicht sein, dass er davonkommt. Wir möchten, dass du dich ein bisschen umhörst und darauf achtest, was die Leute reden. Ja, ich weiß.» Sie hob abwehrend die Hände und wischte Rosinas noch unausgesprochenen Einwand fort. «Geschwätz und Klatsch ist nicht zu trauen. Doch zwischen all diesem Geschwätz findet sich immer auch Wahrheit. Wie die Vergangenheit gezeigt hat, verstehst du dich darauf, die herauszufinden. Und das äußerst bereitwillig. Auch als ich dich vorhin mit Titus vor Melzers Kaffeehaus traf, meine Liebe, warst du gleich bereit, mich bei diesem doch so traurigen Besuch zu begleiten. Obwohl Titus sehr betonte, ihr habet schon einen langen Weg hinter euch. Und nun komm endlich.»

Rosina hatte erwartet, der Besuch gelte nur dem Zuhören des untröstlichen Jammers einer alten Frau, den geduldigen Versuchen, ihr auszureden, dass auch sie am Tod ihrer Nichte schuldig sei. Doch obwohl Thea Benning ihren Schmerz nicht verleugnete, wollte sie ihn nicht teilen. Selbst Mattis Umarmung gestattete sie nur für einen Augenblick. Nichts als das niedergebrannte, schon seit geraumer Zeit erkaltete Feuer, die offensichtlich seit Tagen nicht geordnete Frisur über dem grauen steinernen Gesicht mit den geröteten Augen, verrieten ihr Leid. Während Rosina die Asche entfernte, Reisig und

Torf aufschichtete und das Feuer entzündete, saßen die beiden alten Frauen einander gegenüber und schwiegen. Es war ein Schweigen der Vertrautheit, tröstlicher als viele Worte. Als das Feuer auch in der Kochstelle der kleinen Küche brannte, stand Matti auf, nahm das mit getrocknetem Johanniskraut gefüllte Leinensäckchen aus ihrem Korb und legte es auf den Tisch.

«Komm», sagte sie zu Rosina, die mit einem Topf voll frischem Wasser aus dem Bach hinter dem Haus hereinkam, «es muss richtig kochen, das braucht seine Zeit. Nimm einen Schemel und setz dich zu uns.»

Wenn Thea sich an Annas Tod schuldig fühlte, daran zweifelte gerade Rosina nicht, so sprach sie in Gegenwart einer Fremden nicht darüber. Anna, sagte sie gleich, sei nicht allein, sondern in Begleitung von Freunden gewesen, guten, zuverlässigen Freunden. Soviel sie sich den Kopf darüber zerbreche, sie verstehe nicht, wieso sie an den Vorsetzen gewesen sei.

«Jemand muss sie gezwungen haben. Selbst bei Tag wäre sie nicht nahe genug an die Vorsetzen getreten, um ... Niemals hätte sie das getan.»

«Vielleicht hat sie etwas gehört», unterbrach Matti sie, «eine ertrinkende Katze oder irgendetwas, das sie neugierig gemacht hat. Vielleicht dachte sie, jemand brauche ihre Hilfe.»

Thea schüttelte entschieden den Kopf. «Dann hätte sie um Hilfe gerufen. Niemand hat etwas gehört. Nein, jemand muss sie gezwungen haben. Sie hatte viel zu viel Angst vor dem Wasser. Als Kind, sie war sechs oder sieben Jahre alt, ist sie von den Vorsetzen in den Fluss gefallen und wäre ertrunken, wenn Matthias Paulung ihr nicht gleich nachgesprungen wäre und sie herausgezogen hätte.

Ihre Freundin sagte, sie und ihr Mann hätten sie bis vor mein Haus gebracht. Wieso ist sie nicht gleich hereingekommen? Wieso war sie später noch am Hafen? Wieso?»

Bevor Rosina erklären konnte, was sie wusste, klopfte es an der Haustür, und Thea fuhr erschreckt zusammen.

«Zacharias?», fragte Matti.

«Nein.» Theas Gesicht wurde wieder steinern wie zuvor. «Mein Bruder war heute Morgen hier, er wird es nicht wagen, noch einmal zu kommen. Nicht heute.»

Wieder klopfte es, diesmal ein bisschen kräftiger, und Rosina öffnete die Tür. Davor stand Polizeimeister Proovt, und auch wenn er sich nicht vorgestellt hätte, würde sie ihn doch gleich an seinen kostbaren Stiefeln und dem eleganten Rock erkannt haben, über die die Gäste von Melzers Kaffeehaus so gerne herzogen.

Er bat mit erlesener Höflichkeit um Entschuldigung, Madame Benning in ihrer Trauer stören zu müssen, es sei jedoch unumgänglich. «Leider», betonte er und verbeugte sich vor den beiden alten Frauen. «Um Euch nicht länger als nötig zu belästigen, will ich gleich zur Sache kommen. Ich muss wissen, mit wem Eure Nichte verkehrte, wen sie kannte. Ob jemand sie nicht mochte. Und was sie an diesem Abend getan hat.»

Thea Benning nickte schweigend, den Blick fest auf ihre im Schoß gefalteten Hände gerichtet, und er fuhr fort: «Sie hat bei Euch gelebt, sicher wisst Ihr, wo sie an diesem Abend war. Ich meine vor allem, mit wem.»

Proovt hasste es, persönliche Fragen zu beantworten, und so hasste er es auch, welche zu stellen. Rücksichtslose Fragen gehörten nun aber zu seinem Alltag, beinahe hatte er sich daran gewöhnt. Doch es war ein Unterschied, einen Wirt, der des Panschens oder Schmuggelns verdächtig war, in die Zange zu nehmen oder eine alte Frau nach dem womöglich fragwürdigen Umgang ihrer gerade getöteten Nichte zu fragen. Es war immer noch kalt in dem kleinen Haus, auch war eines der Fenster geöffnet, doch er fühlte in seiner Brust eine Enge wie an einem drückend heißen Tag kurz vor einem Gewitter.

«Gewiss möchtet Ihr allein mit Monsieur Proovt sprechen, Madame Benning», sagte Rosina. «Wir können Euch später noch einmal besuchen.»

«Nein.» Der Protest klang wie ein Aufschrei. «Nein», sagte sie noch einmal, ruhiger. «Ich möchte, dass ihr bleibt. Den Polizeimeister wird das nicht stören. Was er wissen will, könnt ihr auch hören.»

Proovt neigte zustimmend den Kopf, und Rosina glaubte, einen Anflug von Erleichterung in seinem Gesicht zu lesen, was gewiss eine Täuschung war. Wahrscheinlich erhoffte er sich nur von den beiden Besucherinnen weitere Auskünfte.

«Nun», sagte er, sah sich suchend um, murmelte: «Wenn Ihr erlaubt», setzte sich auf einen schmalen Stuhl neben dem Wandschrank und stellte seine ersten Fragen: «Wie lange wohnte Mademoiselle Hörne in Eurem Haus, Madame? Und warum?»

«Seit Advent. Ich war den ganzen Winter über nicht sehr wohl, weil ich alleine lebe, hat mein Bruder seine älteste Tochter geschickt, mir beizustehen. Daran ist nichts Besonderes, das ist in allen Familien Brauch. Anna», sie schluckte, und der Polizeimeister bemühte sich, aus dem Fenster zu sehen, bis ihre Lippen aufhörten zu zittern. «Anna war eine gute Tochter», fuhr sie endlich fort, «und eine gute Nichte. Jeder mochte sie. Jeder. Niemand kann etwas anderes sagen, es sei denn, er lügt.»

«Das wird niemand tun, Thea.» Matti legte ihre warme Hand auf die der Freundin und wandte sich Proovt zu: «Lasst uns offen reden, Polizeimeister. Bei einem solchen Unglück reden die Leute gerne Schlechtes. Ihr lebt noch nicht lange hier und kennt uns nicht. Zacharias Hörne, Annas Vater, ist ein geachteter Mann. Er ist streng und pedantisch – doch, Thea, das ist er. Lass es uns besser jetzt aussprechen, bevor Monsieur Proovt böse Reden hört. Er ist pedantisch, und er hat nicht nur Freunde, besonders seit die Losten miteinander streiten. Aber Anna hatte keine Feinde. Niemand, den wir kennen, kann das getan haben.»

Proovt unterdrückte ein Seufzen. Niemals stand jemand jemandem nahe, dem Böses zuzutrauen war.

«Ich danke Euch für Eure Offenheit, ich will auch offen sein. Ich habe gehört, dass er nicht nur mit den hannöverschen Lotsen, sondern auch mit seiner Tochter zerstritten war. Wenn das in dieser Sache von Belang ist, werde ich es herausfinden. Zunächst aber, Madame Benning, möchte ich wissen, was Eure Nichte nach Sonnenuntergang alleine in der Stadt gemacht hat. Ging sie oft alleine aus?»

«Sie ging *niemals* alleine aus. Was glaubt Ihr, wer wir sind?» Theas Stimme hatte ein wenig ihrer alten Festigkeit zurückgewonnen. «Auch an jenem Abend nicht. Sie war mit einer Freundin und deren Gatten in der Komödie, und natürlich hatte sie mich um Erlaubnis gefragt. Ich habe sie ihr gegeben, obwohl ihr Vater dem nie zugestimmt hätte. Er will nicht begreifen, dass sich die Zeiten ändern. Aber sie hat es sich so sehr gewünscht, lange schon. Ich sah keinen Grund, es ihr zu verbieten. Sie war erwachsen, und die Bosters sind honorige Leute. Ich kenne beide, schon seit sie Kinder waren. Wenn sie das Theater besuchen, kann es nicht so übel sein, wie manche Leute sagen. Warum sollte ich ihr den Wunsch nicht erfüllen?»

«Monsieur Boster», erklärte Matti, «gehört zu einer respektablen Familie, ihm gehört die Tabakfabrik in der Großen Mühlenstraße. Madame Benning konnte sich darauf verlassen, dass Anna in ihrer Gesellschaft ...»

«... sicher ist», wollte sie sagen, aber sie schwieg.

«Ihr wisst genau, dass sie tatsächlich mit Monsieur und Madame Boster im Theater war? Verzeiht, doch womöglich hat sie es Euch nur erzählt. Um Euch nicht zu beunruhigen, natürlich», setzte er mit einem Blick auf Theas dunkler werdende Augen hastig hinzu.

Thea war ganz sicher. Karoline Boster, Annas Freundin, seit sie in Övelgönne Nachbarskinder gewesen waren, hatte sich gleich, als sie von Annas Tod hörte, auf den Weg zu ihr gemacht, und Thea, die doch mehr als alle anderen Trost brauchte, musste trösten. Die Komödie, hatte Karoline unter Schluchzen erzählt, habe Anna so sehr gefallen, sie sei heiter und glücklich gewesen wie lange nicht. Noch auf dem Heimweg habe sie die Melodien gesummt, die sie selbst, Karoline, schon längst vergessen hatte. Nein, natürlich hätten sie sie nicht alleine nach Hause gehen lassen. Es war ja schon nach neun Uhr und eine besonders finstere Nebelnacht. Niemand war mehr auf der Straße, nur aus einigen Schenken hörten sie Stimmen, und einzig hinter den Fenstern der großen Häuser brannten noch hier und da Kerzen. Bei den Kopfweiden, einen Katzensprung vom Haus entfernt, hatte Anna sie fortgeschickt. Sie wollte sich schon dort verabschieden, um ihre Tante nicht aufzuwecken.

«Und die Bosters sind gleich gegangen?»

«Ja, Monsieur Proovt. Sie wohnen in einem der neuen Häuser an der Palmaille und sind den Weg zwischen den Gärten den Hügel hinaufgegangen. Die Nacht war sehr kalt, sie haben sich beeilt heimzukommen.»

Es war still in der Stube, nicht einmal die Uhr tickte, Thea hatte nicht daran gedacht, sie aufzuziehen. Der Wind hatte aufgefrischt und trug gedämpft das Hämmern und die Rufe der Männer auf der Werft heran.

«Dann muss vor Eurem Haus jemand auf sie gewartet haben», sagte Proovt schließlich.

«Oder sie ist wieder zurückgegangen», sagte Matti. «Aber warum?»

«Sie hatte ihr Schultertuch vergessen.» Rosinas Stimme klang dünn. Alle drehten sich zu ihr um und sahen sie an, als bemerkten sie sie erst jetzt.

«Ihr Schultertuch? Woher weißt du das?»

«Weil ich ihr geholfen habe, es zu finden, Matti. Das Theater war schon leer und geschlossen, ich ging noch einmal auf die Bühne, um die letzten Kerzen auszublasen. Filippo hatte es vergessen, er half wohl Rudolf bei seinen Maschinerien, jedenfalls war er nicht mehr in der Garderobe. Also begann ich die Kerzen zu löschen, und da entdeckte ich sie auf der Galerie. Sie suchte ihr Tuch. Sie sei schon beinahe zu Hause gewesen, als sie es vermisste, erklärte sie. Wir haben es schnell gefunden, und sie ist durch die kleine Seitentür wieder gegangen. Das Haupttor war schon verschlossen.»

«Du hast sie allein gehen lassen!?»

«Sie wollte es so, Matti. Unbedingt. Natürlich habe ich ihr angeboten, jemanden zu holen, der sie begleitet. Sie sagte, das sei nicht nötig, sie habe nicht weit zu gehen. Als ich dennoch drängte, sagte sie, sie sei nicht allein.»

Wieder senkte sich drückende Stille über den Raum, und Proovt, der erst jetzt begriff, wer diese junge Frau war, die er für die Tochter irgendeines Altonaer Bürgers gehalten hatte, schluckte. Eine Komödiantin hatte er im Haus einer Lotsenwitwe nicht erwartet.

«Mademoiselle», begann er und stockte. War das noch die richtige Anrede für sie, für eine Fahrende? «Mademoiselle», wiederholte er, weil ihm seine Überlegung plötzlich sehr kleinmütig erschien, «habt Ihr jemanden gesehen? Jemanden, der auf sie wartete?»

«Niemanden. Sie zog die Tür schnell hinter sich zu. Ich weiß nicht, ob jemand bei ihr war. Ich dachte, sie habe tatsächlich einen Begleiter. Später fand ich es seltsam, dass der sie alleine ins fast dunkle Theater zurückgehen ließ. Womöglich war da niemand, und sie wollte lieber alleine gehen als mit einem von uns.»

Das glaubte Proovt auch. Ebenso glaubte er, dass diese seltsame junge Frau in ihren sittsamen grauen und dunkelblauen Kleidern, die mit der aufrechten Haltung und gebildeten Sprache so gar nicht seiner Vorstellung von einer Komödiantin entsprach, mehr wusste, als sie sagte.

«Madame Benning braucht nun Ruhe, Monsieur.» Mattis Stimme unterbrach sanft, aber bestimmt seine Gedanken. «Wenn Ihr mehr Fragen habt, solltet Ihr besser morgen noch einmal kommen.»

«Gewiss.» Der Polizeimeister erhob sich. «Das Weitere hat Zeit bis morgen. Nur eine Frage noch, Madame. Eure Nichte muss eine Kette getragen haben, die ihr jemand abgerissen hat. Verzeiht, ich weiß, dass es schmerzlich ist. Die Vorstellung, jemand habe …»

«Was wollt Ihr jetzt noch wissen, Monsieur!?» Auch Matti hatte sich erhoben und sah streng zu dem Polizeimeister auf, der sie um mehr als einen Kopf überragte.

«Es ist nur wegen der Kette, sie ist der hauptsächliche Anlass meines Besuches.» Er sah über die kleine alte Frau hinweg und fuhr fort: «Pardon, Madame Benning, aber das muss ich heute noch wissen. Trug sie an jenem Abend eine Halskette?»

«Ja. Anna trug sie immer, seit sie bei mir lebte. Ihr Vater erlaubt solchen Schmuck nur an Festtagen, der Anhänger war aus gutem Silber und maß fast zwei Zoll. Es ist eine sehr schöne Kette, sie hat ihrer Großmutter gehört, meiner Mutter. Ich habe sie ihr zu ihrem achtzehnten Geburtstag geschenkt.»

Thea Bennings Stimme erstarb. Ihr Blick flüchtete durch das Fenster, doch da war nur der Fluss, in dem Anna gestorben war.

«Dann könnt Ihr mir beschreiben, wie sie aussieht? Die Kette, meine ich.» Proovt fühlte sich elend. Es war ihm zuwider, die alte Frau mit Erinnerungen zu quälen, doch er hatte keine Wahl. Rücksicht und Höflichkeit waren gut für die Salons, in seiner Arbeit halfen sie nicht weiter. «Es ist also nicht einfach nur eine Kette, Madame, sie trägt auch einen Anhänger?»

«Es ist eine silberne Kette mit einem schweren Anhänger. Der war eigentlich der Verschluss für eine Granatkette. Die Perlen musste mein Vater verkaufen, nachdem die Schweden hier alles niedergebrannt hatten. Später war nie genug Geld übrig, neue zu kaufen, so wurde der Verschluss zu einem Anhänger umgearbeitet.» Thea zog ein mit winziger Spitze gezähntes weißes Tuch aus der Tasche und wischte die Tränen ab, die nun still und beharrlich über ihre Wangen liefen. «Er ist auch aus Silber. Mit einem Herzen und einem Taubenpaar in der Mitte.»

«Könntet Ihr so freundlich sein, das Muster aufzuzeichnen? Die Kette ist nicht gefunden worden, und falls sie bei einem der Goldschmiede zum Kauf angeboten wird, wüssten wir, nun ja, wir wüssten zumindest ...»

«Wer sie ins Wasser gestoßen hat! Natürlich. Rosina, Papier und Schreibkasten sind dort in dem Wandschrank, bitte, hol sie mir.»

«Ich wollte sagen: Zumindest wüssten wir dann, wer sie hatte. Vielleicht ist sie nur angespült worden. Oder sie hat sie schon vorher verloren.»

Keine der Frauen hörte auf die vernünftigen Worte des Polizeimeisters. Endlich gab es etwas Sinnvolles zu tun. Theas Hände zitterten zu sehr, um die richtigen Linien zu malen, so drückte sie Rosina die Feder in die Hand, schob ihr den Papierbogen über den Tisch und erklärte ihr, was sie zeichnen solle.

«Und auf der Rückseite», schloss sie, «sind ein A und ein H eingeritzt. Schreib das neben die Zeichnung, Rosina. Meine Mutter hieß auch Anna Hörne, beider Anfangsbuchstaben waren die gleichen.»

Bald darauf wanderte Polizeimeister Proovt, seine glänzenden Stiefel mit großen Schritten vor den schlammigen Pfützen schonend, zurück in die Stadt.

Die Zeichnung in seiner Rocktasche war sauber und akkurat, sie verriet eine geübte Handschrift und ein gutes Gefühl für Perspektive und Proportionen. Auch das hatte er von einer Wanderkomödiantin nicht erwartet.

An der Stelle, an der die Männer des Hafeninspektors die Tote an Land gebracht hatten, blieb er stehen. Nichts erinnerte an die Tragödie. Wenn Matti seine Fähigkeiten auch nicht für so glänzend hielt wie sein Stiefel, erinnerte er sich doch an jedes Wort, das er in dem kleinen Haus gehört hatte. Woher, fragte er sich nun, hatten diese seltsamen Frauen gewusst, dass Anna Hörne ermordet worden war? Unwahrscheinlich, dass sie nur dem Klatsch vertrauten. Oder nahmen sie es nur an, weil das Mädchen große Angst vor dem Fluss gehabt hatte und, wie Madame Benning ihm noch beteuert hatte, niemals freiwillig zu nahe an die Vorsetzen getreten wäre? Vor allem: Woher hatte die Komödiantin mit der geübten Handschrift überhaupt gewusst, wer das Mädchen gewesen war, das mitten in der Nacht in die Theaterscheune zurückgekehrt war, um ihr Schultertuch zu suchen?

Der Nachhall der Niedergeschlagenheit, die er seit seinem Besuch in dem Trauerhaus fühlte, schwand. Er stieß mit der Stiefelspitze ein mürbes Holzstück ins Wasser, kümmerte sich nicht im mindesten um die härtende Schlammkruste auf dem braunen Leder, sondern ging eilig die Große Elbstraße zurück bis zum Van-der-Smissens-Weg und stieg dann den Hügel hinauf zur Palmaille.

«Sie erinnert mich an dich. Nein, nicht die eitle Colombine auf dem Deckel. Diese hier.» Claes Herrmanns drehte das nur daumendicke, etwa fünf Zoll lange Porzellandöschen und fuhr mit der Fingerspitze über die schlanke Mädchenfigur auf der unteren Hälfte. «Ihre leichte Bewegung, die Blumen in ihrer Hand. Und besonders diese schöne Linie», seine Hand verließ das kalte Porzellan und strich über den Nacken seiner Frau, «die ganz besonders.»

Anne Herrmanns betrachtete die mit zierlichen Strichen auf das weiße Porzellan der Nadeldose gemalte

Mädchenfigur, die feinen Gräser, roten und blauen Blüten, und sah lächelnd auf. «Sie ist wunderschön, Claes, ich danke dir. Das ist ein sehr kostbares Geschenk für einen ganz normalen Donnerstag. Bist du mein Gejammer leid, weil ich ständig meine Nähnadeln nicht finden kann?»

Claes lachte. Beide wussten, dass Anne nur äußerst selten nach Nadeln suchte, weil sie deren Gebrauch noch weniger liebte als die Verwaltung von Tafelsilber und Hauswäsche. «Die Dose ist nicht wählerisch, sie nimmt auch Haarnadeln auf. Oder Blumensamen. Was immer klein genug ist und dir beliebt. Soll ich sie jetzt vor deinen Händen in Sicherheit bringen?»

An Anne Herrmanns' Händen gab es normalerweise nichts auszusetzen, heute allerdings entsprachen sie kaum denen einer Dame aus einem der ersten Häuser der Stadt. Sie waren voller nasser Erde, und die Fingernägel krönten schwarze Halbmonde.

Als der Himmel am späten Vormittag ein immer strahlenderes Blau zeigte und die Sonne ihre Wärme durch die Fensterscheiben in ihren Salon schickte, hatte sie es nicht mehr ausgehalten. Seit Tagen wartete sie auf den Frühling, um endlich der winterlichen Enge und Dunkelheit des Stadthauses entkommen zu können. Schon die Kutschfahrt durch die Stadt und das Dammtor hinaus zu ihrem Garten an der äußeren Alster war ihr wie ein Fest erschienen. Die ersten Sonnenstrahlen tauchten alles, was gestern noch grau gewesen war, in lichte Farben. Die kahlen Äste der Bäume beharrten noch auf ihrem matten Braun, doch die Trauerweiden am Alsterufer schimmerten schon grünlich, am Wegrand streckte der Huflattich, wie stets der mutigste unter den Wiesenblumen des Frühlings, seine kreisrunden Blüten aus dem Gras, und das Wasser des Sees schimmerte in tiefem Blau.

Elsbeth würde ihre Waschwoche verschieben müssen. Nichts war Anne an diesem Morgen dringlicher erschienen, als auch das Gartenhaus, tatsächlich eine kleine Villa aus rotem Backstein und Fachwerk mit einem Türmchen in der Mitte des Daches, aus dem Winterschlaf zu erwekken. Sie war aus der Kutsche gesprungen, hatte ihre Beete inspiziert, die Spitzen der Tulpen und Narzissen, voller Entzücken die wippenden Tropfenblüten der Schneeglöckchen bewundert und sofort begonnen, die Beete von vermodertem Laub, kleinen Zweige und abgestorbenem Unkraut zu befreien. Der Rock ihres Kleides aus himmelblauem, zart weiß gestreiftem Kattun sah nicht viel besser aus als ihre Hände. Immerhin hatte sie daran gedacht, ihre Schuhe aus nachtblauem Atlas gegen die Holzpantinen zu tauschen, die Elsbeth für nasse Tage und ihre Wege zu den hinteren Gemüsebeeten und zu den Glashäusern in der Küche verwahrte.

«Komm», sagte sie, nachdem Claes sein Geschenk in der Rocktasche versenkt hatte, «lass dir den Frühling zeigen. Der Hahnenfuß am Ufer hat schon gelbe Knospen, und auf dem Rondell beim Springbrunnen blühen die Schneeglöckchen. Die Tulpen und Narzissen ...»

«Madame?» Kampe kam, seine Mütze in den Händen drehend, über die Wiese. «Verzeihung, Madame, ich will ja nicht stören, aber da ist ein Wagen, und der Fuhrmann sagt, die Bäume sind für Madame Herrmanns. Aber er ist nicht von Böckmann, er kommt vom Hafen und sagt, die Bäume wären von irgendeinem englischen Schiff. So sehen sie auch aus, gar nicht mehr gut, und ich hab ihm gesagt, das kann nicht sein, wir kaufen unsere Bäume bei Böckmann. Er will die Dinger aber nicht wieder mitnehmen.»

Kampe war schon lange Gärtner bei den Herrmanns'. Er hatte für die Pflanzen in dem Garten in Hamm gesorgt, und seit die Herrmanns' den neuen in Harvestehude hatten, versorgte er eben hier die Pflanzen, was nicht immer einfach war. Madame Herrmanns hatte ihre seltsamen englischen Vorstellungen von einem ordentlichen Garten leider nicht in England gelassen. Aber inzwischen hatte er sich daran gewöhnt, auch daran, dass er seine Herrschaften hin und wieder Hand in Hand und turtelnd, wie es sich sonst nur Täubchen und sehr junge Leute erlaubten, zwischen den Bäumen herumliefen. Er hatte sich sogar daran gewöhnt, dass Madame selbst die zarten Finger in die Erde steckte oder die Schere bei den Rosen und dem Spalierobst ansetzte, dass sie ihre Blumen lieber durcheinander anstatt in ordentlichen Reihen gesetzt haben wollte. Aber warum lachten sie jetzt?

«Mach nicht so ein grimmiges Gesicht, Kampe», sagte Claes Herrmanns, doch er sah dabei seine Frau an. «Du hast ja Recht, unsere Bäume kaufen wir bei Böckmann. Aber diesmal», nun küsste er seine Frau auch noch vergnügt auf die Nase, was Kampe umgehend den Kopf senken ließ, und griff nach ihrer schmutzigen Hand, «diesmal kommen sie eben aus Schottland. Wehe dir, wenn sie uns eingehen. Steht der Wagen im Hof?»

Kampe nickte. «Vier Bäume. Zwei sehen aus wie Tannen, nur anders, und alle schon ziemlich groß. Ich glaub nicht, dass die noch anwachsen. Tannen gehören sowieso nicht hierher, und so groß, wie die sind, im November wär's noch gegangen, aber jetzt? Ich glaub nicht, dass so mickrige Dinger gleichzeitig anwachsen und Blätter treiben können.»

Er drückte seine Mütze auf den Kopf und folgte den Herrmanns', die schon zum Hof eilten, Madame Herrmanns immer einen halben Schritt voraus, um die neuen Bäume zu begutachten.

Christians Auskünfte waren richtig gewesen. Die eine der beiden Hemlocktannen war zwar ein bisschen struppig, aber ihre Nadeln zeigten doch ein sattes Grün, vor allem trugen die ausladenden Zweige noch Nadeln. Die zweite konnte damit nicht mehr aufwarten. Sie war nichts als ein armseliges braunes Gerippe von Zweigen, die aussahen, als wären fünf mit Blei und Kupfer gefüllte Fässer über sie hinweggerollt. Die beiden Scharlacheichen schienen unversehrt, auch die Wurzelballen, fest in Sackleinen eingenäht, und prall von Erde und Feuchtigkeit, ließen auf bestes Wachstum hoffen.

Während sich die beiden Fuhrleute, Kampe und sein Gehilfe mühten, die kuriose Fracht abzuladen und zu den Stellen nahe des Fahrwegs zu bringen, die für sie vorgesehen waren, ließ sich Claes Herrmanns durch den Garten und über die nasse Wiese zum Ufer führen, bückte er sich brav über wippende Schneeglöckchen und die ersten kurzstängeligen Primeln. Er sagte wohlwollend: «Aha» und: «Wirklich bezaubernd» und ergriff die erste Gelegenheit, endlich von seinem Besuch im Hafen zu berichten, in dem die Liegeplätze selbst an den Duckdalben schon knapp wurden.

Es war Jahr für Jahr das gleiche, und Jahr für Jahr erstaunte ihn aufs Neue, welche Veränderung es bedeutete, wenn der Hafen endlich wieder frei war. In manchen Wintern ruhte die Schifffahrt niemals ganz oder nur für wenige Wochen. In Jahren wie diesem jedoch, in denen Eis und Nebel die Elbe für Monate blockierten, war es besonders deutlich zu fühlen. Wenn die Schiffe endlich wieder ausliefen nach England, Frankreich und Spanien, nach Portugal, von dort weiter bis an die afrikanische Küste oder über die Ozeane nach den Kolonien, wenn andere in langsamer Fahrt im schmalen Fahrwasser zwischen dem nördlichen Ufer und den Inseln die Elbe heraufkamen, die Bäuche voller Waren aus aller Welt, erwachte nicht nur das Leben am Wasser und in den Kontoren und Speichern neu. Alle Menschen schienen plötzlich neue Kraft auszustrahlen, als seien sie von einem langen Schlaf erwacht und erfrischt, wieder voller Tatendrang und Freude.

Aber, so dachte er nun, genauso sei es ja auch. Wenn der Hafen wieder frei war, war der Winter vorbei. Dann kehrte das Licht der längeren Tage zurück, vertrieb auch Dunkelheit und Müdigkeit aus den Seelen. Anne war der beste Beweis. In den letzten Wochen war sie ungeduldig, häufig sogar grämlich gewesen, nun plötzlich sah er wieder die Anne, die er kannte. Bei diesem Gedanken vergaß er großzügig, dass auch er sich in dieser Zeit nicht gerade durch heiteren Gleichmut ausgezeichnet hatte. Ihn bedrängten allerdings echte Sorgen. Allein die bedrohliche Versandung der Elbe reichte, den Kaufleuten den Schlaf zu rauben. Seit Jahren forderte die Commerzdeputation Abhilfe, doch der Rat konnte sich trotz des nun schon drei Jahre alten, alarmierenden Gutachtens von Sonnin zu keinem Entschluss durchringen. Wenn weiterhin nichts geschah, um das Fahrwasser zu vertiefen, würde der nördliche Elbarm bald nur noch ein Rinnsal sein und der Hamburger Hafen nur noch gut für die flachen Kähne der Marschenbauern.

«Was hat dich so munter gemacht?», fragte er. «Die Sonne? Oder die Schneeglöckchen?»

«Beides.» Sie betrachtete vergnügt ihre schmutzigen Handflächen, die selbst nach der Behandlung mit der harten Küchenbürste und weißem Sand noch dunkle Linien zeigen würden. «Was ist wunderbarer als das Ende des Winters? Obwohl man in diesen Breiten nie ganz sicher sein kann, ob der April Schnee in seinen Regen mogeln wird. Aber das macht nichts. Von so einem letzten trotzigen Aufbäumen lässt der Sommer sich nicht aufhalten.»

Sie schob ihren Arm unter seinen, spürte wohlig die Wärme seines Körpers und seufzte zufrieden.

«Es ist schön hier», sagte sie und hoffte, er würde diese schlichte Feststellung als Abbitte für ihren Unmut der letzten Tage verstehen. «Bestimmt mache ich mir nur überflüssige Sorgen.»

«Sorgen?» Er wandte den Blick über den See, und sie spürte, wie sich sein Rücken versteifte.

«Wegen Sophie.»

«Sophie?», rief er sichtlich erleichtert. «Warum, um Himmels willen, machst du dir Sorgen um meine Tochter? Sie ist bei Martin sicher wie in Abrahams Schoß. Glaub mir, in Lissabon droht jungen Ehefrauen keinerlei Gefahr. Sie darf dort keinen Schritt allein tun, schon gar nicht ohne Kutscher und mindestens eine Zofe mit dem offenen Zweisitzer aus der Stadt fahren, wie eine gewisse andere Dame meiner Familie. Martin ist die Zuverlässigkeit selbst, der lässt nicht zu, dass sie auf dumme Gedanken kommt.»

«Genau das fürchte ich auch.»

«Das *fürchtest* du?»

Anne nickte. «Sophie hat sich in Martin verliebt, aber ich glaube, sie brannte vor allem darauf, mit ihm nach Lissabon zu gehen. Du kennst deine Tochter besser als ich, Claes, sie ist ein unruhiger Geist, nicht dazu gemacht, den ganzen Tag mit einer Zofe im Schatten zu sitzen und Spitzen zu klöppeln. Ich war nie in Lissabon, aber nach allem, was ich gehört habe, leben Frauen dort, nun, ich will mal sagen, nahezu klösterlich. Martin ist gewiss ein guter Kaufmann und braver Ehemann, aber er wird auch alles tun, sich als der bravste der Bürger zu beweisen. Er wird Sophie nicht die kleinste Capriole gönnen, geschweige denn ermöglichen. Wahrscheinlich legt er ihr die Bibel auf den Tisch und einen Höllenhund vor die Tür, bevor er das Haus verlässt.»

Claes lachte. Der Vertreter des Herrmannsschen Handelshauses in Lissabon war in der Tat ein Muster an Würde und Contenance. «Ich hoffe, er beschränkt sich auf einen Diener als Türwächter. Aber im Übrigen stimme ich dir zu. Gerade deshalb besteht kein Grund zur Sorge. Wie ich schon sagte ...»

«Ja, du sagtest es schon. Ich fürchte nur, Sophie taugt nicht zum Vogel im Käfig. Sie hat sich Abenteuer erhofft, keine Aufpasser. In ihrem letzten Brief war das deutlich zu spüren.»

«Kam der nicht schon im November? So lange trägst du diese unnützen Sorgen mit dir herum? Ich fand, er klang sehr zufrieden. Und durchaus heiter, besonders die Sätze über den Empfang bei Marquês de Pombal. Da hat dein Vogel im Käfig ein äußerst vergnügtes Lied gesungen.»

«Und viele falsche Töne. Aber», nun starrte Anne mit steifem Rücken über den See, «es gibt noch einen anderen Brief. Er kam im Februar, ich habe ihn dir nicht gezeigt. Du hattest schon so viele Pflichten, ich dachte, nun ja, ich dachte, es sei nicht wichtig. Und ich habe schon im November», sie stockte und besah sich mit gerunzelter Stirn ihre immer noch schwärzlichen Fingernägel. «Ich habe mir damals schon Gedanken gemacht», fuhr sie entschieden fort. «Aber natürlich, ich mache mir zu viele Gedanken. Sophie hat Martin, die Sonne Portugals, bestimmt geht es ihr prächtig. Mit einem der ersten Schiffe aus Lissabon wird wieder ein Brief von ihr kommen, und du kannst mich auslachen.»

«Der letzte Brief kam im Februar? Seit Januar ist kein Schiff eingelaufen.»

«Irgendjemand muss ihn von Lissabon nach Amsterdam mitgenommen haben. Von dort kam er nämlich, mit der Landpost. Er war lange unterwegs, fast so lange wie meine Bäume. Sie hat ihn gleich nach Weihnachten geschrieben, ich werde ihn dir zeigen, sobald wir zu Hause sind.»

Im November, dachte sie und fragte sich, warum sie ihm nicht erzählte, dass sie im November bei seinem letzten Besuch in Hamburg Jules Braniff gebeten hatte, Sophie zu besuchen, wenn er das nächste Mal Lissabon anlaufe. Wenn Claes Sophies Brief las, würde er es ohnedies erfahren. Braniff, Eigner und Befehlshaber einer englischen Brigg und auch nach dem Ende des Krieges mehr Freibeuter und Abenteurer als Handelskapitän, war immer noch ein brenzliges Thema. Auch wenn sie nun schon im vierten Jahr verheiratet waren, misstraute Claes dem Freund ihrer Jugend immer noch.

Sie kannte Jules Braniff wie einen Bruder, und genau deshalb bereitete ihr Sorgen, was sie in diesem letzten

Brief über Sophies Leben in Lissabon gelesen hatte. Da gab es plötzlich Ausfahrten und Picknicks, Bootsfahrten auf dem Tejo und Soireen in der englischen Gesandtschaft, plötzlich erschien Lissabon genauso, wie Sophie es sich vor ihrer Abreise vor fast vier Jahren ausgemalt hatte. Dummerweise kam Martin Sievers, dieser über die Maßen brave Sohn eines kleinen Zuckerbäckers, darin mit keinem Wort vor.

«Ich verstehe trotzdem nicht, warum du ihn mir nicht gleich gezeigt hast», unterbrach Claes ihre Gedanken. «Glaubst du wirklich, meine Pflichten ließen mir keine Zeit für einen Brief meiner Tochter?»

Dunst stieg von den Wiesen auf und legte sich vor die noch tief stehende Märzsonne. Anne hörte auf den Klang seiner Stimme und fröstelte. Ein Frühlingstag war nicht genug, die Kälte des Winters zu besiegen.

Wolken zogen heran und drängten die Dunkelheit vor sich her, nur über dem Horizont im Südwesten war der Himmel noch klar. Dort leuchtete Sirius, oder die Venus?, und in den ersten Altonaer Fenstern, nur noch gut hundert Schritte entfernt, schimmerten schon die Lichter der Kerzen und Öllampen. Leichter Westwind strich über das Hochufer, die Luft war milder als in den letzten Tagen, dennoch ließ sie fühlen, dass das letzte Eis im Fluss gerade erst geschmolzen war. Rosina duckte sich tiefer in Mattis warmen Umhang, schritt noch schneller aus und hoffte auf ein Feuer in der Stube über Melzers Kaffeehaus. Sie schien völlig allein auf der Ebene, das Vieh stand noch in den Ställen, und nicht einmal eine Eule auf der Mausjagd oder eine streunende Katze leisteten ihr Gesellschaft. Der schon nachtschwarze östliche Himmel sandte ihr die Düsternis nach wie ein Tier mit immer größer werdenden Flügeln.

Weit hinter sich glaubte sie einen Reiter näher kommen zu sehen, aber vielleicht spielte ihr nur das schnell schwindende Licht einen Streich, tat sich mit dem Wind zusammen und gab einem allein stehenden Baum bei den Reeperbahnen diese Gestalt.

Ärgerlich zog sie ihr Tuch fester zusammen und beeilte sich weiterzugehen. Wieder hatte sie sich dabei ertappt, in einem Reiter vermeintlich Vertrautes zu erkennen. In irgendeinem Reiter. Jedenfalls war es immer irgendeiner gewesen, niemals der, den sie zu sehen glaubte. Ob sie ihn auch zu sehen wünschte, wusste sie nicht mehr genau. Es war ja auch ganz unmöglich. Paul Tulipan würde erst im Herbst nach Hamburg zurückkehren, dann war die Beckersche Gesellschaft längst in einer anderen Stadt. In diesem Herbst, fand Jean, sei es höchste Zeit, die größeren der Rheinstädte zu erobern, vielleicht sogar Frankfurt. Die Mainstadt, so hatte er gesagt, sei zur Messezeit beinahe so turbulent wie Leipzig. Dann konnte Paul Tulipan sie lange suchen. Suchen? Das würde er kaum tun.

Im letzten Sommer, nachdem sie den Meisterschüler des Maleramts in einer außerordentlich heiklen Situation im Salon der Domina kennen gelernt hatte, war er umgehend zum Dauergast im Parkett des Theaters am Dragonerstall geworden. Schließlich begann er, ihr die schönen Seiten der Stadt zu zeigen, wie er es nannte. An den linden, spielfreien Abenden ruderte er sie auf die weite Alster hinaus und zeigte, wie die Sonne die Dächer der Stadt und das satte Land in goldrotes Licht tauchte. Helena argwöhnte, er zeige ihr ganz andere Dinge, womit sie völlig Recht hatte. Dann, plötzlich, in der Stadt begann man schon zu tuscheln, und Jakobsen hatte feixend gefragt, wann es an der Zeit sei zu gratulieren, stand er eines Tages vor der Tür ihrer Wohnung im Krögerschen Hof, um Abschied zu nehmen. Nach Italien, sagte er. Leider. Ja, ganz plötzlich. Wer als Maler etwas werden wolle, müsse Rom und Florenz studieren. Und es habe sich gerade eine Gelegenheit ergeben, in erfahrener Gesellschaft zu reiten, der Weg über die Alpen sei allein doch recht gefahrvoll, besonders jetzt, da es schon Herbst sei und dort der erste Schnee falle. Die Pässe …

Er hatte nicht gefragt, ob sie ihn womöglich begleiten wolle. Gewiss, so hatte Manon geflüstert, halte er ein solches Ansinnen für unehrbar, was Rosina sehr einfältig fand. Und Helena, vom Leben klug und weitaus klarsichtiger als das Mädchen auf der Höhe seiner schwärmerischen Jahre, verkündete laut und deutlich, das Gegenteil sei der Fall, der Herr Malerpinsel habe viel mehr befürchtet, sie werde ja sagen. Ein bremischer Kaufmannssohn, selbst wenn er sich mit seiner Malerei noch so sehr als Freigeist geriere, tue sich wohl leicht, eine Komödiantin zu verehren, gar zu lieben, aber nicht so leicht, mit einer Komödiantin sein Leben zu teilen, und sei es auch nur für ein Stück des Weges. Bevor sie ihren Vortrag mit spitzzüngigen Ausführungen über die Unmöglichkeit einer Ehe über diesen Abgrund der Herkunft fortsetzen konnte, war Rosina schon geflohen.

Seither waren drei Briefe gekommen, wunderschöne Briefe, geradezu zu Herzen gehend, wenn sie auch überwiegend von den Kunstschätzen und der Lieblichkeit der Landschaften handelten, denen er begegnete. Der letzte Brief hatte sie erreicht, als sie in diesem Frühjahr von einem Gastspiel in Braunschweig nach Hamburg zurückkehrten. Er war vom Anfang des Januar. Sie glaubte nicht, dass noch einer folgen werde. Höchste Zeit, damit aufzuhören, in der Silhouette eines fremden Reiters Vertrautes zu entdecken. Allerhöchste Zeit und ein für alle Mal!

Endlich erreichte sie das Schlachtertor, das seinen Namen nach den nahen Buden der Schlachter trug. An Altonas Grenze zum Hamburger Territorium gab es, entsprechend der Zahl der von Osten in die Stadt führenden Straßen, sechs Tore. So wehrhaft und unbezwingbar die Festung der großen Nachbarstadt, die von Sonnenuntergang bis Sonnenaufgang und während der Hauptgottesdienste niemanden hineinließ, und sei er der Kaiser persönlich, so schlicht die Tore Altonas: nichts als zwei hohe Pfosten an der Grenzlinie links und rechts der schmalen Straßen, zwischen denen nach Einbruch der Dunkelheit hölzerne Sperren den Durchgang verwehren sollten. Wer zu spät kam, musste ein Sperrgeld entrichten. Tatsächlich waren die Tore längst zum ständig offenen Durchlass geworden. Die Altonaer waren stolz darauf, dass ihre Stadt ohne Mauern war, und nannten ihre Tore lieber Pforten oder Einfahrten. Wer hinein- oder hinauswollte, konnte das zu jeder Zeit.

Die Straßen lagen schon im Dunkel, doch die erleuchteten Fenster nahmen ihnen das Bedrohliche, und in den Häusern und Ställen summte es vor abendlicher Geschäftigkeit. Rosina hatte nie zuvor daran gedacht, nun begriff sie das Glück, das die Leuchtfeuer auf Neuwerk und Helgoland, überall an allen Küsten, für die Seeleute bedeuten mussten. Nach langer Fahrt über das Meer waren sie die Vorboten der Sicherheit. Plötzlich fand Rosina die Nacht schön, die schmalen Gassen, der Geruch der Ställe und der Feuer von Holz und Torf gaben ihr das tröstliche Gefühl der Geborgenheit. Sie dachte an Matti, die nach dem Besuch bei ihrer alten Freundin Thea erschöpft gewesen war. Ihre Trauer um das tote Mädchen und Madame Bennings untröstbares Leid hatten Matti mehr geschwächt, als sie jemals zugegeben hätte. Sie verweigerte beharrlich, sich auf einem der Wagen mitnehmen zu lassen, die auch an diesem Nachmittag auf dem Weg von Altona nach Hamburg nahe an ihrem Haus vorüberfuhren. Immerhin hatte sie sich auf ihrem Heimweg von Rosina begleiten lassen. In dem kleinem Haus nahe der Kirche St. Pauli war es angenehm warm gewesen, und die alte Lies hatte schon mit heißem, honigsüßem Salbeitee gewartet. Erst als die erste Kerze entzündet werden musste, hatte Rosina bemerkt, dass es höchste Zeit war, nach Altona zurückzukehren.

Sie blieb stehen und sah sich um. Der Weg erschien ihr so lang, und wieso war die Gasse so schmal? Wieso führte sie bergauf? Vom Schlachtertor bis zum Fischmarkt und weiter durch die Große Elbstraße bis zur Theaterscheune führte er doch beständig bergab. Sie schloss für einen Moment die Augen und versuchte, sich den Weg, den sie seit dem Tor genommen hatte, in Erinnerung zu rufen. Es gelang ihr nicht, sie hatte an Matti und Lies gedacht, an die tote Anna, an Matthias Paulung, dem Helena die Billetts geschenkt und von dem sie, Rosina, dem Polizeimeister nichts erzählt hatte. Misch dich da nicht ein, hatte Titus gesagt. Diesmal wollte sie seinem Rat, der tatsächlich mehr eine besorgte Bitte gewesen war, folgen. Die halbe Stadt musste inzwischen wissen, mit wem Anna tatsächlich im Theater gewesen war. Der Polizeimeister würde nicht lange fragen müssen.

Es machte wenig Sinn, in der kalten Nacht zu stehen und zu grübeln. Sie musste zurückgehen, dann würde sie schnell auf eine vertraute Straßenecke treffen. Weit konnte es nicht sein, die Uhrglocke von St. Trinitates hatte nicht einmal geschlagen, seit sie das Tor passiert hatte. Gewiss war sie nur einmal zu früh oder zu spät abgebogen. Bei Tag würde sie den richtigen Weg leicht finden, doch die Nacht verwandelte die Stadt in einen Irrgarten, der Westen vorgaukelte, wo Osten war, Süden nicht von Norden unterscheiden ließ. Der Himmel war nun wieder völlig von Wolken bedeckt, wo nicht ein erleuchtetes Fenster die Richtung wies, war nur Undurchdringlichkeit. Aus einer der Gassen oder Gänge kamen Schritte näher, Männerstiefel, dachte sie, und sie drehte sich hastig um. Wieder bog sie in eine Gasse, doch es war nur ein Gang, der in einen engen Hof mündete. Sie drückte sich gegen einen Schuppen und lauschte. Hühner gackerten leise im Halbschlaf, irgendwo sang eine zittrige alte Stimme einen Abendchoral, eine Tür klappte. Die Schritte waren nicht mehr zu hören. Sie sah zum Himmel auf und versuchte zu erkennen, wo die Elbe sein könnte. Über dem Fluss nach Westen zu musste es noch ein wenig heller sein als nach Osten. Aber die Dunkelheit gab keine Schattierungen. Es war drei Tage nach Neumond, die Nacht war schwarz. Sonst nichts.

Es war ganz einfach. Sie musste nur stets die Gasse gehen, die bergab führte, so gelangte sie unausweichlich zum Fluss und damit zur Großen Elbstraße. Leise lief sie zurück und wandte sich bergab. Sie war erst wenige Schritte gegangen, da hörte sie es wieder. Irgendjemand, der sich bemühte, leise zu gehen. Jemand der ihr folgte? Bestimmt nicht. Warum sollte das jemand tun? Da ging einfach noch einer die Straße zum Fluss hinab. Weil er dort wohnte, einen Besuch machen oder einfach die Nacht genießen wollte. Jemand – da rannte sie schon, sprang in langen Schritten über Pfützen, stolperte über irgendetwas, einen Lumpen oder einen leeren Sack, und hastete weiter. Immer noch glaubte sie Schritte hinter sich zu hören, rannte weiter, bog um eine Ecke, um die nächste – und sah endlich das schwarz glänzende Wasser des Flusses zwischen den hohen Häusern am Fischmarkt. Sie rannte, bis der süßliche Geruch der Brauerei, vermischt mit dem herben von Melzers Kaffeehaus, ihr entgegenschlug. Schweiß rann ihren Rücken hinab, schwer atmend riss sie die Tür auf, und da hörte sie eine amüsierte Stimme hinter sich: «Ich bin beeindruckt, Mademoiselle. Mit Euren Talenten hättet Ihr bei den Spielen in Olympia den Kranz vom heiligen Ölbaum beim Zeustempel errungen.»

Eine schlanke Männergestalt neigte hinter ihr grüßend den Kopf und rang nicht im mindesten nach Atem. «Trotz Rogges luxuriöser Laterne ist es außerordentlich finster», die Stimme klang, als habe er sich gerade fürstlich amüsiert, «doch wenn mich die Schatten nicht trügen, seht Ihr aus, als sei Euch ein Gespenst begegnet.»

Rosina rang immer noch nach Atem. «Gregor», stieß sie hervor, «Ihr seid es nur?» Sie wusste nicht, ob ihr Herz vom schnellen Lauf so raste, vom Glück über das erlösende, vertraute Gesicht oder einfach vor Zorn. «Warum habt Ihr nicht meinen Namen gerufen? Ihr müsst mich doch erkannt haben. Hätte ich gewusst, dass Ihr das Gespenst seid, hätte ich mich gewiss nicht um olympische Ehren bemüht. Ihr habt mich zu Tode erschreckt.»

«Ihr seid viel zu schnell an mir vorbeigeflitzt. Ich entschied, einen Augenblick auf den Grund Eurer Eile zu warten. Wenn Euch jemand gefolgt sein sollte, ich war es jedenfalls nicht. Ich hatte mein Pferd in den Mietstall in der Finkentwiete gebracht und stand am Fischmarkt, die Nacht über der Elbe zu betrachten, als Ihr aus einem diesem Gässchen geschossen kamt. Es riecht am Fluss schon wunderbar nach Frühling und weiter Welt. Doch nun kommt, Ihr zittert ja.» Er schob seine Hand unter ihren Arm und führte sie in das Haus. «Glaubt Ihr, Jean wird verraten, dass er immer ein Fläschchen Branntwein versteckt hält, und Euch ein wenig davon verabreichen?»

Rosina hätte gerne gelacht, es gelang ihr aber nicht. Sie zitterte tatsächlich, gewiss nur vor Kälte, und spürte dankbar seine Wärme auf der engen Treppe hinauf zur Beckerschen Wohnung. Zum ersten Mal hatte sie ihn bei seinem Vornamen genannt, so selbstverständlich, dass sie es nicht einmal bemerkt hatte.

Polizeimeister Proovt quälte schrecklicher Hunger. Sein Magen war seit dem Frühstück leer, das winzige süße Haferküchlein, das Madame Boster ihm mit flatternden Händen serviert hatte, hatte das bohrende Gefühl der Leere nur verstärkt. Leider war er dumm genug gewesen, die angebotene Tasse Schokolade abzulehnen, und zu wohlerzogen, sie nachträglich zu erbitten. Madame Boster trank zwei, eine dritte ließ sie unberührt stehen, und es kostete ihn erhebliche Mühe, die erlesen duftende, mit dicker Sahne verrührte Kostbarkeit nicht ständig anzustarren.

Madame Boster, eine zierliche, kaum zwanzigjährige Frau, den Kopf voller ebenso zierlicher rötlicher Löckchen, hatte ihn gleich eintreten lassen. Was ungewöhnlich war, üblicherweise wurde der Polizeimeister nur in Gegenwart des Hausherrn eingelassen. Sie empfing ihn, als habe sie ihn erwartet, und kaum saßen sie einander in ihrem kleinen Salon mit den nagelneuen Möbeln aus sanft schimmerndem Mahagoni gegenüber, flossen schon die ersten Tränen. Geduldig lauschte er der Klage über den Verlust der liebsten Freundin, geduldig reichte er ihr das veilchenfarbene Spitzentüchlein, mit dem sie ihre immer roter werdende Nase betupfte und das ihr ständig entglitt.

Ja, sie habe Anna in das Theater mitgenommen, sie und Hinrich. Monsieur Boster liebe die Komödie über alles, gewiss sei das Hamburger Theater wertvoller, doch nicht so vergnüglich wie die Beckerschen Komödianten. Sie habe nur Madame Benning, der armen alten Thea, nicht erzählen können, wie es wirklich gewesen sei. Tatsächlich hatte Anna sie gebeten, ins Theater zu kommen, weil Matthias Paulung sie für diesen Abend zu einem Besuch der Komödie eingeladen hatte. So waren sie eben ins Theater gegangen, Anna zum Gefallen, man konnte sie ja nicht allein gehen lassen mit einem Mann, mit dem sie nicht einmal verlobt war, von dem auch jeder wusste, dass ihr Vater verboten hatte, ihn auch nur zu sehen.

Matthias, beteuerte sie, und an dieser Stelle begannen die Tränen wieder heftiger zu strömen, sei ein ehrenwerter Mann. Ernst, ein wenig aufbrausend vielleicht, auch habe er viel Pech gehabt, aber doch ein durch und durch ehrenwerter Mann und fechte tapfer und aufrecht mit dem Schicksal. Zacharis Hörne sei nicht im Recht, indem er ihn so schmähe. Doch, das stimme. Sie und ihr Mann hatten Anna nach dem Theater bis zu Theas Haus zurückbegleitet.

Matthias hatte sie begleiten wollen, natürlich hatte er das!, aber das ließ Anna nicht zu. Wegen der Leute und weil er noch zurück nach Hamburg musste.

Wie er das hatte anstellen wollen, die Tore waren ja längst geschlossen, wusste Madame Boster allerdings nicht. Dafür wusste sie ganz genau, dass Anna ihre Halskette noch trug, als sie sich nahe Madame Bennings Haus von ihr verabschiedeten.

Matthias Paulung. Immerhin ein Name, dachte Proovt, eine tatsächlich existierende Person. Ein Mann, mit dem die Tote ihren letzten Abend verbracht hatte, vielleicht sogar ihre letzte Stunde. Dass er in Hamburg lebte, war lästig. Heute war es zu spät, ihn zu suchen. Der Besuch bei Madame Boster hatte lange gedauert. Die Sonne war gerade hinter einer grauen Wolkenwand verschwunden, und die Dunkelheit senkte sich rasch über die Stadt. Aber morgen früh, wenn die Hamburger gleich nach Sonnenaufgang ihre Tore wieder öffneten.

Jetzt nur noch schnell in der Amtsstube im Rathaus nach dem Rechten sehen, besonders schnell, damit er nicht dem Bürgermeister über den Weg lief und Fragen hörte, auf die er noch keine Antworten zu geben wusste, und dann auf kürzestem Weg in den Alten Ratskeller. Hätte es sich mit der Würde seines Amtes vertragen, wäre er gerannt, so machte er nur längere Schritte, senkte den Kopf, um von niemandem in ein Gespräch gedrängt zu werden, und malte sich die redlich verdienten leiblichen Genüsse aus, die ihn erwarteten.

Seine Vorfreude schenkte ihm gerade die Vision von Austernsuppe, Sardellensalat mit Oliven und geräucherter Ochsenzunge in Mandelteig, als er das Rathaus erreichte. Mit schlagartig allerbester Laune eilte er, nun tatsächlich im Laufschritt, durch den Nebeneingang zu den Stuben der Stadtwache und der Polizei.

Dort schwand die selige Vision ebenso schlagartig. In der engen Kammer vor seiner Amtsstube hockte nicht nur sein Schreiber über Stapeln von Aktenbündeln. Auf der Bank ihm gegenüber saß eine junge Frau, die beim Eintritt des Polizeimeisters «Endlich!», rief und freudig aufsprang.

Weibliche Wesen waren hier selten anzutreffen, und wenn, zeichneten sie sich gewöhnlich durch strengen Geruch, Bieratem und ganz und gar nicht reinliche Kleider aus. Diese hingegen trug ein frisch gebügeltes Gewand im Schnitt der neuesten Mode aus schwerem rostfarbenem Kattun mit weißen und hellroten, vielleicht etwas zu roten Streublüten. Zierlicher Spitzenbesatz schmückte die Bluse unter ihrem Mieder, und ihr glänzend rehbraunes, eng um den Kopf geflochtenes Haar zierte eine Haube aus durchscheinendem, mit winzigen grünen Blättern besticktem Batist. Ihr Umhang war nicht von dem üblichen festgewebten Stoff gemacht, sondern von etwas Weichem Weißem, das ihn an sehr junge Lämmer erinnerte. Proovt wusste den Anblick adretter junger Damen durchaus zu schätzen, nun jedoch wäre ihm selbst Minerva persönlich gegen eine gesottene Ochsenzunge als ein graues Nichts erschienen.

Er blickte Hilfe suchend seinen Schreiber an, doch der beugte sich grinsend nur tiefer über sein Pult und kratzte weiter mit der rauen Feder.

«Seid ihm nicht gram.» Die junge Dame wies mit einer huldvollen Handbewegung hinter sich. «Er hat sich redlich bemüht, mich auf morgen zu vertrösten. Ich habe darauf bestanden, zu warten, bis Ihr zurückkommt. Wo seid Ihr nur so lange gewesen?» Sie drohte ihm schelmisch mit dem Finger, und ihr Lächeln wurde schmelzend. Für einen Augenblick, dann konnte Proovt verblüfft beobachten, wie es schlagartig den Ausdruck tiefsten Schmerzes annahm, zu feierlichem Ernst wechselte, um endlich nur noch entschlossene Tapferkeit auszudrücken. Proovt, der sich nie für das Theater interessiert hatte, fand diese Vorstellung grandios. Es gab keinen Zweifel, woher diese junge Dame kam. Doch er irrte sich. Wieder einmal.

«Monsieur», sagte sie, «es ist besser, wenn Ihr mich in Eure Amtsräume führt. Was ich Euch zu sagen habe, ist von großer Wichtigkeit. Ach», ihre Hand flatterte begreifend zu ihrer Stirn, «womöglich wisst Ihr nicht, wer ich bin. Ich bin Hilda Rogge. Hilda Agneta, um genau zu sein. Gewiss kennt Ihr meinen Vater, der sich vielmals entschuldigen lässt. Selbstverständlich hätte er mich begleitet, wie es sich schickt. An so einen Ort! Doch seine Geschäfte lassen ihm heute nicht das kleinste Minütchen, der Kaffee- und Konfitürenhandel ist besonders diffizil. Die Konkurrenz, der Niedergang der Preise, Ihr versteht das gewiss. Ich habe dennoch drauf bestanden, gleich zu Euch zu eilen. Mein Vater hat dem nachgegeben, weil Pflicht eben Pflicht ist. Meine Pflicht ist heute, Euch zu sagen, was ich weiß. Was ich in jener Nacht gesehen habe, als die arme Anna von unserer schönen Welt scheiden musste.»

Diesmal versäumte sie es, ihre Miene tiefe Betrübnis zeigen zu lassen, und Proovt war nicht sicher, ob ihr ‹die arme Anna› tatsächlich so bedauernswert erschien, wie sie ihn glauben machen wollte.

«Ich habe lange mit mir gerungen, Monsieur», begann

sie und setzte sich auf den schon ziemlich schäbigen Sessel in Proovts Amtsstube. «Es ist nicht christlich, falsches Zeugnis abzulegen. Doch dann dachte ich, Ihr müsstet wissen, was ich gesehen habe. Ihr werdet es deuten und verstehen können, wohingegen ich von diesen Dingen nichts verstehe. Im Hause meines Vaters bin ich vor diesen Dingen beschützt. Diese Dinge ...»

«Pardon, Mademoiselle», Proovt räusperte sich in der Hoffnung, das Knurren seines empörten Magens zu übertönen, «die Sache würde einfacher und auch schneller vorangehen, Monsieur Rogge wird schon ungeduldig auf Euch warten, wenn Ihr mir zuerst mitteiltet, was Ihr mit ‹diese Dinge› meint.»

«Ich meine Mord, Monsieur», sagte sie und begann nun endlich von Anfang an zu erzählen.

Ihre Schlafkammer, berichtete sie, befinde sich im zweiten Stockwerk des Hauses ihres Vaters. Aus dem Fenster sehe sie direkt auf die Große Elbstraße. Am Tag sei es natürlich recht laut, aber in der Nacht, wenn die Stadt schlafe, herrsche auch dort Ruhe und Friede. Außer wenn die Theaterscheune an Komödianten, Akrobaten oder Puppenspieler vermietet sei, am übelsten sei diese französische Tanzgesellschaft im letzten Sommer gewesen, sogar aus Hamburg und Pinneberg seien Kutschen gekommen, auch einige Gäste mit dem Ewer aus Glückstadt. Ein unglaublicher Lärm sei das gewesen. Ihr Vater, der Kaffee- und Konfitürenhändler Rogge, habe gesagt, das sei fürwahr betrüblich, die Leute brächten aber Geld in die Stadt, das zähle mehr als eine schlaflose Nacht. Natürlich habe er Recht, sie wolle gerne für das Wohl der Stadt wachen.

Mademoiselle Rogge hatte nichts gegen das Theater,

allerdings hatte sie es niemals besucht, weil die Gesellschaft, die sich dort zusammenfand, nicht ihrem Umgang entsprach. Besonders auf der Galerie, das Parkett zu betreten sei selbstverständlich undenkbar. Leider biete die Altonaer Scheune keine Logen wie das Hamburger Theater beim Gänsemarkt, in denen Damen unbehelligt und diskret die Schauspielkunst genießen könnten.

Proovt nickte und legte tröstend die Hand auf seinen Bauch. «Und am letzten Dienstag war die Nacht wieder laut, Ihr seid an das Fenster getreten und habt auf der Straße das gesehen, wovon Ihr mir berichten wollt.»

«Nein, Monsieur, es war ganz still. Ich hatte noch gelesen, Paulus' Brief an die Galater, eine sehr erbauliche Lektüre, gewiss ist sie Euch vertraut. ‹Denn was der Mensch sät, das wird er auch ernten.› Sehr wahr. Vor meinem Abendgebet trat ich ans Fenster, um nach dem Nebel zu sehen. Wir warten dringlich, äußerst dringlich auf die Schiffe, was ist ein Kaffeehandel ohne Kaffee?, und solange der Nebel … Nun, jedenfalls trat ich ans Fenster und sah hinaus. Die Theaterscheune liegt nur wenige Schritte von unserem Haus auf der anderen Straßenseite nach Westen. Die Vorstellung war schon lange aus, ich hatte die Leute weggehen hören, als ich den Salon im ersten Stock verließ. Es war bestimmt eine gute halbe Stunde her.»

Die Straße war verlassen, und auch wenn der Nebel nicht mehr so dicht war wie am Morgen, lag doch über allem ein weicher Dunst. «Ich habe Anna gleich erkannt, zunächst dachte ich, das müsse ein Irrtum sein, eine Täuschung. Sie würde doch niemals in das Theater gehen, ihr Vater würde das keinesfalls erlauben, erst recht nicht so spät am Abend herauskommen. Was hätte sie dort noch tun sollen? Aber sie war es doch. Als sie an unserem Haus vorbeigingen, erkannte ich auch ihren Begleiter.»

«Begleiter? Sie war also nicht allein?» Endlich vergaß Proovt seinen Hunger.

«Nein, es war jemand bei ihr, wenn auch nicht *direkt* neben ihr. Sie gingen in Richtung von Madame Bennings Haus.»

Wieder gewitterte das Spiel der Gefühle über Mademoiselle Rogges Gesicht, diesmal endete es in einem unsicheren Lächeln. «Ach, Polizeimeister, ich hätte doch nicht kommen sollen. Wenn ich mich nun irre? Wenn die Schatten der Nacht und der Nebel mir etwas vorgegaukelt haben?»

«Wenn Ihr nicht sicher seid, Mademoiselle, solltet Ihr tatsächlich noch einmal überlegen, was Ihr sagen möchtet. Obwohl ich Euch für Hinweise äußerst dankbar wäre, will ich nicht zu etwas drängen, was Euch belasten könnte. Wie Ihr selbst sagtet: Was der Mensch sät, wird er auch ernten.»

«Ihr seid so rücksichtsvoll. Nein, ich werde es tragen. Es ist meine Pflicht, und die Eure, meine Worte richtig zu bewerten.»

Es hatte wieder einmal funktioniert. Nichts brachte mehr Geheimnisse ans Licht als die Versicherung, man wolle keine hören. Proovt nickte und lehnte sich mit ernstem Gesicht zurück.

«Es ist so verwirrend, Monsieur, in einer Minute bin ich ganz sicher, in der nächsten wieder nicht. Anna habe ich genau erkannt, obwohl sie ihr Haar anders trug als sonst. Es hatte sich wohl etwas aus den Kämmen gelöst. Umso besser war sie zu erkennen. Sie hatte nämlich sehr schönes goldenes Haar, natürlich spülte sie es mit Kamille, doch das tut jetzt nichts mehr zur Sache. Ich konnte ihr Gesicht sehen. Es gibt keinen Zweifel, es war Anna. Und ihr Begleiter, ich bin wirklich nicht ganz sicher, obwohl, andererseits bin ich doch sicher. *Ziemlich* sicher. Es war Matthias Paulung.»

«Aha. Paulung.» Proovt tauchte die Feder in die Tinte und notierte den Namen auf einem frischen Papierbogen, als hätte er ihn nicht erst vor einer Stunde gehört. «Matthias, sagtet Ihr? Der Name sagt mir etwas, aber im Moment, leider, ich weiß nicht, wer er ist.»

«Oh, Ihr müsst ihn nicht kennen. Er ist kein Mann von Bedeutung in unserer Stadt. Er ist Fischer, aber er hat sein Boot im letzten Herbst verloren, jetzt arbeitet er in Hamburg bei dem Neubau des Hanfmagazins am Ufer bei den Tranbrennereien. Er wohnt auch in Hamburg, heißt es. Sein Vater gehört zu den Stader Elblotsen, sie liegen schon lange miteinander im Streit. Und die Paulungs und die Hörnes auch, noch länger sogar. Natürlich reden die Leute dies und das darüber. Ich kümmere mich nie darum, was die Leute reden. Matthias und Anna», sie faltete die Hände im Schoß und rieb sanft die Daumen aneinander, «kannten sich schon seit ihrer Kindheit. Die Paulungs sind ja auch aus Övelgönne. Obwohl er sehr viel älter ist als sie, sie war neunzehn, vielleicht zwanzig, und er ist schon dreißig Jahre alt. Was da geredet wird, ist bestimmt nicht wahr.»

«Bestimmt nicht. Aber wie Ihr sagtet: Ich weiß es besser zu deuten.»

«Viel besser, ja.» Sie nickte mit bravem Lächeln und gesenkten Wimpern. «Womöglich wisst Ihr es schon. Die Leute sagen, Anna und Matthias Paulung waren heimlich verlobt. Schon vor einigen Jahren, als Matthias' Vater noch nicht nach Stade gegangen war, obwohl ich das nicht glaube, sie war da ja noch ein Kind. Zacharias Hörne hat ihr aber verboten, ihn zu sehen, und seit er in Hamburg war, hat sie ihn sicher auch nicht gesehen, obwohl man das nicht genau weiß. Zu Beginn der Adventszeit ist sie zu ihrer Tante gezogen, das werdet Ihr längst wissen, zu Madame Benning, und seitdem soll sie sich wieder heimlich mit ihm getroffen haben. Nach all den Jahren. So richtig heimlich war das nicht, jedenfalls sah man sie miteinander, sie taten ganz zufällig, doch das glaube ich nicht. Keiner glaubt das.» Sie holte tief Atem und rutschte auf die vordere Stuhlkante. «Jeder konnte sie sehen. Es ist schamlos, wenn man vor aller Augen gegen das Verbot des Vaters verstößt. Doch dann», sie richtete sich auf und reckte streng den Hals, «dann wollte Matthias sie nicht mehr.»

«Aha?» Proovt glaubte die Trompete eines Herolds zu hören. Er begriff die Bedeutung ihres triumphierenden Blickes nicht und log: «Ich verstehe, er wollte sie nicht mehr. Wieso hat er sie dann vor dem Theater getroffen?»

«Wartet. Die Leute sagen, dass sie an diesem Abend sogar mit ihm im Theater war, den ganzen Abend. Ihr könnt Westermann danach fragen, den Kontorschreiber meines Vaters. Der hat sie gesehen, und viele andere auch, obwohl sie sich immer unter ihrem Tuch verborgen hat, was aber nichts nützte. Das sagt er. Trotzdem, Matthias Paulung wollte sie nicht mehr. Ich glaube, er hat sie gar nicht in das Theater mitgenommen, sondern sie ist ihm einfach gefolgt und hat sich ihm auf der Galerie aufgedrängt. Es heißt nämlich, sie habe ihn auch sonst bedrängt, vorher schon und immer wieder. Sie hat ihn in der Stadt abgepasst und soll sogar auf den Hamburger Berg zum Hanfmagazin gewandert sein, um ihn zu sehen. Stellt Euch das vor! Vor den Augen seines Meisters, des Bauhofinspektors gar. Wie schrecklich peinlich das für ihn gewesen muss.«

«Warum, glaubt Ihr denn nun, wollte er sie nicht mehr?»

Hilda zuckte mit den Achseln. «Was weiß ich? Sie wird ihm wohl zu männlich gewesen sein, wenn Ihr versteht, was ich meine. Sie war nicht sanft, wie es sich für eine Frau gehört, sie gab Widerworte und hatte Ideen. Ideen, sage ich Euch! Und ist es etwa schicklich, einem Mann nachzulaufen? Er wollte sie einfach nicht mehr. Die Leute sagen auch», nun beugte sie sich vor und senkte den Kopf und die Stimme, «sie sagen, Anna hat, nun ja, wie soll ich es ausdrücken? Sie hat die Grenze überschritten.»

«Das sagtet Ihr schon, die Grenze zum Hamburger Gebiet.»

«Nein. Die Grenze! So versteht mich doch. Sie hat sich ihm hingegeben. Stellt Euch das vor. Und nun, das sagen natürlich nur die Leute, ich weiß nichts darüber, woher sollte ich das auch?, nun war sie in gesegneten Umständen, wobei ich nicht sicher bin, ob dieser ehrliche christliche Ausdruck hier passend ist. Wenn der Paulung sie nicht mehr wollte, und Zacharias Hörne ihm gedroht hat – nie wäre der Paulung noch Lotse geworden, wenn das herausgekommen wäre. Nie. Ins Zuchthaus hätten sie ihn gesperrt, weggejagt wie einen Kesselflicker.»

Sie verstummte atemlos, ihr Gesicht hatte sich im Eifer gerötet, und sie starrte ihn mit geweiteten Augen an. Alle Unsicherheit ihrer Beobachtungen schien vergessen.

Proovt fühlte Übelkeit. Obwohl dies alles den Mann,

dessen Namen er schon bei Madame Boster gehört hatte, tatsächlich zu einer echten Spur bei der Suche nach dem Mörder des Mädchens machte, gefiel ihm weder, was, noch, wie er es hörte. Dennoch: Der Physikus hatte zwar gesagt, das Mädchen sei nicht schwanger gewesen. Dennoch, sie wäre nicht die Erste gewesen, die eine Ehe mit einer Lüge erpresste.

«Wenn ich Euch richtig verstehe, wollte Mademoiselle Hörne sozusagen um jeden Preis Madame Paulung werden. Ihr Vater hätte, nach dem, was Ihr sagt, nie zugestimmt. Was also sollte daraus werden?»

«Ihr Vater hat sie nicht gekümmert. Sie hatte Ideen. Sie hat versucht, das sagen jedenfalls die Leute, ihn zu überreden, mit ihr in die amerikanischen Kolonien durchzubrennen. Oder nach Surinam zu ihren Cousins Benning. Das sagt man, ja. In die Kolonien. Und er wollte nicht. Sagen die Leute. Was sollte er auch bei den Wilden?»

Wenn er von ihr noch einmal «sagen die Leute» hörte, dachte Proovt, würde er sie umgehend hinauswerfen. «Das sind in der Tat interessante Auskünfte. Ich werde mir alle Mühe geben, sie richtig zu werten, Mademoiselle. Noch eine Frage: Es war eine sehr diesige Nacht, wie konntet Ihr die beiden so deutlich erkennen?»

«Das sagte ich doch: Als sie an unserem Haus vorbeigingen. Ihr wisst doch sicher, dass wir eine Laterne vor der Tür haben. Mein Vater sagt, bei dem vielen Gesindel in der Stadt muss man sich schützen, und Gesindel scheut nun mal das Licht. Die Laterne wird erst eine Stunde nach Mitternacht von dem Nachtwächter gelöscht.»

«Sehr löblich. Euer Vater ist ein vorausschauender

Mann. Warum seid Ihr eigentlich erst heute zu mir gekommen, Mademoiselle Rogge? Die Männer des Hafeninspektors haben die Tote am Donnerstagmorgen gefunden. Habt Ihr so lange mit Euch gerungen?»

Genauso, versicherte sie, sei es gewesen. «Gerungen. Drei quälende Tage. Die Nächte nicht zu vergessen.»

Matthias Paulung, so erklärte sie noch, arbeite auf der Baustelle des Hamburger Hanfmagazins. Natürlich wisse sie nicht, wo er wohne. Aber sie habe gehört, er teile sich mit zwei der anderen Arbeiter ein Dachzimmer im Haus des Farbenmachers im Kornträgergang. Es sei ganz leicht zu finden, jeder in der Hamburger Neustadt könne ihm das Haus zeigen, es rieche dort auch sehr besonders.

Dafür, dass sie natürlich nicht wusste, wo Matthias Paulung wohnte, wusste sie es recht genau. Proovt ersparte sich die Frage danach, er fragte auch nicht mehr, wieso sie so genau um die Familienverstrickungen der Toten wusste. Seine Sehnsucht nach frischer Luft, Ochsenzunge und einem milden Bordeaux war geradezu übermächtig geworden.

Nachdem er Mademoiselle Rogge seinen Schreiber als Begleitung durch die dunkle Stadt bestellt hatte, wegen dringender Amtsgeschäfte musste er ihr seine persönliche Begleitung leider versagen, konnte er endlich das Rathaus verlassen und zum Alten Ratskeller eilen. Der bohrende Hunger hatte sich, vom langen Warten verstimmt, inzwischen davongemacht. Zu Proovts Verdruss hatte er den Appetit gleich mitgenommen.

KAPITEL 6

SONNABEND, DEN 11. MARTIUS,
ABENDS

Die Stube über Melzers Kaffeehaus war voller Menschen, es war warm, und Rosina, vom Schrecken wie vom schnellen Lauf durch das dunkle Straßengewirr erschöpft, lehnte sich schläfrig zurück. Bald erschienen die Stimmen wie das Murmeln eines Baches. Ab und zu, wenn Helena sprach, plätscherte das Wasser heller über die Kiesel. Die wohlige Wärme und die vertrauten Stimmen erinnerten sie an eine Zeit, als sie es geliebt hatte, wenn alle dachten, sie schlafe längst, aus dem Bett zu schlüpfen und die Tür ihres Zimmers einen Spalt zu öffnen. Auch die Stimmen aus dem Salon oder dem Gartenzimmer klangen damals wie ein murmelnder Bach, vertrieben Schatten und Ängste und schenkten ihr schließlich den tiefen ruhigen Schlaf der Geborgenheit. Manchmal hatten die Worte auch hart geklungen, jedenfalls die der Männerstimme. Doch vielleicht gehörte diese Erinnerung nur zu den Traumstimmen aus Nächten, in denen Herbststürme um das Haus tobten, die alten Bäume knarren ließen und kalt durch die Fensterritzen krochen.

Gregor hatte sich nicht mit leeren Floskeln aufgehalten, als Helena ihn eingeladen hatte, zum Abendessen zu bleiben. Er hatte gedankt, um Erlaubnis gebeten, nach Wein zu schicken, und dem eilfertig aufspringenden Filippo eine Münze gegeben. Die konnte nicht gering gewesen sein, denn der Krug war groß und der Wein süß und schwer.

Er fragte nach der Toten in der Elbe, auch in Hamburg werde darüber geredet, doch in Altona sei man gewiss besser unterrichtet. Gregor Beaufort hatte die letzten Tage in Hamburg verbracht, um einen alten Studienfreund aus Göttingen zu treffen und endlich die große Stadt kennen zu lernen. Er hatte auch einen der schon berühmten Musiknachmittage des Kantors Bach besucht und, so sagte er, zudem einige Inspiration für sein poetisches Werk erfahren.

Also erzählte Helena, bis Jean sie mit einem «Im Übrigen weiß man noch gar nichts. Stimmt es, dass Ihr im *Kaiserhof* am Ness gewohnt habt?» unterbrach. Es stimmte, und nun war es an Gregor zu berichten. Jean kannte billige Gasthäuser, Kaschemmen und enge Wohnungen wie diese im ganzen Land, er hatte zahllose Nächte unter freiem Himmel oder tiefhängenden Zweigen geschlafen. Vornehme Gasthäuser jedoch, die eigentlich für ihn einzig angemessenen Domizile, waren ihm bisher verschlossen geblieben.

«Schlaft Ihr schon, Rosina?» Gregors Stimme war ganz nah und holte sie zurück in das unordentliche Zimmer. «Ihr seid sicher müde, und es ist spät. Wenn Ihr trotzdem noch ein wenig wach bleiben könntet?» Er ignorierte die neugierigen Gesichter und sah nur Rosina an. «Ich möchte Euch eine Geschichte erzählen, und ich möchte Euch etwas fragen. Ich weiß», wandte er sich mit entschuldigendem Lächeln an Jean und Helena, «es ist bei Euch nicht üblich, viele Fragen zu stellen, aber vielleicht könntet Ihr mir vertrauen, Ihr werdet dann schnell verstehen.»

Rosina war plötzlich hellwach, als sei unversehens etwas eingetreten, auf das sie, ohne es zu wissen, lange gewartet hatte, und glaubte sich doch noch in einem Traum. Als wiederhole sich eine oft gespielte Szene auf dem Theater, wusste sie seine Fragen. Aber sie wusste nicht, wie ihre Rolle in dieser Szene weiterging. Ergeben ausharren? Aufstehen und davonlaufen? Ihr Körper bewegte sich nicht, sie fühlte nur ihre Hände zu Fäusten werden, kalt und feucht, als gehörten sie nicht zu ihr.

«Rosina?» Das war Helenas Stimme. «Möchtest du nicht lieber zu Bett gehen? Mir scheint, du schläfst beinahe schon.»

«Nein, Helena. Es geht mir gut.» Rosina wusste jetzt, wie die Szene fortlief. Sie sah den Mann an, der ihr gegenüber saß, und wie in einem Spiegel erkannte sie in seinen Augen die gleiche Mischung aus Neugier, Sorge und Entschlossenheit, die sie nun selbst fühlte. Sie nickte ihm zu, und er begann.

«Ich habe Euch erzählt, dass ich an der Universität in Göttingen studiert habe, Theologie und die Rechte, wie die meisten dort. Ich trage einen teuren Rock und habe die Muße, zu meinem Vergnügen durch das Land zu reisen und sogar die Freiheit, mich in einer Komödie zu versuchen. Das muss auch leichtfertig erscheinen, und gewiss denkt Ihr, ich sollte besser ernsthaften Geschäften nachgehen. Tatsächlich tue ich hier genau das.»

Er blickte Rosina prüfend an, und als er sicher war, dass sie seinen Worten aufmerksam folgte, fuhr er fort: «Ich habe ein verantwortungsreiches Erbe zu verwalten. Dass ich heute an diesem Tisch sitze, gehört dazu, auch wenn es seltsam erscheinen mag. Doch ich will Euch nicht mit Ausführungen über meine Besitzungen ermüden, sondern der Familienpflicht entsprechen, die der wahre Grund meiner Reise ist.»

Er griff nach dem Weinkrug, füllte die Gläser nach und lehnte sich zurück, sodass sein Gesicht tief im Schatten lag.

«Es ist eine lange Geschichte. Wo also soll ich beginnen? In der Mitte, beim Wichtigsten, das mag für heute genügen. Es ist die Geschichte des einzigen Bruders meines Vaters. Beide besaßen verheißungsvolle Kupfer- und Silberminen im Harz. Während sich die Stollen in den Minen meines Vaters als äußerst ertragreich erwiesen, hatte sein Bruder Pech. Die Erzgänge waren nur schmal und auch sonst wenig ergiebig, und eine Mine füllte sich schon bald mit so viel Wasser, dass sie stillgelegt werden musste. Die beiden Brüder zerstritten sich darüber, der eine warf dem anderen vor, er habe ihn übervorteilt – doch das ist in diesem Teil der Geschichte gar nicht von Belang.

Auch in seiner Familie hat mein Onkel, von dem ich hier vornehmlich erzählen will, mehr Unglück erfahren, als er verdient. Ich hoffe, dass Ihr am Ende meiner Meinung seid, Rosina. Als er heiratete, war er ein wohlhabender Mann in schon reifem Alter. Seine Frau war jung, ihr Bildnis im Salon seines Hauses zeigt eine seltene Schönheit. Auch ihre Gaben waren selten, aber, so sagt er selbst, er war zu eitel und zu dumm, sie wertzuschätzen. Er dachte, das Leben, das er ihr bot, sei mehr wert als alles, was sie bis dahin gehabt hatte. Sie gebar ihm eine Tochter, fünf Jahre später einen Sohn. Ein drittes Kind, wieder eine Tochter, starb kurz nach der Geburt, und er sagt, dass seine Frau sich von diesem Kummer nie ganz erholte. Dennoch empfand er sein Leben als glücklich. Seine

Geschäfte mehrten schließlich seinen Reichtum, seine Talente machten ihn zum Berater seines in der Finanz recht leichtsinnigen Landesherrn, seine Kinder waren wohlgeraten und gesund. Es stimmt, er führte ein glückliches Leben. Sorge bereitete ihm nur seine Tochter. Sie wurde ihrer Mutter nicht nur in ihrer Erscheinung immer ähnlicher, sie hatte auch deren Talente und eigenwilligen, unruhigen Geist geerbt. So verbot er auch ihr wie zuvor seiner Frau, was sie am meisten liebte, stets im festen Glauben, das Richtige zu tun.»

Die Uhrglocke von St. Trinitates begann zu schlagen, erst nach dem letzten, dem zehnten Schlag fuhr er fort: «Als sein Sohn sieben oder acht Jahre alt war, lehrte er ihn wie zuvor die Tochter das Reiten, und dann, es mag ein Jahr später gewesen sein, begann das Unglück. Sein Sohn war zu jung, seine Kräfte einzuschätzen, und als er bei einem Ritt durch den Park seiner Schwester nachjagte, stürzte er vom Pferd. Er starb noch am gleichen Tag. Auch wenn er es nie aussprach, ließ sein Vater seine Frau, die ihre Tochter nicht zu stiller Fügsamkeit erzogen hatte, und seine Tochter, die solche wilden Ritte liebte, spüren, dass er sie für schuldig hielt. Seine Frau wurde zum Schatten ihrer selbst, sie starb am Ende des folgenden Winters. Mögt Ihr noch zuhören, Rosina?»

Auch Rosina hatte sich in den Schatten zurückgelehnt, ihre Arme umschlangen ihren Körper, als müsse sie sich selbst halten. «Es war nur ein leichtes Fieber», flüsterte sie. «Eines, an dem niemand stirbt. Sie starb dennoch daran. Sie ging einfach davon.»

Rosina schwieg, und auch alle anderen schwiegen, endlich begreifend, wessen Geschichte da erzählt wurde. Sogar Jean war verstummt.

«Und du?», fragte Helena schließlich behutsam. «Wann gingst du davon?»

Rosina hob den Kopf und sah durch das nachtschwarze Fenster. «Später», sagte sie endlich und lehnte sich kaum spürbar an Helenas Schulter, «mehr als ein halbes Jahr später.»

«Aber warum? Du hattest deine Mutter und deinen Bruder verloren, wie konntest du auch noch alles andere verlassen? Deinen Vater, dein Zuhause, sicheren Wohlstand und Geborgenheit.»

«Ich musste gehen. Ich konnte dort einfach nicht länger leben.»

«Für nichts? Du hattest großes Leid erfahren, dennoch war da fast alles, wovon man träumen kann. Du hattest kein Ziel, als Jean dich damals aus der Hecke zog und zu uns brachte.»

«Ich hatte ein Ziel, ich wusste genau, wohin ich wollte. Ich war damals auf der Suche nach einer Komödiantengesellschaft, die in unserer Stadt gespielt hatte. Denen wollte ich mich anschließen. Wenn mein Plan zunächst auch nicht aufging», ein Lächeln huschte über ihr Gesicht, «habe ich mein eigentliches Ziel dennoch erreicht. Weil nicht irgendein wandernder Bader mich auf der Straße auflas, sondern Jean. Monsieur Beaufort hat nicht gesagt, welcher Art die Talente waren, die ich geerbt habe. Meine Mutter war Sängerin an der Dresdener Hofoper, sie verließ das Theater einzig, um meinen Vater zu heiraten. Sie hat mich singen und tanzen gelehrt, bis er es ihr verbot. Damals, als ich ihn verließ, wollte ich es nicht glauben, aber sie muss ihn sehr geliebt haben, wenn sie für ihn die Musik aufgab. Denn das war von Anfang an seine Bedingung gewesen.»

«Und wer, zum Teufel», rief Jean froh, dass niemand die Tränen bemerkt hatte, die ihm bei der Schilderung dieses wunderbaren Melodrams in den Augen gestanden hatten, «wer seid Ihr, Gregor?»

«Nicht Gregor», sagte Rosina, «auch nicht Beaufort. Ihr seid Klemens, nicht wahr?»

«Ja, ich habe mir für diese Reise den Namen eines der Vorfahren meiner Mutter ausgeborgt. Ich bin Klemens Lenthe. Und Ihr heißt nicht Hardenstein, sondern Lenthe, wie ich. Rosina ist Euer zweiter Vorname. Euer Rufname ist Emma. Euer Vater hat mich auf diese Reise geschickt, meine Cousine zu suchen. Er will Euch sehen, Emma. Mehr noch: Er möchte, dass Ihr endlich heimkehrt.»

SONNTAG, DEN 12. MARTIUS,
MORGENS

Jakobsen sah den Weddemeister verdutzt an, lachte dummerweise sein dröhnendstes Lachen, sodass umgehend all seine frühen Gäste herübersahen – und zog den Weddemeister in die Küche hinter dem Schankraum. «Sonst zerreißt sich morgen die ganze Stadt das Maul über Eure seltsamen Wünsche», erklärte er. «Dass Ihr Frauen und junge Diebe ins Spinnhaus bringt, weiß jeder, aber dass Ihr sie auch wieder rausholt, ist neu.»

Weddemeister Wagner hatte lange gegrübelt, wen er um ein neues Zuhause für das Mädchen bitten könnte. Zuerst war ihm die Domina von St. Johannis eingefallen. Die Konventualinnen des Klosters waren allesamt feine Damen, jede hatte eine Magd zu ihren Diensten. Für Küche, Waschhaus und Garten wurden immer wieder welche gebraucht, denn zum Ärger der Domina verlangte junge Mägde nach dem Ehestand. Aber das Kloster war ihm letztlich nicht als der richtige Ort für Karla erschienen, die alten Gemäuer bargen für sie nur böse Erinnerungen. Madame Herrmanns um Hilfe zu bitten erschien ihm vermessen. Immerhin war Karla im letzten Sommer von ihrem Dienstherrn, dem Pedell der Gelehrtenschule, zum Diebstahl verleitet worden und im Spinnhaus gelandet. Bei aller Großzügigkeit der Herrmanns' – ein Mädchen aus dem Frauengefängnis duldeten sie gewiss nicht unter ihrem Dach. Das Spinnhaus war nicht ganz das Zuchthaus, junge Frauen sollten dort zuvörderst auf den Weg zu rechtschaffener Arbeit und christlicher Demut zurückgeführt werden, doch der Ruch von Verbrechen und Strafe klebte auch an ihnen wie Pech.

Schließlich war ihm Jakobsen eingefallen. Der Wirt war nicht zimperlich und seine Schwester die beste Aufsicht für ein Mädchen, dessen Seele rein, aber, nun ja, nicht sehr standhaft war.

Wagner schüttelte entschieden, ein bisschen zu entschieden vielleicht, den Kopf. «So ist es nicht, Jakobsen. Sie hat ja nicht wirklich etwas verbrochen, sondern war nur dumm und wusste sich nicht zu wehren. Wenn sie nun entlassen wird, ist es unsere christliche Pflicht, für dieses Mädchen, dem der Herrgott schon in frühesten Jahren die Familie genommen hat, einen sicheren Platz zu finden.»

«Fromm, lieber Wagner, sehr fromm. Wir wollen besser nicht prüfen, wie weit Eure Christenpflicht reicht, wenn eine pockennarbig, zahnlos und zänkisch ist. Wie viele aus dem Spinnhaus habt Ihr denn schon in gute Obhut gebracht?»

«Das war bisher nie nötig», begehrte Wagner auf. «Nie nötig, ja. Ich meine nein. Karla hat niemanden, zu dem sie gehen kann, keine Familie, niemanden. Der Pedell hatte sie aus dem Waisenhaus geholt, nun sitzt er im Zuchthaus, wo er auch hingehört, und seine Frau will nichts von Karla wissen. Wohin also sollte sie gehen? Sie ist», Wagner hüstelte und versuchte, sein plötzlich gerötetes Gesicht hinter seinem großen blauen Tuch zu verbergen, mit dem er sich in den letzten Minuten unablässig die gar nicht feuchte Stirn gewischt hatte, «sie ist ein wenig schüchtern, ja, und nicht stark genug, um sich alleine durchzuschlagen. Ihr wisst, wo diese Mädchen landen. Es wäre nicht christlich, wirklich nicht christ...»

«Gut, Wagner, gut, gut. Ich habe Euch schon verstanden. Nun wollt Ihr sie in Sicherheit wissen. Vor Hunger und vor allem, nehme ich an, vor den Mädchenfängern der Freudenhäuser. Da muss ich überlegen. Bei uns ist kein Platz. Mir genügt eine Schankmagd, und Lineken werde ich selbst Euch zuliebe nicht wegschicken. Ich kann bei den anderen Wirten in der Neustadt fragen. Oder bei Schwarzbach. Sein Sohn wird jetzt die Kattundruckerei übernehmen, der braucht sicher noch ein paar Schildermädchen oder Wäscherinnen.»

«Der junge Schwarzbach, nun ja, sehr schön. Man sagt allerdings, er sei sehr hart. Herrisch, sozusagen. Und bei den Wirten? Auch sehr schön. Aber vielleicht», wieder hüstelte der Weddemeister in sein blaues Tuch, «vielleicht wisst Ihr noch eine andere Möglichkeit. Ihr kennt doch so viele Menschen in der Stadt, ich dachte eher, nun ja, Eure Schenke ist ehrbar, absolut ehrbar, was man nicht von allen sagen kann, wenn Ihr versteht, was ich meine.»

«Herrgott, Wagner, sagt doch einfach, was Ihr denkt,

nämlich dass eine Schenke der falsche Ort für so ein Mädchen ist.»

«Ja, das denke ich. Sie ist kaum sechzehn, und ihre Seele, ja, ihre Seele ist weich, müsst Ihr wissen, sehr weich.»

«Das Mädchen», erklang eine resolute Stimme hinter Jakobsens breitem Rücken, «braucht Arbeit und Aufsicht.»

«Das ist sehr schlau, Ruth.» Jakobsen drehte sich nach seiner Schwester um, die am Herd stand und in einem riesigen Topf rührte, aus dem es nach Hasenragout mit viel Thymian, gestoßenen Nelken und Lorbeerblättern duftete. «Aber wer würde so ein Mädchen aufnehmen und auch noch so fürstlich behandeln, wie es sich unser Weddemeister wünscht? Sei sie noch so fromm, und, wie er meint, eine brave Seele?»

«Matti», sagte Ruth, als sei es die selbstverständliche, einzig denkbare Lösung des Problems. Sie griff in eine Holzschale auf dem Wandbrett neben der Feuerstelle und streute noch eine Hand voll getrockneter Kräuter in den Topf. «Matti», wiederholte sie nachdrücklich. «Die ist genau die Richtige.»

«Die Hebamme auf dem Hamburger Berg?»

Ruth nickte. «Matti hat neulich gesagt, dass ihr die Arbeit im Haus und vor allem in ihrem Garten zu viel wird. Lies ist keine große Hilfe mehr, seit sie die Gicht hat.»

«Keine schlechte Idee», brummte Jakobsen, der es nicht gern hatte, wenn sich seine Schwester schlauer erwies als er. Jakobsen kannte die alte Hebamme und auch Lies, die früher zu den Becker'schen Komödianten gehört hatte und bei Matti Unterschlupf gefunden hatte.

Tatsächlich konnte es für ein Mädchen wie Karla kein besseres Asyl geben. Matti würde sie gut behandeln (bei Lies war Jakobsen nicht so sicher), und wenn sie wollte, konnte sie dort eine Menge lernen. «Du glaubst, Matti nimmt auch eine auf, die im Spinnhaus war? Versteht mich nicht falsch, Wagner, aber Diebin ist nun mal Diebin. Wenn Matti auch Hebamme ist, ist sie doch so was wie eine Dame.»

«Richtig, Bruder. Wenn so eine eine alte Wanderkomödiantin aufnimmt, wird sie auch bei einer wie Karla nicht plötzlich zum Pharisäer. Ich werde sie fragen. Und jetzt, Wagner», sie hob den Holzlöffel an die Lippen und kostete mit zufriedenem Schmatzen, «müsst Ihr dieses Ragout probieren. Es ist heute besonders gut.»

Wagner verabscheute Ragouts, aber dieses erschien ihm pure Ambrosia, was sicher nur an dem Wein lag, den Jakobsen ihm ausnahmsweise aus dem Fass für die besseren Gäste zapfte. Die Welt, fand Wagner, war doch nicht ganz schlecht. Ein solcher Anfall guter Laune ereilte ihn selten. Nicht weil er ein Misanthrop gewesen wäre. Aber seine Arbeit, die unermüdliche Jagd nach Verbrechern und Spitzbuben aller Art, die unermüdliche Aufpasserei auf Einhaltung der städtischen Verordnungen und Gesetze, kurz und gut Ruhe, Ordnung und Redlichkeit in einer der größten Städte des Kontinents, förderte nicht gerade die Zuversicht, die ihn als jungen Mann ausgezeichnet hatte. Die Ursache seines Frohsinns hatte genau genommen nichts mit seinem Amt zu tun, doch wer nahm es schon so genau? Auch diese Einsicht war für ihn, die verkörperte Rechtschaffenheit, ungewöhnlich.

Wagner liebte die Sonntage nicht, denn außer dem Kirchgang am Morgen hielten sie keine Pflichten für ihn bereit. Am wenigsten mochte er sie im Winter, wenn die Straßen wie ausgestorben waren, wenn sich die Stille in den Werkstätten, Fabriken, Küterhäusern und Kontoren wie ein Leichentuch über die ganze Stadt breitete. Er fand immer einen Grund, seiner einsamen engen Wohnung zu entfliehen und in der Fronerei nach dem Rechten zu sehen. Sehr zum Verdruss der Weddeknechte, die beim Sonntagsdienst lieber würfelten, als ihrem Herrn zu überflüssigen Diensten zu sein.

Doch nun war der Winter vorbei. Heute würde er über den Jungfernstieg promenieren, bei einer der Straßenhändlerinnen einen Zimtkringel kaufen und die Ruhe des siebten Tages nicht nur pflegen, sondern auch genießen. Vielleicht, wenn sein Schlendern ihn zufällig dort vorbeiführte, würde er einen Besuch im Spinnhaus machen. Es gehörte zwar nicht direkt zu seinen Aufgaben, doch es konnte nie schaden, die Einhaltung der Sonntagsruhe zu überprüfen.

«Monsieur?» Wagner hörte die Stimme, sah sich neugierig, wie es seiner Profession entsprach, nach dem so höflich Angesprochenen um und merkte verdutzt, dass er selbst gemeint war. Vor ihm stand ein hoch gewachsener schlanker Mann, dessen Eleganz der eines Claes Herrmanns kaum nachstand, auch wenn der es kaum passend gefunden hätte, in so modischen Stiefeln ins Gasthaus zu gehen.

«Proovt», stellte der Fremde sich vor, «Polizeimeister in Altona. Es ist mir äußerst unangenehm, Euch am Sonntag stören zu müssen, besonders während Eurer Mahlzeit, aber es ist dringlich. Wenn Ihr erlaubt.» Ohne Wagners Erlaubnis abzuwarten, setzte er sich ihm gegenüber und legte seinen Dreispitz auf den Tisch. Wagners gute

Laune schwand. Er hatte von dem Neuling in Altona gehört, er hatte ihn sogar schon einmal gesehen. Er spürte nicht die geringste Lust, sich von diesem seltsamen Menschen, der ganz und gar nicht wie ein ordentlicher Polizeimeister, sondern wie ein junger Schwärmer und Gelehrter mit zu reicher Verwandtschaft aussah, seine schönen Sonntagspläne durchkreuzen zu lassen.

«Euer Weddeknecht in der Fronerei sagte, ich würde Euch hier treffen», fuhr Proovt fort, als der Weddemeister ihn weiter schweigend ansah. «Ich bin sehr froh, dass dem so ist. Stört es Euch, wenn ich eine Tasse Kaffee trinke?»

Wagner schüttelte den Kopf. «Das wird Euch allerdings kaum gelingen. Das hier ist kein Kaffeehaus, sondern eine Schenke. Jakobsen», rief er und drehte sich nach dem Wirt um, «bringt uns noch Wein. Und ein Glas.»

«Ich brauche Eure Hilfe, Meister Wagner.» Proovt nippte an seinem Glas und stellte es mit zusammengepressten Lippen auf den Tisch zurück. «Ihr werdet gehört haben, dass in Altona eine Ertrunkene aus der Elbe geborgen wurde, vielleicht habt Ihr auch gehört, dass das Mädchen nicht freiwillig ins Wasser gegangen ist, so jedenfalls scheint es. Die Sache ist noch recht undurchsichtig.»

Natürlich hatte Wagner davon gehört. «Ihr seid also nicht sicher, ob sie ermordet worden ist?»

«Eigentlich doch. Ziemlich sicher, es gibt deutliche Hinweise. Jedenfalls hat sie es nicht selbst getan, wenn Ihr das meint. Sie hatte auch keinen Grund.»

«Da habe ich anderes gehört.» Wagner drehte sich nach der Küche um, aber es sah nicht aus, als würde Ruth ihm auch noch einen ihrer süßen Puddings spendieren, für die Wagner alle Ragouts der Welt stehen lassen würde. «Nun ja, die Leute reden immer schnell Übles.»

«Ja.» Proovt nickte düster. «Die Leute.»

«Vielleicht hat sie ein Glas Wein getrunken und ist zu nah ans Wasser getreten. Immer wieder fallen Leute in die Seen und Flüsse und ertrinken. Besonders, wo Vorsetzen sind. Wenn zudem die Wege auch noch vereist ...»

«Ihr könnt versichert sein, Monsieur, dass ich das alles geprüft habe.» Proovts Stimme klang knapp. Dr. Hensler hatte ihm erzählt, der Hamburger Weddemeister wirke ein wenig unbedarft, tatsächlich sei er ein schlauer Fuchs und erfahrener Jäger. Nun glich dieser Mann eher einem Hamster, er verspeiste schon zum Frühstück ein fettiges Fleischragout und stellte nur Überlegungen an, die sich um kein Deut von seinen eigenen unterschieden. Proovts Selbstbewusstsein kehrte zurück, und er fuhr versöhnlich fort: «Mademoiselle Hörne ist als Kind beinahe ertrunken. Sie ging niemals nahe ans Wasser.»

Tapfer nahm er noch einen Schluck von dem sauren Getränk, das hier als Wein ausgeschenkt wurde, und berichtete von der verschwundenen Kette, die sie kurz vor ihrem Tod noch getragen hatte, von den Verletzungen an ihrem Hals und schließlich von dem Grund seines Kommens: «Sie war am Abend ihres Todes mit Freunden im Theater, sehr anständigen Leuten, die über jeden Verdacht erhaben sind. Ich meine damit, dass diese alte Freundin aus ihrer Kindheit und deren Gatte absolut keinen Grund hatten, ihr etwas anzutun. Außerdem, das ist noch wichtiger, wurde Mademoiselle Hörne später, nachdem ihre Freunde sie nach Hause begleitet und sich verabschiedet hatten, noch am Hafen gesehen, und zwar in Begleitung eines Mannes.»

Proovt berichtete, so knapp es ihm möglich war, was Hilda Rogge beobachtet und was sie in der Stadt gehört hatte. Dabei sagte er mindestens viermal «sagen die Leute», was ihm sehr peinlich, aber nicht zu umgehen war.

«Matthias Paulung», schloss er, «ist ein Hamburger. Er wohnt hier, und er arbeitet auch für den hiesigen städtischen Bauhof. Ich muss ihn dringend befragen, wie Ihr Euch denken könnt, dazu bitte ich um Eure Hilfe. Mein Amtsbereich endet nun mal an den Toren Altonas. Ich brauche Euer Plazet, sozusagen, und Eure Begleitung.»

«Mein Plazet», sagte Wagner und dachte, Proovts Vorgänger hätte an solche Feinheiten nicht einmal gedacht, sondern jeden, den er eines Verbrechens in Altona verdächtig fand und auf dem Hamburger Berg erwischen konnte, schnurstracks über die Grenze gezerrt. «Plazet. Sehr schön. Tatsächlich braucht Ihr das Plazet des Weddesenators. Richtig wäre es, wenn Euer Magistrat sich an unseren Rat wendet.» Plötzlich verzog sich das Hamstergesicht zu einem Grinsen, und Proovt verstand, was der Physikus mit dem Fuchs und dem Jäger gemeint hatte. «Ich nehme aber an, dass Ihr den jungen Paulung nicht erst zu Michaeli befragen wollt, sondern möglichst schnell. Sonntags wird er kaum auf der Baustelle sein. Wenn Eure schwatzhafte Konfitürenhändlerstochter Euch auch zu berichten wusste, wo der Mann wohnt, können wir gleich gehen.»

Es war nicht weit bis zum Kornträgergang. Proovt folgte dem Weddemeister und war froh, niemanden nach dem Haus des Farbenmachers fragen zu müssen. Als eile ihnen ein Geruch oder eine aufdringliche Melodie voraus, verschwanden vor ihnen die Menschen, klappten Fenster und Türen zu, nur ein paar Hühner und ein dreibeiniger

Hund ließen sich nicht stören. Die breiteren Straßen der Neustadt wurden von Häusern aus stabilem Fachwerk gesäumt, reinliche Läden und Werkstätten in den Erdgeschossen zeugten von einem auskömmlichen Leben. Die engen Gänge, durch die Wagner ihn nun führte, waren ihre düstere Kehrseite. Es stank nach feuchten Wänden und Abwässern, er sah vom billigen, weichen Holz schiefe Fassaden, die so weit vorragten, dass das Tageslicht kaum ein Chance hatte einzudringen. Auch in Altona gab es enge schmutzige Quartiere, in denen sich die Armen drängten und schweres Fieber, Halsbräune und die englische Krankheit Dauergäste waren. Hier erschien ihm alles noch enger, noch schmutziger, noch düsterer. Hinter diesen Gängen, das wusste er, gab es noch elendere Labyrinthe, von denen es hieß, dass sich dort nicht einmal die Stadtsoldaten hineinwagten.

Proovt dachte an seinen teuren Rock und die eleganten Stiefel, er atmete begierig den Lavendelduft seines Hemdes und wünschte, er wäre Dr. Henslers Rat gefolgt und hätte sich eine der unförmigen Joppen und Stiefelpaare seiner Polizeiknechte geliehen. Nicht weil er sich fürchtete, dazu fehlte ihm die Erfahrung, sondern weil es ihm niederträchtig erschien, vor Menschen, die selbst am Sonntag nichts als geflickte Lumpen anzuziehen hatten, in seinem feinen englischen Tuch zu paradieren.

Der Physikus hatte an einem der hinteren Tische gesessen, als er den Alten Ratskeller betrat, und der Polizeimeister war seiner Aufforderung, ihm Gesellschaft zu leisten, gerne nachgekommen. Hensler war erst wenige Wochen in Altona, dennoch schien er die Stadt zu kennen wie einer, der sein Leben hier verbracht hatte. Als Proovt erwähnte, eine seiner Zeuginnen habe berichtet, die Tote sei schwanger gewesen, grinste er breit. Das, sagte er, sei zu erwarten gewesen. Der Tod eines Mädchens bringe immer dieses Gerücht hervor. Das sei nun mal eines der Gesetze menschlichen Verhaltens. Er habe den Grund dafür zwar noch nicht gefunden, doch die Menschen täten nichts lieber, als eine schlimme Sache noch schlimmer zu reden. Wahrscheinlich, hatte er hinzugefügt und genussvoll auf einem zarten Stück Ochsenzunge gekaut, wachse so ihr Gefühl der eigenen Sicherheit und Ehrbarkeit. Hensler hatte dem Polizeimeister keine Gelegenheit gelassen, sich genauer nach diesem rätselhaften Verhalten zu erkundigen. Er wollte die Urheberin dieser Auskunft wissen, und als Proovt nach kurzem Zögern ihren Namen nannte, grinste der Arzt noch breiter.

«Soso. Unsere liebe Mademoiselle Rogge. Das habe ich mir doch gedacht. Wenn Ihr Mörder und andere Schurken fangen wollt, Proovt, müsst Ihr Euch angewöhnen, genauere Auskünfte über Eure Zeugen einzuholen.»

Die Tochter des Kaffee- und Konfitürenhändlers Rogge, erfuhr er nun, sei eine betuchte junge Dame. Dennoch hatte sie sich aus irgendeinem unverständlichen Grund, wer kenne sich schon mit den Herzen der Frauen aus, in den Kopf gesetzt, Madame Paulung zu werden. Auch ihr Vater hatte nichts dagegen, nachdem ihm eingefallen war, dass es nur von Vorteil sein könne, sein Geschäft mit dem Heringshandel zu erweitern. Nun riechen Heringe zwar nicht so delikat wie Kaffee und Konfitüren, dafür werden sie in jeder Küche gebraucht. Ein erfahrener Fischer als Schwiegersohn konnte seinen Plänen nur förderlich sein. Von einem, der keinen Reichtum als ebendiese Erfahrungen in die Ehe einbrachte, versprach er sich zudem einen willfährigen Schwiegersohn und Geschäftspartner.

«Jedenfalls sah sich die liebe Hilda schon auf dem besten Wege zu Kranz und Schleier», fuhr der Physikus fort. «Dummerweise war noch nichts ausgesprochen, nichts vereinbart, und wenn Ihr mich fragt, bestand ein gut Teil dieser Verbindung nur in der Phantasie der jungen Dame. Ich kenne den Paulung kaum, ich habe ihm nur mal einen eiternden Splitter aus der Hand geschnitten. Aber ich kann mir nicht denken, dass einer, der sein Schiff verliert und sich weigert, bei seiner eigenen Familie unterzukriechen, in das Geschäft in der Großen Elbstraße einheiraten und den Rest seines Lebens den armen Verwandten spielen mag. Dennoch, Hilda glaubte sich ihrem Ziel nahe, da tauchte plötzlich Anna Hörne auf. Övelgönne und Altona sind nicht weit voneinander entfernt, aber ein strenger Vater kann aus einer halben Meile einen Ozean machen. Erst seit sie im Haus von Madame Benning lebte, endlich den Argusaugen ihres Vaters entkommen, konnte sie den jungen Paulung wieder treffen. Was sie fleißig getan haben soll. Aus war's mit den Roggeschen Träumen von Ehemann und Geschäftserweiterung. Eine herrlich tragische Geschichte, findet Ihr nicht? Allerdings könnte sie dazu führen, dass Mademoiselle Hildas Auskünfte in dieser Sache nicht ganz so klarsichtig sind, wie Ihr zu glauben scheint. Warum esst Ihr eigentlich Eure Austernsuppe nicht? Die Tierchen sind die ersten von Borkum in diesem Frühjahr, heute Mittag taufrisch geliefert. Eine Schande, sie verkommen zu lassen.»

«Die Austern, natürlich. Sehr delikat.» Proovt schob seinen Löffel durch die Suppe, als argwöhne er darin eine ganze Wattwurmfamilie. «Mir scheint, Ihr seid auch eine

Auster, ebenso verschlossen nämlich. Warum habt Ihr mir diese Geschichte nicht schon im Packhaus erzählt? Oder als ich Euch wegen des Berichts besuchte?»

«Und ich dachte immer, ich sei geschwätzig. Die Antwort ist einfach: Ich weiß erst seit heute von diesen Liebeswirren. Zu schade, dass Ihr kein Physikus seid, Polizeimeister. Denn dann machtet Ihr jeden Tag Krankenbesuche und bekämt zum mageren Salär neueste Nachrichten von der Art verabreicht, wie sie nicht in den Zeitungen stehen, die Menschen aber viel mehr interessieren als der russische Krieg oder die drohende Revolution in London. Mich auch, das gebe ich gerne zu.»

«Und warum sollte ich diesen Nachrichten aus der Krankenstube trauen? Sie scheinen mir aus keiner verlässlicheren Quelle zu stammen als meine.»

«Eine gute Frage. Im Prinzip habt Ihr Recht, besonders wohlhabende Kranke auf dem Weg zur Genesung langweilen sich fürchterlich und erfinden die erstaunlichsten Romane. Diesen allerdings habe ich von Monsieur Rogge selbst. Seine Galle und sein dickes Blut verlangen häufig nach meinen Diensten. Er liebt seine Konfitüren nämlich zu sehr, besonders zu fettem Fleisch. Mein Wissen stammt also ausnahmsweise aus erster Hand und ist nicht anzuzweifeln. Nun aber genug der Klatschgeschichten, viel wichtiger sind die Blattern im Zuchthaus.»

Nachdem Proovt auch darüber genauestens informiert worden war, blieb auch die geräucherte Ochsenzunge auf seinem Teller unberührt. Trotz ihrer delikaten Hülle aus Mandelteig.

«Wir sind da.» Wagner war in den Kornträgergang eingebogen, eine Gasse, die schon fast als Straße zu bezeichnen war, und vor einem der ersten Häuser stehen geblieben. «Leicht zu finden», murmelte er und zog schnuppernd die Nase kraus.

Der Geruch von Lein- und Terpentinöl umgab das Haus, schmal, aber noch ganz gerade und drei Stockwerke hoch, wie eine unsichtbare Wolke. Momme Fels, der Farbenmacher und Hausherr, ließ sie bereitwillig ein, scheuchte einen Schwarm von neugierigen Kindern und ein kleines geflecktes Schwein in die Küche und eilte den Vertretern der Obrigkeit mit eifrigem Dienern voraus bis zu der Kammer unter dem Dach.

Matthias Paulung lag allein in der ersten. Die anderen Mieter, versicherte Fels mit vor der Brust gefalteten Händen, seien noch in St. Michaelis. Das wäre die beste Gelegenheit für ein vertrauliches Gespräch gewesen. Leider war das unmöglich. Der Mann auf dem Strohsack in der Ecke gleich neben der Tür schlief wie ein Toter. Er sah auch so aus. Es stank penetrant nach alten Kleidern und feuchtem Stroh, vor allem aber nach billigem Fusel. Bis Matthias Paulung wieder ein auch nur halbwegs vernünftiges Wort von sich geben konnte, würden Stunden vergehen.

Momme Fels stellte ohne Zögern seine Schubkarre für den Transport zur Verfügung, doch Wagner hatte nicht die geringste Lust, zu einer Stunde, da die halbe Stadt in der ersten Frühlingssonne auf dem Jungfernstieg promenierte, Volksbelustigung zu sein. Als die Glocke auf dem Großneumarkt Mittag schlug, hielt der Wagen der Wedde, eine alte, nicht sehr geräumige Kiste auf Rädern, vor dem Haus des Farbenmachers. Kopf an Kopf drängten sich die Leute aus den umliegenden Gassen und Gängen und beobachteten schweigend, wie die Weddeknechte den leblosen Untermieter ihres Nachbarn hineinbugsierten.

Kaum setzten sich die beiden Klepper mit dem schwankenden Gefährt in Bewegung, erhoben sich die Stimmen und fegten wie eine Windbö um alle Ecken. Proovt, der lieber zu Fuß zur Fronerei ging, als sich zu Wagner und dem stinkenden Paulung in diese Flohkiste zu quetschen, hörte Worte von Mord, Pest und giftigen Kräutern. Die Leute, dachte er. Das sind sie, «die Leute».

SONNTAG, DEN 12. MARTIUS, VORMITTAGS

«Bitte, Anne, nenne mich doch weiter Rosina. Ich bin so an diesen Namen gewöhnt, dass der andere beinahe einer Fremden zu gehören scheint.»

«Nur zu gerne. Emma klingt tatsächlich schrecklich fremd und viel mehr nach einer gesetzten Matrone als nach dir. Du meine Güte, Rosina, ich habe nie angenommen, dass du in einer Bauernkate geboren wurdest. Niemand hat das. Es macht nicht die geringste Mühe, mir vorzustellen, dass du die Tochter eines Mannes bist, der Ländereien im Sächsischen besitzt und zwei Silberminen im Harz. Oder waren es drei? Aber ich habe mir nie vorgestellt, du könntest einmal dorthin zurückkehren. Ich habe einfach nicht daran gedacht. Wie dumm von mir.»

Sie hatte, ganz im Gegensatz zu den Damen in den Salons und den Herren in den Kaffeehäusern und Kontoren, auch nie darüber nachgedacht, ob ihre Verbundenheit mit einer fahrenden Komödiantin nicht gar zu sehr gegen die guten Sitten verstieß. Weil die Beckerschen sie aus dem Feuer gerettet hatten, erklärten sich die Leute in der Stadt diese unpassende Vertraulichkeit, damals, als sie zum ersten Mal in der Stadt und noch nicht Madame

Herrmanns, sondern Mademoiselle St. Roberts gewesen war. Anne hätte dem nicht zugestimmt. Sie dachte nie über die Ursache dieser Vertrautheit nach, dafür gab es keinen Anlass, aber hätte sie es getan, so wäre ihr vielleicht diese Vermutung einer ähnlichen Erziehung, gewiss aber das gemeinsame Gefühl der Fremdheit, des Andersseins eingefallen, das sie wie auch Rosina in ihrer selbst gewählten neuen Welt nie ganz verloren.

«Das ist überhaupt nicht dumm, Anne. Eine Frau, die beschließt, auf der Straße zu leben, kann in so eine Familie nicht zurückkehren. Sie würden das niemals zulassen. Normalerweise.» Sie stand auf, trat an das Fenster und sah auf die Straße hinunter. Der Neue Wandrahm lag in feiertäglicher Stille, nur eine Meise zwitscherte in einem der noch winterkahlen Bäume. «Ich glaube nicht, dass ich zurückkehre. Ich kann es nicht. Als ich damals ging, wusste ich, dass es für immer war. Das sollte es auch sein.» Sie drehte sich um, und Anne sah in ein ratloses Gesicht. «Wie soll ich ihm gegenübertreten? Ich habe ihn damals so sehr gehasst.»

«Und jetzt? Hasst du ihn immer noch?»

«Nein. Ich weiß es nicht. Es sind so viele Jahre vergangen. Es wäre gelogen, zu behaupten, ich hätte nie an meinen Vater gedacht, an ihn und an das Haus, den Park, an mein ganzes früheres Leben. Es war ja schön. Bis mein Bruder starb. Bis ich begriff, wie meine Mutter gelitten. Und warum: Er schämte sich ihrer Vergangenheit und tat alles, um die auszulöschen. Ich konnte das nicht verstehen. Wer die Ehre gehabt hatte, an die kurfürstlich-königliche Oper eingeladen zu werden, schwärmte von Sängerinnen wie der großen Faustina Hasse, warum also durfte meine Mutter nicht Sängerin sein und bleiben und dafür bewundert werden? Heute begreife ich zumindest den Unterschied. Faustina blieb auf dem Theater und wurde die Gattin des königlichen Kapellmeisters und Kompositeurs, ein berühmter, verehrter Mann, aber auch von der Oper. Sie sind und bleiben Domestiken, elegante exotische Tiere, an denen man sich erfreut, um die man buhlt – solange sie bleiben, wo sie hingehören. Die Liebe meiner Eltern muss sehr groß gewesen sein, dass sie diese Ehe überhaupt wagten.»

Sie schwieg, und ihr Blick glitt zurück zum Fenster, aber sie sah nicht die Straße, nicht die roten Backsteinhäuser, nicht den Sandsteinschmuck. Sie sah gar nichts, sie fühlte nur einen drängenden Schmerz. Sie hatte ihn schon oft gespürt, immer wieder in den letzten Jahren. Es war ihr stets gelungen, ihn im Zaum zu halten, ihn wegzuschieben, fortzuscheuchen wie ein Gefühl der Gefahr, das nur in der Dunkelheit und aus düsteren, unsinnigen Phantasien wuchs. Aber nun ließ er sich nicht mehr vertreiben. Es war nicht der Schmerz um das, was gewesen, um das, was sie getan, sondern um das, was sie nicht getan hatte.

Sie bereute nicht, gegangen zu sein. Aber was sie damals als trotziges Kind, verletzt, empört und im Gefühl tiefer Demütigung, nicht begreifen konnte, was sie in all den Jahren immer wieder fortgeschoben hatte, holte sie nun ein. Sie hatte ihn zurückgelassen, allein mit seinem Verlust, und ihm einen weiteren zugefügt. Er hatte sie nicht gefunden, also hatte er sie auch nicht gesucht. Das war für sie immer unverrückbar gewesen und die Legitimation, ihn niemals wissen zu lassen, dass sie lebte und dass es ihr gut ging. Irgendwann begriff sie, dass die Ungewissheit über das Schicksal seiner Tochter ihm eine

Qual sein musste, selbst wenn er sie verachtete und nicht mehr als seine Tochter anerkennen konnte. Aber da, so hatte sie gedacht, war es schon zu spät. Sie war eine Wanderkomödiantin geworden, hatte sich auf die Seite dieses Volkes geschlagen, gegen das eine Sängerin an der Hofoper eine Königin war. Sollte sie ihn das wissen lassen? Wie? Mit welchen Worten? Er würde es nie begreifen. Und wenn sie sich auch immer wieder versichert hatte, er wolle deshalb nichts von ihr wissen, er habe sich längst von ihr losgesagt und sie vergessen, so wie sie sich endgültig von ihrer Vergangenheit und Herkunft getrennt hatte, lauerte doch ein nagendes Gefühl der Schuld. Inzwischen hatte sie längst gelernt, dass die Sache mit der Schuld nicht so einfach ist, wie sie es als Fünfzehnjährige geglaubt hatte. Nun holte sie das alles ein. Nun sollte sie zurückkehren und alles noch einmal erleben?

«Rosina?» Anne legte leicht ihre Hand auf Rosinas Schulter und holte sie zurück in die Sicherheit ihres Salons. «Woher kam deine Mutter?», fragte sie leise. «War ihre Familie auch auf dem Theater?»

«Nein. Ihr Vater war Advokat und ein frommer Mann. Er hat seine Tochter verstoßen, als sie zur Oper ging. Sie hat es mir natürlich nie erzählt, ich habe es in der Küche gehört, als niemand wusste, dass ich unter dem Tisch hockte. Ich habe einfach nur nicht so lange gewartet, bis ich auch verstoßen wurde. Ich bin vorher gegangen. Es war eine gute Entscheidung, trotz allem. Warum sollte ich nun umkehren?»

«Weil er alt und nicht sehr gesund ist.» Anne trat neben Rosina und sah mit ihr hinunter auf die Straße. «Ist es nicht sehr hart, ihm diesen Wunsch abzuschlagen?»

«Vielleicht. Ich habe immer gedacht, er verabscheue mich. Ich weiß nicht, was ich nun denken soll, Anne. Ich treffe jede Stunde eine neue Entscheidung. Manchmal ertappe ich mich bei der Überlegung, ob es nicht das Klügste wäre, einfach wieder bei Nacht aus dem Fenster zu steigen.»

«Dazu hast du keinen Grund, und zum Glück bist du klug genug, zu wissen, dass es nicht wirklich nützen würde. Warum lässt du dir nicht einfach ein bisschen Zeit, bevor du dich entscheidest?»

«Das möchte ich, aber Klemens drängt, so bald als möglich zu reisen. Als er aufbrach, war mein Vater sehr geschwächt. Es ist nicht sicher, ob er sich erholt.»

«So schlimm? Dann musst du tatsächlich schnell reisen. Du würdest dir nie verzeihen, wenn du zu spät kämst.»

«Du meinst, wenn ich ihn in der Gewissheit meiner Unversöhnlichkeit sterben ließe?»

«Du bist sehr streng, Rosina, ich fürchte, letztlich mehr mit dir selbst als mit ihm.» Anne nahm ihre Hand und fuhr fort: «Doch ja, das habe ich gemeint. Eine Reise zurück ist immer eine schwere Reise, selbst wenn sie ein glückliches Ende zu nehmen verspricht. Manchmal ist sie unumgänglich, dann muss man sie antreten. Und im Gegensatz zu», sie stockte, drehte sich um und setzte sich wieder an den Tisch, «zu anderen hast du nichts zu verlieren. Du brauchst Mut, dich dem zu stellen, was war. Das ist nicht einfach, aber du warst nie feige, und du kannst zu jeder Zeit zurückkommen. Jean und Helena werden überall, wo immer sie sind, auf dich warten. Auch wo ich bin, ist immer ein Platz für dich. Das weißt du doch?»

«Ich danke dir, Anne, ich danke dir sehr. Aber *wenn* ich reise, wer sollte meine Rollen übernehmen? Es gibt kaum ein Stück, in dem ich keine habe.»

Anne lachte hell auf. «Das ist keine gute Ausrede», sagte sie. «Hast du nicht gesagt, dass Manon alle deine Rollen beherrscht und nur darauf wartet, dass dich ein Fieber ereilt oder dass du dir die Knöchel verletzt? Sie wird nicht so unübertrefflich sein wie du, besonders in den Hosenrollen, aber es muss reichen. Helena und Jean werden sie schon zurechtbiegen. Ein paar Stunden harte Probe, dann wird sie es schaffen. Und nun setz dich, trink noch eine Schokolade und erzähle, warum dein Monsieur Cousin sich nicht gleich zu erkennen gegeben hat. Wollte er erst herausfinden, ob du inzwischen mit den Fingern isst?»

Das war genau der richtige Ton, Rosina wenigstens für eine kleine Weile aus ihrer Zwiespältigkeit zu reißen.

«Wenn ich es nicht besser wüsste», sagte sie und in ihren Augen blitzte es schon wieder spöttisch, «müsste ich befürchten, mein Hang zur Zweifelei färbe auf dich ab. Wegen meiner Manieren hätte er kaum so lange gebraucht. Nein, er wollte erst ganz sicher sein. Mein Vater war überzeugt, dass ich nach meiner Flucht versuchen würde, zum Theater zu gehen, und Klemens fand schon im letzten Herbst eine Spur. Aber wir waren einander nur einmal begegnet, als wir kaum laufen konnten. Er kannte ein Bild von mir, eine Miniatur, die neben dem Sekretär im Zimmer meiner Mutter hing und wohl immer noch hängt. Doch auch darauf ist nur ein Kindergesicht zu sehen, ein zudem ziemlich schlecht gemaltes.»

«Aber wie fand er deine Spur? Du hattest doch deinen Namen geändert.»

«Damit hatte er gerechnet, Namen ändern sich auf den Straßen ständig. Mein Vater hat ihm genau beschrieben, wie ich aussah, als ich ging, und auch einiges andere erzählt. Damals war ich erst fünfzehn, doch mein Haar ist auffällig, meine Stimme, meine Bildung entspricht fast der eines Knaben. Ich fürchte, ich bin überhaupt auffälliger, als ich je annahm.» Ihre Finger strichen über die schmale Narbe, die sich über ihre linke Wange bis zum Kinn hinunterzog. «Er hat ihm auch von meiner Flöte erzählt, obwohl er glaubte, ich hätte sie längst verkauft, und Klemens hat gesehen, wie ich Fritz darauf unterrichtete. Außerdem habe ich den Namen der Stadt, die unserem Haus am nächsten ist, als meinen angenommen. Mich zu finden, sagt er, sei erheblich einfacher gewesen, als er befürchtet hatte. Er hat sich bei Komödianten in Leipzig erkundigt, und die sagten ihm gleich, er solle bei der Beckerschen Komödiantengesellschaft suchen. Eigentlich hatte er erst im Mai reisen wollen, aber am Anfang des Jahres erkrankte mein Vater und bat ihn, trotz des harten Winters gleich aufzubrechen.»

Zunächst war Klemens Lenthe bei der Suche nach seiner Cousine Emma einem anderen Hinweis gefolgt, aber diese Frau, die er bei einer Gesellschaft in Braunschweig traf, erwies sich als die Falsche. Er hatte sich und seinen Auftrag gleich zu erkennen gegeben und wäre beinahe auf eine Betrügerin, die Geld witterte, hereingefallen. Als er der zweiten Spur folgte, nahm er sich vor, vorsichtiger zu sein.

«Du kennst die Geschichte: In einem Gasthaus am Fischmarkt sprach er Jean an, gab ihm diese süßliche Ballade und schwärmte vom Theater. Jean glaubte in der mangelnden Qualität der Verse und in ihrem eleganten

Schöpfer ein grandioses Bonbon für unser Publikum und seine Kasse zu erkennen – schon konnte Klemens ganz unauffällig unser Gast sein, bis er sicher war.»

«Und du hast gar nichts gemerkt?»

«Wie sollte ich etwas merken? Er war freundlich und aufmerksam, aber tatsächlich nichts Besonderes. Es kommt doch immer wieder vor, dass ein Bürger mit zu viel verfügbarer Zeit vom Theater träumt und einer Gesellschaft seine Werke anträgt. Er war auch bei uns nicht der Erste. Erinnerst du dich an den armen steinreichen Dichter, der uns ein Stück versprochen hatte und bevor er es uns geben konnte im Pesthof zu Tode kuriert wurde? Das einzig Auffällige an Klemens war vielleicht, dass er nicht umgehend begann, mir schönzutun. Hin und wieder spürte ich tatsächlich etwas Vertrautes. In einer Geste oder seiner Art, beim Lächeln leicht die Brauen zu heben. Aber ich habe das kaum beachtet. Wir treffen so viele Menschen auf unseren Reisen, so dachte ich, er erinnere mich eben an irgendjemanden. Einfach irgendjemanden. Er hat auch mehr als andere gefragt. Nur nach Kleinigkeiten, ich habe nicht darüber nachgedacht. Selbst wenn ich das getan hätte, wäre mir niemals eingefallen, wer er ist. Niemals. Ich kann es noch jetzt kaum glauben.»

«Aber du glaubst es? Kannst du wirklich ganz sicher sein? Du sagst, er sei beinahe auf eine Betrügerin hereingefallen. Wenn er nun selber einer ist? Hatte er einen Brief von deinem Vater? Irgendetwas, ein Erkennungszeichen? Die Miniatur aus dem Zimmer deiner Mutter zum Beispiel.»

«Ach, liebste Anne. Du sorgst dich um mich? Dazu gibt es keinen Anlass. Nein, er hatte keine Nachricht von meinem Vater. Dennoch, warum sollte jemand eine solche Geschichte erfinden? Und vor allem: Woher wollte er all das wissen? Nein, ich bin ganz sicher. Und nun, da ich weiß, wer er ist, erkenne ich wirklich vieles an ihm wieder, und auf keine meiner Fragen blieb er die Antwort schuldig.»

Anne seufzte. Nicht weil sie Rosinas Vertrauen in diesen Fremden beunruhigte, sondern weil sie an all die Fragen dachte, die sie selbst brennend gerne gestellt hätte und die ihr Taktgefühl ihr verboten hatten. Zum Beispiel nach der Ursache der Narbe auf ihrer Wange. Vielleicht war Rosina einfach auf ihren beschwerlichen Wanderungen mit den Komödianten vom Wagen gestürzt, vielleicht war etwas von der Oberbühne gefallen und hatte sie getroffen. An eine so belanglose Erklärung mochte sie allerdings nicht glauben.

«Ist das ein wunderbarer Morgen?» Claes Herrmanns stand in der Tür und verbeugte sich mit weit ausholender, gut gelaunter Geste. «Noch wunderbarer durch Euren Besuch, Rosina. Ihr solltet nicht nach Altona zurückkehren, bevor Anne Euch ihre neuen Bäume gezeigt hat. Wunderbare Gewächse, wirklich außerordentlich. Sie versprechen die Attraktion der Gartenliebhaber zu werden, jedenfalls wenn sie sich entschließen, nach ihrer weiten Reise auch noch neues Grün zu treiben. Und hier, Madame, Mademoiselle», er hielt wie im Triumph ein rundlich ausgebeultes Leinensäckchen hoch, «bringe ich eine besondere Delikatesse.»

Er öffnete den Beutel und ließ den Inhalt, sanft glänzende Orangen und Zitronen, auf den Tisch rollen. Wie an jedem Morgen der letzten Tage war er auch heute gleich nach dem Frühstück zum Hafen gegangen. Ständig liefen nun Schiffe ein, und auch wenn er Christian den Empfang der Schiffer und der Herrmannsschen Ladungen übertragen hatte, ließ er sich dieses alljährliche Frühjahrsvergnügen, die erste frische Luft der Ozeane und der weiten Welt zu atmen, nicht entgehen.

«Wie steht es in Altona, Rosina? Ist der Hafen schon voll?»

«Darauf weiß ich leider keine Antwort», sagte sie lächelnd. «Ich fürchte, meine Augen sehen andere Dinge als Eure. Aber in den Läden werden schon frische Kolonialwaren angeboten.»

«Stell dir vor, Claes.» Orangen hin, Zitronen her, Anne konnte sich nun nicht mehr zurückhalten. «Rosina hat ...»

Da sah sie deren rasch und bittend auf die Lippen gelegten Zeigefinger und schwieg.

Sie begriff, dass Rosina ihre Geschichte jetzt nicht zum dritten Mal erzählen und auf Fragen antworten konnte.

«Was hat Rosina?» Claes sah amüsiert von seiner Frau zu deren Gast und wieder zurück.

«Ich habe etwas mitgebracht», sagte Rosina rasch, sicher, dass Anne später für sie berichten würde. Sie griff in die Tasche ihres Rockes und zog einen gefalteten Papierbogen heraus, strich ihn behutsam glatt und legte ihn zwischen Tassen und beinahe leer gegessenen Frühstücksplatten in die Mitte des Tisches.

«Ihr habt gewiss gehört, dass die Tote in der Elbe eine Halskette trug. Der Polizeimeister denkt, dass der, der sie getötet hat, sie abgerissen und eingesteckt hat.»

«Der Polizeimeister von Altona? Das lasst nicht Wagner hören. Er wird es gar nicht gerne sehen, wenn Ihr Eure Talente auch der Konkurrenz zur Verfügung stellt.»

«O nein, Monsieur Herrmanns, so ist es nicht. Ich habe Titus versprochen, mich diesmal nicht einzumischen. Ich war zufällig mit Matti bei Madame Benning, der Tante des toten Mädchens, als der Polizeimeister kam, um sie zu befragen. Und weil Madame Benning keine sehr ruhige Hand hat, bat sie mich um die Zeichnung.»

«Was ist das?» Anne griff neugierig nach dem Bogen und betrachtete die Skizze. «Es sieht ungewöhnlich aus.»

«Es zeigt den Anhänger der Kette. Er war ursprünglich der Verschluss für drei Reihen von Granatperlen, deshalb ist er so rechteckig, später wurde er zu einem Anhänger umgearbeitet. Das Schmuckstück ist aus Silber, und Monsieur Proovt glaubt, dass der Mann versuchen wird, es zu verkaufen. Ich dachte, falls Ihr es irgendwo seht oder von einem Goldschmied angeboten bekommt ...»

Das glaubte Rosina zwar keine Minute, aber etwas Besseres war ihr nicht eingefallen, um Annes Satz schnell zu beenden.

«Natürlich», Claes nickte, «dann werden wir es umgehend der Wedde melden. Möglicherweise ist das schon überflüssig. Im Hafen habe ich gehört, unser flinker Wagner habe heute den jungen Paulung arretiert. Er ist als Letzter mit der Toten gesehen worden, jemand hat beobachtet, wie das Mädchen mit ihm in der Nacht die Große Elbstraße hinunterging. Man muss das natürlich nicht glauben, aber dass er in der Fronerei ist, stimmt wohl.»

«Wieso Wagner?», fragte Anne, die immer noch Rosinas Zeichnung in der Hand hielt. «Der Mord ist doch in Altona geschehen.»

«Paulung ist Hamburger. Der Polizeimeister von Altona muss sich an Wagner wenden, wenn er hier jemanden verhören oder gar arretieren will. Das wäre ja noch schöner, wenn jeder unserer Nachbarn nach Belieben unsere Bürger belangen könnte.» Plötzlich hielt er inne und lauschte. «Was ist denn in der Diele los?»

Ein schriller Schrei war die Antwort, von wem, ob vor Freude oder Entsetzen, war nicht zu deuten. Alle drei sprangen erschreckt auf, doch bevor sie die Tür erreichten, wurde sie schon geöffnet. Ein zweiter Schrei folgte. Diesmal aus Annes Mund, und schon lag sie in den Armen eines großen Mannes mit tief gebräuntem Gesicht. Wie immer kräuselten sich aus dessen Rock, heute aus tief burgunderfarbener Seide, schwere Spitzen, wie immer war sein dichtes fast schwarzes Haar nur nachlässig im Nacken gebunden, und in seinen dunklen Augen blitzte das reine Vergnügen.

«Jules», rief Anne, löste sich aus seiner Umarmung und trat rasch, sich an die Sitten einer hanseatischen Ehefrau erinnernd, einen Schritt zurück. «Wo kommst du her, Jules? Was machst du hier?»

«Captain Braniff, seid uns willkommen.» Claes freute sich nicht annähernd so wie Anne, aber er betrachtete den Freund ihrer Jugend längst nicht mehr als Rivalen, sondern als höchst unterhaltsamen Gast.

«Ich komme von meinem Schiff, Anne, woher sonst? Wir sind vor einer Stunde eingelaufen. Für Euch, Monsieur Herrmanns, habe ich ein Geschenk, das ich keinem Fuhrmann anvertrauen wollte. Madame», rief er und blickte durch die immer noch geöffnete Tür zur Diele hinunter. «Wo seid Ihr?»

«Hier», rief eine so energische wie fröhliche weibliche Stimme von der Treppe. «Ich musste erst Elsbeth und Blohm küssen.»

Sophie, Claes Herrmanns' Tochter und Gattin des

Herrn seiner Lissabonner Dependance, trat in den Salon. Die schwere graue Seide ihres hochgeschlossenen Kleides war von der gleichen Farbe wie ihre Augen, die der sanft gebräunte Teint und die von Freude geröteten Wangen noch strahlender erscheinen ließen. Das Bild erstarrte für einen Moment wie in einer Scharade, dann lag Sophie in den Armen ihres Vaters, ließ sich an Anne weiterreichen, tupfte eigene und die Tränen ihrer Stiefmutter ab, lachte und weinte, und alles sah genauso aus, wie es aussehen muss, wenn sich einander liebende Menschen unverhofft und nach Jahren der Trennung wieder begegnen.

Rosina sah dem zu, sah die Liebe und die Freude und fühlte ein Frösteln. Leise stahl sie sich aus dem Zimmer, die Treppe hinunter und über die Diele auf die Straße.

Claes sah sie gehen, doch als er ihr nacheilen wollte, hielt Anne ihn zurück. «Du kennst Rosina», flüsterte sie, «sie möchte nicht stören.» Laut sagte sie: «Wo ist Martin? Hat er noch auf dem Schiff zu tun? Kommt er mit eurem Gepäck?»

«Martin?» Sophie sah plötzlich sehr viel älter und stolzer aus, als es ihren zweiundzwanzig Jahren entsprach. «Martin ist in Lissabon. Und dort wird er hoffentlich auch bleiben.»

Anne sank auf einen Stuhl. Der Ausdruck von Sophies Gesicht, der plötzlich schmale Mund und die strengen Linien um ihre etwas zu kleine Nase sagten mehr als ihre Worte, und, schlimmer noch, was sie in Jules Braniffs Augen las, bestätigte ihre schwärzesten Träume.

KAPITEL 7

SONNTAG, DEN 12. MARTIUS,
NACHMITTAGS

Matthias Paulung sah aus wie ein Gespenst, allerdings roch er sehr viel schlechter. Wenn ein Gespenst vorbeischwebt, zum Beispiel der klagende Geist jener vor langer Zeit im Harburger Schloss eingemauerten Prinzessin, roch es höchstens nach jahrhundertealtem Moder, ein bisschen Staub und viel Angst. Der Mann in der Fronerei roch sehr irdisch nach einer üblen Mischung von Misthaufen, überfüllter Kaschemme und Wassermangel.

«Vielleicht sollten wir ihm die Möglichkeit geben, sich zu waschen», sagte Polizeimeister Proovt.

«Waschen?» Wagner glaubte nicht recht gehört zu haben. «Womöglich noch ein Barbier? Ich weiß nicht, wie Ihr es in Altona haltet, hier geht es einzig um Wahrheit. Dabei spielt Reinlichkeit keine Rolle.»

Tatsächlich war er mit Paulungs Zustand außerordentlich zufrieden. Je unwohler ein Delinquent sich fühlte, umso geringer sein Widerstand. Dieser junge Mensch aus Altona hatte noch viel zu lernen. Der aber war nicht so einfältig, wie es schien, er hatte bei seinem Vorschlag einzig an sein eigenes Wohlergehen gedacht. Der Lavendelduft seines Hemdes war seiner empfindlichen Nase keine Rettung mehr. Ganz im Gegenteil schien das feine Leinen schon das gleiche Aroma zu verströmen wie der Mann auf dem Stroh.

«Holla.» Wagner beugte sich vor und starrte Paulung ins Gesicht. «Er rührt sich. Es scheint, der Herr hat endlich ausgeschlafen. Paulung», rief er, «aufwachen! Paulung!!»

Der grunzte nur, und Wagner schickte Grabbe um einen Eimer Wasser. Proovt hoffte still, der Weddeknecht werde das Wasser vom Brunnen holen und nicht aus dem Fleet. Eine tote Ratte oder ähnlich unerfreulicher Unrat war in diesem düsteren Kerkerloch nicht mehr nötig.

Das Wasser half. Schließlich hockte Matthias Paulung, immer noch verwirrt, aber halbwegs wach, in dem kleinen Raum der Fronerei, in dem Wagner seine Befragungen durchführte. Sie hatten ihn auf einen Hocker gedrückt, und obwohl sein Körper immer wieder schwankte, bemühte er sich, aufrecht zu sitzen. Er begriff, wo er war, und die Demütigung, die sein Zustand und der Aufenthalt an diesem Ort für ihn bedeuteten, quälten ihn mehr als Schwindel, Übelkeit und das Hämmern in seinem Kopf. Er wusste nicht, wie lange er getrunken hatte, zwei Tage, drei? Er wusste auch nicht, wo er getrunken hatte oder mit wem. Er wusste nur, dass Anna tot war.

«Sehr schön, Paulung», sagte Wagner, nachdem der auf alle Fragen mürrisch und wortkarg geantwortet hatte, verschränkte die Hände auf dem Rücken und begann in der engen Kammer auf und ab zu gehen. «Das ist in der Tat eine sehr schöne Geschichte. Deshalb erzählst du sie uns gleich nochmal.»

«Warum?»

«Weil ich es so will», sagte Wagner, und Proovt sagte: «Womöglich habt Ihr beim ersten Mal etwas vergessen», wofür er von Wagner einen grimmigen Blick erntete, was ihn aber nicht störte. Er hatte beschlossen, diesen dicken kleinen Gernegroß nicht zu mögen, und von jemandem, den er nicht mochte, ließ er sich auch nicht einschüchtern. Egal, wie viel Erfahrung der vorausshatte.

«Weil ich es so will», wiederholte Wagner und sah dabei Proovt an, als wolle er ihn an die Wand nageln. «Ich frage, du antwortest. Mal sehen, wie deine Geschichte diesmal aussieht. Du warst also mit Mademoiselle Hörne in der Komödie. Aha. So. Natürlich hattest du dazu die Erlaubnis ihres Vaters.»

«Nein. Sie lebte doch schon den ganzen Winter über bei ihrer Tante, Thea Benning, die hat es ihr erlaubt. Jedenfalls hat sie das gesagt. Warum sollte ich das nicht glauben?»

«Weil es seltsam ist. Wer lässt ein anständiges Mädchen in die Komödie gehen, wer lässt sie gar ohne Begleitung ihrer Eltern gehen? Und wer allein mit einem Mann, mit dem sie nicht mal verlobt ist?»

Paulung schwieg.

«Genau. Selbst dir fällt keiner ein. Mademoiselle Hörnes Ehrbarkeit kann dir nicht sehr am Herzen liegen.»

Wenn das überhaupt möglich war, wurde Paulungs Gesicht noch bleicher. Er versuchte aufzuspringen, doch er schwankte, seine Beine gaben nach, und er fiel. Mühsam rappelte er sich auf und kroch wieder auf seinen Hocker.

«Bleiben wir bei dem Theater», sagte Proovt, und sein Blick zeigte Wagner, dass er nicht daran dachte, sich an die Wand nageln zu lassen. «Ihr wart also im Theater, egal mit wessen Erlaubnis, das wissen wir. Ihr wart ja nicht unsichtbar. Wart Ihr dort allein mit dem Mädchen?»

«Allein? In der Komödie? Da waren viele Leute.»

«Natürlich waren da viele Leute. Ich meine, wart Ihr in Gesellschaft?»

«Nein, eigentlich nicht. Aber wir haben Freunde von Anna getroffen, die waren auch auf der Galerie.» Er schloss die Augen und presste beide Fäuste gegen die Schläfen. «Der Name fällt mir nicht ein. Ich glaube, die Frau heißt Karoline. Ja, Anna hat sie immer Karoline genannt.»

«Karoline Boster vielleicht?»

«Ja, ich glaube. Aber ich bin nicht sicher.»

«Aha», knurrte Wagner, «nicht sicher», und Proovt fragte schnell weiter: «Dann war das Theater aus. Gut. Sicher wolltet Ihr Mademoiselle Hörne nach Hause begleiten. Warum habt Ihr das nicht getan?»

Matthias Paulung stöhnte, stützte die Arme auf die Knie und ließ schwer den Kopf in seine Hände fallen.

«Paulung! Warum habt Ihr das nicht getan?»

«Weil sie es nicht wollte.» Die Worte klangen wie ein Schrei. «Wenn ich es getan hätte, würde sie noch leben. Wenn ich nicht auf sie gehört hätte. Wenn ich getan hätte, was richtig war. Aber sie wollte es nicht. Sie hat gesagt, Karoline bringt mich nach Hause. Karoline und Hinrich. Ja, so heißt der Mann, Hinrich Boster. Die können Euch sagen, dass es so war. Sie hat gesagt, ich soll mich beeilen, zurück nach Hamburg zu kommen.»

«Wie das? Die Tore waren längst geschlossen.»

«Natürlich waren sie das. Es war schon seit mehr als zwei Stunden dunkel. Ich habe gedacht, sie will nicht, dass die Leute uns zusammen sehen. Das wollte sie nie. Weil Hörne es nicht wissen sollte. Ich fand das nicht richtig, aber sie hat gesagt: Er braucht noch ein bisschen Zeit, dann gewöhnt er sich daran. Nur bis nach Pfingsten. Ich hab sie gehen lassen.»

«Ihr seid Ihr nicht nachgegangen? Das wäre doch sehr

ritterlich gewesen: ihr folgen, ohne dass sie es merkt, und prüfen, ob ihre Freunde sie sicher heimbegleiten.»

«Ich wollte, ich hätte das gemacht. Dann würde sie noch leben. Das schwöre ich.»

«Vielleicht auch nicht. Ihr habt sie also mit Leuten in die Nacht gehen lassen, die Ihr nicht einmal kanntet?»

«Anna kannte sie. Die Bosters sind alte Freunde, hat sie gesagt. Die waren teuer angezogen und kannten viele auf der Galerie. Da gab es keinen Grund für Misstrauen.»

«Also bist du ihnen nicht nachgegangen.» Nun war Wagner wieder am Zug. «Da kannst du mal sehen, wie dumm blindes Vertrauen ist. Warum sollen wir ausgerechnet dir trauen?»

«Weil stimmt, was ich sage, verdammt. Lasst mich hier raus, und ich finde den Kerl, der das getan hat. Ich finde ihn, und dann – dann könnt ihr mein Galgentau aus gutem Grund knoten.»

«Das könnte dir so passen. Unsere Arbeit tun wir selber und besser als du, Paulung. Also los. Weiter. Sie gingen weg, und du? Was hast du dann gemacht?»

«Ich bin zum Hanfmagazin gegangen.»

«Zum Hanfmagazin, aha. Mitten in der Nacht. Was wolltest du diese Zeit bei der Baustelle?»

«Das habe doch schon gesagt: Ich arbeite da, und weil ich nicht mehr durch die Tore konnte, wollte ich dort schlafen. Das hab ich auch getan. Wo denn sonst? Auf der Straße?»

«Soso. Im Hanfmagazin. Geschlafen. Sicher waren da noch ein paar von deinen Kumpanen, die bestätigen können, was du uns hier weismachen willst. Na? Warum sagst du nichts?»

«Da war keiner. Ich war alleine da.»

«Aha. Alleine. Und? Hast du gut geschlafen? Wieder keine Antwort? Weil du gar nicht da warst oder erst viel später? Weil du nämlich zurückgegangen bist. Man hat euch gesehen, Paulung, dich und Anna Hörne. Spät in der Nacht allein auf der Elbstraße, ganz nahe bei den Vorsetzen. Nur du und sie.»

«Das stimmt nicht. Wer so was sagt, lügt. Ich bin nicht zurückgegangen.»

«Ich glaube, du lügst. Sag doch endlich die Wahrheit, Paulung. Habt ihr euch verabredet? Sollte sie ihre Aufpasser wegschicken und dich später treffen? Genau, so war es. Sie hat sie vor ihrem Haus weggeschickt, ein bisschen gewartet, bis sie um die Ecke waren, und ist zurückgelaufen. Zu dir, weil du nämlich auf sie gewartet hast. Und dann? Dann habt ihr euch gestritten. Natürlich, ihr habt euch gestritten. Sie hat dir gesagt, du sollst dich zum Teufel scheren. Ein Habenichts, ein Fischer ohne Boot, ein Handlanger. Aber einer Lotsentochter schöntun. Zum Teufel hat sie dich geschickt, du bist wütend geworden, das kannst du ja so gut, und schwups lag sie im Wasser und ersoff. Hast du zugeguckt, Paulung? Hat es dir Spaß ...»

Weiter konnte Wagner nicht reden. Paulung hatte ihn mit einem Wutschrei zu Boden gerissen und kniete über ihm, ein Koloss, dessen Hände Wagners Hals pressten wie Schraubstöcke.

Am Millerntor wandte sie sich nach links, ging am Wachhaus vorbei und erklomm den Wall. An schönen Sommersonntagen wurde der breite Fahrweg auf den Wällen im Schatten der mächtigen Kronen hundertjähriger Ulmen zur belebten Promenade. Ein kalter Märztag jedoch lockte niemanden herauf. Die beste Gelegenheit für eine kleine Gruppe rotnasiger Jungen, sich unbeachtet beim Kegelspiel zu amüsieren, das der Rat wegen der Beeinträchtigung der Spaziergänger und Wagen auf den Wällen strikt verboten hatte.

Rosina spürte die Kälte nicht. Sie ging bis zu der wie eine breite Lanzenspitze hervorragenden Bastion Albertus hinauf. Außer den Soldaten vor ihrem Wachhaus war hier niemand zu sehen. Die Männer beachteten sie nicht, und so stand sie allein, fest in ihr wollnes Tuch gewickelt, an der Brüstung des Walls. Sie liebte diesen Teil der Festung, weil er den Blick in alle Himmelsrichtungen freigab. Der Fluss lag tief unter ihr, linker Hand, wo er am südlichen Rand der Stadt den Hafen bildete, lag an den Vorsetzen und Duckdalben nun schon Schiff an Schiff. Zwischen den Inseln schimmerten braunrot und weiß die kleinen Segel einiger Ewer auf dem Weg zu den Inselhöfen oder ans hannöversche Ufer. Sie beschirmte mit beiden Händen ihre Augen gegen die matte Sonne und entdeckte nahe den Gehöften schmutzigweiße Flecken, Schafe mit ihren Lämmern auf der Suche nach dem ersten frischen Gras.

Wenn sie sich doch entschlösse, mit Klemens zu reisen, würden sie den Fluss überqueren müssen. Eine halbe Tagesreise weiter östlich bei Artlenburg gab es eine Furt, die mit schwer bepackten Wagen nur im Hochsommer zu passieren war, wenn das Wasser ganz niedrig stand. Die Beckerschen Komödianten setzten gewöhnlich mit der Fähre bei dem näher gelegenen Zollenspieker über. Dieses Mal würde sie nicht mit den Wagen reisen. Zum ersten Mal konnte sie unbeschwert von Kisten, Kasten und Radbrüchen unterwegs sein. Wie? Mit der Postkutsche? Klemens würde sein Pferd, ein edles Tier mit arabischem Blut, kaum hier zurücklassen wollen. Er konnte die Kutsche begleiten. Aber nein, das wollte sie nicht. Wenn sie diesen Rückweg antreten musste, wollte sie es so frei als möglich tun. In Männerkleidern und im Sattel. Sie würde Jean bitten müssen, ihr die Miete für eines der besseren Pferde aus dem Stall in der Finkentwiete auszulegen.

Ihre Augen wanderten weiter nach Südosten. Irgendwo hinter dem dunstigen Horizont, viele Tagesritte entfernt, stand das Haus, aus dem sie in einer Septembernacht geflohen war und in das sie nun zurückkehren sollte.

Sie hatte in den letzten Jahren nicht oft zurückgedacht. Doch wenn irgendeine Kleinigkeit, etwas Alltägliches wie der Geruch der ersten Narzissen, das Rauschen und Klappern einer Wassermühle in der Nacht, ein dickes lateinisches Buch oder eine bestimmte Tonfolge auf einem Klavichord, die Tür zu ihrer Erinnerung öffnete, sah sie nicht zuerst das Haus und die Menschen, sondern den jüngsten der Hunde, den mit der Blesse auf der Brust. Sie sah ihn am Ende des Gartens sitzen, mit schief gelegtem Kopf und munteren Augen. Damals hatte sie gefürchtet, die Hunde würden sie verraten, aber sie hatten sie still bis zur Pforte in der Mauer begleitet und ihr nachgesehen.

Während jener ersten, so schrecklichen Tage wärmte sie die Erinnerung an diesen freundlichen Abschied. Wie dumm sie damals war, nichts wusste sie von der Welt jenseits der Mauer um den Park. Auf den Straßen nannte sie niemand Mademoiselle, niemand öffnete ihr eine Tür, niemand führte sie an den gedeckten Tisch oder ging für sie zum Brunnen und füllte ihre Waschschüssel. Das hatte sie nicht erwartet, so dumm war sie nun doch nicht gewesen, doch was es tatsächlich bedeutet, ein Niemand zu sein, hatte sie bis zu diesen Tagen nicht einmal geahnt.

Sie hatte damals oft davon geträumt, das Haus, das ihr immer mehr wie ein Gefängnis erschien, zu verlassen. Aber wohin? Sie wusste niemanden, der sie nicht sofort zurückschicken würde. Erst als die Mägde von den Komödianten flüsterten, als sie hörte, dass die jede mitnähmen, wenn sie nur hübsch sei und ein wenig zu singen verstehe, kannte sie ihr Ziel. Sie wusste nicht, ob sie hübsch war, aber sie wusste, dass sie gut singen konnte, auch zu tanzen hatte sie ja gelernt. Wenn diese Komödianten, die auf dem Hardensteiner Markt das Volk amüsiert hatten, auch ganz gewiss keine Stücke nach der Art von Molière aufführten, musste es von Vorteil sein, sie zu kennen. In der übernächsten Nacht machte sie sich auf den Weg.

Sie wusste, dass sie von Hardenstein weitergezogen waren in den nächsten Ort, gute zwei Meilen entfernt. Das schreckte sie nicht, auch wenn sie nie zuvor so weit gegangen war. Sie kannte den Weg, bog nicht einmal falsch ab und erreichte die kleine Stadt schon vor Mittag. Und doch zu spät. Die Komödianten, berichtete man ihr auf dem Markt, seien schon vor drei Tagen weitergezogen. Niemand wusste wohin, nach Chemnitz, sagte einer, nach Weimar ein anderer, und ein Dritter gar wusste, dass sie nach Leipzig unterwegs seien. Ganz gewiss, rief ein Vierter, nach Leipzig. Also wandte sie sich nach Leipzig.

Jeder Schritt, den sie nun tat, war ein Schritt ins Unbekannte. Die wenigen Münzen, die sie besessen hatte, waren schnell verbraucht. Sie hatte es nicht gemerkt, wenn man von ihr für jedes Stück Brot, für jeden Becher Milch den doppelten Preis forderte. Woher hätte sie wissen sollen, was für ein halbes Brot, für ein Stückchen Käse zu bezahlen war? Schon am ersten Abend floh sie aus einem Gasthaus und hatte gelernt, dass sie fortan in Heuschobern oder unter tiefhängenden Büschen übernachten und Menschen, besonders Männer, meiden musste. Sie hatte gedacht, sie kenne Angst, nun erfuhr sie, was Angst wirklich bedeutet.

Der kalte Regen setzte ein, als sie schon eine Woche gewandert war, vielleicht einen Tag mehr oder weniger, sie wusste die Zahl der Tage nicht mehr. In ihrem Beutel lagen nichts mehr als ein Wolltuch, zwei Hemden, ein Rock von derbem Kattun und ihre silberne Flöte. Ihre Schuhe waren nur mehr Fetzen, sie fror beständig, und ihr Leib schmerzte, weil sie in den letzten zwei Tagen nichts als Holzäpfel aß, die sie auf einer Wiese nahe einem Herrenhaus gestohlen hatte. An diesem Abend war sie so erschöpft, dass sie den Reiter erst bemerkte, als er schon beinahe neben ihr ritt.

Sie floh in die Hecke, doch es war zu spät. So versuchte sie sich zu wehren, doch sie war zu schwach. Sie sah ein lachendes Gesicht, schwarze, vom feinen, doch beständigen Regen tropfnasse Haare und hörte eine Stimme, die auf sie einsprach, als sei sie eine kranke Katze.

«Hör auf zu kratzen», rief der Mann schließlich, griff hart nach ihren Handgelenken und zog sie auf den Weg. «Es nützt doch nichts. Morgen wirst du mir dankbar sein, weil ich dich nicht habe erfrieren lassen. Nun komm schon, Junge, mach dich nicht so schwer. Wo sind deine Eltern?»

Sie schüttelte nur den Kopf, und er nickte. «Dachte ich's mir: Du hast keine. Wem bist du dann davongelaufen? Wer ist dein Dienstherr? Na gut, du bist nicht in der Stimmung, Romane zu erzählen. Macht nichts, ich mag jetzt auch keine hören. Was hältst du von einer warmen Suppe? Du musst nicht gleich vor Glück weinen, sie wird ziemlich dünn sein. Du meine Güte. Ich dachte, du bist ein Mohrenkind, und nun zeigt sich deine Haut milchweiß, wo die Tränen den Schmutz abwaschen. Kannst du reiten? Ich meine, schaffst du es, oben zu bleiben, wenn es nicht zu schnell geht?»

Es wäre ein Leichtes gewesen zu fliehen. Sie musste sich nur von den breiten Hinterbacken des Pferdes herunterrutschen lassen und davonlaufen. Der Mann hatte sie mit viel Mühe aus der Hecke gezerrt, er würde sich kaum ein zweites Mal damit aufhalten, sie einzufangen. Es war nun ganz dunkel, und sie dachte: bei der nächsten Weggabelung. Dort angekommen, versprach sie sich: bei der nächsten Biegung. Und spürte die köstliche Wärme des behäbigen Tieres, die Wärme des Mannes vor ihr im Sattel. Und dann war da die Suppe. Der Gedanke an einen bis zum Rand gefüllten, dampfenden Teller war der Gedanke an das Paradies.

Schließlich erreichten sie sein Ziel. Im Hof eines Gasthauses, tatsächlich eines außerordentlich einsam gelegenen Gasthauses, hob er sie vom Pferd und führte sie hinein. Der Raum war düster, auf dem Tisch brannten nur zwei Kerzen, und die Kienspäne an den Wänden rochen mehr nach Harz, als dass sie Licht gegeben hätten. Sie drückte sich hinter ihm an die Wand, der Junge, den er hinausschickte, das Pferd trocken zu reiben und im Stall zu versorgen, sah sie nicht.

Eine schöne Frau mit kastanienrotem Haar erhob sich vom Tisch, nannte ihn Jean und hielt eine kleine Schimpftirade über sein spätes Kommen. Er küsste ihr mit angemessener Zerknirschung beide Hände, zog seinen Fund ins Licht und rief: «Voilà.» Und: «Wir brauchen dringend eine warme Suppe und heißen Wein.»

Plötzlich war der Raum voller Menschen. Alle, die auf den Bänken um den Tisch oder in der Ecke neben dem noch kalten Ofen gesessen hatten, standen vor ihnen, und Rosina, die den fremden Mann eben noch gefürchtet hatte, empfand ihn plötzlich als ihren einzigen Schutz.

Besonders der große Dicke mit dem strohgelben Haar und der grimmigen Miene erschien ihr bedrohlich. Und die dünne eisgraue Alte mit dem faltendurchzogenen Gesicht, deren kleine schwarze Augen sie musterten wie ein Stück Schimmel im Käse, mutete wie eine Hexe an. Immerhin gab es außer dem Jungen noch ein Kind, ein Mädchen, vielleicht sechs Jahre alt, neben der alten Hexe die Einzige, zu der sie nicht aufsehen musste. Obwohl sie wusste, wie dumm das war, gab ihr der Anblick des Kindes Mut.

«Nun starrt ihn nicht so an», sagte der Mann, den die kastanienrote Frau Jean genannt hatte. «Ich habe ihn auf der Straße aufgelesen, er wollte da gerade erfrieren. Wahrscheinlich auch verhungern. Ruft die Wirtin und bestellt uns etwas zu essen. Heiß und viel. Ich sterbe vor Hunger, und dieser Knirps», sie fühlte seine Hand fest auf ihrer Schulter, «ist mehr tot als lebendig.»

Der Mann mit dem strohgelben Haar brummte irgendetwas und ging hinaus, und die schöne Frau, Helena, sagte: «Bist du verrückt, Jean? Von der Straße? Guck dir doch mal die Kleider an. Schmutzig, ja, auch zerrissen, aber bestimmt keine billige Wolle. Wo kommst du her, Kind?»

Sie hatte sich genau überlegt, was sie auf diese Frage antworten wollte: Sie sei eine Waise in Diensten bei einem Bauern, und weil der sie ständig geschlagen hatte, dabei zeigte sie auf die noch tiefrote frische Narbe auf ihrer linken Wange, sei sie davongelaufen. Man halte sie für tot. Ganz gewiss tue man das. Sie habe ihren zweiten Rock in den Mühlbach geworfen, alle dächten, sie sei ertrunken.

«Du musst dir eine bessere Geschichte ausdenken. Diese stimmt vorne und hinten nicht», sagte Helena. «Deine Hände, so verdreckt sie auch sind, haben niemals Holz gehackt, Wassereimer geschleppt oder Garben gebunden. Und deine Kleider hast du nicht bei einem Bauern gestohlen, sondern in einem herrschaftlichen Haus.»

Da kam der Mann mit der Suppe. Er bringe sie lieber selbst herein, die Wirtin müsse nicht schon heute Abend sehen, was der Prinzipal unterwegs aufgelesen habe, und nach dem Büttel schreien. Jean lachte, legte ihr eine Decke um die Schultern und schob sie auf die Bank hinter dem Tisch. Helena füllte zwei Teller und sah mit aufgestützten Armen, das Kinn in den Händen zu, wie Rosina ihren leerte.

«Immerhin», sagte sie. «Du isst wie ein Ferkel.»

«Das tut jeder, der tagelang nichts gegessen hat», murmelte die dünne Alte, die Lies genannt wurde, und der Mann mit dem gelben Haar, Titus, sagte: «Nun erzähl uns, woher du kommst. Wie heißt du überhaupt?»

Alle sahen sie erwartungsvoll an, aber sie löffelte ihre Suppe, tatsächlich gierig wie ein Schwein, und schwieg.

«Nun gut», sagte Jean, «woher du kommst, mag dir

morgen einfallen. Deinen Namen wirst du aber wissen. Also: Wie heißt du?»

Auch darüber hatte sie schon vor ihrer Flucht nachgedacht. «Rosina», sagte sie. Und: «Könnte ich bitte noch ein wenig Suppe haben?»

«Rosina?», rief Jean. «Wieso Rosina?»

Die anderen, die erst jetzt begriffen, dass er sie für einen Jungen hielt, lachten, und auch Rosina spürte, wie sich ihre Lippen verzogen. Sie hob den Kopf, sah in die Gesichter und beschloss, dass es nichts nütze, Angst zu haben. Sie hatten ihr eine warme Stube und zu essen gegeben, für alles andere war morgen Zeit. Oder später in der Nacht. Wenn alle schliefen, konnte sie immer noch fortlaufen.

«Und wohin will Rosina? Wohin ist die Mademoiselle unterwegs?», fragte Jean weiter.

«Nach Leipzig», sagte sie und legte den Löffel neben den schon wieder leeren Teller.

«Da hast du dich ordentlich in die Irre schicken lassen. Ich weiß nicht, woher du kommst, aber als ich dich auf der Straße eingesammelt habe, gingst du genau in die entgegengesetzte Richtung. Sei froh oder danke deinem Schutzengel. Weißt du denn nicht, dass du dort den Preußen zu nahe kommst? Es ist Krieg, jeder, der auch nur die Hälfte seiner Sinne beisammenhat, zieht in die entgegengesetzte Richtung. Was wolltest du überhaupt in Leipzig? Hast du dort Verwandte? Nun sag schon, zu wem willst du dort?»

«Zu den Komödianten», sagte sie trotzig und verstand nicht, warum alle noch lauter lachten als zuvor, sogar das Paar auf der Ofenbank, das bisher nur zugehört und kein Wort gesprochen hatte. Die Frau, an der alles schmal und farblos zu sein schien, erhob sich. «Nun lasst sie in Ruhe», sagte sie. «Sie schielt schon vor Müdigkeit. Manon kann ihr Bett mit ihr teilen, morgen werden wir weitersehen.»

Was die Frau, Gesine, als Bett bezeichnet hatte, erwies sich als ein klumpiger Strohsack in einer winzigen Kammer, nicht mehr als ein Verschlag neben der Gaststube. Es war dort trocken und warm und gegen ihre letzten Nachtlager behaglich wie in einem Himmelbett voller seidener Kissen. Auch gab es keine knarrende Treppe, keine quietschende Tür – es würde leicht sein hinauszukommen.

Manon, das Mädchen, teilte bereitwillig ihre Decke mit der seltsamen Fremden. Einmal erwachte Rosina, sie wusste nicht, wo sie war, und setzte sich erschreckt auf.

«Schlaf weiter, Kind», kam die leise Stimme der Alten aus dem Dunkel. «Es ist noch lange nicht Tag.»

Manon seufzte im Schlaf und schmiegte sich warm an sie. Zum ersten Mal, seit sie durch die Pforte in der Mauer geschlichen war, fühlte sie keine Angst.

Das war nun fast neun Jahre her. Oder schon zehn? Nun stand sie auf einer Festungsmauer und dachte an das frierende hungrige Kind, das sie damals gewesen war. Ein Kind auf der Flucht vor einer Zukunft, die es nicht wollte. Inzwischen wusste sie, wie gering ihre Aussicht auf ein gutes Ende und wie groß ihr Glück gewesen war, als Jean sie aus der Hecke gezogen hatte.

Die Sonne stand schon tief, es war höchste Zeit, nach Altona zurückzugehen. Zurück, dachte sie. Neun Jahre zurück. Sie würde dort ganz gewiss nicht mit solchen Freudenschreien empfangen werden wie Sophie im Haus der Herrmanns' am Neuen Wandrahm.

«Finger weg, Wagner, es hilft wirklich. Zwar ist mir noch niemand an die Gurgel gegangen, doch eine gequetschte Hand ist ebenso Fleisch und Knochen wie Euer Hals.» Proovt legte das tropfnasse Handtuch um Wagners Hals und hielt es behutsam mit der flachen Hand fest. «Eis wäre natürlich besser. Kann Grabbe schnell welches besorgen? Der *Kaiserhof* ist nicht weit, dort haben sie bestimmt welches im Keller.»

«Untersteht Euch.» Wagners Stimme erlaubte nur ein Krächzen, und Proovt grinste. «Was habt Ihr Euch eigentlich gedacht? Dass er sich das ruhig anhört und brav nickt? Ihr habt Glück gehabt, dass er Euch gleich losgelassen hat, als Grabbe und ich ihm auf den Rücken sprangen. Tatsächlich war ich ziemlich froh, als Euer Weddeknecht vor der Tür stand und Paulung sich nicht gleich blindwütig auf den Nächsten stürzte. Auf mich zum Beispiel. Ich kann ganz gut mit dem Degen umgehen, gegen solche Fäuste möchte ich aber wirklich nicht antreten. Nicht, solange es sich irgendwie vermeiden lässt. Seid still. Ihr solltet Eurem Hals noch ein bisschen Ruhe gönnen. Meint Ihr nicht?»

«Mumpitz», krächzte Wagner. Er schob Proovts Hand von seinem Hals, legte die eigene an deren Stelle und stand auf. «Jedenfalls wissen wir jetzt, dass er es wahrscheinlich nicht war.»

Er wollte weiterreden, aber er machte den Mund wieder zu und strich vorsichtig über das nasse Tuch auf seiner Kehle.

«Wie kommt Ihr zu diesem Schluss? Ich war sicher, Ihr dächtet genau das Gegenteil. Von einem, der sich so leicht in Rage bringen lässt?»

Wagner schüttelte den Kopf. Sein Gesicht war nichts

als Ärger über diesen neuen Polizeimeister, der ganz offensichtlich nichts von Menschen verstand. Wahrscheinlich, dachte er, weil er nie mit Menschen zu tun gehabt hatte, bevor er sein Amt antrat, sondern nur mit Monsieurs und Madames. Und mit Mademoiselles. Besonders mit Mademoiselles. Wagners Einschätzung war nicht ganz richtig, aber auch nicht ganz falsch. Er räusperte sich und flüsterte: «Dann hätte er mehr gewinselt und nicht gleich losgeprügelt. Ich erkläre Euch das später.» Wieder räusperte er sich. «Später. Jetzt könnt Ihr ihn mitnehmen.»

Er dachte nicht daran, diesem unverständigen Menschen zu erklären, wie er zu seinen Schlüssen kam.

«Ihr denkt, ich lasse ihn laufen? Nur weil er Euch fast umgebracht hat?»

«Unsinn. Ich bin Weddemeister, nicht Christus. *Wahrscheinlich* nicht getan, habe ich gesagt. Ihr könnt ihn in Altona einsperren, bis Ihr rausbekommen habt, was wirklich passiert ist.»

«Das geht nicht. Habe ich Euch das noch nicht gesagt?» Proovt bemühte sich um ein zerknirschtes Gesicht. «Ihr müsst ihn hier behalten. In unserem Zuchthaus sind die Blattern. Das ist nicht so ungewöhnlich, aber unser neuer Physikus hat neue Methoden mitgebracht. Er hat das Zuchthaus unter Quarantäne gestellt und gedroht, jeden, den ich dort arretieren will, sofort wieder hinauszuwerfen. Und bedenkt, Wagner: Paulung ist Hamburger. Ihr werdet nicht wollen, dass wir ihn nach Pinneberg bringen. Dorthin müsste er nämlich, bis Dr. Hensler unser Zuchthaus wieder freigibt. Es ist kurios, nicht wahr, ein Zuchthaus in Gefangenschaft. Sozusagen.»

Wagner konnte nicht in Proovts Lachen einstimmen.

Er lachte niemals über amtliche Belange. Dennoch täuschte seine grimmige Miene. Er fand es durchaus angemessen, wenn ein Hamburger, den er zudem nicht unbedingt für schuldig hielt, auch in einem Hamburger Gefängnis auf die Klärung des Falles wartete. Wer wusste schon, was diese dänischen Holsteiner aus der Sache machen würden?

MONTAG, DEN 13. MARTIUS, MORGENS

Immer, wenn er die Hand in die Tasche seiner Joppe schob, begannen seine Finger zu suchen. Sie glitten über den Wollstoff, als gehörten sie nicht zu ihm, sondern seien eigenwillige kleine Tiere, Hunde auf der Jagd nach einer Beute. Nein, das stimmte nicht. Es war nicht die Suche nach einer Beute, sondern nach etwas Verlorenem. So wie er in den Bildern, die ihn in den schlaflosen Stunden seiner Nächte quälten, nach seiner Erinnerung suchte, tasteten seine Finger immer wieder und vergeblich nach dem silbernen Schmuck, den er am Morgen nach Annas Tod in seiner Jacke gefunden hatte.

An jedem Morgen dieser letzten Tage war er mit der Hoffnung erwacht, sich wieder erinnern zu können. Auch mit der Angst davor, aber die Hoffnung war größer. Nichts schien ihm unerträglicher als diese Ungewissheit. Er musste wissen, wie der silberne Anhänger mitsamt der Kette in seine Tasche gekommen war. Die Kette war zerrissen, konnte das bedeuten, dass er den Schmuck auf der Straße gefunden hatte? Oder im Hof der Schenke, als er zum Abtritt ging. Hoffentlich nur zum Abtritt. Wäre er der, von dem gesagt wurde, er habe Anna ins Wasser gestoßen und ihr dabei die Kette entrissen, könnte er beides in seiner Joppe gehabt haben, die Kette und den Anhänger. Aber warum wurde nicht vermutet, jemand habe versucht, Anna vor ihrem Sturz zu bewahren? Jemand habe sie halten wollen und nur noch die Kette erreicht? Natürlich, wenn es so gewesen wäre, wenn er es gewesen wäre, hätte er sofort um Hilfe gerufen, wäre selbst ins Wasser gesprungen und hätte sie gerettet. Es sei denn, ja, es sei denn, er war zu betrunken gewesen, um zu begreifen, was geschehen war.

Berno Steuer stöhnte. Er hätte gerne geschrien, aber er wusste nicht, wie das geht. Ein Mann durfte brüllen, im Zorn oder, wenn er ganz unerträglich wurde, im körperlichen Schmerz. So wie der Schmied, als ihm ein scheuender Grauschimmel den Kiefer zerschlug. Der Schmerz der Seele, das Entsetzen vor den eigenen Gedanken und den Bildern in seinem Kopf, fand nur stumme Schreie.

Matthias Paulung saß nun in Hamburg in der Fronerei. Das war heute wie ein Lauffeuer durch die Stadt gerast. Schon bis zum Mittag war es ihm viermal erzählt worden. Als er es zum ersten Mal hörte, war ihm, als fiele alle Last, die ihn niedergedrückt hatte, von seinen Schultern. Die Erleichterung hatte nicht lange angehalten. Denn auf die Botschaft folgte gleich der Zweifel. Manche meinten, der Paulung sei es bestimmt gewesen, der sei so einer. Andere waren dessen nicht so gewiss. Wenn der Paulung den alten Hörne ersäuft hätte, das ja, aber Anna? Und: In die Fronerei komme man schnell, in Hamburg noch schneller als in Altona. Das bedeute noch lange nicht, dass einer auch schuldig sei. Bis zum Gerichtstag würden noch Wochen vergehen, was bis dahin geschehe – wer wisse das schon?

In einem aber waren alle einig: Wenn sie den Paulung wieder freiließen, solle er sich vor Zacharias Hörne in Acht nehmen.

Berno beugte sich über seine Karre, nahm die Holme wieder auf und schob weiter. Es war die letzte Fuhre heute, nur noch eine Korbtruhe. Er mochte diese Arbeit nicht. Das Ausliefern der Waren aus der Werkstatt seines Vaters und seines ältesten Bruders gab ihm das Gefühl, ein Dienstbote zu sein. War er denn etwas anderes? Fürs Körbeflechten war er nicht gemacht, das stimmte. So viel Mühe er sich auch gab, er brauchte doppelt solange wie seine Brüder, und was seine Hände flochten, hielt nicht. Warum hatten sie ihn nicht zur See fahren lassen, damals, als er dreizehn war? Das war das richtige Alter gewesen. Er sei zu schwächlich, hatten sie gesagt, aber das stimmte nicht. Sie wollten nur einen haben, den sie herumscheuchen konnten.

Zu seinem Glück brauchte der Hafeninspektor immer wieder Gehilfen, so hatte er guten – und bezahlten – Grund, der stickigen Flechterei wenigstens auf den Fluss zu entkommen. Seine Sehnsucht, Schiffsplanken unter den Füßen zu spüren, geblähte Segel über seinem Kopf, war nie so groß gewesen wie in diesen letzten Tagen. Damals hatte er heimlich versucht anzuheuern. Schiffsjungen, hatte er gedacht, werden immer gebraucht. Das stimmte, nur hatte er es falsch angestellt. Zwar war er klug genug gewesen, nach Hamburg zu gehen, wo ihn keiner kannte, doch dumm genug, sich eitel ein gutes Schiff auszusuchen, eine holländische Bark mit Ladung nach Amsterdam, die, so hatte einer der Matrosen ihm erzählt, weiter bis nach der ostindischen Küste segeln würde. Der Schiffer hatte ihn angesehen, etwas von «Hänfling» und «höchstens für die Kombüse» gemurmelt und ihn zum Schout geschickt. Damit war sein Versuch, in ein eigenes Leben zu entkommen vorbei gewesen. Niemand durfte gemustert werden, ohne beim Schout registriert worden zu sein. Das hatte er nicht gewusst. Der hatte nur gelacht und ihn wieder weggeschickt. Er solle mit seinem Vater wiederkommen, oder wenn er alt genug sei, über sich selbst zu bestimmen.

Er würde es wieder versuchen und diesmal schlauer anstellen. Bestimmt gab es Schiffer, die mit dem Schout nichts im Sinn hatten. Es gab immer welche, die sich nicht um Verordnungen der Admiralität kümmerten und auch gerne die Schoutgebühren sparten. Er musste sich nur eine andere Art Schiff aussuchen. Eines, dessen Segel so oft geflickt waren, dass sie kaum noch einem Sturm standhielten. Dessen Schiffer einen schmutzigen Kragen und gierige Augen hatte. So einer würde ihn nicht zum Schout schicken, sondern unter Deck, bis der Lotse in der Elbmündung von Bord gegangen war. Dafür würde der Schiffer ihm keine Heuer zahlen, doch wenn er erst Amsterdam oder London erreicht hatte, lag die ganze Welt vor ihm. Dann war er frei.

Warum haust du nicht endlich ab?, hatte Luther neulich wieder gefragt. Er hatte nur genickt. Er würde gehen, bald. Wenn er wusste, was in jener Nacht geschehen war. Wie einen Nachtwandler zog es ihn immer wieder zu den Vorsetzen beim Packhaus am Fluss, wo sie die Tote an Land gebracht hatten. Als warte dort die Erinnerung, als müsse er sie nur aufsammeln wie eine verlorene Münze.

Wäre nicht ein junger Mann aus der Tür des Seiteneingangs gesprungen und beinahe über seine Karre gestolpert, hätte er seine Fuhre an Melzers Kaffeehaus vorbeigeschoben.

«Filippo», rief eine Stimme aus der Flur, «warte!»

Eine junge Frau trat auf die Straße, noch damit beschäftigt, ihren Zopf aus honigblonden Locken am Hinterkopf festzustecken. Der Mann, den sie Filippo gerufen hatte, drehte sich lachend nach ihr um. Das Lachen war ungeduldig, und sein Blick kehrte schnell zurück auf die Straße, als suche er etwas, dem er nacheilen wollte.

«Du hast den Zettel liegen gelassen», sagte sie, und nun wusste Berno, wer sie war. Ihr klare Stimme klang auf der Bühne anders, ein wenig künstlicher, auch lauter, doch selbst ohne die dicke blasse Schminke und die flitterigen Kostüme erkannte er die Komödiantin, deren Gesang ihn am Abend auf der Galerie so berührt hatte.

«Ach, der Zettel», erwiderte der Mann, den sie Filippo genannt hatte. «Ob es jemals einen Tag geben wird, an dem Rudolf keine Farben oder Seile oder sonst irgendetwas für seine Werkeleien braucht?»

Eilig schob er den Zettel in die Tasche seiner Weste aus schon ziemlich schäbigem, doch wunderschön weinrotem, besticktem Damast. Mit seinem grasgrünen Samtrock darüber sah er wie der Sommer selbst aus. Berno beneidete ihn glühend um den Mut und die Möglichkeiten zu solcher Farbenpracht. Die Farben. Da war etwas mit diesen Farben. Als hebe sich ein Vorhang vor einem verborgenen Bild, sah Berno die Farben in anderer Umgebung.

Filippo lief davon, verschwand im Gewimmel auf der Straße, und Berno sah ihm nach, die Hand noch erhoben, doch es war zu spät, ihn aufzuhalten. Er war nun ganz sicher. Der war einer der Männer, die am Abend des Unglücks im *Weißen Wal* gewesen waren. Viele waren dort gewesen, es war kaum Luft zum Atmen geblieben, an diesen jedoch glaubte er sich plötzlich genau zu erinnern. Wegen der Farben. Dann musste er sich doch auch an ihn, Berno, erinnern. Hatte er ihn nicht angesehen, als würde er ihn erkennen? Er konnte ihn fragen, wie lange er in jener Nacht fortgewesen war, was er gesagt oder getan hatte, als er zurückkam.

Wenn er es wusste – doch warum sollte der sich an ihn erinnern, an einen von vielen Betrunkenen im grauen Rock? Er hatte nicht weit entfernt gesessen, sogar am selben Tisch, auf der anderen Seite am Ende der langen Bank. Hatte der Mann nicht sogar Luther zugenickt? Aber das war nur Gaukelei, nichts als der Wunsch, sich zu erinnern. Er war schon ziemlich betrunken gewesen, da sah man alles Mögliche.

«Ist das Madame Beckers Korbtruhe? Wir hatten zwei bestellt. Hallo! Kann es sein, dass du am hellen Tag träumst?»

«Filippo», dachte Berno Steuer, als er mit der jungen Frau die Korbtruhe die Treppe hinaufbugsierte. «Ich kann morgen wiederkommen und nach Filippo fragen.»

Aber das würde er nicht tun. Ebenso wenig, wie er in den *Weißen Wal* gegangen war, um nach jener Nacht zu fragen. Er musste sich erinnern, aber er wollte nicht, dass es auch andere taten.

KAPITEL 8

DIENSTAG, DEN 14. MARTIUS,
MITTAGS

Irgendetwas hatte sich verändert. Natürlich hatte es das. Bisher war sie Rosina gewesen, sie hatte Hardenstein geheißen, und niemand hatte weiter danach gefragt. Danach? Was war «danach»? Manchmal, vor allem in den ersten Jahren, wenn sie nachts aufwachte und nicht zurück in den Schlaf fand, wenn sie auf Lies' und Manons Atem lauschte, mit denen sie oft eine Kammer teilte, und sich dennoch einsam fühlte, nahm sie sich vor zu erzählen. Die Einsamkeit, hatte sie gelernt, ist am tiefsten, wenn niemand da ist, mit dem man sein Leben geteilt hat, der weiß, wie man zu dem wurde, der man nun ist.

Wenn dann der Tag kam, wenn die Dunkelheit wich und damit die Angst der Verlorenheit, hatte sie es sich stets anders überlegt.

Wozu darüber reden? Und wie? Sollte sie am Morgen bei einem Stück Brot oder einer Schale Gerstenbrei plötzlich sagen: Jetzt will ich euch erzählen, woher ich komme, warum ich bei euch bin? Das war ihr eitel erschienen. Als wäre es wichtig, woher sie kam. Jean hatte oft gesagt, niemand hier wolle wissen, woher einer komme, warum einer auf den Straßen lebe. Jeder habe sein Schicksal, das gehe niemanden sonst etwas an. So war es gut. Sie wurde gebraucht, und sie fühlte Freundschaft, diese besondere Art der Freundschaft, die sonst nur in guten Familien wächst. Wozu noch diese alte Geschichte erzählen?

Es gab auch immer viel zu viel zu tun, auch deshalb fand sich nie die Gelegenheit für einen Anfang. Die Geschichten der anderen kannte sie. Die von Jean und Helena, von Gesine und Rudolf mit ihren Kindern Fritz und Manon, von Titus und Lies. Sie alle waren schon als Kinder Komödianten gewesen wie zuvor ihre Eltern. Nur Lies war aus ihrem Dorf geflohen und hatte erst später bei den Komödianten ihre Heimat gefunden. Titus sah zwar aus wie ein Wikinger, aber sein Großvater war ein venezianischer Arlecchino, der über die Alpen gekommen und nach einem leider nur kurzen Erfolg am Dresdener Hof im Norden geblieben war. Maline und Joseph, die beiden Neulinge, stammten aus Familien fahrender Musikanten und Luftspringer.

Die Geschichten der anderen waren die Geschichten von einem Leben auf der Straße. Von Filippo allerdings wusste sie fast nichts. Er war so plötzlich aufgetaucht wie Muto, der stumme Junge, den sie vor einigen Jahren bei sich aufgenommen hatten wie einen struppigen jungen Hund. Auch wenn nicht mehr gewiss war, ob Muto wirklich nicht sprechen konnte oder ob er die Sprache nur verweigerte, fragte ihn niemand. Er hätte vielleicht geantwortet. Filippo jedoch war so verschlossen wie sie selbst.

Manchmal fragte sie sich, wie ihr die anderen schon bald so viel Wärme hatten entgegenbringen können, obwohl sie alles getan hatte, um ihnen fremd zu bleiben. So wie es Filippo jetzt tat. Es stimmte ja nicht, dass nur wichtig war, was ein Mensch tat und sagte, und unwichtig, woher er kam. Es mochte letztlich egal sein, ob einer

Student, Fischer oder Mönch gewesen oder auf dem Komödiantenkarren geboren war, dennoch machte es einen Unterschied, ob man darum wusste. Ein Mensch wurde erst wirklich vertraut, wenn man seine Vergangenheit kannte.

Je länger sie zur Beckerschen Gesellschaft gehörte, je mehr Leben sie mit ihr teilte, umso blasser wurde das Gefühl der Verlorenheit, auch wenn es nie ganz und für immer schwand. Doch nun fürchtete sie, dass sie sich dort, woher sie vor vielen Jahren gekommen war, wieder wie auf einem fremden, feindlichen Kontinent fühlen würde.

«Verdammt, Rosina, es gibt unendlich viel zu tun, und du stehst herum und träumst. Warum ist der Tisch noch nicht gedeckt?»

Helena war ins Zimmer getreten. Sie ließ einen schweren Korb mit Wäsche auf die Bank fallen, hob einen Stapel Teller aus dem Wandbord und begann sie klappernd auf dem Tisch zu verteilen.

«Warum regst du dich auf? Es ist noch genug Zeit. Außerdem träume ich nicht, sondern überlege, wie ich Manon noch bei den Proben helfen kann.»

«Was gibt es da für dich zu überlegen? Das ist Jeans Sache, und er macht sie gut.» Helena griff nach den Krügen für Wein und Wasser, hob sie prüfend und stellte sie ärgerlich zurück auf den Tisch. «Vielleicht könntest du wenigstens die Güte haben, Wein zu holen? Oh, ich vergaß, Melzers Kaffeehaus ist natürlich nicht mehr der richtige Aufenthalt für dich. Sicher ist dir auch unser Wein nicht gut genug …»

«Helena! Warum redest du plötzlich solchen Unsinn?» Nun nicht weniger zornig, griff Rosina nach den Krügen und rannte aus dem Zimmer. Nur um auf der halben Treppe umzukehren und zurückzulaufen. Helena stand immer noch am Tisch, die beiden letzten Teller noch in der Hand, das Gesicht blass vor Zorn und nass von Tränen.

«Ich weiß nicht, warum du so wütend bist, Helena. Ich weiß auch nicht, warum du weinst. Aber wenn ich das Ziel deiner schlechten Laune hin, will ich wenigstens wissen, warum. Es tut mir Leid, dass ich so plötzlich abreisen muss. Weißt du nicht, wie schwer mir das fällt? Und du sagst selbst, Manon sei gut in meinen Rollen. Was willst du mehr? Warum bist du so seltsam?»

«Seltsam? Ich bin wie immer, du bist anders, du bist – eben ein feines Fräulein. Jetzt, wo du uns nicht mehr brauchst.»

«Hör auf!» Sie knallte die Krüge auf den Tisch, doch bevor sie damit beginnen konnte, begriff sie, dass eine zornige Erwiderung das Feuer nur schüren würde. «Bitte, Helena. So ist es nicht. Wenn ich wirklich anders bin, dann nur, weil ich Angst habe. Verstehst du das nicht?»

«Du hast Angst? Wovor? Er hat nach dir geschickt. Er hat dich suchen lassen und will dich in dieses große vornehme Haus zurückholen. Wovor solltest du noch Angst haben?»

Sie sah Rosina immer noch wütend an, und endlich begriff sie. Ihr Gesicht wurde weich, und sie schloss Rosina als das frierende Mädchen, das sie vor Jahren aufgenommen hatte, in die Arme. «Verzeih mir», flüsterte sie. «Ich habe nur an mich gedacht, weil ich dich so schrecklich vermissen werde. Es ist mir unvorstellbar, dass du uns verlässt.»

«Aber ich will euch nicht verlassen. Ich muss nur ...»

«Vielleicht willst du das jetzt nicht. Wenn du aber erst dort bist, wenn dich alle willkommen heißen, wirst du dort auch bald wieder zu Hause sein. Für uns gibt es kein solches Zuhause, wir haben nur unsere Wagen, in jeder Stadt eine andere schlampige Wohnung und die Komödienbude, in der wir gerade spielen. Du hast einen Ort. Einen wunderschönen Ort. Du wirst dort glücklich sein.»

«Nein, Helena, so ist es nicht. Vielleicht war es so, als ihr mich aufnahmt, jetzt nicht mehr. Schon lange nicht mehr. Den Ort, von dem du sprichst, gibt es nicht mehr, und das Haus, in das ich zurückkehren werde, ist nicht mein Zuhause, nachdem ich beinahe mein halbes Leben mit euch verbracht habe. Weißt du nicht, wovor ich wirklich Angst habe?»

«Vor deinem Vater? Dass du ihm nicht mehr genug bist?»

Rosina schüttelte den Kopf, löste sich aus der Umarmung und wischte mit dem Ärmel über die Augen. «Ich habe Angst zurückzugehen, ja, aber mehr vor den Erinnerungen als vor den Menschen. Ich bin kein Kind mehr, mein Vater und all die Leute, die in seiner Welt wichtig sind, haben schon lange keine Macht mehr über mich. Nein, ich fürchte etwas ganz anderes: dass ihr mich nicht mehr braucht, wenn ich erst einmal gegangen bin.»

Nun war es an Helena, ihre Tränen zu trocknen. «Ich dachte immer, du seist so klug», sagte sie und versuchte ein Lachen. «Wie kannst du so etwas Törichtes denken?»

«Nur weil ich töricht bin?»

«Ich wüsste keinen anderen Grund. Absolut keinen. Und nun lass uns endlich den Tisch decken. Und hol mir schnell den Wein.» Sie putzte sich geräuschvoll die Nase und erklärte: «Ich brauche jetzt dringend ein Glas. Ein großes.»

«Ich weiß noch, wie es war, als du kamst», sagte Manon, als sich die ganze Beckersche Gesellschaft bald darauf um den viel zu kleinen Tisch drängte. «Wir haben in einem Bett geschlafen, und ich dachte, du bist ein Gespenst, weil Lies mir erzählt hatte, um Gespenster sei immer ein eiskalter Hauch.»

«Daran erinnerst du dich?», fragte Gesine ihre Tochter. «Du warst kaum sechs Jahre alt.»

«Ich erinnere mich genau. Aber ich hatte keine Angst.»

«Ich umso mehr.» Rosina lachte. «Ich war fest entschlossen davonzulaufen, sobald ihr alle eingeschlafen wart.»

«Und warum hast du es nicht getan?», fragte Filippo.

«Weil ich fester als alle anderen geschlafen habe, weil es draußen kalt und im Bett warm war.»

«Und dann bist du geblieben und hast singen und tanzen gelernt?»

«Das brauchte sie nicht», sagte Jean. «Nun ja, tanzen doch. Sie bewegte sich schon hübsch zierlich, nur ein wenig *zu* zierlich für unsere Bühne. Aber sie sang wie eine Lerche, das reinste Goldkehlchen. Wenn ich das von Anfang an gewusst hätte, hätte ich gar nicht so lange mit Helena gestritten.»

«Gestritten? Um mich?»

«Natürlich. Du musst in jener Nacht wirklich wie ein Stein geschlafen haben, wenn du das nicht gehört hast.» Titus schnitt sich ein großes Stück Ochsenfleisch ab und schob es in den Mund. «Helena wollte unbedingt, dass Jean dich am nächsten Morgen aufs nächste Schloss bringt. Sie hat gesagt, du kämst gewiss aus feinem Haus, man würde uns henken, wenn man dich bei uns fände.»

«Aber bei uns», sagte Jean, lehnte sich zurück und strich mit beiden Hände über seine geblümte Weste, «gilt das Wort des Prinzipals.»

«Unbedingt.» Helenas Augen blitzten vergnügt. «Jedenfalls solange er auf die richtigen Leute hört. Natürlich hatte ich Angst, Rosina. Jeder Blinde und Taube konnte sehen und hören, dass du kein Kind aus der Gosse warst, keine, die niemand vermissen würde. Wie hätte ich auf die Idee kommen können, du seist eine herrschaftliche Tochter? Die brennen höchstens mit betrügerischen Liebhabern durch. Ich dachte, du bist eine kleine Zofe von einem der Schlösser oder Herrenhäuser, es gibt ja etliche dort, und hattest an der Erziehung der Töchter teilgehabt. Man musste dich sehr gequält haben, dachte ich, wenn du bereit warst, eine warmen sicheren Ort für die Straße zu verlassen. Jeder weiß, was einem hübschen Mädchen in den Häusern der großen Herren – na, du weißt schon, was ich meine.»

«Außerdem waren wir in Eile», fuhr Jean fort. «Wir wollten nach Braunschweig. Wenn wir dich als den schmutzigen Jungen mitnähmen, als den ich dich gefunden hatte, würde das niemanden kümmern.»

«Nein», sagte Rosina, «es hat niemanden gekümmert.»

«Dein Vater hat dich nicht suchen lassen?», fragte Filippo.

Rosina schüttelte den Kopf, und Helena sagte schnell: «Das hat er ganz sicher. Wir wissen es nur nicht, weil er sie nicht gefunden hat. Das Land ist weit, und in Sachsen gibt es viele Straßen.»

«Warum bist du eigentlich weggelaufen, Rosina?» Filippo war nicht so leicht zufrieden zu stellen. «Du musst doch einen veritablen Grund gehabt haben.»

«Und du hast einen veritablen Grund, dich endlich an die Arbeit zu machen», sagte Titus, schob seinen Stuhl zurück und zog Filippo am Kragen hoch. «Avanti. Rudolf wartet auf deine Hilfe bei seinem bockigen Flugwerk.»

Anne hatte sich nicht geirrt. Die Proben mit Manon waren für sie nicht viel mehr als eine Wiederholung all dessen, was sie in den letzten Jahren begierig von den Kulissen oder aus einer der hinteren Reihen verfolgt hatte. Nur Rosinas Rollen in den neuen, erst in den letzten Wochen aufgeführten Stücken bedurften noch einiger Übung. War Manon seit dem letzten Jahr launisch und widerborstig gewesen, so zeigte sie sich nun als eifrige Schülerin. Keine Probe wurde ihr zu viel, keine Wiederholung zu mühsam oder langweilig. Unermüdlich ließ sie sich besondere Finessen der Tanzschritte zeigen, übte sie den Ausdruck der Gefühle in den Melodien. Nur einmal gab es an diesem Tag Streit. Gesine, die sich so oft wie möglich in die Kulissen schlich, um die Fortschritte ihrer Tochter zu beobachten, stand plötzlich mitten auf der Bühne, die dünnen Arme in die Hüften gestemmt, die Stirn zornig gekraust und den Mund schmal vor Ärger.

«Nein, Jean!», rief sie. «Das ist zu viel. Zu viel! Wenn du dieses Lied singst», fuhr sie Rosina an, «mag das angehen. Aber Manon ist noch ein Kind. Sie wird nicht so unzüchtig tanzen und dazu diese Worte singen. Das wird sie nicht. Ich verbiete es.»

Nun waren diese unzüchtigen Worte nichts als das Lied einer Schäferin, die einem schönen jungen Poeten von süßem Honig, Rosenduft und seligem Schweben im Mondenlicht sang. Ein Lied, das bei einem Mindestmaß an

Phantasie tatsächlich ein Elysium der Liebe versprach, das aber so oder so ähnlich tausendmal gesungen worden war, ohne dass Gesine auch nur eine Augenbraue gehoben hatte. Nun war sie durch nichts und von niemandem zu überzeugen, dass ein solches Lied nun einmal vom Publikum erwartet und geliebt werde, dass gerade dieses reine Poesie sei und ganz gewiss weder das Zartgefühl des Publikums noch die Reputation ihrer Tochter verletze.

«Nein», sagte sie, verschränkte die Arme vor der Brust und machte ein Gesicht wie der Koloss von Rhodos.

Es war Klemens Lenthe, der schließlich die Schlacht gegen Gesine für Manon, Rosina und Jean gewann. Er musste schon eine ganze Weile im dunklen Saal gestanden und zugehört haben, als Jean die Geduld verlor und mit dramatisch gerauftem Haar Thalia und Erato um Hilfe anrief, sie möchten ihn und seine Kunst endlich von Dilettantismus und Bigotterie im eigenen Haus erlösen.

Klemens sprang die Stufen zur Bühne herauf, verneigte sich ehrerbietig vor Gesine, nahm Jean beiseite, und in weniger als drei Minuten war der Konflikt beendet. Manon durfte ihr Lied singen, allerdings mit frommem Blick und ohne Jean, den verliebten Poeten, mit bis über die Knie gerafften Röcken zu umtanzen. Sein Vorschlag, der jungen Schäferin zudem noch eine Augenmaske aus weißen Federn umzubinden, wurde jedoch von Manon, die der ganzen Debatte mit überraschender Klugheit stumm zugehört hatte, energisch zurückgewiesen, und Gesine stimmte ihr darin zum Erstaunen aller umgehend zu. Eine Maske, sagte sie, käme nicht infrage. Monsieur Lenthe möge verzeihen, er könne das nicht wissen, doch die wirke noch um vieles aufreizender als ein nacktes Gesicht, sagte sie und dachte, dass sie genug damit zu tun hatte, Rosinas Kostüme für Manon zu ändern. In diesen Tagen war wirklich keine Zeit, auch noch ein so kompliziertes Federutensil herzustellen.

«Ihr seid ein guter Diplomat, Cousin», sagte Rosina leise, als Jean und Manon ihre Probenarbeit wieder aufgenommen hatten. «Ihr habt uns eine endlose Debatte erspart.»

«Glaubt Ihr? Mir schien es ganz einfach.» Er sah sie amüsiert an und fuhr fort: «Ich dachte, ein Prinzipal ist dazu da, dass ihm alle gehorchen.»

«Oh, wir gehorchen ihm. Nur nicht so schnell. Und vielleicht nicht immer.»

Sie beobachtete Manon, die ihr Lied nun noch einmal sang, jedoch ohne dabei herumzuhüpfen wie eine junge Amsel, und fand, dass diese Darbietung nun erst recht aufreizend wirke, aber Gesine stand am Rand der Bühne, sah auf den bis an die Knöchel fallenden Rock ihrer Tochter und zeigte ein zufriedenes Gesicht.

«Jean ist enttäuscht, weil nun nichts aus Eurer Komödie wird. Werdet Ihr sie später einmal schreiben?»

«Wer weiß? Aber nein, sicher nicht. Tatsächlich habe ich keinerlei poetische Ambitionen. Es war nur der einfachste Weg, Euch unauffällig nahe zu sein. Verzeiht Ihr mir meine Scharade?»

«Es gibt nichts zu verzeihen.»

Hat er, der Mann in dem großen Haus mir verziehen, wollte sie fragen. Sie fragte nicht. Es würde noch viel Zeit sein auf dem langen Ritt. Je näher der Tag der Abreise kam, umso weniger konnte sie in ihren Gedanken das Wort «Vater» formen. Für sie war es immer nur «der Mann in dem großen Haus».

Sie spürte Klemens' Hand auf ihrem Arm und hörte

ihn leise sagen: «Habt Ihr Euch nun entschieden, wann wir reisen können? Ich muss Euch drängen, wenn wir nicht zu spät kommen wollen.»

«Ich weiß. Gebt mir noch einen Tag, noch morgen. Habt Ihr schon ein Pferd für mich ausgesucht?»

«Das beste, das zu haben war. Was allerdings nicht viel heißt, aber es wird gehen. Seid Ihr ganz sicher, dass Ihr reiten wollt?»

«Ganz sicher.»

Er nickte, und sie versuchte, in seinem Gesicht zu lesen. Da war nichts, was sie zu lesen verstand. Er schien einzig das Paar auf der Bühne zu beobachteten. Schließlich glitt sein Blick hinauf zu der leeren Galerie, dann sah er sie an.

«Es wird ein harter Ritt werden», sagte er. «Und womöglich ein gefährlicher. Die Straßen sind jetzt aufgeweicht, wir werden, wo immer das möglich ist, Nebenpfade suchen müssen, um die Pferde zu schonen und besser voranzukommen. Trotzdem müssen wir uns an die großen Straßen halten, die Räuberbanden sind nach dem harten Winter besonders hungrig.»

«Meine Hände kennen die Zügel, und ich bin weitaus beschwerlichere Reisen gewöhnt.» Sie hob ihre Hände und zeigte ihm deren Flächen. «Ihr vergesst, dass mir all das nicht neu ist.»

«Nein», sagte er. «Wie könnte ich das vergessen.»

NACHMITTAGS

«Vater?»

Claes Herrmanns ließ die Zeitung sinken und sah auf. Vor ihm stand seine Tochter, eine schlanke Gestalt in einem eleganten, hochgeschlossenen Kleid aus dunkelblauem Taft. Trotz ihres sanften Schimmers unterstrichen die winzigen Perlen in ihrem eng um den Kopf frisierten nussbraunen Haar und den Spitzenvolants ihrer Ärmel die Strenge und Kühle ihrer Erscheinung. «Störe ich dich?»

«Sophie», sagte er, bemüht, seine Stimme launig klingen zu lassen, und erhob sich wie vor einer Besucherin. «Natürlich störst du nicht. Geht es dir besser?»

«Ja. Es war nur eine kleine Schwäche, gewiss von der Anstrengung der Reise. Nun geht es mir wieder gut.»

Sie glitt auf einen Stuhl gegenüber dem seinen und bat ihn mit einer leichten Handbewegung, wie er sie früher nie bei ihr bemerkt hatte, sich wieder zu setzen. Er versuchte das muntere Mädchen in ihrem Gesicht wieder zu finden, als das sie ihn vor mehr als vier Jahren verlassen hatte. Sie war kaum verändert, und doch erschien sie ihm größer und als eine fremde junge Dame. «Sie hat lange in einer anderen Welt gelebt«, hatte Anne gesagt, «sie ist erwachsen geworden. Lass dir Zeit und ihr auch.»

Nun, so fand er, war genug Zeit verstrichen. Seit ihrer Ankunft hatte sie ihr Zimmer kaum verlassen, die Fragen, die ihm seither den Schlaf raubten, erlaubten keinen längeren Aufschub. Dennoch war er nicht sicher, ob er ihre Antworten wirklich hören wollte. Als Anne geraume Zeit später den Salon betrat, gefolgt von Elsbeth und Betty mit Tabletts voller Kuchen, Konfekt und heißer Schokolade, traf sie ihren Gatten und ihre Stieftochter in einem Gespräch über die Vorzüge des nach dem verheerenden Erdbeben wieder aufgebauten Lissabon. Die Probleme des Portweinhandels hatten sie schon absolviert.

«Gewiss sind schnurgerade Straßen von Vorteil», sagte

Claes, «obwohl sie wenig geeignet sind, den Wind zu brechen.»

«Gewiss», antwortete Sophie, «der Wind. Aber du weißt, wie heiß die Sommer dort sind, oft unerträglich heiß. Der Wind ist dann ein rechtes Labsal.»

Es nützte nichts. Sie würden noch Stunden um den heißen Brei herumreden, der in diesem besonderen Fall Martin Sievers hieß und Sophies offensichtlich nicht mehr heiß geliebter Ehemann war. Wenn man sie ließe.

Anne schenkte Schokolade ein, und Sophie sagte: «In den Gärten ist es natürlich immer sehr angenehm. Es gibt wunderbare Gärten dort.»

Anne balancierte zarte Zitronenbiskuits auf die Teller, und Claes sagte: «Ja, die Gärten. Wunderbar, die reinsten Kunstwerke. Bei Bootspartien auf dem Tejo ist der Wind auch sehr angenehm.»

«Und Martin?», fragte Anne. Sie blies sanft in die dampfende Schokolade und nahm den ersten Schluck. «Martin liebt gewiss auch den Wind auf dem Tejo. Wie geht es ihm?»

«Nun», begann Sophie, Claes beugte sich über seine Biskuits, und Schweigen senkte sich über den Raum.

«Martin kennt weder Gärten noch Bootspartien», stieß Sophie schließlich mit einem Seufzer hervor. «Also geht es ihm ausgezeichnet. Er lebt nur für den Handel, das macht ihn glücklich. Alle Tage hockt er im Kontor und im Hafen, und wenn er am Abend heimkommt, erzählt er mir von seinen grandiosen Abenteuern. Ich weiß jetzt alles über den Unterschied der Rosinen von Smyrna und von Brindisi und über die Dichte der verschiedenen Baumwollfäden, nicht zu vergessen die Gallenbeschwerden des Schreibers im englischen Kontor. Daran, so hat

Martin entschieden, sei nur der Zucker schuld. Weil er sich um nichts so sorgt wie um mein Wohlergehen, hat er jedes Krümelchen Zucker aus unserem Haus verbannt.»

Mit den letzten Worten war ihre Stimme immer lauter geworden. Endlich erkannte Claes einen Schimmer seiner vertrauten Sophie in ihrem Gesicht, was ihn nun allerdings nicht erfreute, sondern im höchsten Maße beunruhigte.

«Martin», fuhr Sophie fort und umfasste die Tischkante, als wolle sie sie hochheben, «ist in Lissabon, und dort soll er, wie ich bei meiner Ankunft schon sagte, auch bleiben. Von mir aus, bis er selbst zu Baumwolle geworden ist, was nur noch kurze Zeit dauern kann. Aber ich, das versichere ich euch, werde dabei nicht länger zusehen.»

«Mein liebes Kind.» Claes löste Sophies Hände behutsam von der Tischkante und umschloss sie fest mit den seinen. «Du musst so eine kleine Verstimmung nicht zu ernst nehmen, später werdet ihr beide darüber lachen. Die Ehe ist nun einmal ...»

«Verzeih, Vater, was die Ehe im Allgemeinen nun einmal ist oder sein mag, ist eine Sache.» Sie entzog ihm ihre Hände und sah ihn mit diesem fremden Blick an. «Eine andere Sache ist meine Ehe. Es war ein Fehler, Martin zu heiraten. Ganz allein mein Fehler, das weiß ich. Fehler sind dazu da, um korrigiert zu werden und um es das nächste Mal besser zu machen. Das habe ich von dir gelernt. Ich nehme an, du hast damals einzig meine grauenvollen Stickereien und meine Neigung, die Verse der Psalmen durcheinander zu bringen, gemeint. Ich bin jedoch der Ansicht, dass diese Erkenntnis, für die ich dir sehr danke, auf alle Bereiche des Lebens anzuwenden ist.»

«Meine liebe Sophie», sagte Anne, erntete einen

scharfen Blick und fuhr nun ganz ohne falsches Säuseln fort: «Ich kann gut verstehen, dass du dich in Lissabon langweilst, Sophie. Ich war niemals dort, aber ich weiß, dass das Leben in jenen Ländern für eine Frau, nun ja, noch eingeschränkter ist als in unseren nördlichen. Vielleicht …»

«*Noch* eingeschränkter?» Claes saß plötzlich sehr aufrecht. «Als in den nördlichen Ländern? Willst du etwa behaupten, dein Leben hier sei eingeschränkt? Wer kutschiert denn ganz allein und ohne Zofe durch die Stadttore hinaus? Wer kauft Bäume in Schottland? Ausgerechnet Schottland!! Bücher, Theater, in jedem Konzert in der ersten Reihe, wenn die Austern von Juist dir nicht gut genug sind, lasse ich welche aus Frankreich kommen, und die Seide …»

«Verzeih, mein Lieber.» Nun war es an Anne, die Tischkante zu umklammern, aber das bemerkte niemand, nicht einmal sie selbst. «Ich habe es ganz allgemein gemeint. Lass uns jetzt über Sophies Probleme reden. Die sind dringlicher.»

«Probleme? Dringlicher? Nun gut. Was sind denn das für Probleme, Sophie? Jeder Mensch hat welche, die ganze Ehe ist ein einziges Problem. Damit muss man sich abfinden. Martin mag kein romantischer Held sein, er ist ein zuverlässiger, zart fühlender Mann mit den allerbesten Aussichten. Das kann nicht jede Frau von ihrem Gatten behaupten. Es ist richtig: aus Fehlern sollte man lernen. Also lerne aus dem Fehler, ihn im Stich gelassen zu haben. Ich sage dir, was wir tun werden. Ein kleiner Urlaub von der Ehe wird euch beiden nicht schaden. So wirst du dich hier ein wenig erholen, alte Freundinnen besuchen, lass dir ein paar neue Kleider nähen und gehe mit Anne ins Theater oder zu Monsieur Bachs Musiknachmittagen. Danach, in ein paar Wochen, wirst du zu deinem Mann zurückkehren. So wie es sich gehört. Wenn du Martin erst Kinder geschenkt hast, wirst du glücklich sein und keine Zeit mehr für solche Capricen finden.»

«Kinder?», rief Sophie und lachte schrill. «Um Martin Kinder zu schenken, wie du es so generös ausdrückst, müsste ich die Jungfrau Maria mit besten Verbindungen zum Heiligen Geist und allen Engeln sein. Nein, Vater, ich werde *nicht* zu Martin zurückkehren und weiter seine Ehefrau spielen. *Diesen* Fehler ein zweites Mal zu machen wäre unverzeihlich.»

«Und was wirst du stattdessen tun? Willst du dich scheiden lassen?» Claes lachte laut über seinen schlechten Scherz, wenn auch nicht sehr herzlich.

«Es ist schön, dass du das mit solcher Heiterkeit betrachtest, Vater. Denn genau das will ich: Ich werde mich von Martin scheiden lassen.»

Die Ruhe vor dem Sturm währte nur eine Sekunde. Tatsächlich glich das Wortgefecht zwischen Vater und Tochter einem jener verheerenden Unwetter in Spanisch-Amerika, von denen berichtet wurde, dass sie wie rasende Messer eine Schneise der Verwüstung in das Land schnitten und vorüberbrausten, ehe die Feuer- und Sturmglocke auch nur gezogen werden konnte.

«Verdammt, Sophie», rief Claes schließlich, «hör endlich auf, mir zu unterstellen, ich dächte nur an das dumme Geschwätz der Leute. Ich denke an dich. Was willst du für den Rest deines Lebens tun? Willst du als vertrocknete Konventualin im Johanniskloster enden? Dort würdest du mit dieser Vergangenheit nicht mal aufgenommen. Du glaubst doch nicht, dass irgendein Mann von Anstand, Sitte und Vermögen dich noch heiraten wird. Eine geschiedene Frau?»

Ein kaum merkbares Lächeln glitt über Sophies Gesicht, ihre Schultern reckten sich, und ihre Stimme klang ruhig: «Als ich Martin verließ, habe ich das in Kauf genommen. Es war mir lieber, als mein Leben dort und an seiner Seite vertrocknen zu lassen. Tausendmal lieber. Doch nun sorgst du dich umsonst, Vater. Ich werde wieder heiraten. Einen Mann von Anstand, Sitte und Vermögen. Ich werde Jules Braniff heiraten. Das kann niemand verhindern. Nicht einmal du.»

An diesem Abend dauerte es lange, bis im Herrmannsschen Haus alle Kerzen gelöscht waren. Sophie hatte den Streit im Salon beendet, indem sie mit rauschenden Röcken den Raum verlassen hatte. Nur mit Einsatz ihrer Körperkraft war es Anne gelungen, Claes daran zu hindern, ihr umgehend nachzulaufen.

Was in bester Absicht geschehen war, führte zur Fortsetzung des Streits auf anderer Bühne. Claes war überzeugt, Anne sei längst im Sophies Pläne eingeweiht gewesen. Sie habe schließlich stundenlang am Bett seiner exzentrischen Tochter gesessen und deren schmerzende Stirn gekühlt. Sie habe sich auf Sophies Seite geschlagen, anstatt ihm sofort zu berichten, wie es ihre eheliche Pflicht gewesen wäre.

Das war ein ganz schlechtes Stichwort. Es erinnerte Anne an Claes' Worte, nach denen jede Ehe ein einziges Problem sei, und dass nicht sie, sondern er selbst sich den Luxus leiste, französische den Juister Austern vorzuziehen. Aber in der Tat, langsam komme auch sie zu der Überzeugung, eine Ehe bedeute mehr Probleme als Zufriedenheit. Schwachsinnig müsse sie gewesen sein, ihr interessantes Leben gegen das einer Ehefrau – *seiner* Ehefrau – einzutauschen.

«Interessantes Leben?», schlug Claes zurück. «Im Kontor deines Bruders? Auf dieser steinigen Insel, die mehr Rinder als Menschen beherbergt?»

Überhaupt sei Jules Braniff ein Freund *ihrer* Familie. Was sie zu unternehmen gedenke, um den Herrn wieder zu Verstand zu bringen. Braniff müsse die Stadt sofort verlassen, und wenn er sich erfreche, seine Tochter noch einmal wieder zu sehen, nur noch einmal, dann werde er dafür sorgen, dass Braniff als Kapitän abgesetzt und auf irgendeine gottverlassene karibische Insel verbannt werde.

In diesem Moment betrat Christian den Salon, erschreckt von den lauten Stimmen und überzeugt, ein schreckliches Unglück sei geschehen.

«Würdest du uns bitte noch für einen Moment allein lassen, Christian?», sagte Anne, deren ruhige Stimme nicht im mindesten zum Ausdruck ihres Gesichts passte. «Dein Vater und ich haben eine sehr persönliche Angelegenheit zu besprechen. Es dauert nicht mehr lange.»

Als Christian die Tür eilig hinter sich geschlossen hatte, fuhr sie fort: «Du überschätzt dich, Claes, sogar ganz gewaltig. Sophie ist jung, aber eine erwachsene Frau. Die Auflösung einer Ehe ist eine furchtbare Angelegenheit, und ganz gewiss bedeutet sie einen Skandal, aber es ist ihre Entscheidung. Ich werde alles tun, sie zu unterstützen, denn das ist es, was sie jetzt braucht. Unterstützung, keine Episteln. Nein, Claes, ich bin noch nicht fertig. Was Jules betrifft, überschätzt du deinen Einfluss noch mehr. Sein Schiff gehört ihm, ganz allein ihm, und wenn du es genau wissen willst: Ihm gehören noch zwei weitere. Wenn du versuchst, ihm den Hamburger Hafen zu verbieten, wird er nur lachen, und zwar sehr laut. Er braucht euren dummen kleinen Hafen nicht, ihm steht die ganze Welt offen. Dorthin wird er Sophie mitnehmen, auf Nimmerwiedersehen, wenn du dumm genug bist, deine Ankündigungen wahr zu machen. Noch eins will ich dir sagen: Ich habe aus ihren Briefen schon lange gewusst, wie unglücklich Sophie ist, und versucht, es dir zu sagen. Du wolltest es nicht hören, also habe ich Jules gebeten, Sophie zu besuchen, sobald ihn eine seiner Fahrten nach Lissabon führt. Dieses Ende habe ich nicht gewollt, ich habe nicht im Traum daran gedacht. Doch nun ist es, wie es ist, und du solltest endlich begreifen, dass Sophie nichts Besseres geschehen konnte.»

Damit verließ auch sie den Salon, ließ einen sprachlosen, zornbleichen Cleas zurück, schob Christian und Tante Augusta beiseite, die nicht minder bleich, wenn auch nicht aus Zorn, hinter der Tür standen, und stieg die Treppe zu ihrem Zimmer hinauf.

Sie wartete lange vergeblich. Als es schließlich doch noch an ihre Tür klopfte, war es Augusta. Aber an diesem Abend halfen auch deren kluge Worte und ihr Rosmarinbranntwein nicht. Zum ersten Mal bereitete Anne sich ein Bett auf dem Diwan in ihrem Salon. Sie hoffte, diese Nacht werde nie enden.

Noch lange knarrten die Dielen des Hauses unter unruhigen Schritten und zeugten von schlaflosen Nächten. Nur Sophie lag in dem Bett ihrer Mädchenzeit, schlief tief und ruhig und träumte von einem großen Schiff mit geblähten Segeln, das über die blaue See bis hinter den Horizont flog, dorthin, wo in allen guten Träumen das himmlische Leben auf Erden beginnt.

MITTWOCH, DEN 15. MARTIUS,
VORMITTAGS

Die Nachricht von der wundersamen Verwandlung einer fahrenden Komödiantin in die Tochter eines reichen und zudem vornehmen Mannes machte schnell die Runde. Rosina wusste davon nichts, die außerordentliche Höflichkeit des Kleiderhändlers in Süstermans Gang schrieb sie einzig seinem freundlichen Naturell zu. Sie hatte ihm gesagt, sie suche solide Kleider für ihren Bruder, der eine lange Reise anzutreten habe. Seine Statur gleiche der ihren völlig.

Sie hatte anderes zu bedenken als die Tiefe der Verbeugungen des Mannes. Um einen Tag hatte sie Klemens gebeten, und ein Tag war schrecklich kurz. Nie war ihr die Zeit so eilig davongelaufen wie in dieser Zeit vor ihrer Heimkehr. Sie selbst sprach dieses Wort nie aus, sie sprach von ihrer Reise. Wenn sie es von Helena, Jean, Titus oder einem der anderen Komödianten hörte, legte es sich ihr auf die Brust wie ein kalter Stein. Immer wieder sah sie in diesen Tagen in die vertrauten Gesichter, hörte sie auf die Stimmen der Menschen, deren Leben sie seit vielen Jahren teilte, und suchte nach Botschaften. Waren sie betrübt? Bedeutete Jeans zuweilen schrille Munterkeit nur das Vergnügen an der aufregenden Neuigkeit, oder gefiel ihm womöglich Manon in ihren, Rosinas Rollen besser? War Titus' grämliche Miene Ausdruck des Kummers oder doch des Unmuts, weil sie die Gesellschaft mitten in der besten Saison im Stich lassen musste? Musste sie das überhaupt?

Von Matti und Lies hatte sie sich schon verabschiedet. Die Umarmung der stets so einsilbigen Lies – hatte sie

sie je zuvor umarmt? – war ein besserer Trost als tausend Worte. Matti schenkte ihr ein Beutelchen mit Kräutern und Wurzeln für einen stärkenden Tee, am Ende des Winters eine Kostbarkeit, und erinnerte sie daran, dass sie in schweren Momenten immer gewusst habe, welche Entscheidung die beste sei, das werde auch für die Zukunft gelten.

Für einen Besuch bei den Herrmanns' fehlte die Zeit. Muto, der gestern wie so oft Niklas und die Herrmannsschen Ställe besucht hatte, hatte Anne einen Brief gebracht. Rosina hoffte, es werde ihr möglich sein, zu ihrer Abreise nach Altona zu kommen. Sicher wäre es einfacher gewesen, auf dem Ritt elbaufwärts bei den Herrmanns für einen kurzen Abschied Halt zu machen, der Neue Wandrahm lag nahe an ihrem Weg. Aber es schien ihr unmöglich, die Reise zu unterbrechen, kaum dass sie sie angetreten hatten.

«Eine kluge Wahl, Mademoiselle», säuselte der Kleiderhändler, «dieser Rock ist superb. Man sieht gleich, dass Ihr gute Ware gewöhnt sei. Ja, das sieht man gleich. Und diese Stiefel! Wie ich Euch schon sagte, ich habe sie von einem sehr vornehmen Herrn übernommen. Sie wurden nur wenige Wochen getragen, seht auf das Leder, satt von gutem Fett. Ganz und gar satt. Da mag es regnen und schneien, nie werden darin die zarten Füßchen kalt. Oh», er kicherte und verbarg dabei die breite Zahnlücke in seinem Oberkiefer hinter einem schmuddeligen, mit nicht mehr ganz makellosen Spitzen besetzten Tuch, «die Kleider sind ja für Euren Bruder. Der Herr Bruder», wieder kicherte er in sein Tuch, «wird mit der Wahl sehr zufrieden sein. Sehr zufrieden.»

So plapperte er fort und fort, noch als Rosina, einen

Rock und einen Reitmantel aus festem Wollstoff und die vom Fett ganz satten Stiefel in ihrem Beutel, den Laden verließ, stand er auf der Schwelle und lobte seine exquisite Waren hinter ihr her.

Zwei Glockenschläge später wusste die halbe Stadt, in welcher Garderobe die Mademoiselle auf das väterliche Schloss heimkehren werde. So wie aus dem großen Haus ein Schloss mit Zinnen, Wassergraben und Spiegelsaal geworden war, wurde nun aus der Komödiantin eine Comtesse, und der Reichtum ihres Vaters nahm die sagenhaften Ausmaße der Goldminen im südlichen Amerika an. Der Konfitürenhändler Rogge wusste gar zu berichten, der väterliche Graf lasse sich ausschließlich von Mohren bedienen, zehn an der Zahl, und die Sitze seiner Lieblingskutsche seien winters mit russischem Zobel, sommers mit französischer Seide gepolstert. Auch bade er jede Woche und versetze das Wasser mit dem Öl orientalischer Rosen.

Auch von diesen Nachrichten wusste Rosina nichts, was schade war, denn es hätte sie sehr amüsiert. Sie band ihren schweren Beutel wie eine Kiepe auf den Rücken und wanderte durch die Stadt hinab zur Elbe. Der Himmel war wieder grau, der Wind drückte Kälte in die engen Straßen. Die Menschen verbargen sich unter dicken Joppen und wollnen Tüchern. Der Duft der erwachenden Erde und der Gesang der aus dem Süden zurückkehrenden Vögel bewiesen dennoch, dass der Winter endgültig vorbei war. Gab es eine bessere Zeit für eine lange Reise als diese? Selbst wenn es auf den Höhen noch eisig war, würden sie dem Sommer mit seinen immer längeren und wärmeren Tagen entgegenreisen. Die Wiesen würden Tag um Tag saftiger und bunter werden, vielleicht blühten schon die Kirschbäume, wenn sie ihr Ziel erreichten.

Mit dem auflaufenden Wasser waren wieder Schiffe eingelaufen, die Flut hatte ihren höchsten Stand erreicht. Bei den Vorsetzen hinter dem Packhaus der königlich dänischen Heringskompanie schaukelten sanft die Masten zweier großer Ewer über den Köpfen einer Menschenmenge. Frauen mit Körben voller frischer Fische, Hummer und Krabben kamen ihr entgegen. Es würde lange dauern, bevor sie wieder frischen Seefisch zu essen bekam, also mischte sie sich unter die Menschen und wartete, Schritt um Schritt vorrückend, bis sie an der Reihe war.

Später wusste niemand mehr zu sagen, wie es geschehen war. Der Hund war schuld, sagten einige, dieser spindeldürre Köter, der plötzlich die Elbstraße heruntergetobt kam, einer rotweiß gescheckten Katze immer dicht auf den Fersen. Die Katze war schuld, sagten andere. Anstatt auf einem Baum oder Schuppendach suchte sie Schutz in der Menge, glitt geschmeidig und flink wie eine Schlange zwischen Röcken und Beinen hindurch, und ihr Verfolger blieb kläffend auf ihrer Spur. Lachend und fluchend stob die Menge auseinander. Körbe fielen um, Kinder kreischten und stolperten, dann hörte man einen Schrei, ein Klatschen, Wasser spritzte auf, und eine junge Frau, die gewiss nur zu nahe am Rand gestanden hatte, versank, von einer Last auf ihrem Rücken hinuntergezogen, im eiskalten Wasser.

Jemand schrie nach einem Seil, ein anderer nach einer Leiter, alles drängte sich an den Vorsetzen, starrte auf das Wasser, auf die schwimmenden Röcke, auf den Kopf, der auftauchte und wieder versank, auf die wild rudernden Arme.

«Sie treibt ab», rief jemand, «so tut doch etwas.»

Wieder klatschte es, und auch Berno, der jüngste Sohn des Korbflechters Heuer, von dem niemand je eine große Tat erwartet hatte, lag im Wasser. Ein Raunen der Bestürzung ging durch die Menge, jeder wusste, dass es Unglück bringt, einem Ertrinkenden zu helfen. Nur Berno kümmerte das nicht. Mit wenigen Zügen erreichte er die Ertrinkende, griff nach ihren Röcken, fand ihren Kopf und hielt ihn über das Wasser. Ein Seil fiel von einem der Ewer in die Flut.

«Pack an, Junge», brüllte der Fischer, «pack an.»

Berno hatte Glück. Blind griff er nach dem Seil, erwischte es gleich, und die Fischer zogen den Jungen und die Frau an ihre Bordwand. Noch einer sprang ins Wasser, dem erschöpften Retter zu helfen, und gleich darauf waren alle über die Bordwand gezogen und in Sicherheit. Die junge Frau, einen Beutel fest auf ihrem Rücken verknotet, lag mit geschlossenen Augen auf den Planken.

«Sie atmet noch», sagte der Fischer, «sieht jedenfalls so aus.» Er drehte sie auf den Bauch und drückte fest auf ihre Lungen. Während Wasser aus ihrem Mund rann, stand die Menge am Ufer und sah, den Atem anhaltend, zu. Alle fragten sich, warum Berno neben der Frau hockte, eine ihre Hände knetete und rieb und schluchzte wie ein Kind.

«Nein, Monsieur», sagte Helena, «nein und nochmals nein. Sie ist beinahe ertrunken und beinahe erfroren. Ein Wunder, dass ihr Herz vor Schreck nicht stehen geblieben ist. Jetzt braucht sie Ruhe. Was wollt Ihr überhaupt von ihr? Ist es neuerdings ein Verbrechen, ins Wasser zu fallen? Sorgt lieber dafür, dass die Vorsetzen am Hafen nicht so morsch sind und niemand mehr darüber stolpert und im Fluss landet.»

«Gewiss, Madame, die Vorsetzen.» Polizeimeister Proovt hatte nicht mit so vehementem Widerstand gerechnet. Er war daran gewöhnt, in reichen Häusern nur durch den Seiteneingang eingelassen zu werden; überall sonst wurde vor dem Arm des Gesetzes ergeben gedienert, selten mit Aufrichtigkeit, aber die begegnete ihm in seinem Beruf sowieso nur selten. Ein solcher zornblitzender Zerberus jedoch hatte sich ihm noch nie in den Weg gestellt.

«Bitte, Madame», versuchte er es erneut, «ich muss mit Mademoiselle Rosina sprechen. Natürlich ist es kein Verbrechen, ins Wasser zu fallen, darum geht es nicht. Das heißt, darum geht es schon, nur anders. Wenn Ihr versteht, was ich meine.»

«Ich verstehe kein Wort, Monsieur. Warum kommt Ihr nicht einfach morgen wieder?»

«Weil Mademoiselle Rosina morgen die Stadt verlässt, Madame. Das wisst Ihr so gut wie ich. Es ist wichtig für sie, mit mir zu reden. Versteht Ihr: für sie, für Mademoiselle Rosina.»

Helena starrte den Polizeimeister, von dem sie zunächst angenommen hatte, er sei wieder nur einer dieser träumenden jungen Bürger, der Jean seine poetischen Ergüsse antragen wollte, nicht mehr ganz so misstrauisch, aber immer noch prüfend an, roch einen Hauch von Rosenwasser und seufzte ergeben.

«Ich verstehe immer noch nichts. Aber nun gut, für eine kurze Weile. Wenn sie es möchte. Wartet hier, ich werde sie fragen.»

«Ich bin schon da, Helena, und ich möchte mit dem

Polizeimeister sprechen.» Rosina, vom Scheitel bis zur Sohle in dicke Wolltücher gewickelt, stand in der Tür der Beckerschen Stube. «Guten Tag, Monsieur Proovt. Wenn Euch nicht stört, dass ich vermummt bin wie für einen Winter auf Spitzbergen, nehmt Platz. Ihr habt gewiss nichts dagegen, wenn Madame Becker uns Gesellschaft leistet.»

Es waren keine zwei Stunden vergangen, seit zwei Männer vom Hafen Rosina in die Wohnung über Melzers Kaffeehaus gebracht hatten. Sie sei ins Wasser gefallen, sagten sie, aber nun lebe sie ja wieder. Nach dem Physikus sei schon geschickt, obwohl eine heiße Brühe und ein warmes Bett sicher genug Medizin seien.

Dr. Hensler war der gleichen Ansieht. Eine gesunde junge Frau, die gewöhnt sei, bei jeder Witterung schwer beladene Wagen über die Straßen zu kutschieren, werde so ein kaltes Bad schon überstehen, am besten mit Hilfe eines heißen. Wenn Mademoiselle morgen reisen wolle, brauche sie heute unbedingt ein heißes Bad. Während Helena Rosina mit zitternden Fingern half, ihre nassen Kleider auszuziehen, und darüber nachgrübelte, wieso die ganze Stadt von Rosinas Reise zu wissen schien, stieg der Physikus in die Melzersche Küche hinab. Mit wenigen, dafür deutlichen Worten überzeugte er die Melzerin, dass Sparsamkeit auch bei Feuerholz unzweifelhaft eine Tugend, in diesem besonderen Fall jedoch eine schwere Sünde sei. Ohne auf das Gejammer der Wirtin zu achten, sie brauche das heiße Wasser für ihre Wäsche, eilte er weiter, und Rosina schwitzte bald darauf im randvollen Waschzuber der Melzerin die Kälte des Flusses aus.

«Ich bedauere, Eure Ruhe stören zu müssen, Mademoiselle. Ihr werdet es gleich verstehen.» Er warf Helena einen vorsichtigen Blick zu, doch die sah nur besorgt die Erschöpfung in Rosinas Gesicht. «Ich bin nicht immer so eilig zur Stelle, wenn jemand ins Wasser gefallen ist. Das kommt häufig vor, meistens retten die Leute sich selbst, der Fluss ist hier nicht sehr tief, zum Kummer des Schiffer, Kaufleute und des Hafeninspektors, dafür zum Glück der Verunglückten. Es sei denn, die Flut steht hoch, besonders jetzt im Frühjahr, wenn die Schneeschmelze die Elbe füllt und höher als gewöhnlich steigen lässt. In diesen Wochen ertrinken die meisten.»

«Ihr wolltet uns nicht lange stören», erinnerte Helena. Nie hatte sie weniger Lust als heute verspürt, die Gefahren des Flusses erläutert zu bekommen.

«Natürlich, Madame, verzeiht. Erinnert Ihr Euch, Mademoiselle, warum Ihr in den Fluss gefallen seid?»

«Warum? Wie man eben in einen Fluss fällt. Sicher nicht zum Vergnügen. Warum fragt Ihr das?»

«Denkt bitte nach: Gab es einen besonderen Grund?»

Rosina schüttelte langsam den Kopf. «Es lag an diesem Gedränge. Zwei Fischer hatten an den Vorsetzen festgemacht, und viele Leute wollten Fisch kaufen. Es war schon fast Mittag. Ich glaube, auf den Straßen und an den Vorsetzen darf nur frühmorgens Fisch verkauft werden. Aber vielleicht irre ich mich. Ich wollte auch welchen. Also stand ich in der Menge. Die war gar nicht mehr groß, die Leute drängten trotzdem stets sofort nach, wenn jemand mit seinem gefüllten Korb gegangen war. Als sei dies für alle Zeiten die letzte Gelegenheit für frischen Fisch.»

«War jemand dort, den Ihr kennt?»

«Nein. Jedenfalls habe ich niemanden entdeckt.»

«Und dann? Was geschah dann?»

«Dann ging alles so schnell, ich erinnere mich kaum. Da war dieser Hund, ich konnte ihn gar nicht sehen, sondern nur sein Kläffen hören. Er verfolgte eine Katze, was die Leute sehr amüsierte. Die rannte in die Menge, der Hund hinterher – Ihr könnt Euch vorstellen, was dann geschah: Die Leute erschreckten sich, manche machten einen Spaß daraus, es wurde gedrängt und geschubst, und plötzlich lag ich im Wasser. Es war eiskalt, ich versuchte nach etwas zu greifen, aber da war nur dieses kalte Wasser und ...»

«Das Wasser», drängte Proovt, als sie verstummte. «Und?»

«Das weiß ich nicht. Als ich wieder zu mir kam, lag ich auf den Planken eines Ewers.»

«Ihr habt großes Glück gehabt, Mademoiselle. Wäre der junge Steuer Euch nicht nachgesprungen, wer weiß, was geschehen wäre. Ihr habt von einem heftigen Gedränge gesprochen. Könnt Ihr Euch an den Moment erinnern, bevor Ihr fielt?»

«Als ich den Stoß fühlte?»

«Ihr wurdet gestoßen? Das habe ich befürchtet. Wisst Ihr, wer Euch stieß? Versucht Euch zu erinnern, Mademoiselle. Bitte.»

«Ich gebe mir Mühe, Monsieur Proovt, aber ich kann mich nicht erinnern. Auch nicht an jemanden Besonderes oder ein Gesicht. Ich fühlte einen Stoß im Rücken, das ist richtig, ich verstehe nicht, warum Euch das so erregt. Seid Ihr niemals in eine Menge geraten, der Ihr nicht entkommen konntet? Da spürt man viele Stöße. Ich hatte eben das Pech, zu nah am Wasser zu stehen. Doch nun möchte ich wissen, was Ihr denkt. Es geht Euch doch um mehr als um meinen Sturz.»

Proovt nickte, drehte kleine Kugeln aus einem Stück Papier, das er inzwischen und ohne es wahrzunehmen in winzige Fetzen gerissen hatte.

«Ja, es geht nicht nur darum. Aber Euer Sturz heute, wollen wir ihn einmal Unglücksfall nennen, hat mir die Augen geöffnet. Ich bin nur nicht sicher, ob in die richtige Richtung. Die Idee wuchs schon, als ich Euch das erste Mal sah. Erinnert Ihr Euch? Es war bei Madame Benning, in ihrem Haus am Weg nach Neumühlen. Ihr maltet für sie das Muster des Kettenanhängers ihrer Nichte.»

«Natürlich erinnere ich mich. Habt Ihr dort festgestellt, dass ich der Toten ähnlich sehe?»

«Ja. Zunächst hielt ich Euch deshalb sogar für eine Verwandte.» Proovt war enttäuscht. Was er sich als besonderen Bonbon aufgehoben hatte, war gar keine Überraschung. Andererseits glaubte er nicht, dass sie diese Überraschung erfreut hätte. Es konnte nicht erfreuen, einer gerade Ermordeten ähnlich zu sehen. «Das scheint für Euch keine Neuigkeit zu sein.»

«Madame Bennings Freundin, als deren Begleitung ich an jenem Tag dort war, fand das auch. Ich denke aber, die einzige Ähnlichkeit besteht in unserem Haar.»

«Vielleicht. Dennoch. Ich möchte Euch nicht beunruhigen, Mademoiselle, aber könnte es in dieser Stadt Menschen geben, die Euch, nun ja, lasst es mich so ausdrücken: die nicht glücklich über Eure Anwesenheit sind?»

«Ihr meint Leute, die mich töten wollen!?»

«Nun ist es aber genug.» Helena schlug mit der flachen Hand auf den Tisch. «Es gibt immer und überall Leute, die über Komödianten und ganz besonders Komödiantinnen in ihrer Stadt ‹nicht glücklich› sind. Fein gesagt, Polizeimeister, sehr fein. Wenn Ihr hier welche habt, die verrückt genug sind, uns lieber zu töten, als Komödie spielen zu lassen, ist es Eure Pflicht, sie zu fangen, und zwar möglichst bevor sie zur Tat schreiten. Wir sind fremd hier, wir kennen solche Leute nicht.»

Proovt sah zuerst Rosina, dann Helena unglücklich an. «Ich bin gerade dabei, meine Pflicht zu tun, Madame Becker. Dazu gehört leider auch, Fragen zu stellen. Ich muss Euch fragen, Mademoiselle Rosina, ob Ihr jemanden wisst, der Euch in irgendeiner Weise übel will.»

«Nein.» Rosina schüttelte den Kopf. «Niemanden, der zu solchen Mitteln greifen würde. Sollte es dennoch jemanden geben, ist das nun nicht mehr von Belang. Ich reise morgen ab, niemand hat mehr Grund, sich meinetwegen zu ärgern.»

«Ihr solltet diese Sache ernster nehmen, Mademoiselle. Selbst wenn er nicht Euch meint, vielleicht meint er junge Damen mit blondem lockigem Haar und nicht, verzeiht, nicht ganz makellosem Ruf.»

«Und was ist mit dem, der in der Fronerei sitzt?» Helena gefiel diese Unterhaltung immer weniger. «Ich denke, der hat das Mädchen getötet.»

«Es sieht so aus, gewiss ist es noch nicht.»

«Ich bedauere, Euch nicht helfen zu können, Monsieur Proovt», sagte Rosina, «ich bin sehr müde und habe noch viel vorzubereiten. Wenn ich morgen nicht ständig vom Pferd fallen will, sollte ich mich von meinem Bad ausruhen. Es war ja nicht nur kalt, sondern auch sehr erschreckend.»

«Unbedingt. Ihr solltet Euch unbedingt ausruhen.» Endlich wusste Proovt, wie er seinen Plan hübsch verpakken konnte. «Mehr als einen Tag, am besten eine Woche. Oder zwei. Mit kaltem Wasser ist nicht zu spaßen, am wenigsten im Winter, dieser März ist ja noch wie ein Winter, ich finde wirklich ...»

«Ich danke Euch für Eure Fürsorge. Dieser März ist in der Tat kalt. Aber wir reiten nach Süden, Monsieur, selbst der Physikus sieht keinen Grund, die Abreise aufzuschieben. Sofern kein Fieber auftritt, und das tut es nicht. Ich werde es einfach nicht zulassen. Eure Sorge ist so freundlich wie überflüssig. Wenn ich Euch nun bitten darf, zu gehen?»

«Gewiss, Mademoiselle, ich werde sofort gehen.» Proovt erhob sich, neigte den Kopf unter der niedrigen Decke und setzt sich wieder. «Gewährt mir noch einen Augenblick. Selbst wenn Ihr mir zürnen werdet, ich muss Euch wenigstens fragen. Ich gestehe, meine Fürsorge ist nicht so groß und selbstlos, wie sie scheint. Ich habe gehört, dass Ihr dem Hamburger Weddemeister verschiedene Male bei seiner Arbeit geholfen habt. Mit bedeutendem Erfolg, sagt man, und ich zweifele keine Sekunde daran. Nun brauche ich Eure Hilfe. Wenn Ihr noch einige wenige Tage bleiben würdet, womöglich begegnet Euch der Mann, der Euch ins Wasser gestoßen hat, noch einmal, und dann ...»

«NEIN!» Helena erhob sich wie ein Gewitter über dem erschreckten Polizeimeister. «Ihr solltet Euch schämen, Monsieur. Ihr wollt, dass sie hier bleibt und den Nektar für Eure mörderische Biene spielt. Bis vor wenigen Minuten wäre ich glücklich gewesen, wenn Rosina ihre Abreise verschöbe. Sehr, sehr glücklich. Jetzt nicht mehr. Jetzt werde ich alles tun, damit sie so schnell wie möglich reisen kann. Ihr werdet jetzt sofort gehen, und Rosina wird ruhen. Sucht Euch eine andere, die Ihr als Köder missbrauchen könnt.»

«Ich danke dir, Helena.» Rosina sah entzückt in das zornige Gesicht. Es fühlte sich wunderbar an, so vehement und aus tiefstem Herzen verteidigt und beschützt zu werden. «Ihr seht, Monsieur, Ihr müsst Eure Arbeit alleine tun. Ich hätte Euch gerne geholfen, aber diese Reise kann ich nicht aufschieben, nicht einmal um einen Tag. Ich darf es nicht. Außerdem habe ich Titus versprochen, mich nicht in diese Sache einzumischen.»

Proovt wusste, wann es an der Zeit war aufzugeben. Er verabschiedete sich, wünschte eine gute Reise und stapfte missmutig die Treppe hinunter. Er hätte brennend gerne noch gefragt, wer Titus war.

KAPITEL 9

DONNERSTAG, DEN 16. MARTIUS,
MORGENS

Als Letzter kam Wagner. Es kostete ihn Mühe, durch das Gedränge der Menschen und Pferde im Hof des Melzerschen Kaffeehauses bis in Rosinas Nähe vorzudringen. Nicht nur alle Mitglieder der Beckerschen Gesellschaft hatten sich zu ihrem Abschied versammelt. Auch die Familie Herrmanns war nahezu vollzählig erschienen, dem jüngsten Sohn, Niklas, war allerdings nicht erlaubt worden, seinen Unterricht im Johanneum zu schwänzen. Der Pastor von St. Pauli, Daniel Kummerjahn, plauderte vor dem Holzschuppen mit einer jungen Dame, die Wagner nicht kannte. Er konnte nicht verstehen, wovon sie sprachen, ihre Blicke ließen darauf schließen, dass es nicht um Angelegenheiten der Kirche und der Frömmigkeit ging. Er erkannte den neuen Physikus Hensler im Gespräch mit Polizeimeister Proovt und dem Konfitürenhändler Rogge. Dessen Tochter allerdings konnte er nicht entdecken.

Der Wirt des *Bremer Schlüssels* schlug gerade mit dem üblichen grölenden Gelächter seine Hand auf Titus' Schulter, der davon nicht ein bisschen wankte. Er war der Einzige, der die liebste Freundschaftsbezeugung des Wirts unbeschadet überstand. Leute aus der Nachbarschaft waren gekommen und natürlich die Klatschbasen und Nichtstuer, die stets auftauchten, wo mehr als drei zusammenstanden. Rosinas Geschichte, wie immer sie unter das Volk gekommen sein mochte, galt als die aufregendste Novität, seit Kapitän Stedemühlen in seinem Gartenhaus nahe der Palmaille erschlagen worden war. Dass sie in Männerkleidern heimreiste, gab dem Ganzen eine pikante Würze. Wahrscheinlich, dachte Wagner, würden die Leute schon in wenigen Wochen erzählen, unterwegs sei ihr auch noch ein Bart gewachsen.

Er hatte Rosina auf der Bühne und bei anderen Gelegenheiten in vielen Verkleidungen erlebt. Heute sah sie genauso aus wie das, was sie in den nächsten Tagen vorgeben würde zu sein: ein Student auf Reisen. Nur der kleine Degen, den diese jungen Herren gewöhnlich trugen, fehlte. Sie gab einem blassen jungen Mann die Hand, auch ihn kannte Wagner nicht, und eine der Melzerschen Mägde raunte ihm zu, das sei der jüngste Sohn des Korbflechters Heuer, der die Mademoiselle aus der Elbe gerettet habe. Er sei ganz bleich, womöglich raffe ihn noch das Fieber dahin, denn wer jemanden aus dem Wasser ziehe, nehme nun mal kein gutes Ende. Seit sich Rosinas Herkunft herumgesprochen hatte, sprachen von ihr alle nur noch als von der Mademoiselle. Selbst die, die bis dahin keinen Unterschied zwischen Komödiantinnen und Buhldirnen gesehen hatten.

Gerade drängte sich Claes Herrmanns durch die Menge, er führte seinen Fuchs zu Rosina und übergab ihr die Zügel.

«Wenn Ihr schon nicht vernünftig genug seid, mit der Postkutsche zu reisen», sagte er, «braucht Ihr für einen so langen Ritt ein besseres Pferd. Versucht nicht nein zu sagen, es würde nichts nützen. Ihr müsst es reiten, weil ich, weil Anne und wir alle dann besser schlafen können.»

Rosina starrte Cleas Herrmanns, starrte sein Pferd an und stotterte schließlich: «Der Fuchs? Er ist Euer Lieblingspferd. Es wird Monate dauern, bis Ihr ihn zurückbekommt, und wenn ihm etwas geschieht …»

«Unsinn.» Claes Herrmanns, der das satte Gefühl einer großzügigen Geste sehr genoss, wischte ihre Einwände mit einer raschen Handbewegung fort. «Ihm geschieht schon nichts, und die Hauptsache ist doch, dass Euch nichts geschieht. Vielleicht denkt Ihr, er sei sehr groß, aber das scheint nur so. Anne war so klug, daran zu erinnern, dass Ihr nicht meine Körpermaße habt und einen anderen Sattel braucht. Dieser», grinsend legte er die Hand auf das dunkle Leder, «wird für Euch sehr bequem sein.» Dann wandte er sich zu dem Jungen, der seit dem Beginn des Tages nicht von Rosinas Seite gewichen war und auch nun nahe bei ihr stand. «Muto kann das andere Pferd zum Mietstall zurückbringen.»

«Ich danke Euch sehr», sagte Rosina. «Tatsächlich erleichtert mich Eure Großzügigkeit. Mein Cousin hat das beste Pferd aus dem Mietstall bekommen, ein schönes Tier, sicher auch schnell, ich fürchte nur, es ist ein wenig nervös, und ich bin inzwischen im Kutschieren geübter als im Sattel.»

«Wir sind Euch sehr verbunden, Monsieur.» Klemens Lenthe, wie Rosina in dunklen schlichten Reisekleidern, allerdings aus sehr viel besserem Tuch, trat neben sie und verbeugte sich dankend. «Mit zwei guten Pferden werden wir schneller vorankommen. Ich trage dafür Sorge, dass Ihr Eures so bald als möglich zurückbekommt. Und nun, Cousine, müsst Ihr Abschied nehmen. Wenn wir die Furt bei niedrigem Wasser erreichen wollen, ist es höchste Zeit aufzubrechen.»

Es dauerte dann doch noch eine Weile, bis alle Umarmungen, alle Küsse und alle Tränen absolviert waren. Selbst Wagner gelang es endlich, mit Hilfe einiger rücksichtsloser Püffe ganz zu Rosina vorzudringen. Dummerweise verirrten sich einige freche Stäubchen in seine Augen, und sein großes blaues Tuch hatte wieder viel zu tun.

Rosina fühlte sich wie in einem dieser Träume, in denen man sich selbst als einem Fremden zusieht. Sie sah in die vertrauten Gesichter, fühlte die Umarmungen, den Druck vieler Hände, und wollte zugleich bleiben und schnell wie der Wind davonreiten.

Helena steckte ihr zum Abschied ihr schönstes buntes Tuch, das mit den roten Seidenfransen, in die Satteltasche, Augusta mogelte ein kleines Fläschchen ihres Rosmarinbranntweins hinein, ihr Heilmittel für nahezu alle Gelegenheiten. Anne Herrmanns verabschiedete sich als Letzte. Ihre Blässe und die dunklen Schatten um ihre Augen zeigten tiefen Kummer und wurden allgemein als Beweis der tiefen, ungewöhnlichen Verbundenheit zwischen der Frau des reichen Kaufmanns und der Komödiantin angesehen. Sie schenkte Rosina eine kleine, mit Granaten und winzigen rosenfarbenen Perlen besetzte Brosche, schob ihr einen kaum größeren versiegelten Brief in die Tasche ihres Rockes und umarmte sie mit einer Innigkeit, als sei dies ein Abschied für alle Zeiten.

Endlich saß auch Rosina im Sattel. Claes prüfte ein letztes Mal die Länge der Steigbügel, Helena zurrte ein letztes Mal den Riemen um Rosinas Mantelsack fest, Muto griff ein letztes Mal nach ihrer Hand. Alle winkten und riefen durcheinander. Es war ein Wunder, dass die Pferde nicht scheuten, sondern sich brav inmitten der nachdrängenden Menschen aus dem Hof und auf die Straße lenken ließen.

Dann waren sie fort. Die Menschen auf der Großen Elbstraße blieben stehen und sahen tuschelnd dem Paar nach, das aus der Stadt ritt und von dem alle wussten, wohin ihre Reise sie führen würde. Auch die, die ihnen aus Melzers Hof auf die Straße gefolgt waren, sahen und winkten ihnen nach, bis sie beim Fischmarkt von einem hoch bepackten vierspännigen Fuhrwerk ihren Blicken entzogen wurden.

«Es ist nicht recht», flüsterte Gesine, «dass sie ohne Begleitung reitet.»

«Wieso?», flüsterte Manon zurück. «Sie reitet doch mit Monsieur Klemens. Ach», ihr zarter Seufzer verriet, dass sie sich keine begehrenswertere Begleitung vorstellen konnte, «sicher wird sie ihn bald heiraten.»

«Ihren Cousin?»

«Natürlich. Er hat sie im ganzen Land gesucht, und als er sie *endlich* fand, wusste er gleich, dass sie der Stern seines Lebens ist, die Sonne seiner Zukunft. Nun treten sie vor ihren Vater, erbitten seinen Segen, und alle leben glücklich fort.»

Es folgte ein abgrundtiefer Seufzer.

«So ein dummes Geschwätz.» Gesine sah ihre Tochter streng an. «Dies ist kein Schäferspiel, sondern das Leben. Dieser junge Mann ist sehr reich. Er hat von seinem Vater mehr geerbt, als er jemals verspielen könnte. Der wird nicht daran denken, eine Komödiantin zu heiraten, egal wo sie geboren wurde, und all seine Zukunftsaussichten zunichte machen.»

Manon presste die Lippen aufeinander und schwieg. Sie war fünfzehn Jahre alt und noch nicht bereit, ihre

Träume gegen die langweilige Vernunft der Erfahrung einzutauschen.

Schließlich stand nur noch Helena auf der Straße vor dem Kaffeehaus. Sie fror, doch das merkte sie nicht. Immer noch starrte sie blind die Straße hinauf und frage sich, warum sie so wütend war. Sie hatte sich den Abschied schön vorgestellt, traurig, das wohl, aber doch voller guter inniger Gefühle, Umarmungen, süßer Tränen und Beteuerungen. Eben so, wie ein Abschied zwischen Menschen, die einander so eng verbunden sind, sein soll. So war es nicht gewesen. Es war ein Rummel gewesen, Gedränge, falsche Heiterkeit und Hektik. Jean hatte sogar die Gelegenheit genutzt, mit dem Konfitürenhändler – was hatte der klebrige Kerl überhaupt hier gewollt? – einen Sonderpreis für eine Lieferung Liqueur und englischer Marmeladen auszuhandeln.

Sie hatte Rosina noch so viel sagen wollen. Vor allem, dass sie sie liebe wie eine Schwester und alle Tage vermissen werde. Sie hatte sie auch um Verzeihung bitten wollen für manches unbedachte, verletzende Wort, für ihre Schroffheit während der ersten Monate. Gewiss hätte Rosina gelacht und gesagt: «Das ist so lange her, Helena, ich habe es längst vergessen.» Dennoch war es nötig, es wäre nötig gewesen, es zu sagen. Nun war es zu spät.

Rosina hatte versichert, sie werde zurückkommen. Helena bemühte sich, daran zu glauben, aber sie konnte es nicht. Alles war so schnell gegangen, nur wenige Tage lagen zwischen Gregors Eröffnung, Klemens Lenthe auf der Suche nach seiner Cousine zu sein, und ihrer Abreise. Zu wenige, um wirklich zu begreifen. Erst als Rosina in ihrer Reisekleidung aus der Kammer trat, Brot und Schinken einpackte und eines der Messer erbat, begriff Helena wirklich, was geschah. Selbst wenn Rosina zurückkehrte, würde sie nicht mehr dieselbe sein. Sie würde reich sein. War man nicht reich, wenn man einer solchen Familie entstammte und von ihr wieder aufgenommen wurde? Zumindest nicht mehr so arm wie sie, die Tag für Tag von der Hand in den Mund lebten, Jahr für Jahr hofften, genug einzunehmen, um die spielfreien Zeiten überstehen zu können. Die sich nicht leisten konnten, an Krankheit und Alter auch nur zu denken. Warum sollte eine so wohl versorgte Frau überhaupt zu den Komödianten zurückkehren? Von nun an gehörte sie auf die andere Seite des Theaters: eine elegant gekleidete, hinter einem Fächer verborgene Dame in einer der ersten Logen.

Ein vorsichtiger Sonnenstrahl drängte sich durch die Wolken und strich über Helenas Gesicht. Endlich löste sie den Blick von der Straße und blinzelte zum Himmel. Heute mochte sie nicht einmal die Sonne, so drehte sie sich um, öffnete energisch die Tür und stieg die Treppe hinauf. Es gab zu viel zu tun, um müßig herumzustehen. Gesine hatte es genau getroffen: Das hier war kein Schäferspiel, sondern das Leben. Das der Komödianten bedeutete ständig Abschied von Orten und Menschen. Akteure verließen ihre Gesellschaften, um mit anderen zu fahren, sie starben an der Schwindsucht oder am Fieber, ließen sich um einen Hungerlohn nieder oder verschwanden einfach ins Nirgendwo. Nun war Rosina verschwunden. So war es eben, das Leben.

Bald nachdem sie Hamburg passiert und ihre Pferde durch das Steintor auf den Weg durch die Marschen gelenkt hatten, erklärte Klemens Rosina, das Wasser werde für die Furt doch noch zu hoch sein, es sei sicherer, nach

Zollenspieker zu reiten. Bei dem kleinen Dorf wurden seit den frühesten Zeiten der Hanse Menschen, Pferde und Wagen über den Strom ins Hannöversche gerudert, in jedem Herbst auch Tausende von Ochsen auf der Trift aus dem Jütländischen nach Süden.

Sie erreichten den Anleger am späten Vormittag. Der Wind, der bei Sonnenaufgang böig aufgefrischt war, hatte sich wieder gelegt, die Elbe floss ruhig unter dem grauen Himmel. Vor dem behäbigen Fachwerkhaus, Gasthof und Zollstation in einem, warteten einige Reiter, eine Kutsche und ein zweispänniges Fuhrwerk. Seine Ladung war, verborgen unter einer Plane von geöltem Tuch, nicht zu erkennen.

Das Fährboot hatte gerade erst abgelegt. Der breite, flache Kahn mit einem Mast bewegte sich schwerfällig über den an dieser Stelle nahezu zweihundert hamburgische Ruthen breiten Fluss. Auch in dem Hafen am anderen Ufer, nicht mehr als einige gedrungene Gebäude und ein Anleger, warteten Wagen und Menschen auf die Überfahrt. Wer von Süden oder Westen, insbesondere auf der auch Hopfenkarrenweg genannten alten Hansischen Handelsstraße No. 1 über Lüneburg nach Norden und Osten reiste, fand hier die beste Möglichkeit, die Elbe zu überqueren. Der Weg über Harburg an der Süderelbe war um weniges kürzer, doch die Passage der Elbarme zwischen den Inseln hindurch in die Norderelbe und zum Hamburger Hafen konnte bei schlechtem Wind (oder betrunkenem Schiffer) anstatt der üblichen ein bis zwei mit etwas Pech vier, fünf oder gar sieben Stunden dauern.

Rosina sah der Fähre nach, die, von einer ganzen Anzahl von Männern gerudert und gestakt, ihren Weg ans andere Ufer suchte. Es würde eine Stunde dauern, ehe sie zurück war. Klemens, sonst ein unterhaltsamer Mensch, zeigte sich wie schon den ganzen Morgen wortkarg. Auch Rosina war nicht in der Stimmung für Plaudereien, so brachte sie ihr Pferd in das Gatter beim Zollhaus und schlenderte die wenigen Schritte zum Anleger hinunter. Trotz der großen Entfernung bis zum Meer senkte und hob der Gezeitenstrom den Pegel hier und noch bis zwei Meilen weiter stromaufwärts. Mit der einsetzenden Ebbe gewann die Strömung flussabwärts stark an Geschwindigkeit. Kein Elbschiffer, der nicht um die seltsamen Strömungsverhältnisse dieses Flusses gewusst und sie für seine Fahrt genutzt hätte.

Ein Floß aus Dutzenden von böhmischen Baumstämmen, mit jungen Fichtenstämmchen und -zweigen fest und doch beweglich miteinander verbunden, schob sich von Osten um die Biegung. Mit Sand und Grassoden notdürftig bedeckt, in seiner Mitte eine grob gezimmerte Hütte als Wohnung für die Flößer, sah es wie eine lang gestreckte schwimmende Insel aus. Rosina zählte sechs Männer, alle in schwarzen Hosen und Westen über weißen Hemden, auf den Köpfen dunkle, breitkrempige Hüte. Mit den vier baumlangen Holzrudern am hinteren Ende bugsierten sie das wohl fünfzig Fuß lange Floß, Gefährt und Ware zugleich, geschickt durch das schmale Fahrwasser. Auch einem Floß, flacher als jedes Boot, konnten die Sände zum Hindernis werden.

Vom Gasthaus klangen Stimmen herunter, und Rosina sah sich nach ihnen um. Ein Lakai im hagebuttenroten Rock, die Kniehosen so makellos weiß wie seine Perücke, kam aus der Tür und balancierte ein Tablett mit vier großen dampfenden Tassen zu der Kutsche. Ein zweiter öffnete den Schlag, doch bevor er seiner Herrschaft die Bouillon hineinreichen konnte, sprang eine zierliche Dame heraus, ohne auch nur zu warten, bis der Kutscher den Fußtritt ausklappen konnte, und hob, tief die frische Luft einatmend, das Gesicht gegen den Himmel. Sie mochte kaum dreißig Jahre alt sein. Ein voller Mund, eine kleine, ein wenig aufwärts gebogene Nase und lebhafte Augen unter weizenblondem, nach der neuesten Mode hoch aufgekämmtem, mit Seidenblüten geschmücktem Haar, gaben ihr eine eigenwillige Schönheit. Ihr geschmeidig fließender umbrafarbener Pelzumhang verhüllte sie bis zu den Knöcheln. Ohne auf die warnenden Worte zu achten, die ihr Begleiter ihr aus der Kutsche nachrief, sprang sie leichtfüßig wie ein Kind mit kaum gerafften Röcken über die Pfützen und lief zu der Terrasse am Hochufer.

Rosina war sicher, es nie zuvor gesehen zu haben, dennoch war etwas Vertrautes in diesem Gesicht und in der Leichtigkeit der Bewegungen, der Kraft und Heiterkeit, die sie umgab. Plötzlich war der Duft von Maiglöckchen in der Luft, nur ein Hauch, auch war das jetzt, in diesem kalten März, ganz und gar unmöglich. Aber er war da und öffnete eine Tür zu den Bildern eines längst vergangenen Sommertages.

Die Fenster des Musikzimmers waren damals weit geöffnet gewesen, Frühsommersonne fiel vom Garten auf die zierliche Frau auf der gepolsterten Bank vor dem Klavichord. Ihr Haar schimmerte wie Weizen kurz vor der Reife, eine weiße Seidenblüte rutschte aus der Klammer über ihrer Schläfe, glitt auf die Schulter und hinab zu Boden. Als sie sich bückte, um sie aufzuheben, fielen die duftigen Spitzen an ihren Ärmeln über ihre Hände und verströmten mit der Bewegung den feinen Geruch frisch erblühter Maiglöckchen.

Sie hob ihr lachendes Gesicht und sah ihre Tochter mit spöttisch gekrauster Nase an. «Diese dummen Blumen. Ich werde nie lernen, sie richtig festzustecken.» Sie ließ die Blüte mit einem Achselzucken in ihren Schoß fallen und vergaß sie umgehend. «Diese Zeile musst du zarter singen, Emma», fuhr sie fort. «Denke bei jeder Note daran: Es geht um den Frühling und um die Liebe, nicht um einen fetten Braten. Lass es uns gemeinsam versuchen. So sollte es klingen.»

Ihr Blick glitt über die Tasten und flog hinaus in die Sonne, während ihre Finger leicht die Töne anschlugen.

Das Mädchen, Emma, stand neben ihr. Sie war zierlich und blond wie ihre Mutter, doch ihr festeres Kinn, ihre widerspenstigen, nur mühsam gebändigten Locken vermittelten eine Entschlossenheit, die der Älteren fehlte. Sie lauschte konzentriert deren Spiel und fand, dass das, was sie hörte, sich kaum von dem unterschied, was sie gerade gesungen hatte. Aber sie wusste schon genug um die Kunst des Gesangs und die Feinheit des Ausdrucks, um ohne zu murren immer wieder zu üben. Sie liebte diese Stunden, umso mehr, als sie in den letzten Monaten selten geworden waren. Es bedurfte stets langen Bittens, bevor ihre Mutter bereit war, mit ihr zu singen. Auch zeigte sie ihr nicht mehr die Schritte, die Haltungen des Körpers, die aus einem Tanz mehr machten als gefälliges Herumschreiten. Sie sei nun dreizehn, hatte ihre Mutter erklärt, junge Damen erlernten den Tanz von einem Tanzmeister. Was der sie von da an lehrte, unterschied sich von den Tänzen ihrer Mutter wie ein frommer Choral von den Liedern über den Frühling und die Liebe.

Sein schmerzlich verzogenes Gesicht spiegelte deutlicher als der Widerstand ihres Körpers ihre Unlust an den strengen, bis in die geringste Haltung der Hände und Füße festgelegten Bewegungen und ermüdend komplizierten Schrittfolgen.

«Gib Acht.» Ihre Mutter hob auffordernd die Hand, als ein leichtes Räuspern in ihrem Rücken sie zusammenfahren ließ. Sie erhob sich rasch, trat ungeschickt auf die herabgleitende Seidenblüte und stellte sich vor ihre Tochter, als gelte es, sie zu verteidigen.

«Ich hatte nie daran gezweifelt, dass du meinen Wünschen nicht zuwiderhandelst, Karola. Dass du es tust, betrübt mich tief. Sehr tief.» Alexander Lenthe stand in der Tür zur Diele, den Reisemantel noch über dem Arm, sein Gesicht glich dem einer marmornen Darstellung des Ares. «Ich habe dir diesen Unterricht nicht aus Herrschsucht verboten, meine Liebe, sondern weil er für meine Tochter, für uns alle schädlich ist.»

«O nein, Papa.» Emma, die endlich begriff, warum die Stunden im Musikzimmer zur kostbaren Seltenheit geworden waren, die auch nun erst erkannte, dass diese Stunden stets mit der Abwesenheit des Hausherrn zusammenfielen, trat neben ihre Mutter. «Es ist gewiss nicht schädlich. Es ist ja kein Unterricht, sondern nur ein Zeitvertreib. Ich habe so sehr darum gebeten, Ihr dürft Mama nicht ...»

Seine erhobene Hand ließ sie gehorsam verstummen. «In einem hast du Recht, Emma: Dies ist kein Unterricht, sondern die Übung leichtfertiger Tändelei. In meinem Haus ein äußerst unpassender Zeitvertreib. Du bist zu jung, um das beurteilen zu können. Deine Mutter hingegen weiß das sehr wohl.»

Dann schickte er sie hinaus und schloss die Tür. Sosehr sie sich bemühte, verstand sie kein Wort von dem, was an diesem Nachmittag im Musikzimmer gesprochen wurde. Beim Abendessen fehlte ihre Mutter. Madame sei nicht wohl, entschuldigte sie ihre Zofe, wenn es erlaubt sei, werde sie ihr eine Bouillon und ein wenig weißes Brot bringen. Später, ihr Vater saß in seiner Bibliothek über den Aufzeichnungen seiner Reise, schlich Emma in den privaten Salon ihrer Mutter. Obwohl es ihr niemals verboten worden war, ausgesprochene Verbote waren im Haus Lenthe selten, hatte sie das Gefühl, etwas Unerwünschtes zu tun.

Karola Lenthe saß am Fenster und blickte in die heraufziehende Nacht. Sie wandte sich ihrer Tochter zu, bemühte sich um ein Lächeln und um einem heiteren Ton. Diese Lieder, erfuhr Emma nun, seien in der Tat leichtfertig, vielleicht unterhaltsam für ein Kind, ganz gewiss nicht für eine junge Dame. Wenn sie ein wenig älter sei, werde sie das selbst einsehen. Auch ihr Bruder werde schon bald viel mehr Freude an den Pferden und seinen Büchern haben als an Klavichord und Flöte, die wahrhaft keine männliche Beschäftigung böten. Es sei nicht gut für einen Knaben wie Botho, wenn er die Musik der Jagd und der Vorbereitung für sein Studium vorziehe. Gewiss, er sei noch ein Kind, aber das könne nicht früh genug beginnen.

Emma spürte, dass sie log. Sie verstand nicht, warum. Noch weniger verstand sie, warum ihre Mutter sich diesen unvernünftigen Befehlen ihres sonst so liebenswürdigen Gatten nicht zumindest ein wenig widersetzte.

Seit diesem Tag blieb das Musikzimmer verschlossen.

«Die Fähre ist gleich da!» Klemens kam, die Pferde am Zügel, den Weg zum Anleger herab, und aus Emma wurde wieder Rosina. Sie sah sich nach der Dame mit dem Maiglöckchenduft um, doch die war nirgends zu sehen. Sicher hatte sie wieder ihren Platz in der Kutsche eingenommen, die nun zum Anleger hinunterrollte. Am Ufer wurden die Pferde ausgespannt und das kostbare, schwarz polierte Gefährt von den Fährleuten und dem Kutscher mit Ächzen und Geschrei über breite Planken auf die Fähre geschoben. Erst beim zweiten Versuch trafen die Räder in die für sie vorgesehenen hölzernen Rinnen auf dem Boden des Bootes. Alle hatten die Kutsche verlassen, ein teuer gekleideter, nicht mehr ganz junger Herr, eine rotnasige, unerlässlich in geflüstertem Jammer die Hände ringende Zofe, ein noch kindlicher Page und zwei Lakaien. Welchen Grund mochte es haben, ausgerechnet die junge Dame bei diesem gefährlichen Manöver hinter den geschlossenen Vorhängen verborgen zu halten?

Schließlich waren Kutsche und Fuhrwerk sicher vertäut, auch die Pferde und Menschen an Bord, und die Fähre legte ab. Wegen der Strömung gelang es den Männern an den Staken und Riemen nur in einem weiten Bogen, das andere Ufer zu erreichen. Als Rosina, endlich wieder auf festem Grund, im Sattel saß, drehte sie sich noch einmal um. Danach, das hatte sie sich fest vorgenommen, wollte sie nur noch nach vorne sehen.

KAPITEL 10

SONNTAG, DEN 19. MARTIUS,
NACHMITTAGS

Claes Herrmanns warf Dreispitz und Reisemantel auf die Truhe in der Diele und lauschte. Das Haus war viel zu still. Nur aus der Küche hörte er Gemurmel und das Klappern von Topfdeckeln. Nun bearbeitete Elsbeth oder eines ihrer Mädchen das Hackbrett, eine junge Stimme lachte hell auf, dann war es wieder still wie zuvor. Selbst Topfdeckel und Hackmesser schwiegen.

Er war hungrig und durstig, die Versuchung, gleich in die Küche hinunterzusteigen, war groß. Wieder hörte er Lachen und Gemurmel, zarter Bratenduft stieg ihm in die Nase – dennoch, zuerst kamen die Geschäfte. Er knöpfte seinen Rock auf, lockerte die Halsbinde und stieg die wenigen Stufen zum Kontor hinauf.

Auch dort würde niemand sein, natürlich nicht, der Sonntag gehörte der Kirche und dem Vergnügen, doch die Post, die Christian stets während seiner Abwesenheit auf seinem Tisch bereitlegte, genügte. Es war ihm recht, nicht gleich begrüßt zu werden, nicht gleich tun zu müssen, was er sich für heute vorgenommen hatte. Der Tag war schön, Anne und Augusta würden im Garten sein. Das gab ihm Zeit, alles noch einmal zu bedenken.

Er war nach Rosinas Abschied nicht mit Anne, Augusta und Christian in den Neuen Wandrahm zurückgekehrt, sondern mit einer der Lotsgalioten zur Lotsstation nach

Cuxhaven und Ritzebüttel gefahren. Die Lotsen wünschten eine dritte Galiot, die die Admiralität und Kämmerei nur zu bezahlen bereit waren, wenn die Commerzdeputation als Vertreterin der Kaufmannschaft ein Drittel der Kosten übernahm.

Je mehr er sich von Hamburg entfernte, umso dringlicher erschien es ihm, sich mit Anne und Sophie auszusprechen. Wohl war er immer noch ärgerlich über Anne, die unvernünftig genug war, Sophies unerhörte Capricen nicht nur hinzunehmen, sondern sogar zu unterstützen. Doch er war sicher, es bedurfte nur eines langen vernünftigen Gesprächs, beide davon zu überzeugen, dass eine Scheidung für eine Herrmanns unmöglich war. Ganz und gar unmöglich.

Eigentlich hatte er von Cuxhaven weiter nach dem dänischen Helgoland segeln wollen. Die Helgoländer, allgemein als wildes, renitentes Volk bekannt, hatten schon den Bau der ersten Leuchtblüse vor hundertvierzig Jahren mit allen Mitteln bekämpft und schließlich erreicht, dass der Turm dunkel blieb. Weil der Funkenflug ihre Häuser bedrohe, hatten sie behauptet. Tatsächlich fürchteten sie, ein allnächtlich leuchtender Wegweiser würde tun, was er sollte, nämlich Schiffsstrandungen verhindern und sie damit um den größeren Teil ihrer Einnahmen bringen. Seit neunzig Jahren brannte nun wieder ein Kohlefeuer auf einem steinernen Turm, von Hamburg bezahlt und unterhalten – was nicht bedeutete, dass die Helgoländer in all den Jahren aufgegeben hätten. Immer wieder löschten sie das Feuer für ihre Strandräuberei, und erst kürzlich war der Hamburger Vertreter auf dem roten Felsklotz im Meer einer schweren, tatsächlich lebensbedrohlichen Attacke ausgesetzt gewesen. Nicht zum ersten und – so stand zu befürchten – nicht zum letzten Mal.

Doch nachdem er mit dem Amtmann von Ritzebüttel die zweite Flasche Bordeaux geleert hatte, sah er plötzlich seine Tochter vor sich, mit trotzig erhobenem Kopf und begleitet von seiner Frau auf dem Weg zum Rathaus, um die Scheidung von ihrem Ehemann zu beantragen. Er sah das Gesicht des Weddesenators, während Sophie ihm darlegte, der Grund für ihren Antrag sei böswilliges Verlassen. Hörte sie stolz versichern: Nein, nicht Martin Sievers habe sie, sondern sie ihn verlassen. Wegen Langeweile.

Kurz und gut: Claes Herrmanns bestieg am nächsten Morgen mit einem Lotsen das erste Schiff elbaufwärts. Wie auf der Hinreise waren ihm auch auf dem Rückweg Wind und Strömung günstig. Die Reise von Cuxhaven nach Hamburg konnte viele Tage dauern, schlimmstenfalls und bei ungünstigem Wind oder Nebel auch zwei oder gar drei Wochen; ihn kostete sie diesmal kaum anderthalb Tage. Niemand erwartete ihn so schnell zurück.

Die Fenster des Kontors waren fest verschlossen. Er atmete den vertrauten Geruch von staubigem Papier, Tinte, Honigwachs und kaltem Pfeifenrauch und ließ den Blick über die Postfächer, die Regale voller Geschäftspapiere, über die Tische der Lehrjungen und den seines Sohnes gleiten. Er nickte zufrieden. Es gab Kontore, in denen es aussah, als habe ein Sturm darin alles durcheinander gewirbelt. In seinem Kontor wurde trotz harter Arbeit niemals die nötige Ordnung und Gewissenhaftigkeit vernachlässigt.

Christian hatte als sein Vertreter die Siegel der neuen Schreiben geöffnet, den Inhalt zur Kenntnis genommen, das Eilige erledigt und die restlichen Bögen, nach den Postämtern ihrer Herkunft geordnet, auf seinen Tisch gelegt. Nur eines hatte er übersehen, das lag akkurat gefaltet und versiegelt in der Mitte des Tisches. Noch bevor Claes danach griff, erkannte er die kräftigen Züge der vertrauten Handschrift, und er begann zu frieren.

Annes knappe Zeilen verrieten nur das Nötigste. Sie bedauere, erklärte sie, diesen Schritt tun zu müssen, aber er sei unumgänglich. Sophie habe ihre Scheidung beantragt und beschlossen, die Stadt sofort zu verlassen, da man ihr ein langwieriges Verfahren mit ungewissem Ausgang avisiert habe. Es sei ihr unerträglich, während der gewiss Monate dauernden Prozedur zur Zielscheibe der Neugierigen zu werden. Zweifellos sei es auch in seinem, Claes', Sinne, wenn ihm seine Tochter diese Peinlichkeit erspare. Sophie lasse grüßen, Jules Braniff schließe sich dem an.

Ich hatte nur eine kurze Zeit zu überlegen, las er weiter. *Dennoch bin ich überzeugt, die richtige Entscheidung getroffen zu haben: Ich begleite deine Tochter. Es wird dich und die Zirkel in den Kaffeehäusern und Salons beruhigen, wenn sie chaperoniert wird, wie es die Schicklichkeit erfordert. Dir erlaubt mein Fortsein auch, dich von der Ehe, die, wie du sagtest, ein einziges Problem ist, zu erholen. Anne St. Roberts.*

Augusta Kjellerup saß im bequemsten Sessel ihres Salons und döste über den ersten Entwürfen für die Übersetzung von Holbergs *Der verwandelte Bauer*. Sie erkannte den Schrei ihres Neffen erst nach kurzem Erschrecken als den Ruf ihres Namens. So ließ sie sich keine Zeit, zu bedenken, ob er zornig oder entsetzt geklungen hatte, sondern eilte, ohne auch nur in ihre Schuhe zu schlüpfen, so schnell sie es vermochte die Treppe hinab. Leider war es nur eine Etage. An müden Tagen hatte sie sich oft gewünscht, die Treppe möge kürzer sein. Heute wünschte sie das Gegenteil.

Claes stand vor der weit offenen Kontortür, die Halsbinde geöffnet, den Brief in der erhobenen Hand, und sah ihr entgegen.

«Zorn», dachte sie enttäuscht, «eindeutig Zorn.»

Sie schob ihn energisch in das Kontor, befahl Elsbeth, die mitsamt ihren Mädchen mit erschreckten Augen an der Küchentreppe stand und heraufstarrte, den Rosmarinbranntwein zu holen, und verschwand ebenfalls im Kontor.

Er war wütend? Sie war es nicht minder. Augusta Kjellerupp hatte nach dem frühen Tod ihres Mannes und ihrer beiden Söhne viele Jahre allein in Kopenhagen gelebt. Sie war nach Hamburg zurückgekehrt, nachdem die erste Frau ihres Neffen gestorben und Sophie zu jung gewesen war, dem Haushalt vorzustehen. Mit der Rückkehr in die Stadt ihrer Kindheit und dem Einzug in das Haus ihres Neffen hatte sie manche Bequemlichkeit aufgegeben, sie hatte es gerne getan und nie bereut. Der turbulente Haushalt am Neuen Wandrahm entsprach viel mehr ihren Vorlieben als ihre komfortable Witwengruft, so hatte sie es ausgedrückt, in Kopenhagen. Sie hatte ihren Mann, von ihren Eltern bestimmt und von ihr als braver Tochter hingenommen, bald sehr geliebt. Sie liebte und respektierte auch den Sohn ihres Bruders. In diesen Tagen allerdings musste sie sich sehr um diese Liebe bemühen.

Er stand vor ihr, als habe sie sich an seinem Tafelsilber vergriffen, und hielt den Brief wie ein erboster Lehrer seinen Rohrstock. «Kannst du mir das hier, bitte!, erklären?»

Augusta zupfte ihr Brusttuch zurecht und setzte sich

auf einen der harten Lehnstühle. «Ich wäre dir dankbar, wenn du dich auch setztest. Mein Hals wird steif, wenn ich zu dir aufsehen muss. Wegen des Briefes solltest du nicht mich, sondern Anne fragen.»

«Anne ist nicht da, das weißt du sehr genau. Was hat das hier», wieder wedelte er mit dem schon ziemlich zerkrumpelten Papier herum, «das hier zu bedeuten?»

«Ich habe den Brief nicht gelesen, mein Lieber, also weiß ich auch nicht, was deine Frau dir geschrieben hat. Ich nehme aber an, dass sie sich darin verabschiedet. Das hat es zu bedeuten.»

«Verabschiedet? Was heißt das? Sie schreibt nur, dass sie mit Sophie und diesem verdammten Braniff fortreist. Um Sophie zu chaperonieren! So ein Unsinn. Als brauchte Sophie jetzt noch eine Anstandsdame. Von Anstand kann da keine Rede mehr sein. Wohin reisen sie? Und wann kommt sie zurück?»

«Das hat sie nicht erwähnt?» Augusta lehnte sich zurück, sie spürte plötzlich Genugtuung. Die Wohligkeit dieses Gefühls bereitete ihrem Gewissen nur eine winzig kleine Last. Die Tür öffnete sich, behutsam wie nie, und bevor Claes die Köchin unsanft fortschicken konnte, nickte Augusta ihr freundlich zu.

«Danke, Elsbeth. Stell das Tablett auf den Tisch, ich schenke uns selbst ein. Wenn es nötig ist.»

Die Tür schloss sich leise, und Augusta fuhr fort: «Ich kenne Annes Pläne nicht, es kann sein, dass sie sie selbst nicht genau weiß. Sophie wollte die Stadt so schnell als möglich verlassen, genauer gesagt, dein Haus. Sie kam in einer für sie sehr schweren Zeit zu dir, leider hast du nicht verstanden, ihr das Gefühl zu geben, dass das richtig war.»

«Was hätte ich denn tun sollen? Einfach ja sagen? Wunderbar, Sophie, wir sind alle sehr froh, wenn du dein Leben ruinierst!?»

Augusta schüttelte bekümmert den Kopf. «Ganz gewiss nicht, Claes. Du hättest dich nur bemühen sollen, sie zu verstehen. Ihr zeigen, dass du es zumindest versuchst. Du kennst deine Tochter. Sie war immer ein quirliges, vergnügtes Geschöpf Aber sie war niemals leichtfertig. Du kannst nicht wirklich glauben, ein solcher Schritt sei für sie nur eine Caprice.»

«Ach was, Augusta. Dieser Braniff hat ihr den Kopf verdreht, mit seiner eleganten Brigg, seinen dunkeln Augen und den Geschichten vom Meer. Sie ist ihm nachgelaufen wie ...»

«Hör auf! Kannst du denn immer nur Schuld zusprechen, und auch noch mit dem falschen Ziel? Er hat sie in Lissabon in einem jammervollen Zustand vorgefunden. Dennoch war er nicht gleich bereit, sie mitzunehmen. Er hat versucht, ihr die fatale Bedeutung ihres Wunsches deutlich zu machen. Er hat versucht, sie mit kleinen Ausflügen aufzuheitern, weil er hoffte, wenn sie zu ihrer alten Lebenslust zurückfände, würde sie bleiben. Schließlich hat er sie doch mitgenommen, sie sind dort genauso überstürzt abgereist wie hier. Ich weiß nicht, was geschehen ist, aber er betrachtet sich als Freund deines Hauses, ohne Zweifel zu Recht, also muss er einen sehr guten Grund gehabt haben.»

«Natürlich hatte er das. Einer wie er nimmt sich, was er schmackhaft findet.»

«Das ist ekelhaft, Claes. Ich werde mit dir nicht länger darüber reden. Du willst sowieso nicht glauben, wenn ich dir sage, dass er sie einzig nach Hause bringen wollte. Zu dir. In Sicherheit, wie er dachte. Ihre Fahrt hat vier Wochen gedauert, und erst unterwegs haben sie sich ineinander verliebt. Jedenfalls haben sie es erst dort bemerkt. Solche Dinge mögen für alle anderen unbequem sein, aber sie geschehen. Gott sei Dank. Gott solltest du auch für Sophies Mut danken. Aber es ist sinnlos, wenn ich dir davon berichte. Du hättest Sophie danach fragen sollen. Sie hat darauf gewartet und war – wie auch Captain Braniff – nur zu bereit, dir zu antworten.»

«Wann? Ich habe meine Geschäfte und Pflichten. Zuerst hat sie sich hinter einer Unpässlichkeit versteckt, dann konnte sie nicht auf meine Rückkehr warten. Du weißt, dass ich fortmusste.»

«Das weiß ich nicht. Der Ärger mit der Lotsstation und mit den Helgoländern geht schon Monate, wenn nicht gar Jahre. Ein oder zwei Wochen mehr hätten niemandem geschadet. Selbst wenn – deine Tochter kommt nach vier Jahren heim, in einer desparaten Situation, die Geduld und Liebe erfordert, den Schutz ihrer Familie, und dir sind deine Geschäfte wichtiger. Ich will dir noch etwas sagen, Claes. Du warst froh, reisen zu können, froh, alldem zu entkommen. Mit einfachen Worten: Du warst feige. Und dafür kannst du lange nach einem Schuldigen suchen, du wirst immer wieder nur bei dir selbst ankommen. Auch jetzt bist du feige. Du hältst dich mit der erneuten Flucht deiner Tochter auf, anstatt über deine Frau zu reden. Hast du das vergessen? Auch Anne ist geflohen. Was willst du unternehmen?»

Augustas Gesicht war so gerötet wie seines bleich. Beide schwiegen. Das Ticken der Uhr, das Zirpen einer Ammer vor dem Fenster – sonst war es still. Claes' Herz begann heftig zu klopfen. Diese Szene, diese schreckliche

Stille hatte er schon einmal erlebt. Erst vor wenigen Tagen.

«Es tut mir Leid, dass ich so deutlich werden musste», sagte Augusta. «Nein, das stimmt nicht. Es tut mir nicht Leid. Es bekümmert mich, aber es war notwendig. Anne ist schweren Herzens gefahren. Ich habe sie nie so verstört und mutlos erlebt. Vielleicht hätte sie es nicht getan, wäre da nicht diese Gelegenheit gewesen. Ich fürchte aber, Claes, ein wenig später hätte sich eine andere Gelegenheit ergeben, und sie hätte diese genutzt. Womöglich war ihre Abreise nicht richtig, ich weiß es nicht. Aber das ist völlig unwichtig. Wir tun eben nicht immer das Richtige, nicht einmal du. Anne ist alles andere als flatterhaft, wenn sie dieses Haus verlassen hat, dann hat sie Gründe. Du darfst sie damit nicht allein lassen, Claes. Du musst sie zurückholen.»

«Zurückholen? Wie stellst du dir das vor? Soll ich das bettelnde Hündchen auf ihrer Fährte spielen? Die ganze Stadt würde über mich lachen. Und sie hat nicht einmal geschrieben, wohin sie reisen wird.»

«Stell dich nicht dumm.» Augusta griff ärgerlich nach der Karaffe und schenkte sich ein Glas Branntwein ein, das zweite ließ sie ganz gegen ihre Gewohnheit leer. «Sie haben erst gestern Abend, kurz bevor der Baum vor die Einfahrt geschoben wurde, den Hafen verlassen. Die Ebbe setzte in den frühen Morgenstunden ein, also hat Braniff erst dann die Segel setzen lassen, um die Strömung zu nützen. Muss ich dir erklären, wie man die Elbe hinabsegelt? Sitze hier nicht trotzig herum, sondern beeile dich, ein Schiff zu bekommen und ihnen nachzufahren. Die frische Luft wird deinen Kopf endlich klären. Ich habe Anne nicht mit Fragen bedrängt, aber es ist doch unwahrscheinlich, dass sie ein anderes Ziel als London und darauf Jersey haben. Ganz gewiss will Anne endlich ihre Familie besuchen, du hast ihr diese Reise seit Jahren versprochen, hast du das tatsächlich vergessen? Vor allem aber: Braniffs Brigg ist nahezu ohne Ladung, ganz sicher muss er vor Blankenese oder Glückstadt Ballast aufnehmen. Wenn du ein schnelles Schiff bekommst, kannst du sie noch in der Elbmündung einholen.» Augusta ließ sich erschöpft zurücksinken. Sie würde nie verstehen, warum falscher Stolz und Eitelkeit die Kraft hatten, Glück zu zerstören. «Claes! So sage doch etwas.»

Claes sagte nichts. Er erhob sich, ging, die Hände hinter dem Rücken verschränkt, zum Fenster und starrte hinaus.

«Nein», sagte er schließlich gegen die Scheibe. «Nein, ich werde das nicht tun. Sie hat eine Entscheidung getroffen, für sich allein, wie sie es ständig tut. Ich verstehe das alles nicht, ich dachte, wir führten eine glückliche Ehe. Wenn sie will, dass ich ihr folge, hätte sie mir zumindest ihr Ziel nicht vorenthalten. Sie macht mich zu einem größeren Narren als Sophie ihren Mann. Maria», schloss er kalt, «hätte so etwas nie getan.»

Da gab Augusta auf. Es war keinesfalls gewiss, was Claes' erste Frau getan oder nicht getan hätte, diese Ausflucht in die weit zurückliegende Vergangenheit zeigte jedoch, dass er sich tief hinter seinem verletzten Stolz vergrub. Es war sinnlos, an die Liebe zu seiner Frau und an die Vernunft seiner Handlungen zu appellieren. *Noch* sinnlos, hoffte sie.

«Ich lasse dich jetzt allein, Claes. Wann immer du möchtest, bin ich für dich da.» An der Tür drehte sie sich noch einmal nach ihm um. Das Gefühl der Genugtuung hatte sie längst verlassen und war einer tiefen Verzagtheit gewichen. «Vielleicht glaubst du es jetzt nicht, Claes», sagte sie behutsam, «meine Worte mögen sich auch nicht so angehört haben, doch ich bin auf deiner Seite. Aus tiefem Herzen.»

Er nickte steif, ohne sie anzusehen. Sein Rücken war so gerade, dass er vor Anstrengung schmerzen musste.

Glückstadt, die kleine dänische Festung am nördlichen Ufer, duckte sich hinter ihren Mauern in die endlos flache Marsch. Die wenigen Masten im Hafen verrieten dessen Glücklosigkeit, die Rhin-Platte, eine mächtige Sandbank, versperrte größeren Schiffen die Einfahrt noch rigoroser als die Sände vor anderen Elbhäfen. Überall im Fluss lagen solche Barrieren, die ohne gute Lotsen schnell das Ende der Fahrt bedeuten konnten. Wer Pech hatte, lag trotz eines Lotsen tagelang vor Altona und Blankenese fest, bis die Flut endlich hoch genug auflief, um das Schiff darüber hinwegzuheben.

Die *Anne Victoria* hatte Glück gehabt und beide Barren ohne Aufenthalt passieren können. Da hatte Anne Herrmanns zum ersten Mal ein leises Bedauern über die reibungslose Fahrt gespürt. Nicht, dass sie es sich eingestanden hätte, aber es erforderte doch Kraft, es beiseite zu schieben. Nun würden sie bald Cuxhaven passieren, den Standort der Hamburger Lotsen, und wenn die Brigg sich schließlich zwischen den Inseln Vogelsand, Scharhörn und Neuwerk hindurchschob und die letzte, die Rote Tonne passierte, ging der Lotse von Bord und ließ sich, falls dort nicht schon ein anderes Schiff für die Fahrt flußaufwärts auf ihn wartete, von der Lotsgaliote nach Cuxhaven zurückbringen. Das war auch für sie die letzte

Möglichkeit, das Schiff zu verlassen und umzukehren. Es blieb nicht mehr viel Zeit, sie musste sich nun entscheiden. Aber gab es denn noch etwas zu entscheiden? Sie stand an der Reling, sah auf das vorbeigleitende Land, und erinnerte sich an die Fahrt, die sie im April vor vier Jahren das erste Mal auf die Elbe geführt hatte.

Damals war sie in entgegengesetzter Richtung gefahren, auch das hatte einer Entscheidung bedurft. Bis vor wenigen Wochen hatte sie fest daran geglaubt, dass die richtig gewesen war. Auch an jenem Sommertag hatte sie an der Reling gestanden, aufgeregt und unsicher, aber entschlossen, viel entschlossener als heute. Während sie damals voller Spannung die Veränderung der Flusslandschaft beobachtet hatte, den kaum sichtbaren Übergang vom Meer in die breite, von inselgroßen Sandbänken zerteilte Mündung des Flusses, das flache grüne Land, das im Norden erst kurz vor ihrem Ziel hinter dem plötzlich ansteigenden Hochufer verschwand, im Süden nach der Teilung des Flusses in Norder- und Süderelbe zu einem Labyrinth von saftig-grünen Inseln wurde. Da war von ferne schon die trutzige Umwallung der großen Stadt zu erkennen gewesen, und für einen schwachen Moment hatte sie sich doch gewünscht, flüchten zu können.

Auch heute hatte sie all das gesehen, wenn auch in umgekehrter Reihenfolge, dennoch hatte sie nichts davon wahrgenommen. Nicht die sanfte Insellandschaft im Fluss, nicht die von weißem Sand oder Schilf gesäumten Ufer mit den Mündungen kleiner Flüsse, die gedrungenen Kirchlein inmitten der weit verstreut liegenden Dörfer der Fischer und Bauern, nicht die noch winterlich kahlen Höhen, die sich hinter dem Fischerdorf Blankenese unversehens in die Marsch senkten. Auch nicht die Schiffe, die ihnen begegneten, und den Himmel, der immer höher schien, je mehr sich der Fluss zum Meer hin weitete.

Jules nahm sie nicht gerne mit, das wusste sie, aber er hatte auch nicht versucht, zu erklären, was für sie falsch oder richtig war. Hätte er versucht, ihr auszureden, mit ihm und Sophie zu segeln, wäre es vielleicht einfacher. Stärke entzündet sich stets am Widerstand. Als sie von einer Minute auf die andere beschlossen hatte, das Haus am Neuen Wandrahm zu verlassen, hatte sie gefürchtet, irgendjemand werde es zu verhindern wissen. Augusta oder Christian, schließlich Jules Braniff. Sie alle hatten sich wohl bemüht, sie zum Bleiben zu überreden, doch nicht sehr nachdrücklich. Seltsamerweise hatte sie das gekränkt. Als wären sie und ihre Ehe dieser Mühe nicht wert.

«Ich müsste alles tun, um dich aufzuhalten, Anne», hatte Augusta gesagt, «Claes' wegen und um zu verhindern, dass sein Haus zum Ziel des Gespötts wird. Wenn du aber wirklich glaubst, gehen zu müssen, werde ich dich nicht aufhalten. Weil ich fest von deiner Rückkehr überzeugt bin.»

Sie hatte nicht nach dem Warum gefragt. Dafür war Anne ihr dankbar. Es war so schwer, es zu erklären. Als sie Claes heiratete, war sie fünfunddreißig Jahre alt gewesen, schon lange eine alte Jungfer, und hatte gedacht, das Leben zu kennen. Ein fataler Irrtum. Wahrscheinlich war sie einfach nicht für die Ehe geschaffen. War es überhaupt möglich, so spät noch aus einem tätigen, verantwortungsvollen Leben, wie es das ihre bis dahin gewesen war, in die Rolle der versorgten und bedienten Gattin zu schlüpfen? In ein Leben, das ihr keine anderen Entscheidungen abverlangte als die Auswahl ihrer Garderobe oder

der Sonntagabendlektüre? Sie hatte sich immer wieder versichert, die Sehnsucht nach ihrer Insel und besonders nach ihrem Platz im St. Robertsschen Handelskontor sei nichts als die Sehnsucht nach vertrauten Gewohnheiten, die sie ablegen und durch neue ersetzen könne wie ein altes Mieder. Schließlich hatte sie etwas viel Besseres dagegen eingetauscht. Oder gab es etwas Besseres als die Liebe?

Und nun? War sie so schwach, dass sie fliehen musste, anstatt auszuharren und zu kämpfen? Das war das Problem: Sie wusste nicht wirklich, worum, und auch nicht, wie sie kämpfen sollte. In der ersten Zeit ihrer Ehe hatte sie sich stets zu Geduld ermahnt, wenn sie spürte, dass Claes ihren Gedanken nicht folgte. Wenn er nicht verstand, dass sie sich immer wieder fremd und ohne Aufgaben und Ziele fühlte. Im Gegensatz zu vielen seiner Freunde brüskierte es ihn nicht, wenn sie die engen Konventionen seiner Stadt verletzte. Das hatte sie als großzügiges Geschenk empfunden. Auch hatte sie nicht aufgehört, ihn zu lieben. Jedenfalls glaubte sie das. Nein, weggehen war letztlich keine Lösung. Dennoch musste sie es tun, selbst wenn er das erst recht nicht verstehen würde.

Womöglich ging sie nur, um zu prüfen, ob er sie zurückholen würde. Das klang nach dem Spiel eines trotzigen Kindes. Leichtfertig. Auch gefährlich. Sie war kein Kind, nicht einmal mehr eine junge Frau, der die Torheiten der Unerfahrenheit und Unbeständigkeit nachgesehen werden konnten. Ihre Aufgabe wäre es gewesen, energisch zu verhindern, dass Sophie abreiste, ohne sich mit ihrem Vater versöhnt zu haben. Stattdessen hatte sie die Gelegenheit genutzt, ihn auch zu verlassen. Ohne Grund, würde er sagen. Vielleicht hatte er damit Recht. Vielleicht waren ihre Wünsche und Sehnsüchte vermessen. War es im Alltag überhaupt möglich, einander nah zu sein und zu bleiben, ohne sich selbst zu verlieren? War es für eine Frau möglich?

«Du siehst nicht aus, als freutest du dich auf die Reise, Anne.» Eine schmale Hand schob sich unter ihren Arm, und sie sah in das trotz des frischen Windes blasse Gesicht ihrer Stieftochter. «Bereust du es? Aber nein», fuhr Sophie eilig fort, ohne Anne eine Gelegenheit zur Antwort zu geben, «natürlich tust du das nicht. Es wird eine wunderbare Reise werden. Ich war noch nie in London, wusstest du das? Und alle sagen, es sei eine phantastische Stadt, riesengroß und turbulent und gar nicht steif, und ich bin so froh, dass du uns begleitest, wirklich froh, und Jules sagt ...»

«Sophie!» Anne unterbrach den etwas zu munteren Redeschwall und legte fest ihre Hand auf die der Jüngeren. Die Hand war kalt, und plötzlich wusste Anne, dass es nicht nur richtig, sondern auch unbedingt nötig war, mit Sophie und Jules zu reisen. Vor allem mit Sophie. «Nein», sagte sie, «ich bereue es nicht, obwohl ich inzwischen denke, wir hätten uns ein wenig mehr Zeit lassen sollen. Unsere so überstürzte Abreise muss deinen Vater sehr kränken.»

«Glaubst du? Ich nicht. Er ist froh, mich so schnell wieder los zu sein. Ich bin ja nun die Schande der Familie. Das war doch das Einzige, was ihn interessierte. Hast du das vergessen? Und außerdem: Er hat mich auch gekränkt, und dich, da bin ich sicher, kaum weniger. Du kannst ihn ruhig in Schutz nehmen, aber ich kenne ihn gut. Und wer hat mich denn mit Martin verheiratet, wer ...?»

«Halt, Sophie. Nun tust du ihm Unrecht. Du selbst

warst so entschlossen, Martins Frau zu werden, dass er dich kaum hätte aufhalten können.»

«Das hätte er aber trotzdem getan, wenn Martin nicht so gut in seine Pläne gepasst hätte, wenn er irgendein armer Schreiber oder Prediger gewesen wäre.»

«Das mag sein. Aber er hätte eine sehr viel bessere Partie für dich finden können. Und was ist dagegen einzuwenden? Seine Pläne entsprachen den deinen. Alles schien sich glücklich zu fügen. Er wollte das Beste für dich, daran kannst du nicht zweifeln.»

Sophie starrte schweigend auf den Fluss, und Anne fuhr fort: «Für ihn ist das Beste nun mal ein sicheres, ehrbares Leben.»

«Und?», fuhr Sophie auf und zog ihre Hand unter Annes hervor. «Ist Jules etwa nicht aus einer guten Familie? Ist er nicht ehrbar?»

«Natürlich ist er das. Ich kenne ihn lange und beinahe so gut wie einen Bruder. Wäre ich nicht überzeugt, dass auch er nur das Beste für dich will, wäre ich nicht mit dir auf seinem Schiff.» Sie seufzte und verschränkte fröstelnd die Arme. «Es ist doch seltsam. Alle wollen das Beste, und allen wächst daraus Sorge und Streit.»

«Für mich nicht. Glaub mir, Anne, ich will auch das Beste für mich. Aber ich will nicht, dass andere entscheiden, was das ist. Ich habe selbst entschieden, weil ich am besten weiß, was für mich richtig ist, und so ist es gut.»

«Ja.» Anne nickte, auch wenn es aussah, als lasse sie nur den Kopf hängen. «Du hast sicher Recht. So wird es gut sein.» Und ich hoffe, fügte sie in Gedanken hinzu, es wird gut bleiben. Gut genug, um am Ende – irgendwann – die Streitereien zu bereinigen.

«Und jetzt», Sophie bemühte sich, allen Groll wegzuwischen, «wird der Tee fertig sein. Kommst du mit?»

«Ja, natürlich. Tee ist jetzt wunderbar. Aber geh schon voraus, Sophie, ich komme gleich nach.»

«Ach, Anne», Sophie hatte die sprudelnde Begeisterung über ihr Abenteuer schon wieder gefunden und umarmte Anne wie eine bekümmerte Freundin, «du machst dir zu viele Sorgen. Hör einfach auf zu grübeln. Mein Vater ist wohl ein bisschen verknöchert, was in seinem Alter ganz normal ist, aber er ist weder dumm noch der unempfindsame Rechenkünstler, als der er sich gerne gebärdet. So ein kleiner Schrecken kann ihm nur gut tun. Er wird dich furchtbar vermissen, und dann wird er dir folgen und dich heimholen, und alles wird wunderbar, und ... Na ja, vielleicht auch nicht. Dann hat er selbst Schuld. Wir machen uns ein vergnügtes Leben, und er hat das Nachsehen.» Damit flatterte sie über das Deck davon und verschwand in der Kapitänskajüte.

Sicher hatte Sophie ihre Beschwörung dieser blühenden Zukunft gut gemeint, wie alle wollte ja auch sie das Beste, natürlich und großzügig, wie sie war, doch nicht nur für sich selbst. Ihr fröhliches Resümee «und er hat das Nachsehen» verwandelte sich in Annes Kopf jedoch umgehend in «und *wer* hat das Nachsehen?», was direkt in die nächste Grübelei führte und sie ihre unruhige Wanderung über das Deck wieder aufnehmen ließ.

«Es gibt kein besseres Brautgeschenk», drang eine leise Stimme in ihr Bewusstsein. «So was find'st du nicht nochmal.» Eine zweite antwortete, noch leiser, sodass Anne die Worte nicht verstand. «Nimm's in die Hand», drängte wieder die erste. «Merkst du, wie schwer das Ding ist? Das ist kein Blech, das ist richtiges Silber.»

Sie war nahe dem Großmast an der Reling stehen geblieben und hatte die Männerstimmen schon eine ganze Weile miteinander wispern gehört. Aber sie waren zu leise und schienen auch nicht wichtig genug zu sein, um Annes eigene Gedanken zu übertönen. Nun hatte doch etwas ihre Aufmerksamkeit geweckt, irgendein Wort. Sie drehte sich um, aber da war niemand. Natürlich waren viele Männer auf dem Schiff, auch einige an Deck und in den Takelagen, aber die konnten es nicht sein. Jetzt sprach wieder der andere, der leisere. Es klang ganz nah, die beiden konnten also nur hinter dem vertäuten Beiboot nahe dem Großmast sitzen. Und dort entdeckte sie sie auch. Sie hockten, ihr die Rücken zugewandt, neben einem Segeltuchhaufen. Der linke, ein kleiner drahtiger Mann mit kräftigen Schultern, musste der Segelmacher sein. Niemand sonst an Bord hatte so abstehende Ohren an einen völlig kahlen Kopf. Den hielt er vorgebeugt, zwei weiße Linien liefen quer über seinen wettergegerbten Nacken. Er sprach mit der leiseren Stimme. Der andere, ein noch junger Mann mit hellem Haar, sah den Segelmacher an und wandte ihr so sein Profil zu. Ihn kannte sie nicht. Jedenfalls zeigte er keine Merkmale, die ihr schon jetzt, nach einem Tag an Bord, erlaubt hätten, sich an ihn zu erinnern.

«Überleg's dir», sagte der Hellhaarige, das Leisesprechen vergessend, «aber nicht bis Dover. Da hat es längst ein anderer, das ist ja 'ne echte Gelegenheit. Aber wenn du das nicht siehst ...» Er griff nach etwas, das der Kahle vor seinem Körper, vor Annes Blick verborgen, in den Händen hielt und immer noch unschlüssig betrachtete.

«Nicht so schnell», rief der Kahle, «ich muss es doch erst genau ansehen.» Dabei streckte er die geschlossene

Faust hoch, der andere versuchte danach zu greifen, und plötzlich fiel etwas matt und silbrig Schimmerndes auf das Deck, rutschte über die Planken und landete vor Annes Füßen.

Schnell bückte sie sich und hob es auf. Obwohl sie es nur als Zeichnung gesehen hatte, erkannte sie sofort die eckige Form, die beiden Tauben und das Herz. Auf der Rückseite hatte der Goldschmied in winzigen Buchstaben ein A und ein H eingeritzt. Der Handel, über den die Männer sich nicht einig werden konnten, ging um den silbernen Kettenanhänger der Toten aus der Elbe. A und H, Anna Hörne.

SONNTAG, DEN 19. MARTIUS, ABENDS

Die erste Nacht ihrer Reise hatten Rosina und Klemens in einer kleinen Herberge eine Meile hinter Lüneburg verbracht. Obwohl es noch eine gute Stunde bis zum Einbruch der Dunkelheit gedauert hätte und Klemens lieber weiter geritten wäre, hatte er schnell nachgegeben. Rosina war so lange Ritte nicht gewöhnt, und wenn sie den nächsten Tag durchstehen sollte, brauchte sie nun schon eine Rast. Es werde Tag um Tag besser gehen, versicherte sie ihm, er hatte genickt und die Pferde in den Stall geführt.

Die Herberge erinnerte Rosina an ihre erste Nacht mit den Komödianten. Sie war grau und düster wie dieses ganze matt gehügelte Land, durch das sie von nun an ritten. Es wurde «die Heide» genannt, doch zu dieser Jahreszeit gedieh hier nicht einmal dieses anspruchslose Kraut. Das Land schien wie von einem räudigen graubraunen Fell überzogen, selbst der Sand, der an etlichen Stellen hervorsah, war zumeist grau, und die kleinen notdürftig aufgekratzten Äcker, auf denen die wenigen Heidekätner Buchweizen zogen, sahen ebenso kärglich aus wie deren Hütten. Mattgrüne Inseln von krüppeligen Kiefern und kaum kniehohen Büschen von Schwarzer Krähenbeere stachen als Einzige aus dem Grau hervor. Der Himmel über dieser Wüstenei, auch er grau und kalt, zeigte seine ganze bedrohliche Endlosigkeit.

Mit der Beckerschen Gesellschaft war sie diese Straße nie gefahren. Sie schlugen stets bei Lüneburg den belebteren Weg nach Magdeburg ein, so wie Klemens es auch für diese Reise geplant hatte. Auf der Lüneburger Poststation jedoch hatte ein Brief auf ihn gewartet, eine Nachricht, die verlangte, über Braunschweig und Wernigerode zu reiten. In einer seiner Minen hatte es einen Wassereinbruch gegeben, die Schöpfwerke versagten, kurz: es waren Entscheidungen zu treffen, die seine Anwesenheit erforderten. Er hatte gelächelt und gesagt, sie brauche sich nicht zu sorgen. Er sei mit dem Weg vertraut, und diese Route werde kaum mehr Zeit kosten, umso weniger, als sie nicht über den Harz, sondern nur am Nordrand des Gebirges reiten müssten.

Am Freitagmorgen war er wieder der, als den sie ihn kennen gelernt hatte: freundlich, rücksichtsvoll und zuweilen unterhaltsam. Solange die Straße es erlaubte, ritt er neben ihr. Zwangen Schlammlöcher sie auf den Weg durch das Gestrüpp, ritt er nicht, wie es die Artigkeit auf einem unsicheren Pfad erforderte, voraus, sondern folgte ihr, sodass sie die Geschwindigkeit bestimmen konnte.

Je länger sie ritten, umso dankbarer war sie Claes Herrmanns für seinen Fuchs. Der war tatsächlich ein großes

Pferd, doch von sanftem Naturell und unermüdlich. Nur einmal, am Morgen des dritten Tages, warf er sie beinahe ab. Sie ritten immer noch über die Heide, doch die Ödnis war nun schon von Grasinseln und windschiefen Birken unterbrochen. Als sie einen Bach durchquerten, leuchteten an dessen Ufern in gelben Tupfern der erste Huflattich, das fleischige Grün der Sumpfdotterblumen, und die bleierne Stille wurde von zaghaftem Vogelgesang unterbrochen. An diesem zweiten Morgen also, nahe den feuchten Niederungen um Gifhorn, erschrak der Fuchs so sehr, dass er plötzlich mit zornigem Wiehern stieg, mit der Hinterhand ausschlug, mit einem großen Satz vorwärts sprang und wie von Furien gehetzt über den Morast jagte. Sie wusste später nicht, wie sie sich im Sattel gehalten, wie sie ihn wieder beruhigt hatte, aber es war gelungen, und nachdem sie dieses Abenteuer bewältigt hatte, der Anlass konnte nur der Stachel einer trotz des kalten Wetters zu früh ausgeschwärmten Biene gewesen sein, fühlte sie sich im Sattel immer sicherer und wohler.

Rosina hatte erwartet, auf dem langen Ritt über das einsame Land würden die Erinnerungen an jene schrecklichen Tage wie eine Flutwelle heranrollen. Doch erst am Sonntagabend, als sie das nach dem harten Winter zögernd ergrünende Braunschweiger Land erreichten, als Klemens sich wieder hinter Schweigsamkeit verbarg, waren sie plötzlich da.

Damals ritt sie eine kleine ungarische Stute, ein temperamentvolles, ganz und gar kastanienbraunes Tier. Es geschah an dem Tag, an dem sie begriff, dass das Musikzimmer tatsächlich verschlossen blieb. «Natürlich bleibt es das», erklärte ihr Vater, «ich habe es doch gesagt. Hältst du mich für wankelmütig?» Sie bat um nur eine

Stunde am Tag. In der Woche. Oder wieder im Winter? Wenn es Winter wurde, gehört das Musizieren doch zu den langen Abenden, und wenn das Christfest kam …

Er strich ihr über den Kopf, sah lächelnd auf sie herab und sagte nein. Einfach nur nein. Dann verschwand er in seiner Bibliothek.

Was blieb ihr nun noch? Der Stickrahmen, die Bibel, Spaziergänge unter dem Sonnenschirm, Tanzlehrerqualen. Für Botho sei die Jagd besser als die Musik? Warum nur für ihren Bruder, warum nicht auch für sie? Wollten sie ihr auch noch das Reiten verbieten?

Sie rannte hinaus in den Hof und in den Stall, befahl dem Pferdejungen zu satteln, nein!, nicht den Damensattel, und preschte, kaum dass die Gurte festgezogen waren, davon.

Sie hörte ihren Namen rufen, aber sie wollte nichts hören, nichts als das Trommeln der Hufe ihrer Stute. Auch nicht den leichteren Klang anderer Hufe hinter ihr. Wieder rief jemand ihren Namen. Das war eine Jungenstimme. Bothos Stimme? Es kümmerte sie nicht. Sie jagte die Stute über das niedrige Gatter am Ende des Parks und ritt und ritt und ritt.

Als sie zurückkehrte, dämmerte es, und die Zeit der Abendmahlzeit war schon vorüber. Ein kleiner schwarzer Einspänner stand auf der Auffahrt vor dem Portal, und sie dachte erleichtert, ein Besucher werde ihr eine Frist gewähren, bevor sie sich, schmutzig, mit zerrissenen Röcken und schweißnass, der Strafpredigt ihres Vaters stellen musste.

Doch niemand beachtete sie. Der Besucher war der Physikus. Er hatte vergeblich auf sein müdes Pferd eingeschlagen. Als er das Lenthesche Haus erreichte, lebte

Botho nicht mehr. Einer der Gärtner hatte ihn gefunden. Er lag im Gras neben dem Gatter am Ende des Parks, sein Pony graste nur wenige Schritte entfernt. Botho war ein schüchternes Kind und ein ängstlicher Reiter gewesen. Niemand konnte verstehen, warum er versucht hatte, mit seinem kleinen dicken Pferd über das Gatter zu springen.

In all den Jahren ihres Wanderlebens war es Rosina gelungen, die Erinnerung an den Tod ihres Bruder fest zu verschließen. Sie dachte wohl an ihn, hin und wieder, wenn sie ein Kind sah, das ihm glich, eine Stimme hörte, die seiner ähnlich klang. Besonders in den ersten Jahren. Und manchmal, wenn sie müde und bedrückt erwachte, glaubte sie noch für einen Moment seine Gegenwart zu spüren. Aber mit der Zeit waren die Bilder in ihrem Kopf verblasst, und da sie sich seit jenem Herbst kaum mehr an ihre Träume erinnerte, begegnete sie Botho auch in ihren Nächten nicht mehr.

An diesem Abend fürchtete sie sich vor dem Schlaf, vor den Bildern, die in der Dunkelheit auf sie warten würden. Doch da waren keine, und das Kinderlachen, mit dem sie am nächsten Morgen erwachte, kam nicht aus den dunklen Räumen ihrer Vergangenheit, sondern aus dem Hof des Gasthauses unter ihrem Fenster. Ein fröhliches Lachen, das ihr endlich erlaubte zu weinen.

MONTAG, DEN 20. MARTIUS, VORMITTAGS

«Kaffee», piepste Jensen, «mit Kardamom. Wie immer.» Mit routiniert beflissener Ergebenheit stellte er Tasse, Zucker und Sahne vor seinen Gast, eilte zurück hinter seinen Schanktisch und betrachtete Claes Herrmanns aus sicherer Entfernung. Eigentlich gehörte der zu den unkomplizierten Besuchern seines Kaffeehauses. Er bestellte immer dasselbe, brachte nur selten unangenehme Gesellschaft mit und behandelte Jensen nicht schlechter als seinen eigenen Diener. Vor allen Dingen erlaubte er sich nie rüde Scherze auf Kosten des Kaffeehauswirtes, was bei etlichen anderen Herren gang und gäbe war.

Dennoch, es gab Tage, da ging man Monsieur Herrmanns besser aus dem Weg. Tage wie diesen, das hatte Jensen gleich gesehen. Er kannte sich in den Gesichtern der Menschen aus. Monsieur Herrmanns hatte nicht einmal nach dem *Altonaischen Mercurius* oder der *Times* verlangt, sondern saß einfach da und starrte mit dem Grimm eines Steuereinnehmers auf seinen Kaffee. Und das zur Börsenzeit! Mit einem Kaufmann, der seine kostbarsten Stunden so leichtfertig vertat, *musste* etwas nicht stimmen.

Natürlich stimmte etwas nicht im Hause Herrmanns. Jensen hatte das gleich gedacht, als Persching erzählte, Madame Herrmanns habe mit Madame Sievers auf der englischen Brigg die Stadt verlassen. Verwandtenbesuche! So plötzlich? Und überhaupt: Sophie Sievers war gerade erst aus Lissabon angekommen. Wieso reiste sie so schnell wieder ab? Und dann auch noch mit der gleichen Brigg? Deren Ladung konnte unmöglich schon gelöscht sein, von neuer gar nicht erst zu reden. Persching hatte auch erzählt, der Kapitän sei ein Jugendfreund von Madame Herrmanns, und was von Jugendfreuden zu halten sei, wisse man ja. Besonders bei Engländern und Franzosen, und Madame Herrmanns sei halb Engländerin *und* halb Französin. Nein, bei den Herrmanns' stimmte etwas ganz und gar nicht. Manche betranken sich in diesem

Zustand, das war unbequem, aber wenigstens gut für die Kaffeehauskasse. Herrmanns gehörte leider nicht zu dieser Sorte. Er beschränkte sich darauf, schlechte Laune zu verbreiten.

«Jensen», rief Claes Herrmanns, «bring mir einen Port. Und den *Mercurius.* Und *beides* sofort.»

Es musste schlimmer sei, als Jensen gedacht hatte. Er kannte Claes Herrmanns seit vielen Jahren, Port am Vormittag – so etwas hatte es bei ihm noch nie gegeben.

Das fiel Claes Herrmanns auch ein, als die kleine Karaffe vor ihm stand. Trotzdem. In diesen Tagen erlebte er ja auch sonst vieles, was es nie zuvor gegeben hatte. Er leerte das erste Glas mit einem Zug und schenkte sich nach. Er konnte sich nicht daran erinnern, wann er das letzte Mal zu viel getrunken hatte. Das würde er auch heute nicht tun, obwohl ihm die Vorstellung außerordentlich gefiel. Der Wein schmeckte klebrig, doch er empfand die schwere Süße als tröstlich. Aufseufzend griff er nach dem *Mercurius* und überflog die wenigen Seiten, allerdings ohne eine einzige Zeile wirklich zu lesen.

Auf seiner Rückreise von Cuxhaven musste er Braniffs Brigg begegnet sein. Hätte er nach ihr Ausschau gehalten, vielleicht hätte er Anne an der Reling stehen sehen. Aber das hatte er versäumt. Immerhin konnte Augusta nicht behaupten, er habe sich geweigert, seiner flüchtenden Frau zu folgen. Gleich am Morgen war er zum Hafen gegangen und hatte an den Anlegern, sogar beim Wasserschout gefragt, welche Schiffe heute oder morgen mit dem Ziel London ausliefen. Es waren nur zwei gewesen, ein Holländer und ein Portugiese. Keines war für ihn infrage gekommen. Niemand konnte von ihm erwarten, auf diesen Seelenverkäufern zu reisen. Außerdem würden sie nicht schnell genug sein, die Brigg einzuholen, selbst wenn Braniff sich damit aufhalten musste, Ballast zu laden. Sollten sie doch reisen, seine Frau und seine Tochter, mit diesem Freibeuter und ohne sich von ihm zu verabschieden, ohne zu bedenken, wie sie damit dem Ruf der Familie schadeten. Wenn das der Dank für das gute Leben war, das er ihnen ermöglichte – sollten sie doch reisen.

Bevor er mit der bedauernswerten Tatsache hadern konnte, dass Frauen eigenes Geld besitzen durften, einige tatsächlich welches besaßen und damit auch noch taten, was ihnen beliebte, retteten ihn Gelächter und Rufe nach dem Wirt aus seinen Gedanken. Die Börsenzeit war vorüber, das Kaffeehaus füllte sich schlagartig. Er hatte im um diese Zeit nahezu leeren Kaffeehaus nur schnell seinen Kaffee trinken und dann ins Kontor zurückkehren wollen. Er spürte nicht die geringste Lust, sich angaffen oder gar ausfragen zu lassen. Nun war es zu spät. Wenn er jetzt ging, würden es alle als Flucht ansehen. Er warf die Zeitung auf den Tisch, lehnte sich zurück und sah den Männern trotzig in die Gesichter.

Er kannte sie alle, Jahr um Jahr traf er sie Tag um Tag an der Börse oder im Hafen, auf den Promenaden an der Alster oder auf den Wällen, viele auch in ihren Salons und in den besseren Gasthäusern. Er traf sie in den Gottesdiensten wie bei Auktionen, Konzerten oder im Rathaus. Selbst wenn er die Namen einiger der Männer nicht erinnerte, so wussten doch alle den seinen. Auch heute grüßte ihn jeder, niemand, der es wagte, ihn zu übersehen, aber auch niemand, der sich zu ihm an den Tisch setzte. Als habe er ein gemeines Fieber. Schließlich kamen Christian und Bocholt. Er winkte seinem Sohn und seinem alten Freund seit Lateinschulzeiten, als fürchte er, auch sie könnten den Platz neben ihm meiden.

«Du warst schon wieder nicht an der Börse», schalt Bocholt zur Begrüßung und setzte sich mit seiner üblichen missbilligenden Miene Claes gegenüber. «Wenn du so weitermachst, ist dein Sohn bald der Herr in deinem Haus. Christian ist ja tüchtig, aber für das Altenteil bist du noch zu jung.»

«Natürlich ist er das», sagte Christian, der einige Freunde begrüßt hatte, bevor er nun neben seinem Vater Platz nahm. «Und Ihr irrt, wenn Ihr glaubt, dass er daran auch nur denkt. Vater war wegen der Lotsen unterwegs, und warum sollten zwei Herrmanns' zur Börse gehen?»

Das klang sehr munter und selbstbewusst, umso befremdlicher fand es Bocholt, dass Christian nach diesen Worten plötzlich in sich zusammensackte und den Kopf tief über den Tisch beugte. Es nützte nichts. Der Anlass dieses seltsamen Verhaltens, ein junger Mann, blass, dünn und bis auf die grauen Wadenstrümpfe von Kopf bis Fuß schwarz gekleidet, hatte ihn schon entdeckt und drängte sich an den Männern vorbei. Ludwig Strabenow hatte mit Christian die Lateinschule am Johanneum besucht, sie waren dennoch keine Freunde geworden, was nicht nur daran lag, dass Strabenow die Klassen erheblich schneller absolvierte als der älteste Herrmannssohn. Als einer, der tadellos auswendig lernte und in all seinen Schuljahren nur ein einziges Mal auf der Eselsbank schmoren musste, natürlich völlig zu Unrecht, war er der Trost seiner Lehrer und die Plage seiner Mitschüler gewesen. Inzwischen hatte er in Göttingen studiert und drei Jahre im Hamburger Kontor in Genua absolviert. Der alte Strabenow war einer der bedeutenderen Makler in der Stadt, aber eben doch nur ein Makler. Er hatte seinem Sohn, der ihm doch nur in seinem Beruf folgen sollte, das Studium generale erlaubt und galt deshalb allgemein als äußerst exaltiert. In Genua allerdings, so hatte Christian mit heimlicher Freude gehört, hatten sich nicht nur Ludwig Strabenows Sprachkenntnisse, sondern auch sein Verhandlungsgeschick als so mangelhaft erwiesen, dass ihm mehr als ein gutes Geschäft durch die Lappen gegangen war.

«Jetzt erzähl doch mal», sagte Bocholt, kaum dass Strabenow sich gesetzt hatte. «Deine Frau kennt doch diese Tanzmamsell so gut. Ich meine diese Komödiantin, von der die Leute jetzt sagen, sie ist gar keine, du weißt schon, was ich meine. Nun soll sie plötzlich eine Comtesse sein, und ihre Familie, also, ich weiß nicht, das klingt mir doch alles nicht ganz ordentlich. Wo ist ihr Vater denn Graf? Stimmt das überhaupt alles, oder ist das nur mal wieder so ein dummes Geschwätz? Heutzutage gibt es ja mehr Grafen als Hütejungen, aber so eine kann doch keine Gräfin sein.»

Claes war bei den Worten ‹nun erzähl doch mal› und ‹deine Frau› erstarrt. Nun fühlte er zum ersten Mal in den mehr als vier Jahrzehnten ihrer Freundschaft das Bedürfnis, Bocholt zu küssen. Was natürlich ein noch größerer Skandal gewesen wäre als Sophies Scheidung. Der Gedanke erheiterte ihn seltsamerweise, und die Männer an den Nachbartischen flüsterten, so schlecht könne es um die Herrmannssche Ehe wohl doch nicht stehen, wenn Claes hier sitze und vor Vergnügen grinse wie ein Hanswurst. Wobei sie sich nicht einigen konnten, ob ihm womöglich gerade die Abreise seiner Frau guten Grund dazu gebe.

«Das mit der Gräfin ist wirklich Geschwätz, Bocholt», begann Claes eifrig. «Wobei ich zugeben muss, dass ich Rosinas Familienverwicklungen nicht ganz durchschaue. Sie gehört nicht zu den Schwatzhaften, was in diesem Fall durchaus zu bedauern ist, denn es ist doch eine sehr hübsche Geschichte. Fast wie vom Theater. Ich bin sicher, ihr Prinzipal wird etwas daraus machen. Tatsächlich kommt sie aus einer vornehmen sächsischen Familie.» (Er sah keinen Grund, Bocholt zu erzählen, dass ihre Mutter Sängerin an der Hofoper gewesen war und nur die väterliche Seite der allgemeinen Vorstellung von vornehm entsprach.) «Irgendwann ist sie durchgebrannt, leider kann ich dir nicht sagen, warum. Ich weiß nur, dass es bald nach dem Tod ihrer Mutter war. Wir hatten keine Gelegenheit, mehr als ein paar Worte mit ihr zu sprechen. Sie ist ja sehr schnell mit ihrem Cousin abgereist.»

«Ihr Vater hat sie also tatsächlich suchen lassen? Obwohl sie mit den Fahrenden rumgezogen ist, will er sie zurückhaben?»

«Es scheint so. Jedenfalls hat er seinen Neffen beauftragt, sie zu suchen, und der hat sie schließlich in Altona gefunden. Ihr Vater wusste nicht, wo sie war, ob sie überhaupt noch lebte, aber er hatte wohl angenommen, dass sie bei Komödianten sein müsste. Alles sehr seltsam, zugegeben, aber das erklärt immerhin, warum sie ein bisschen anders als andere Komödiantinnen ist.»

«Anders. Das stimmt. Sie soll ja auch nicht die Postkutsche genommen haben, wie es normale Leute tun, sondern reiten. In Männerkleidern.»

«Auch das stimmt.» Claes wurde immer vergnügter. Er fand es geradezu beflügelnd, über die Skandale anderer Familien zu reden. «So kommen sie am schnellsten vorwärts. Und am sichersten. Monsieur Lenthe, ihr Cousin, hat berichtet, auf der Route nach Leipzig seien in diesem Frühjahr besonders rabiate Räuberbanden unterwegs. Aber die Straße über Magdeburg ist fast so belebt wie die nach Lübeck, da wird sich das Gesindel kaum trauen zuzuschlagen und sich lieber auf düsterere Wege verziehen.»

«Klemens kennt die Route», ergänzte Christian. «Er hat gesagt, dort reisten jetzt viele mit bewaffneten Eskorten, es sei leicht, in deren Schutz mitzureiten. Ich finde es sehr ehrenhaft, dass er seinem Onkel und seiner abtrünnigen Cousine so viel seiner Zeit widmet. Er hat einen großen Besitz zu verwalten, sein Vater hat ihm eine Silbermine und wohl noch etliche Anteile an zwei oder drei anderen hinterlassen. Weiß der Himmel an was für welchen, der Harz ist ja immer noch voll von außerordentlich ertragreichen Minen.»

«Klemens?» Ludwig Strabenow hatte der Debatte über die ihm völlig unbekannte Komödiantin mit gediegener Gelangweiltheit zugehört und beugte sich nun mit plötzlich entzündetem Interesse vor. «Klemens Lenthe?»

Christian nickte. «Kennst du ihn?»

«Ich bin nicht sicher, ob es der ist, von dem du sprichst. Ich kenne jemanden mit diesem Namen. Er hat zur gleichen Zeit wie ich in Göttingen studiert.»

«Das muss er sein. Er war dort an der Universität, bis vor ein oder zwei Jahren, glaube ich.»

Strabenow sagte «Hmhm» und «Soso» und lehnte sich wieder zurück.

«Was ist los, Ludwig? Nun erzähl schon.»

«Da gibt es nicht viel zu erzählen. Außerdem fürchte

ich eine Verwechselung. Man sollte sich immer hüten, falsches Zeugnis abzulegen.»

Christian faltete fest die Hände. Es sah aus, als zerquetsche er einen Käfer zwischen den Ballen. «Natürlich, Ludwig, das sollte man unbedingt. Aber du musst ja nicht auf die Bibel schwören, und ob es eine Verwechselung ist, erfahren wir nur, wenn du uns erzählst, was du weißt.»

«Nun», sagte Ludwig, bedachte sich einen Moment, der ausreichte, ihm alle Aufmerksamkeit zu sichern, und fuhr fort: «Ich kannte den Lenthe nicht sehr gut, er bewegte sich, nun ja, sagen wir: in anderen Kreisen. Obwohl man sich in einer so kleinen Stadt natürlich ständig trifft. Ständig! Leider. Wir sind uns auch einige Male bei Lichtenberg begegnet, er soll nun Professor in Gießen werden, heißt es, was ich aber übertrieben finde. Übertrieben. Er ist ja nur Philosoph und beschäftigt sich beständig mit seiner Elektrisiermaschine und der Mathematik. Die reinste Alchemie. Er ist auch viel zu klein, ein Zwerg sozusagen, und, unter uns gesagt, verkrüppelt, sein Buckel – nun ja. Trotzdem, abgesehen von einigen seltsamen Ansichten, ist er ein erstaunlich formidabler Kopf. Für eine so unglückliche Gestalt.»

«Klemens Lenthe ist verkrüppelt?» Claes konnte sich nicht erinnern, davon auch nur das mindeste bemerkt zu haben.

«Pardon? O nein, nicht der Lenthe. Lichtenberg. Ein Buckel. Leider.»

«Sehr bedauerlich.» Christian hatte keine Ahnung, wer dieser Lichtenberg war. Strabenow jedenfalls war seit jeher und trotz der vielen studierten Jahre und des Lebens in Genua unerträglich umständlich geblieben und, wenn es nicht gerade ums Auswendiglernen ging, ganz gewiss *kein* formidabler Kopf. «Und was ist nun Besonderes mit Lenthe? Hat er in Göttingen etwas angestellt?»

Spielschulden, dachte er, Chambres séparées, Duelle im Morgengrauen. Doch leider: Strabenows Auskünfte blieben so mager und unromantisch wie er selbst.

«Angestellt? Das würde ich nicht sagen, obwohl ich natürlich nichts Genaues weiß. Und man soll kein falsches Zeugnis ablegen. Kein falsches Zeugnis. Ja. Ich glaube aber nicht, dass *der* Klemens Lenthe, den ich in Göttingen kannte, vermögend ist. Jedenfalls sah es nicht so aus. Es hieß auch, ein Verwandter bezahle ihm sein Studium, und er selbst soll geprahlt haben, er müsse sich nicht anstrengen, seine Zukunft sei so sicher, wie der Kurfürst von Sachsen König von Polen sei.»

«Sehr leichtfertig», warf Bocholt ein und hob den Zeigefinger. «So eine Zukunft möchte ich nicht haben. Wer weiß denn, was die Zarin macht, wo sie jetzt gerade wieder gegen die Türken zieht, obwohl das natürlich nur recht und billig ist. Und die Polen selbst? Wer weiß, wer da morgen König wird? Ich weiß das nicht. Ich sage, nur der Handel schafft Sicherheit, nur der ...»

«Der Handel, Bocholt. Wie Recht du hast.» Claes konnte sich nicht mehr vorstellen, dass er ihn eben noch hatte küssen wollen. «Aber lass jetzt mal für einen Moment den Handel und die Könige. Seid Ihr sicher», wandte er sich wieder an Strabenow, «dass er derselbe ist?»

«Wie kann ich das?» Strabenow hatte sich wieder in vermeintlicher Langeweile zurückgelehnt. «Ich sagte doch, dass ich nicht sicher bin. Womöglich gibt es zwei Männer mit diesem Namen, womöglich zwei aus Sachsen. Obwohl in Göttingen nicht viele Sachsen studieren.

Wenn er hoch gewachsen ist, braunhaarig, stets gut gekleidet, ich würde sagen: über seine Verhältnisse gut, dann wird er es wohl sein.»

Dummerweise wurde dieses hochinteressante Gespräch an dieser Stelle abrupt unterbrochen. Weddesenator van Witten, wie meistens im sandfarbenen Rock, die Weste aus schwerer bestickter Seide voller Silberknöpfe, hatte das Kaffeehaus betreten und Claes Herrmanns entdeckt. Für die nächste halbe Stunde, bis es höchste Zeit war, in die Kontore zurückzukehren, war von ihrem Tisch nur noch van Wittens sonore Stimme zu hören. Natürlich ging es nicht um Belanglosigkeiten wie die Identität eines ehemaligen Göttinger Studenten, sondern – mal wieder – um die Versandung des Hafens, was Bocholt noch grämlicher blicken ließ. Die war zwar nicht in der Zuständigkeit der Wedde, sondern der Admiralität und der Elb-Deputation, doch es gab nichts in der Stadt, zu dem der Senator nicht seine dezidierte Meinung hatte, die er fröhlich kundtat. Zum Glück vergaß er darüber völlig zu fragen, was Claes' Verhandlungen auf Helgoland ergeben hätten.

KAPITEL 11

MONTAG, DEN 20. MARTIUS,
MITTAGS

Samuel Luther hatte auf der englischen Brigg angeheuert, um seine Heimat zu verlassen und nie mehr zurückzukehren. Auf der *Anne Victoria* wollte er nur bis London fahren, um sich dort ein anderes Schiff zu suchen, eines, das nach Baltimore segelte, jedenfalls quer über den Ozean an das andere, das bessere Ende der Welt. Wenn er doch eines Tages zurückkehrte, dann nur, um zu zeigen, wie wohlhabend und bedeutend er geworden war.

Er war nur bis Cuxhaven gekommen und kehrte gefesselt und zerschlagen zurück.

Er hatte alles falsch gemacht. Hätte er nur bis London gewartet, um das verdammte Silberding zu verkaufen. Vor allem aber hätte er nicht versuchen sollen, es dieser Dame, der Freundin des Captains, wieder wegzunehmen, sondern einfach behaupten, es gehöre dem Segelmacher. Der war wie alle anderen in Hamburg an Land gewesen, lange genug, um sich in irgendeiner Kaschemme gestohlenes Zeug andrehen zu lassen. Sie waren sehr leise gewesen, die Dame konnte unmöglich alles verstanden haben, was er mit dem Kahlkopf geredet hatte. Als sie plötzlich hinter ihm stand, den Kettenanhänger aufhob, ins Licht hielt und genau betrachtete, hatte er einfach nicht schnell genug gedacht. Nein, er hätte das wirklich nicht versuchen sollen. Sofort waren zwei der englischen

Matrosen angerannt gekommen und hatten ihn zurückgerissen. Es stimmte eben doch: Frauen an Bord brachten Unglück und Tod.

Der Teufel wusste, woher sie den Silberschmuck kannte. Sosehr er auch beteuerte, er wisse nichts davon, er habe ihn einem Händler im Hafen abgekauft – es nützte nichts. Es sei egal, woher er ihn habe, sagte der Captain. Er werde mit der Lotsgaliot zur Hamburger Station nach Cuxhaven und von dort nach Altona zurückgebracht.

Er war auch dumm gewesen, als er versuchte, zu fliehen, kaum dass die Galiot festmachte. Wieder nicht schnell genug. Sie fesselten ihn, und anstatt auf ein Schiff zu warten, das ihn mit zurücknahm, machten sie, obwohl es schon kurz vor Sonnenuntergang war, die kleinere der beiden Lotsgalioten los und brachten ihn selbst zurück.

Was nun kam, war noch schlimmer als auf der Brigg. Dort war er einfach irgendeiner, der in Hamburg angeheuert hatte. Niemand kannte ihn. Auf der Lotsgaliot waren zwei, die ihn kannten, alle wussten vom Tod des Mädchens und dass auch er davon wissen musste. Über nichts anderes hatte man ja in den letzten Tagen in Altona und auch in Hamburg gesprochen. Auch hatten alle von der Sache mit dem Schmuck gehört, einer zog sogar einen dieser Zettel mit der Zeichnung aus der Tasche, die der Polizeimeister überall hatte verteilen lassen. Warum er den Anhänger, wenn er ihn denn tatsächlich bei einem Händler gekauft oder, wie er nun behauptete, beim Würfeln gewonnen hatte, nicht zum Altonaer Polizeimeister oder zur Hamburger Wedde gebracht habe? Wieso er zulasse, dass der Falsche, ein Unschuldiger gehenkt werde? Er verstand nicht, warum plötzlich alle sicher glaubten, Matthias Paulung sei unschuldig, nur weil das

Schmuckstück aus seiner, Luthers Tasche aufgetaucht war. Wahrscheinlich hätte sie das kaum gekümmert, wäre die Tote nicht die Tochter des Lotsenältermannes gewesen und stammte nicht der, der dafür hängen sollte, auch aus einer Lotsenfamilie. Zwar einer, mit der sie im Streit lagen, doch das schien nun einerlei.

Samuel Luther hatte Nebel immer verabscheut. In dieser Nacht jedoch wünschte er sich nichts so sehr wie eine endlose, undurchdringliche Nebelwand über dem Fluss, die das Schiff aufhalten und ihm Zeit geben würde, über seine Flucht nachzudenken. Aber es war sternenklar, und der schon fast volle Mond ermöglichte das Segeln während der ganzen Nacht.

Als sie Stade passierten, ihm fehlte schon ein Zahn, sein linkes Auge schwoll zu und in seinem Kopf dröhnte eine Trommel, gab er zu, den Schmuck in Altona gekauft zu haben. Von Berno Steuer, der sei es gewesen. Sie lachten nur. Berno? Der jüngste Steuer? Der konnte doch nicht mal die Mäusebrut aus den Schuppen seiner Eltern ersäufen. Knirschend brach der zweite Zahn.

Als sie Altona passierten, ruderten trotzdem zwei Lotsknechte mit dem Beiboot hinüber, um Berno zu holen und ihn wie auch Luther nach Hamburg zu bringen. Anna Hörne war in Altona gestorben, aber sie waren Hamburger Lotsen, und auch Paulung saß in der Hamburger Fronerei.

Die Sonne stieg gerade über den östlichen Horizont, und beim Blockhaus zogen die Knechte des Hafenmeisters die Schwimmbäume, die Sperren vor der Einfahrt zum Niederhafen ein, als die Galiot das Hornwerk passierte. Eine knappe Stunde später hastete Grabbe, der Weddeknecht, von der Fronerei nach der Neustadt und zur Wohnung seines Weddemeisters. Wagner ließ seinen Gerstenbrei stehen und eilte umgehend zur Fronerei, die Beute der Lotsen zu begutachten und zu befragen.

Um diese Zeit segelte die *Anne Victoria* längst mit gutem Wind auf der Nordsee. Niemand außer Samuel Luther hatte die Brigg in Cuxhaven verlassen.

NACHMITTAGS

Claes Herrmanns war müde. Sein Kopf schien voller Kapok, und als er auf dem Weg zur Börse den Korb einer Herings-Hökerin umwarf, entschuldigte er sich nicht, wie es sich auch für einen reichen Kaufmann gehörte, sondern strafte die alte Frau mit einem Blick wie Blitz und Donner und eilte wortlos weiter. All das lag nur an diesem aufdringlichen Vollmond, der sein Schlafzimmer in silbriges Licht getaucht und ihn immer wieder hatte aufschrecken lassen. Ein guter Börsentag und der übliche Kaffee mit einer Prise Kardamom in *Jensens Kaffeehaus* hatten seine Laune zwar um ein Quäntchen verbessert, dennoch herrschte an diesem Tag im Kontor am Neuen Wandrahm eine ungewöhnlich explosive Stimmung.

Die beiden Handelslehrlinge waren schon den ganzen Morgen damit beschäftigt, Postfächer, Dokumententruhen und Laden auszuräumen und deren Inhalte neu zu sortieren. Ihr Herr war plötzlich der Ansicht gewesen, das habe schon seit Monaten geschehen müssen, diese staubige Schlamperei sei unerträglich, ob sie glaubten, ein Kaufmann könne erfolgreich sein, ohne gute Ordnung zu halten. Solche Töne waren die beiden jungen Männer von ihrem für gewöhnlich in diesen Dingen großzügigen Herrn nicht gewöhnt, aber sie waren klug genug, sich still zu ducken und seinen Anordnungen zu folgen, gewiss, der Sturm werde bald vorüber sein. Christian Herrmanns, mit ihrer Kontrolle und der Überprüfung und Neuordnung der Papiere beauftragt, war froh, für diesen Tag seinem Platz gegenüber dem seines Vaters zu entkommen.

So herrschte dumpfe Stille, nur unterbrochen vom Rascheln der Papiere und den hin und wieder geflüsterten Fragen der Lehrlinge, als Weddemeister Wagner so eilig die Treppe zum Kontor heraufstapfte, dass dem alten Blohm keine Zeit blieb, ihn zu melden. Wagner empfand diese Melderei als unsinnig umständlich, gleichwohl als äußerst hilfreich, denn nichts war ihm peinlicher, als ungelegen zu kommen und zu stören. Heute war keine Zeit für die Sitten der vornehmen Häuser, und so polterte er, ohne auch nur anzuklopfen, in das Kontor. Wortlos fegte er an den verblüfften Lehrlingen und dem Sohn des Hausherrn vorbei durch den ersten Raum, stieß die Tür mit dem großen Glasfenster zum zweiten auf und stand heftig atmend vor Claes Herrmanns. Was dem eigentlich wieder eine Gelegenheit gegeben hätte, dem Unmut, den er nicht nur in seiner Stimmung, sondern in jeder Faser seines Körpers spürte, freien Lauf zu lassen. Doch ganz gegen seine Gewohnheit ließ Wagner ihn gar nicht erst zu Wort kommen, hielt er sich weder mit der Suche nach seinem großen blauen Schnupftuch für die nun tatsächlich schweißnasse Stirn noch mit einer umständlichen Begrüßung auf.

«Gewiss komme ich ungelegen, Monsieur», schnaufte er und wischte sich mit dem Ärmel über die Stirn. «Aber es hat Eile und erlaubt keinen Aufschub. Eile, ja. Wisst Ihr, wo sich Mademoiselle Rosina aufhält?»

Claes erhob sich, drückte Wagner auf einen Stuhl und goss ihm ein Glas Wasser ein.

«Bitte, Monsieur Herrmanns, wo ist sie?» Wagner nahm das Glas entgegen wie eine äußerst lästige Gabe, aber er vergaß zu trinken. «Wo?», drängte er.

Claes sah auf den kleinen dicken Mann hinunter und fühlte zum ersten Mal, seit Anne das Haus verlassen hatte, einen echten Anflug von Heiterkeit.

«Ihr erstaunt mich, Wagner. Ihr wisst doch selbst, wo Rosina ist: auf dem Ritt ins Sächsische. Wo sonst sollte sie sein?»

«Gewiss, ins Sächsische. Natürlich. Aber wo genau? Wisst Ihr, wie weit sie schon sein mag?»

Er hätte nun gerne einige der Orte aufgezählt, die sie auf ihrem langen Ritt passieren würde, aber er kannte deren Namen nicht und spürte wieder einmal die Qual, die Unwissenheit bereiten kann.

«Genauer? Das weiß ich nicht. Es hängt von dem Wetter ab, von der Beschaffenheit der Wege, der Qualität der Pferde. Sie haben sehr gute Pferde, aber die Wege werden jetzt im Frühjahr morastig sein, und Rosina ist das lange Reiten nicht gewöhnt. Sie werden nicht so schnell vorankommen wie Klemens, wenn er allein ritte.»

«Ja, aber *wie* schnell? Wo sind sie *jetzt*?»

«Wagner! Warum wollt Ihr das wissen? Fehlt Euch Mademoiselle Rosina schon so sehr? Wollt Ihr ihr etwa folgen?» Claes lächelte über seinen Scherz und trat verdutzt zurück, als Wagner von seinem Stuhl aufsprang.

«Folgen», rief er. «Genau das. Man muss ihr folgen, sofort. Glaubt Ihr, es ist möglich, sie einzuholen? Wenn man sehr schnell reitet? Wenn man wie die reitenden Boten an jeder Poststation das Pferd wechselt? Das muss doch möglich sein.»

«Irgendwo holt man sie gewiss ein», sagte Christian, der Wagner, von dessen ungewöhnlichem Auftritt neugierig gemacht, gefolgt war. «Sie sind nun schon vier Tage unterwegs, beinahe fünf. Trotzdem könnte man sie einholen, sie werden ja kaum galoppieren. Heute ist Vollmond, wenn der Himmel klar bleibt, kann man auch einen großen Teil der Nachtstunden reiten. Ein wenig Schlaf braucht man natürlich, sonst fällt man irgendwann vom Pferd.»

«Das ist alles schön und gut, Wagner. Könntet Ihr trotzdem zuerst die Güte haben, zu erklären, warum Ihr Rosina einholen wollt?»

«Wollt? Ich muss. Allerdings, wenn Ihr es möglich machen könntet, *wir* müssen. Ich reite nicht sehr gut, genauer gesagt: so gut wie gar nicht. Ein schneller Ritt ist mir völlig unmöglich. Ich hatte gedacht, dass vielleicht Ihr, Monsieur Herrmanns, oder Monsieur Christian ...»

«WARUM? Was ist passiert, Wagner?»

«Es ist möglich, dass Mademoiselle Rosinas Cousin, Monsieur Lenthe, dass er, nun ja.» Endlich hob Wagner das Glas an die Lippen und trank gierig, bis es geleert war.

«Herrgott, Wagner, so redet doch. Was ist mit Klemens Lenthe?»

«Ein Mörder», sagte Wagner, «es ist möglich, dass er ein Mörder ist. Ja. Sogar wahrscheinlich. Sicher, sozusagen. Und Mademoiselle Rosina ist mit ihm unterwegs, ganz allein. Ausgerechnet Mademoiselle Rosina. Seine einzige Cousine.» Er sackte in sich zusammen, suchte endlich doch nach seinem großen blauen Tuch und begann es mit beiden Händen zu kneten. «Die Tote aus der

Elbe», fuhr er fort. «Wir haben jetzt den, der es getan hat. Der sie ins Wasser gestoßen hat.»

«Ja, und? Wollt Ihr mir erzählen, Rosinas Cousin habe die Tochter des Lotsen getötet? Warum hätte er das tun sollen? Er kann das Mädchen nicht einmal gekannt haben. Das ist doch verrückt.»

«Nein.» Wagner schüttelte den Kopf. «Das hat er nicht getan. Samuel Luther war es. Ihr werdet ihn nicht kennen, ein einfacher Kerl aus Altona, er arbeitet hin und wieder für den dortigen Hafeninspektor. Der hat es getan. Luther, meine ich, nicht der Inspektor. Wahrscheinlich. Sicher, sozusagen. Aber *ganz* gewiss ist es nicht.»

Es war nur Christians Eingreifen zu verdanken, dass Claes den Weddemeister nicht schüttelte und der endlich schnell, knapp und von Anfang an erzählte.

Der Mann, den sie von der Station in Cuxhaven in die Fronerei brachten, hatte den Lotsen schließlich doch gestanden, Anna Hörne in die Elbe gestoßen und ihr auch die Kette entrissen zu haben. In der Fronerei stritt er das wieder ab. Wagner vermochte nicht zu entscheiden, ob die Lotsen, die sich als Rächer für Leid und verletzte Ehre eines der Ihren sichtlich wohl fühlten, das Geständnis erprügelt oder gar erfunden hatten oder ob der Gefangene nur eine Finte versuchte, um seinen Kopf zu retten. Er behauptete nun beharrlich, Berno Steuer, der Sohn des Korbflechters am Altonaer Pötgergang sei der Schuldige. Der habe Anna geliebt, sie ihn darum verlacht, und so sei es eben geschehen. Er habe den Schmuck von ihm und sich selbst nichts zuschulden kommen lassen, als über sein Mitwissen geschwiegen zu haben. Aus alter Freundschaft. Er bereue das tief und wolle dafür büßen. Er sei sogar bereit, sich nach den amerikanischen Kolonien verkaufen und deportieren zu lassen, wie es neuerdings in einigen Städten mit Verurteilten geschehe.

«Und?», unterbrach Claes Wagners hastende Rede. «Habt Ihr diesen Benno Dingsbums gefunden? Und befragt?»

«Berno, Monsieur Herrmanns. Berno Steuer. Ich musste ihn nicht finden. Das hatten die Lotsen schon getan. Sie brachten ihn in die Fronerei, im Gegensatz zu Luther noch mit allen Zähnen. Polizeimeister Proovt und sein Knecht kamen gleich darauf. Es war alles gelogen.»

«Was, Wagner, war gelogen?»

«Alles. Steuer war es nicht. Es war Luther. Sehr wahrscheinlich jedenfalls, wie ich schon sagte. Steuer hat Glück gehabt. Reines Glück.»

Schnell berichtete Wagner, dass der Korbflechterssohn, wie Luther Aushilfe beim Hafeninspektor, die Tat sofort gestand. Obwohl er sich an nichts erinnerte. Er sei betrunken gewesen in jener Nacht, sinnlos betrunken, er konnte sich nicht erinnern, die Schenke *Zum Weißen Wal*, in der er mit Luther gesessen und getrunken hatte, verlassen zu haben. Und doch habe er am nächsten Morgen Annas Kettenschmuck in seiner Tasche gefunden. Auch habe Luther gesagt, er, Berno, sei einmal zum Abtritt im Hof gegangen und sehr lange, ganz gewiss lange genug, fortgeblieben. Es gebe deshalb keine andere Möglichkeit, auch wenn er sich nicht erinnere und nicht glauben könne, jemals etwas so Schreckliches zu tun, *müsse* er es gewesen sein, der das Mädchen …

«Da versagte ihm die Stimme, und er brach weinend zusammen. Ganz umsonst», schloss Wagner, «ganz und gar umsonst, denn Proovts Knecht, der bei der Befragung dabeistand, sagte, das könne nicht stimmen.»

Auch der hatte in dieser Nacht im *Weißen Wal* gehockt, allerdings nicht im geringsten betrunken, und bezeugte, dass Berno wohl einmal im Hof auf dem Abtritt gewesen war, aber nur kurz, und er selbst hatte ihn, der tatsächlich völlig betrunken war, wieder in die Schenke zurückgebracht. Der Polizeiknecht hatte den ganzen Abend mit dem Bräutigam seiner Schwester am Nebentisch gesessen, jeder von Bernos Kumpanen, der hinauswollte, musste sich an ihm vorbeidrücken. Berno verschwand kein zweites Mal, schon gar nicht für längere Zeit. Luther hingegen, erklärte er dann, sehr wohl. Der sei nicht sehr betrunken gewesen, tatsächlich habe er den Eindruck gehabt, der habe überhaupt nur so getan.

Nicht Berno, sondern Luther war also an diesem Abend für einige Zeit verschwunden, während Berno schon sternhagelvoll mit dem Kopf auf dem Tisch lag und leise vor sich hin schnarchte.

An dieser Stelle begriff Samuel Luther, dass leugnen nicht mehr half, und er gestand. Nur ein klein wenig hatte Wagner Luthers auf der Galiot wundersamerweise gebrochene Finger der rechten Hand tätscheln müssen. Er gab schließlich auch zu, dass er Berno Steuer den Schmuck in die Joppe geschoben hatte, als sie auf dem Heimweg nur knapp der Nachtwache entkamen.

«Donnerwetter», sagte Claes, «so ein Dreckskerl. Bringt ein Mädchen um und schiebt die Tat auch noch seinem Freund in die Schuhe.»

«Warum hat er sie umgebracht?», fragte Christian, und Claes fragte: «Ja, warum? Und was hat das alles nun mit Rosina zu tun?»

«Warum? Gewiss nicht, weil sie ihm zufällig über den Weg gelaufen ist. Er hat sie bis in diese dunkle Ecke verfolgt und es dann getan, weil er dafür bezahlt wurde. Allerdings war er dumm genug, der Falschen zu folgen. Er hat sie verwechselt. Bezahlt wurde er dafür, Mademoiselle Rosina zu töten. Und wenn wir uns nicht sehr beeilen, tut das nun jemand anderes. Wenn er es noch nicht getan hat.»

Matthias Paulung sah aus, als habe er schon Monate im Kerker verbracht. Sie hatten ihm wohl an jedem Morgen Wasser gegeben, damit er sich wasche, aber nicht viel und auch kein Rasiermesser. Er trug noch die Kleider, in denen der Polizei- und der Weddemeister ihn in die Fronerei gebracht hatten. Zuerst hatten der Gestank und die Läuse ihn gequält, aber inzwischen waren ihm diese Dinge gleichgültig geworden. Er hockte Stunde um Stunde auf dem Strohsack in einer Ecke der düsteren Zelle und erhob sich nur zur Nacht, wenn sie ihn in das einer Schublade ähnliche hölzerne Lager brachten und anketteten. Die Welt schien ihn vergessen zu haben, und er vergaß die Welt. Der Lärm, der am Tag von dem Berg genannten großen Platz vor der Fronerei nahe St. Petri hereindrang, ließ ihn sich nicht wie andere Gefangene nach der Freiheit sehnen. Je länger er eingeschlossen war, umso tiefer versank er im Morast seiner Gedanken. In der Nacht, wenn er wach lag und nichts als die Schläge der Turmuhren und die Schritte und Rufe der Nachtwachen zu hören war, wünschte er sich den Tod. Er begriff nicht, wie jemand glauben konnte, er habe Anna getötet. Aber dass sie es glaubten, dass niemand für ihn sprach, wurde ihm von Tag zu Tag gleichgültiger. Er hatte sie nicht getötet, dennoch war er schuldig an ihrem Tod, weil er sie nicht beschützt hatte. Die Gesetze in den Büchern des

Rats waren unwichtig. Hier ging es um ein höheres Gesetz, und nach dem war er schuldig. Der Gedanke, dass ihm der Galgen sicher war, schreckte ihn nicht.

So fühlte er sich auch nicht befreit, als sie ihn an diesem Abend, dem dreizehnten seit Annas Tod, aus dem Kerker holten. Sie sagten ihm, Samuel Luther habe gestanden, Anna getötet zu haben. Doch das sei noch nicht sicher, und bis dahin könne man ihn nicht freilassen. Er werde jedoch die Fronerei verlassen können und bis zur Klärung des Falles im neuen Bürgergefängnis im alten Winsertor am Meßberg arretiert. Die Stube sei groß und rein, es gebe einen Ofen, und wenn seine Familie ihn besuchen und mit besserem Essen versorgen wolle, so sei das dort erlaubt.

Grabbe brachte zwei Eimer Wasser, ein hartes Stück Seife und saubere Kleider. Ein Rasiermesser, sagte er, seine Stimme klang höflich und beinahe entschuldigend, habe der Weddemeister nicht erlaubt. Als er sich nicht bewegte, zerrten sie ihn auf die Füße, zogen ihm die alten Kleider vom Leib und drückten ihm einen tropfnassen Lappen in die Hand. So begann er sich zu waschen, zögernd zuerst, ruckhaft wie ein mechanischer Apparat. Doch als wüsche er mit dem Schmutz seines Körpers auch die oberste Schicht seiner Schwermut ab, dachte er plötzlich daran, dass er von dem Fenster im Obergeschoss des alten Winsertorturms den Himmel und die knospenden Bäume sehen könnte.

«Ins neue Bürgergefängnis? Der Paulung?» Polizeimeister Proovt lehnte sich weit in seinem Stuhl zurück, allerdings nicht wegen der erstaunlich guten Behandlung eines immer noch des Mordes Verdächtigen durch die

Hamburger Wedde, sondern wegen des wütenden Grimms im Gesicht des Mannes vor seinem Tisch. Proovt besann sich auf seine Manieren, sprang auf und zog einen Stuhl heran. «Das ist in der Tat beachtlich», sagte er, «aber bitte, setzt Euch. Dann können wir in Ruhe darüber sprechen.»

Zacharias Hörne zögerte. Dann setzte er sich, ohne den Polizeimeister aus den Augen zu lassen, und stützte die Hände auf die Schenkel. Er sah nicht aus wie einer, der in Ruhe reden will, sondern wie ein Löwe kurz vor dem Sprung. Vor wenigen Minuten erst, als er über den Altonaer Rathausmarkt gegangen war, hatte er gehört, dass Matthias Paulung die Fronerei verlassen hatte.

Es war nicht Proovts erste Begegnung mit dem Lotsenältermann, und nach Anna Hörnes Tod hatte er ihn natürlich besucht und befragt, allerdings ohne Nennenswertes herauszubekommen. Familiensachen, das hatte deutlich in Hörnes Gesicht gestanden, gingen nur die Familie, sonst niemanden und am wenigsten die Polizei etwas an. Die sollte den Mörder fangen, und der war nicht in seiner Familie zu finden.

«Das darf nicht sein», sagte Hörne nun, «was die Hamburger sich da zurechtmauscheln. Die haben sich auf irgendeinem Schiff einen Kerl gegriffen, und von dem behaupten sie jetzt frech, dass er unsere Anna auf dem Gewissen hat. Nur um den Paulung rauszuhauen. So ist das, wenn man den Hamburgern einen Verbrecher überlässt. Der wird nicht aufgeknüpft, sondern verhätschelt.»

«Nun», sagte Proovt und räusperte sich. Wagner hatte ihm zwar einen Boten geschickt und berichten lassen, man habe auf einer englischen Brigg einen neuen Verdächtigen gefasst, er bitte dringend um den Besuch des

Polizeimeisters in der Fronerei. Aber das war erst eine halbe Stunde her, und Proovt hatte Dringlicheres zu tun gehabt, als umgehend nach Hamburg zu eilen. Von Paulungs Verlegung hatte der Bote nichts gesagt. «Normalerweise ...», fuhr er behutsam fort.

«Normalerweise hätte der Kerl in unser Zuchthaus gehört. Da wäre er sicher gewesen.»

«Ganz bestimmt. Aber in unserem Zuchthaus sind die Blattern, davon habt Ihr wohl gehört, Dr. Hensel lässt niemanden hinaus, aber auch nicht hinein. Weil Paulung nun mal in Hamburg lebt, war es das Beste, ihn dort festzusetzen. Vielleicht ist das mit dem Bürgergefängnis nur Gerede, aber auch wenn es stimmt, verstehe ich Eure Empörung nicht so ganz. Paulung ist schließlich nicht freigelassen, sondern nur in ein etwas menschlicheres Gefängnis gebracht worden.»

«Menschlicher! Ist der denn menschlich? Einer, der ein unbescholtenes Mädchen umbringt?»

«Natürlich ist so etwas unmenschlich», sagte Proovt um Ruhe bemüht und dachte, dass sich gerade das Morden immer wieder als menschlich erwies. Tiere brachten ihre Artgenossen äußerst selten um. «Aber bedenkt, bis jetzt gibt es keinen Beweis, dass Paulung Eure Tochter, nun, dass er es war. Ich werde noch heute in die Hamburger Fronerei gehen und, das könnt Ihr mir glauben, diese Sache mit dem neuen Verdächtigen sehr genau prüfen. Ich werde nicht zulassen, dass irgendein Sündenbock für etwas herhalten muss, was ein anderer getan hat. Wobei ich mir in Hamburg niemanden von Einfluss vorstellen kann, der sich für Matthias Paulung einsetzen würde. Soviel ich weiß, haben weder er noch seine Familie dort Freunde.»

«Eine Hand wäscht die andere. Der alte Paulung war einer der Ersten, die auf die andere Seite übergelaufen sind, auf die englische nämlich, die lotsen jetzt von Stade aus für die Engländer. Und auf einem englischen Schiff haben sie sich einen Altonaer gegriffen, der es nun plötzlich getan haben soll. Wenn das keine Mauschelei ist? Aber Ihr seid ja neu hier, Ihr wisst so was nicht.»

«Ihr irrt Euch. Ich weiß sehr wohl um den Streit zwischen den Lotsen und habe das auch nicht außer Acht gelassen. Ihr glaubt also, der alte Paulung hat die englischen Kaufleute dazu gebracht, den Weddemeister zu bestechen?»

«Weddemeister? Unsinn. Mit so einem reden die nicht. Müssen sie auch nicht. Da lädt der Courtmaster den Ersten Bürgermeister oder den Weddesenator zum Ochsenbraten, und schon sind sich alle einig. Wenn Ihr Euch mit solchen Sachen nicht auskennt, wie könnt Ihr dann Polizeimeister sein?»

Proovt bemühte sich um Contenance. Der alte Mann vor ihm trauerte um seine Tochter, und das konnte einer wie er vielleicht nur mit Zorn und wilden Anschuldigungen. Aber alles hatte eine Grenze. Er erhob sich und sah streng auf das drohende Gesicht herab.

«Ich bemühe mich sehr, Euren Zorn zu respektieren, Ältermann», sagte er, «und ich wäre Euch verbunden, wenn Ihr meine Arbeit respektiertet. Ihr seid nicht der Einzige, der weiß, was in der Welt vor sich geht, und ich bin nicht so grün und dumm, wie Ihr glaubt. Ich danke Euch für Euren Hinweis, ich werde dem nachgehen. Wenn Ihr mich nun entschuldigen würdet, damit ich gleich nach Hamburg aufbrechen kann …»

Zacharias Hörne starrte stumm in das schmale Gesicht

hinauf, dann nickte er bedächtig, schob im Aufstehen den Stuhl zurück und verließ den Raum, ohne noch ein Wort zu sagen.

Der Polizeimeister lauschte den müden Schritten nach und stützte leise aufseufzend den Kopf in die Hände. Hörne würde nun nach Hause gehen, würde alleine wie immer den sandigen Weg an der Elbe entlang nach Övelgönne stapfen, würde Schritt um Schritt den Fluss sehen, hören und riechen, der seine Tochter das Leben gekostet hatte. Die Menschen an der Küste lebten von jeher mit dem nassen Tod. Dennoch, es war ein Unterschied, ob ein Fischer oder Matrose im Sturm mit seinem Schiff unterging oder ob ein Mädchen einen gewaltsamen Tod im Fluss fand.

Nein, Proovt mochte den alten Mann nicht, er empfand dessen Härte und beständiges Misstrauen als Selbstgerechtigkeit. Eine für das klare Denken ungemein hinderliche Eigenschaft, die ihm ein Gräuel war, umso mehr, als er sich hin und wieder selbst dabei ertappte. Anna Hörne hatte ohne Zweifel gute Gründe gehabt, das Leben bei Madame Benning dem im Haus ihres Vaters vorzuziehen. Gerade deshalb verstand Proovt Hörnes Qual, die schreckliche Not seiner Seele, und gerade deshalb hätte er geduldiger und freundlicher sein müssen. Natürlich wusste auch er sehr genau, dass einer mit Verbindungen zu den richtigen Leuten die besten Chancen hatte, gerechter Strafe zu entkommen. Diesseits wie jenseits des Hamburger Berges.

Ganz Hamburg schien auf den Beinen zu sein, die Straßen waren Christian nie so voll erschienen. Es kostete ihn große Beherrschung, seine Apfelschimmelstute nicht einfach durch die Menge zu jagen. Bella spürte seine Ungeduld und tänzelte mehr als einmal nervös an einer Kutsche oder einem Fuhrwerk vorbei. Endlich war das Millerntor passiert, und es ging schneller voran. Am liebsten hätte er die Stute quer über das Grasland entlang dem Hochufer galoppieren lassen, doch die Weiden waren dort voller Löcher und Unebenheiten, einen Sturz oder eine Verletzung seines Pferdes konnte er heute weniger denn je riskieren. So entschied er sich für den schmalen Weg, der direkt zum Pinastor führte und auch jetzt weniger belebt war als der breite Fahrweg zum Nobistor.

Im Haus am Neuen Wandrahm wurde inzwischen seine Abreise vorbereitet. Elsbeth packte in der Küche ein Proviantpäckchen, im Kontor versiegelte sein Vater einen Wechsel für eine Bank in Braunschweig und einen zweiten für eine in Leipzig, er füllte die Fächer einer Geldtasche mit Münzen der Gebiete, die Christian durchqueren würde. Polizeimeister Proovt, der zwar weitaus weniger gereist war als Claes Herrmanns, dafür aber häufiger in den letzten Jahren und vor allem auf der Strecke nach Südosten, saß ihm eine Karte studierend gegenüber, und listete die Stationen und Abzweigungen der Route auf. Augusta bemühte sich, das für einen Ritt nötige Minimum an Kleidung und Wäsche regensicher zu verpacken.

Auf der Großen Elbstraße in Altona drängten sich noch mehr Menschen und Wagen, Karren und Kutschen als auf Hamburgs Straßen. Endlich erreichte Christian Melzers Kaffeehaus. Er band Bella an dem Eisenring neben der Tür fest, warf einem schmutzigen Jungen eine Münze zu, das Pferd zu bewachen, und rannte, immer zwei Stufen auf einmal, die Treppe hinauf.

Helena saß allein in der Beckerschen Stube und mühte sich mit der Abschrift eines Vorspiels. Wütend, traurig und mit viel mehr Mühe tat sie die lästige Arbeit, die stets zu Rosinas Aufgaben gehört hatte. Christian hatte nur kurz überlegt, was er den Beckers sagen wollte, warum er den genauen Verlauf von Rosinas Reise wissen musste, und beschlossen, die Wahrheit zu sagen. Eile war geboten, und zumindest Helena war über die Gefahr, in der sie Rosina vermuteten, kaum zu täuschen. Tatsächlich sah sie in sein Gesicht und wurde, kaum dass er die Stube betreten, geschweige denn etwas erklären konnte, schreckensbleich.

Nein, beeilte er sich zu versichern, es gebe keine Nachricht von Rosina, auch keine *über* sie. Trotzdem sei es nötig, ihr nachzureiten, umgehend und mit großer Eile.

In Altona sprach man schon davon, dass der Mörder der Lotsentochter nach Hamburg in die Fronerei gebracht worden war. Auch Helena hatte davon gehört und gedacht, wie dumm und unnötig es gewesen war, Rosina zu einer so schnellen Abreise zu drängen. Was Christian ihr nun berichtete, erschien ihr wie ein Albtraum. Es stimmte also, was der Polizeimeister vermutet hatte. Anna war getötet worden, weil sie ebensolches Haar hatte wie Rosina, weil sie an jenem Abend spät und allein das Theater durch den Seiteneingang verlassen hatte. Und sie, Helena, hatte Rosina zur Abreise gedrängt, weil sie glaubte, sie so vor einem womöglich Irrsinnigen in Sicherheit zu bringen. Tatsächlich hatte sie sie gedrängt, eine lange einsame Reise mit dem Mann anzutreten, der Auftrag gegeben hatte, sie zu töten. Niemand anderen als Klemens Lenthe hatte Luther als seinen Auftraggeber genannt.

«Aber warum? Warum sollte er ihren Tod wollen? Weil sie eine Komödiantin ist? Eine, die Schande über seine wohlgeborene Familie bringt, wenn sie von der Straße zurückkehrt?»

Das glaubte Christian nicht. «Dann hätte er sie kaum so gründlich gesucht. Ihr Vater ist alt und sehr krank. Seit dem Tod seines Sohnes ist Rosina sein einziges Kind. Ich bin sicher, es geht um Geld, um das Erbe der Lenthes.»

«Klemens hat doch gesagt, davon sei nicht mehr viel übrig. Natürlich sind das Haus und der Landbesitz wertvoll, aber das ist doch alles nichts gegen das, was er selbst besitzt. Das ist doch ...» Sie verstummte, und ihre Augen weiteten sich im Begreifen. «Ihr glaubt, das alles war eine Lüge? Er besitzt gar nicht so viel und hat auf das Erbe gehofft, das nun auf Rosina wartet?»

«Ich weiß es nicht, Madame Becker. Es könnte aber so sein.» Der Schrecken in ihrem Gesicht, ihre zitternden Lippen verboten ihm, auch noch von Strabenows Geschwätz zu berichten. «Beunruhigt Euch nicht mehr als nötig», versuchte er zu beschwichtigen. «Womöglich versucht dieser Luther nur, seinen eigenen Hals aus der Schlinge zu ziehen, was natürlich vergeblich ist. Er hat es getan, egal wer ihn beauftragt hat. Dennoch ist es nötig, den zu befragen, den er als seinen Auftraggeber beschuldigt. Vielleicht erweist sich das alles als Hirngespinst. Doch nun sollten wir keine Zeit vergeuden. Es führen mehrere Routen nach Sachsen, wisst Ihr, welche Klemens geplant hatte zu reiten?»

Das wusste Helena, die ihr Leben lang auf den Straßen kreuz und quer durch die deutschen Länder gereist war, genau. «Von Lüneburg aus nicht über Magdeburg, wie wir stets reisen, sondern über Braunschweig und Halberstadt. Wegen der Straßenbanden, hat er gesagt.»

«Also doch nicht über Magdeburg. Auch dann gibt es

noch mehrere Möglichkeiten. Hat er bestimmt nichts Genaueres gesagt?»

«Nein, nichts. Vielleicht weiß Jean mehr. Oder Filippo. Die beiden haben mehr mit ihm geredet als ich. Sie sind sicher in der Theaterscheune.»

Zumindest für Filippo stimmte das nicht. Der kam die Treppe heraufgerannt, stieß die Tür auf und schwenkte etwas wie ein Fähnlein. «Für dich, Helena, der erste Brief von Rosina.»

Verblüfft und amüsiert zugleich sah er zu, wie Helena ihm den Brief entriss und mit gierigen Fingern das Band löste.

Christian hatte kaum genug Zeit, Filippo den Grund seines Besuches zu erklären, als Helena den Bogen sinken ließ.

«Es geht ihr gut», sagte sie und küsste den verblüfften Filippo mit einem erleichterten Seufzer auf die Wange. «Ich werde dir nie vergessen, dass du heute um Post gefragt hast, Filippo. Nie kam ein Brief zur besseren Zeit. Lest selbst.» Sie klopfte mit dem Finger auf die wenigen Zeilen und reichte Christian den Brief. «Klemens hat die Route noch einmal geändert. Sie reiten auch nicht über Halberstadt, sondern näher am Harz entlang. Über Wernigerode. Sie schreibt, Klemens werde dort in einer seiner Minen gebraucht. Mein Gott, die Minen. Und der Harz. Wir fahren nie über den Harz, weil die Straßen zu gefährlich sind, das Gebirge ist kalt und oft voller Nebel. Es ist ganz leicht, wenn das Pferd auf einem schmalen Pfad den Tritt verliert, ganz leicht, in eine Schlucht zu stürzen. Warum führt er sie über diese Strecke, wenn nicht, um ...»

«Nicht, Helena! Malt Euch nicht solche Schreckensbilder aus.» Christian nahm sie beim Ellbogen und drückte sie sanft auf die Bank. «Beruhigt Euch, ich brauche jetzt Eure Hilfe. Hört Ihr? Ihr müsst mir helfen. Seht mich an. Gut. Wann hat Rosina diese Zeilen geschrieben?»

«Sonnabend. Dort steht es. Seht Ihr? Von irgendeinem Gasthof in der südlichen Heide. Es ist so seltsam, sie hat den Brief nicht versiegelt, sondern nur schnell mit einem Faden gebunden. Und mit einem Bleistift geschrieben. Die Anschrift und auch ihre Zeilen sind schon ziemlich verwischt. Das würde sie niemals tun, wenn alles in Ordnung wäre. Sie schreibt immer mit Feder und Tinte, und ich weiß genau, dass sie ihren Schreibkasten mitgenommen hat. Niemals hat sie ...»

«Ruhig, Helena.» Christian fühlte Ungeduld und legte streng seine Hand auf ihre Schulter. «Sicher musste sie sich sehr beeilen, weil sie den Brief einem Postreiter mitgegeben hat, der nur schnell das Pferd wechselte. Da ist keine Zeit, Feder und Tinte auszupacken. Also am Sonnabend in der südlichen Heide. Das heißt, sie kommen leidlich voran, aber nicht besonders schnell. Sehr gut. Es ist knapp, aber noch möglich, sie einzuholen, bevor sie bei Wernigerode die gefährlichen Wege erreichen. Leider habt Ihr Recht. Wenn er tatsächlich der ist, der diesen Luther bezahlt hat, wird er die Strecke über den Harz gewählt haben, weil es dort üble Höhenwege gibt, auf denen leicht ein Unfall zu inszenieren ist. Bis dahin ist sie ganz bestimmt sicher. Jedenfalls kann ich es schaffen. Wisst Ihr, wie seine Mine heißt? Oder bei welchem Ort sie ist?»

«Darüber hat er nie gesprochen. Nur wie ertragreich, nicht wo diese Minen sind.»

«Ich werde sie trotzdem finden. Wenn Ihr erlaubt, nehme ich den Brief mit. Vielleicht sagt er mir unterwegs noch etwas, das wir jetzt nicht erkennen. Ihr bekommt ihn später zurück.»

Filippo hatte still am Tisch gesessen und Helena und Christian zugehört. Als der sich erhob, schob auch er seinen Stuhl zurück und sagte: «Es ist besser, auf einer solchen Jagd nicht allein zu sein. Ich werde mit Euch reiten. Selbst wenn einem von uns etwas geschieht, ist dann immer noch der Zweite da, um zu helfen.»

Christian zögerte. Er kannte Filippo kaum, mehr als zwei oder drei Worte hatte er mit dem noch recht neuen Mitglied der Beckerschen Gesellschaft nie gewechselt. Er war ihm bei aller Höflichkeit, die über die eines Fahrenden hinausging, stets fremd und unzugänglich erschienen.

«Es wäre mir tatsächlich lieb, Begleitung zu haben. Aber ich muss sehr schnell reiten, ich bin darin geübt, und mein Pferd ist eines der schnellsten. Ich werde es nur gegen ein frisches tauschen, wenn ich ein beinahe ebenso gutes bekomme. Wenn Ihr langsamer seid, werde ich nicht warten.»

«Ich bin nicht immer nur auf unseren Karrenpferden geritten, Monsieur. Schnelle Ritte über schweres Gelände sind mir vertraut. Auf mich werdet Ihr gewiss nicht warten müssen. Und ein Pferd? Habt Ihr keines mehr in Eurem Stall?»

«Keines, das so schnell und ausdauernd wäre. Ich könnte Jeremy Matthew fragen, sein englischer Rappe ist ein formidabler Renner, aber er ist nicht in der Stadt. Sonst hätte ich ihn auch gebeten, mich zu begleiten. Wir müssen eines für Euch mieten. Im Mietstall beim Steintor stehen einige recht schnelle Pferde, mit etwas Glück bekommen wir ein wirklich gutes.»

«Kummerjahn», rief Helena und sprang auf, «Pastor Kummerjahn hat das schnellste Pferd, das ich je gesehen habe.»

Christians Einwände, ein Pastor besitze kaum ein solches Pferd, wischte sie mit einer ungeduldigen Handbewegung weg. Nun sei keine Zeit für Erklärungen, dieser Pastor habe nun mal so eines. Auch sei er keiner, der nur mit Gebeten großzügig sei, für diesen Zweck werde er es gerne ausleihen, und bis zum Pfarrhaus auf dem Hamburger Berg sei es nicht weit.

Gabriel Kummerjahn, für sein würdiges Amt ein ungewöhnlich rasanter Reiter, war nicht ganz so begeistert, seinen eleganten Holsteiner auszuleihen, besonders für einen solchen Gewaltritt, wie Helena versichert hatte. Nach wenigen Worten der Erklärung jedoch führte er seine Besucher schnurstracks in den Stall. Er versorgte Filippo mit einer besseren Joppe und einer ordentlichen Portion guter Ratschläge für die Behandlung seines sensiblen Tieres, worüber er ein hier wirklich angebrachtes Gebet für den Erfolg dieses Unternehmens völlig vergaß. Bald darauf stand er mit Helena vor der Kirche und sah den beiden davonsprengenden Reitern nach.

Helena war nun voller Zuversicht. Erst als sich alle Mitglieder der Beckerschen Gesellschaft am Abend nach der Vorstellung bei Wein und Brot um den stets zu kleinen Tisch drängten, wuchs ihre Sorge neu. Aber nein, rief Jean, nicht er habe diesen verdammten Klemens angeschleppt. Das sei Filippo gewesen. Der sei eines Tages zu ihm gekommen und habe diesen jungen Mann mitgebracht, der behauptet hatte, Gregor Beaufort zu heißen und ein dilettierender Dichter zu sein.

KAPITEL 12

DIENSTAG, DEN 21. MARTIUS,
ABENDS

Die letzte Nacht hatten sie in Braunschweig verbracht. Klemens kannte die Stadt, es war nicht nötig, nach dem Weg zu fragen. Er ritt voraus und führte Rosina ohne den geringsten Aufenthalt bis zu einem Gasthof nahe dem Gewandhaus am Altstadtmarkt. Der Tag war nichts als ein langer, anstrengender Ritt gegen den Wind gewesen, Rosina sehnte sich nach einem guten Abendessen und einem weichen Bett. Sie hatte keine Augen für die prächtigen Fassaden aus Fachwerk und Steinquadern, für die Arkaden und das Schnitzwerk, die vorspringenden Erker, die Lauben und ausschweifenden Voluten.

Das alte reiche Braunschweig bot Reisenden jede Art von Gasthof. Auch wenn sie nicht erwartet hatte, dass Klemens sie zu einer dieser düsteren Herbergen führen würde, in denen sie die letzten Nächte verbracht hatten, war sie erstaunt, als er vor einem fünfgeschossigen Haus mit blitzenden Fenstern und reich geschnitztem Giebel aus dem Sattel sprang. Sie war sicher, niemals hatte eine fahrende Komödiantin im Gasthof *Zum Goldenen Löwen* logiert, Wand an Wand mit vornehmen, zumindest reichen Besuchern der Stadt. Sogleich eilten drei Diener aus dem Portal. Zwei führten ihre Pferde in den Stall, der dritte geleitete sie mit höflichen, aber nicht zu höflichen Verbeugungen in das Entree. Klemens schrieb seinen Namen in das Gästebuch und erklärte, sein Begleiter sei sein Cousin, Emmerich Lenthe. Wie schon die Wirte zuvor zeigte auch dieser nicht das geringste Misstrauen.

Nach einem heißen Bad, zwei Diener hatten eine kleine, hochlehnige Wanne und viele Kannen dampfenden Wassers heraufgetragen, bürstete Rosina ihren Rock aus, nahm das letzte reine Hemd, Kniehose, Strümpfe und Schuhe aus dem Reisesack und band ihr Haar im Nacken mit einer schwarzen Schleife. Als sie sich angekleidet hatte betrachtete sie sich für einen Moment im Spiegel, dachte an die koketten Blicke der Mägde und fragte sich, während sie schon die Treppe zum Speisezimmer hinuntereilte, wieso nur niemand bemerke, dass sie kein Mann war.

Klemens erwartete sie an einem Tisch nahe dem Kamin. Er trug ein reines Hemd, auch seine Kleider waren gebürstet, er hatte sich rasieren und frisieren lassen, niemand würde vermuten, dass er seit Tagen über das Land ritt. Rosina setzte sich ihm gegenüber, sah den dreiarmigen Tischleuchter aus schwerem Silber, Tischtuch und Mundtücher aus gebleichtem Leinen und die feinen Gläser. Klemens hatte Rotwein bestellt und erklärte, heute werde farciertes braunes Rindfleisch, gefüllt mit einem Ragout von jungen Tauben serviert, dazu gebe es gedünsteten Savoyenkohl und eine Trüffelsoße, mit Zitronensaft gewürzt. Er hoffe, es sei ihr recht.

Die Mahlzeit war das Köstlichste, was Rosina seit langer, seit sehr langer Zeit gegessen hatte, und beinahe bedauerte sie ihren Heißhunger, der es ihr unmöglich machte, die Speisen so bedächtig zu genießen, wie es angemessen gewesen wäre. Als die Teller und Schüsseln abgeräumt waren und nur noch das Dessert, eine leichte

Eiercreme mit Orangen und Succade, darauf wartete, verspeist zu werden, wagte sie endlich ihre erste Frage. Abend für Abend hatte sie sich vorgenommen, Klemens um Auskunft zu bitten, immer hatte sie einen Grund dagegen gefunden. Und weil sie die Fragen nach ihrem Vater, die ihr doch am dringlichsten waren, nicht gleich stellen mochte, fragte sie ihn zuerst nach seinem Leben. Wie es ihm in Göttingen gefallen habe, ob es seiner Mutter gut gehe und wie lange sie beide überhaupt schon in dem Haus nahe Hardenstein lebten.

Wenn er sich auch nicht gerade redselig zeigte, gab er doch auf alle Fragen Antwort. Seit sieben Jahren lebten er und seine Mutter bei Alexander Lenthe. Er hatte zunächst in Leipzig studiert und war im zweiten Jahr nach Göttingen gewechselt.

«Warum?», fragte Rosina.

Er zuckte die Achseln und lächelte. «Einfach um mehr von der Welt zu sehen», sagte er dann. «Göttingen ist nicht Rom, aber immerhin. Und Rom», wieder lächelte er, «bleibt mir immer noch. Auch Florenz und Paris. London. Später wird genug Zeit für die *Grand Tour*, für die große Reise sein.»

Er nahm einen Löffel von der Creme, und Rosina überlegte, was dieses «Später» für ihn bedeute. «Mein Vater muss Euch sehr dankbar sein, weil Ihr Eure eigenen Pläne für ihn vernachlässigt.» Sie sah ihn fragend an, aber er schwieg und griff nach seinem Glas. «Ich war sicher, er würde längst wieder verheiratet sein», fuhr sie fort. «Warum hat er keine neue Ehe geschlossen?»

«Weil er sich nach der Ehe mit Eurer Mutter keine andere vorstellen konnte», wollte sie hören, «weil es für ihn keine andre gab.»

«Sicher nicht aus Mangel an geeigneten Bewerberinnen», sagte Klemens. «Bei der einen oder anderen war er in starker Versuchung, einmal stand er wohl auch kurz vor einem Ehevertrag. Aber seit meine Mutter seinem Haus vorsteht, sah er keinen Anlass mehr. Er ist kein junger Mann, er liebt es, zurückgezogen zu leben. Warum also hätte er, nach seinen Erlebnissen, noch einmal die Last und Unwägbarkeiten einer Ehe auf sich nehmen sollen?»

Rosinas Gesicht begann zu glühen, als habe er sie geohrfeigt. Neue Gäste betraten das Speisezimmer, die Kerzen flackerten im Windzug, und Klemens' Augen erschienen plötzlich dunkel.

«Als wir in sein Haus kamen», fuhr er fort, «lag dort vieles im Argen. Ohne uns …»

Er griff nach seinem Mundtuch, tupfte sich die Lippen ab, und seinen Augen folgten den beiden eleganten Paaren, die sich an einem Tisch am anderen Ende des Raumes niederließen. Rosina sah niemanden als Klemens, sie versuchte in seinem Gesicht zu lesen, aber es gelang ihr nicht. Sie sah nur Strenge, aber das konnte nicht sein. Er war ihr Cousin, er hatte sie mühevoll gesucht, und wenn er sie nun verletzte, dann konnte das nur eine kleine Ungeschicklichkeit sein, die sie höflich übergehen musste.

«Im Argen?», sagte sie und bemühte sich um eine feste Stimme. Sie hatte nie daran gedacht, der wohlorganisierte reiche Haushalt ihrer Familie könnte jemals und auch nur im Geringsten in Unordnung geraten. «War er denn damals schon krank?»

«Krank?» Klemens' Blick kehrte zu ihr zurück, aber er blieb dunkel. «Nein, das nicht. Er, nun ja, wie soll ich es sagen, er war wohl nicht sehr glücklich. Alle, die er geliebt hatte, hatten ihn verlassen. Wie Ihr sehr wohl wisst. Für ihn war seine Familie gestorben. Seine ganze Familie», fügte er mit einem kleinen Lächeln hinzu, als habe er gerade ein charmantes Kompliment gemacht. «Außerdem kamen in jener Zeit die Nachrichten, dass seine Geschäfte, ich meine seine Minen, kaum mehr Erträge brachten. Dieser Luxus», entfuhr es ihm plötzlich scharf, «dieser Luxus, der für Euch Alltag war, während wir, meine Mutter und ich», er atmete tief, trank einen Schluck und fuhr genauso plötzlich ruhig und freundlich fort: «Meine Mutter und ich haben natürlich auch stets im Wohlstand gelebt. Mein Vater hat uns mehr als gut versorgt hinterlassen. Dennoch zogen wir die Bescheidenheit vor, höfische Sitten waren nie unsere Art. Unser Reichtum galt uns zugleich als christliche Verpflichtung, zuerst an die Armen zu denken, wohltätig zu sein. Doch das ist keine Sache, um viel darüber zu reden. Lasse die Rechte nicht wissen, was die Linke tut. Jedenfalls hat Euer Vater nicht wieder geheiratet. Vergesst nicht, er hat in mir einen Sohn. Einen guten Verwalter seines Erbes. Er brauchte niemanden sonst. Wozu also hätte er wieder heiraten sollen?»

Darauf wusste Rosina nun keine Antwort mehr, und bald darauf entschuldigte sie sich mit ihrer Müdigkeit und ging hinauf in ihr Zimmer. Irgendetwas war geschehen, irgendetwas hatte sie gehört, das sie verwirrte. Einiges, was Klemens gesagt hatte, schien ihr nicht zueinander zu passen. Was? Es waren nicht zuerst Klemens' Worte gewesen. Manche hatten sie verletzt, aber sie waren die Wahrheit, und die musste sie ertragen. Nein, nicht seine Worte, sondern die Weise, in der er sie gesprochen hatte. Sie war zu erschöpft, um nun noch ihren Gedanken zu folgen. Erschöpfter als an jedem anderen Abend dieser Reise. Dennoch, gerade die Bitternis dieses Abends hatte sie fühlen lassen, wie groß ihre Hoffnung auf Versöhnung war.

Bald nach Sonnenaufgang ließen sie am nächsten Morgen ihre Pferde satteln und ritten aus der Stadt weiter nach Südosten. Die Hügel wurden nun höher, der Ritt anstrengender, und nachdem sie Wolfenbüttel passiert hatten, wuchsen die Höhen des Harzes aus dem dunstigen Horizont.

Sie erreichten Osterwieck im lieblichen Tal der Ilse am späten Nachmittag. Ein Roter Milan, leicht zu erkennen an den gewinkelten Flügeln und dem gegabelten Schwanz, kreiste im ruhigen Flug über dem Stadttor, als sei er eigens dazu bestellt, Reisende in die uralte Stadt hinter ihren mit dreizehn Türmen bewehrten und von drei Toren durchbrochenen Mauern zu locken. Einst war sie eine der reichsten dieses Landstrichs gewesen, und wenn auch Handel und Handwerk neu auflebten und auch das umliegende satte Bauernland den Niedergang beinahe vergessen machten, hatte die Stadt sich nie ganz von den Verheerungen des dreißig Jahre währenden Krieges des vergangenen Jahrhunderts erholt.

Vor dem Tor hatte Klemens vorgeschlagen, noch eine oder zwei Stunden weiterzureiten. Der Ritt im Flusstal sei leicht und der klare Himmel verspreche einen langen Tag. Es sei töricht, kostbare Zeit zu verschenken. Aber Rosina hatte entgegnet, sie sei sehr müde. Da sie der nächste Tag bis ins Gebirge führen werde, sei es besser, nun auszuruhen, um für die schwierigste Strecke ihrer Reise Kräfte zu sammeln. Sie bemühte sich, das auch selbst zu glauben.

Tatsächlich ließen sie die abweisende Silhouette des Gebirges und eine wachsende Beklommenheit die längere Rast wünschen. Ein zweifellos unvernünftiger Wunsch, denn egal, wie schnell oder langsam sie vorankamen, am Ende musste sie sich doch ihrer Vergangenheit stellen. Und tat sie das in den Bildern ihrer Erinnerung nicht schon längst?

Und Klemens? Er war schweigsam, und obwohl er bei jeder Rast wieder zu dem heiter plaudernden Mann der gemeinsamen Zeit in Altona wurde, schien er in sich verschlossen. Dennoch war er stets an ihrer Seite und um ihr Wohl bemüht. So gab er auch jetzt schnell nach, und das Gasthaus *Zum Schwarzen Ross*, zu dem er sie führte, war wieder das beste in der kleinen Stadt.

Der Wirt, ein hagerer Mann mit einer großen geröteten Nase und geschäftstüchtig blitzenden dunklen Augen, staunte über ihren Wunsch, zwei Zimmer zu mieten. Gewöhnlich teilten sich mehrere Reisende, auch einander völlig fremde, eines zu dritt oder zu viert. Im Übrigen sei nur noch eines frei, ein kleines unter dem Dach. Die Stadt sei wegen des Lämmermarktes voller Besucher. Bevor Klemens wieder vorschlagen konnte, doch noch weiterzureiten und in einem der nächsten Dörfer eine komfortablere Unterkunft zu suchen, sagte Rosina schnell ja, und so verbrachte Klemens die Nacht auf ihren ausgerollten Pferdedecken auf den Dielen der Mansarde.

Als sie erwachte, wusste sie nicht, wie lange sie geschlafen hatte. Der Mond stand noch am Himmel und sandte einen dünnen Strahl seines Lichtes durch die Läden vor dem Fenster. Die Nacht schien totenstill, erst allmählich drangen deren Geräusche in ihr Bewusstsein.

Das schläfrige Wiehern eines Pferdes, der Ruf einer Eule, das Knistern winziger Mäusefüße irgendwo hinter den Dachsparren. Und das? Waren das Schritte? Sie setzte sich auf und hielt angestrengt lauschend den Atem an. Jemand schlich die Treppe herauf, verhielt nach einem leisen Knarren der Dielen und schlich wieder davon. Dann war nur noch Klemens' Atmen zu hören, ein kaum vernehmbares Hauchen. Irgendjemand hatte sich auf der Suche nach seinem Zimmer, oder dem eines Mädchens, in dem verschachtelten alten Haus verirrt.

Sie sank zurück auf das harte, mit nichts als Hirsespelzen gefüllte Kissen und schloss die Augen. Sofort kehrten die Bilder ihres Traumes zurück. Mit dem Erwachen hatte sie sie vergessen gehabt, nun waren sie wieder da. Nicht vollständig und klar wie im Schlaf, nun im Wachen erinnerte sie nur noch Fetzen und Schemen. Da war viel schwarze Erde, nahten gefährliche Hufe und tückisch rollende Augen eines Pferdes, Kirschblüten fielen auf die Erde, und dann war da auch dieses Lied. Sie hörte es nicht, hörte man je etwas in den Träumen?, aber sie wusste, dass es da war und von großer Bedeutung. Und jetzt, jetzt – rasch öffnete sie die Augen, doch es war schon zu spät. Das Bild des riesigen Dreizacks, der mit den scharf gefeilten Spitzen heranraste wie ein Geschoss, folgte ihr aus dem Traum ins Wachen, und sie erstickte ihren Schrei in dem Kissen.

Er sei alt und krank und wolle ihr verzeihen, hatte Klemens gesagt. Wenn er so ein wenig seines Friedens wieder fand, mochte er das tun. Das war einzig seine Sache. Ihre war es, ihm zu verzeihen. Sie glaubte nicht, dass sie das konnte, und war auch nicht sicher, ob sie es überhaupt wollte. Vergebt, so wird euch vergeben. Das hatte sie oft von der Kanzel gehört. Wer war sie, dass sie dazu nicht bereit war? War sie anmaßend? Oder nur zu schwach? Hieß es nicht, dass die Schwachen mit Stärke umgürtet seien? Man musste stark sein, um zu vergeben. Also nur zu stolz? Zu hochmütig? Sei nicht hochmütig, sondern fürchte dich, sprach Paulus. Hatte sie sich gefürchtet? In den schwarzen Nächten und frostigen Tagen jenes letzten Sommers in dem großen Haus? Oder hatte sie nur gehasst?

Niemand bezichtigte sie der Schuld an Bothos Tod. Jedenfalls sprach niemand darüber. Doch in allen Gesichtern las sie den Vorwurf. Wenn auch niemand wusste, dass sie gehört hatte, wie er ihren Namen rief, als sie zornig davonjagte, wussten bald alle, dass er versucht hatte, ihr zu folgen, so wie er es oft getan hatte. Auch wussten alle, dass sie im Zorn davongeprescht war wie ein Dragoner im Sturm, dass sie den Damensattel verweigert und trotz des strengen Verbots wie ein Mann geritten war.

Die nun folgenden Monate erinnerte sie als eine andauernde lähmende Stille. Da waren wohl die vertrauten Stimmen und Geräusche der Diener, der Knechte und Mägde, der Tiere in den Ställen und selbst des Mühlrades, dennoch schien die Welt um das große Haus nicht mehr zu atmen. Nicht nur Bothos helle Stimme und der Klang seiner kleinen, stets eiligen Füße fehlten. Auch seine Mutter war verstummt. Die Musik, früher Karola Lenthes Sprache in Momenten der Freude wie des Kummers, bot ihr keinen Trost. Das Musikzimmer blieb auch jetzt, gerade jetzt verschlossen.

Alexander Lenthe war nach dem Tod seines Sohnes häufig auf Reisen. Wenn er heimkehrte, oft nur für wenige Tage, verschwand er gewöhnlich bald in seiner Bibliothek. Seltsamerweise bestand er dann stets darauf, den Unterricht seiner Tochter fortzusetzen. Damals, als er begann, seinen Sohn zu unterrichten, hatte sie sich beschwert, dass sie nicht lernen dürfe. Also hatte er begonnen, auch ihr Unterricht zu geben. Er hatte geglaubt, sie werde es schnell müde werden, in seiner stets dämmerigen Bibliothek über dicken Büchern zu hocken, Latein zu lernen, sich in der Kanzleisprache zu üben, mit seinen Karten die Beschaffenheit der Erde und des Himmels zu studieren. Stattdessen lernte sie schnell und mit wachsender Neugier. Widerwillig und heimlich merkte er, dass diese Stunden mit seiner Tochter ihm Vergnügen bereiteten. In diesen Monaten lernte sie auch alles, was er über die amerikanischen Kolonien und die karibischen Inseln, Spanisch- und Portugiesisch-Amerika wusste. Er zeigte ihr Karten und Bilder, ließ sie Nachrichten aus dieser fremden wilden Welt aus der Zeitung vorlesen, und beinahe glaubte sie, er fühle Sehnsucht danach.

Karola Lenthe starb so still, wie sie zuletzt gelebt hatte. Ein tiefer Kratzer an ihrer Hand, die Folge einer Ungeschicklichkeit beim Verlassen der Kutsche, entzündete sich. Sie beachtete ihn nicht, und ebenso wenig schien sie das Fieber, das bald folgte, zu beachten. Es quälte sie über einige Wochen, es kam und ging, und sooft der Physikus auch sagte, nun sei es überstanden, Madame Lenthe brauche nur noch viel Schonung und Ruhe, flackerte es wieder auf. Am Ende des Winters, als die Tage schon begannen länger zu werden und alle auf die Wärme des Frühjahrs hofften, starb sie. Sie ließ einfach das Leben los und verschwand.

In den Wochen davor hatte Rosina, die damals noch Emma hieß, geglaubt, nie könne sie einsamer sein als in der Stille nach Bothos Tod. Nun erfuhr sie, dass es kein Maß für Einsamkeit gibt. Sie lernte auch, dass es nicht möglich ist, diesen Zeiten zu entkommen wie einem kalten Zimmer. Als sie nach der Tür suchte, fand sie sie nicht, als sie sie endlich gefunden hatte, wartete dahinter neue Leere, das nächste kalte Zimmer.

Auch wenn sie es sich nicht eingestand, hatte sie gehofft, hinter dieser Tür ihren Vater zu treffen. Doch obwohl er in diesen Monaten nicht mehr verreiste, war er doch nicht da. Er war im eigenen Kummer eingeschlossen, und weil sie das nicht sah, nicht erkennen konnte, vermochte sie auch nicht zu sehen, dass er litt wie sie. Wo Vater und Tochter einander hätten halten können, blieben sie füreinander unerreichbar, und aus der Unerreichbarkeit, aus dem Unvermögen, das gemeinsame Leid zu teilen, wuchs schließlich eine Barrikade aus kaltem Zorn.

Am Ostersonntag nahm sie einen Stein und zerbrach die Scheibe des großen Fensters zum Musikzimmer. Als sie das dritte Lied spielte, das heiterste, ein schneller Tanz, drangen die Töne des Klavichords endlich bis in die Bibliothek, und der Zorn Alexander Lenthes entlud sich zum ersten Mal. Er öffnete die Tür zu dem so lange verschlossenen Raum, und der Anblick des Mädchens, ihr über die Tasten gebeugter blonder Kopf, der anmutige Nacken, ließen ihn die Fassung verlieren. «Hör auf», schrie er, «hör sofort auf.» Als beachte sie ihn nicht, hob sie lächelnd den Kopf, sah in den Frühling hinaus und begann zu singen. Da schlug er zu.

Emma war noch keine fünfzehn Jahre alt. Sie wusste nicht um die enge Verbindung von Trauer, Schuld und Zorn. Alexander Lenthe, den sie für den klügsten Menschen hielt, weil er sie so viel über das äußere Wesen der

Welt gelehrt hatte, wollte davon nichts wissen. Emma bot ihm die Stirn und tat, was er verboten hatte. Ihr Gesicht, ihre Gestalt, ihre Bewegungen und ihre Stimme zeigten ihm, was er verloren, und, vielleicht schlimmer noch, was er versäumt hatte. Der Zorn brannte, doch der war leichter zu ertragen als das, was er zudeckte.

In diesem Sommer gastierten wandernde Komödianten in Hardenstein. Es waren schon oft welche auf ihrer Reise zu den größeren Städten durch den kleinen Ort gezogen, nur hatten sie nie lange genug Halt gemacht, um ihre Bühne aufzubauen. Diesmal war eines ihrer Pferde an einer Kolik verendet. Bis sie den Preis für ein neues ausgehandelt hatten, und vielleicht auch, weil ihre Kasse leer war, blieben sie für einige Tage.

Emma hörte von den Komödianten, als die Frau des Gärtners sich empörte, der zweite Kutscher habe einer der Actricen, bemalt und herausgeputzt wie eine welsche Dirne, eine Rose gegeben. Dazu nicht irgendeine von den wilden Büschen hinter dem Park, sondern eine von der seligen Madame Lenthes schönstem burgunderfarbenem Stock. Der Kerl habe sich auch noch erdreistet, zu sagen, sie solle ihr Maul halten, Madame hätte sich darüber ganz sicher gefreut.

Alexander Lenthe erfuhr nichts von diesem Frevel. Niemand, nicht einmal die Frau des Gärtners, reizte den Zorn des Hausherrn. In diesen Monaten konnte der jeden treffen, der an Karola Lenthe und besonders deren Vergangenheit erinnerte. So sagte ihm auch niemand, dass Emma an einem dieser Tage einen ganzen Nachmittag lang verschwunden gewesen war und die Leute im Dorf berichtet hatten, man habe sie vor der Komödienbühne gesehen.

Als die Komödianten Wochen später zurückkehrten und wieder für einige Tage in Hardenstein blieben und spielten, schlich sie sich wieder davon. Diesmal hatte sie weniger Glück. Die Frau des Pfarrers, eine freundliche, leider stets und übermäßig an den Sorgen anderer Leute leidende Dame, beobachtete das Volk vor der Bretterbühne, voller Kummer um diese Gefährdung der Tugend der Gemeindekinder. Sie entdeckte Emma sofort und ruhte nicht, bis ihr in dieser Sache ungewöhnlich widerstrebender Gatte sich am nächsten Morgen auf den Weg zum Lentheschen Haus machte.

Auch an diesem Tag betrat Emma die Bibliothek zu ihrer Unterrichtsstunde, und wie gewöhnlich erwartete Alexander Lenthe seine Tochter. Er drehte sich nicht nach ihr um, sondern verharrte vor dem Globus und fuhr mit den Fingern über die lackierte, mit der Erde bemalte Kugel aus mit Leder verleimter Leinwand. So hatte er in der letzten Zeit manchmal gestanden, wenn sie das Zimmer betrat, und gleich, ohne sie anzusehen, begonnen, ihr weiter die Welt zu erklären. Heute schwieg er und drehte nur behutsam den Globus. Endlich wandte er sich um und sah sie an.

Seine Stimme war leise, als er zu sprechen begann. Vielleicht wäre sie das geblieben, hätte seine Tochter in stiller Scham den Kopf gebeugt, so wie er es erwartete. Das tat sie nicht. Es stimme, sagte sie, sie sei bei den Komödianten gewesen und könne nicht verstehen, was daran verwerflich sei. Verwerflich sei, dass sie sich dadurch mit den Fahrenden gemein mache wie eine Küchenmagd, antwortete er, und noch verwerflicher, dass sie sich zu dumm stelle, das zu wissen. Als lese er ihre Gedanken, fuhr er fort, es sei ein Unterschied, in einem Hoftheater zu Gast zu sein, oder sich im Staub eines Dorfplatzes unter Knechte und Schweine zu mischen und dem rohen Gelärm verderbter Possenreißer zuzusehen. Hier wurde seine Stimme schon lauter, und als er fortfuhr, griff seine Hand, als müsse er sie um etwas ballen, nach dem bronzenen Neptun neben seiner Schreibgarnitur.

«Was glaubst du», rief er, «warum das Musikzimmer verschlossen ist? Willst du nicht begreifen, dass all dies für dich, für deine Zukunft geschieht? Um nichts anderes, als den Makel, der auf deiner Geburt liegt, vergessen zu machen, habe ich Musik, flatterhaften Gesang und Tanz verboten. Um nichts anderes. Deine Mutter hat das gewusst. Sie hat verstanden, dass die Tochter einer Sängerin makelloser sein muss als alle anderen. Sie hat verstanden, dass alles, was sie ihrer Tochter mitgegeben hat, getilgt werden muss, restlos getilgt, damit sie keine Schande über den Namen meiner Familie bringt. Willst du noch mehr Unheil anrichten? Ist es nicht genug? Botho würde noch leben, wenn du dich betragen hättest, wie ich es wünschte und wie es die Sitte fordert. Dein Bruder ist tot, deine Mutter ist an diesem Verlust zerbrochen und verloschen. Ist es nicht endlich genug? Soll ich dich einsperren wie einen tollen Hund?»

«Wie Ihr meine Mutter eingesperrt habt? Und ihr alles verboten habt, was sie liebte? Ihr seid schuldig an ihrem Tod, als hättet Ihr sie verhungern lassen. Sie war ohne den geringsten Makel, Ihr habt sie dennoch verachtet. Sie ist lieber gestorben, als länger in diesem Haus zu leben. Mein Makel ist nicht sie, sondern dass Ihr mein Vater seid. Ich werde niemals, wie Ihr und Eure dummen Sitten es fordern. Ihr wollt mich auch einsperren? Es wird nichts nützen. Ich bin nicht gut und sanft wie sie, ich werde entkommen. Ich will auch nicht sein wie Ihr, ich will sein wie die Komödiantinnen auf dem Markt …»

Später, als sie sich an diesen Moment zurückerinnerte, hatte sie gedacht, sie hätte etwas hören müssen. Irgendeinen Aufschrei des Zorns, vielleicht sogar des Schmerzes. Aber da war nichts, kein Ton, kein Laut, an den sie sich erinnerte. Da schoss nur die schwere Bronze auf sie zu, die scharfen Spitzen des Dreizacks, die ihre Wange aufschnitten wie ein Messer. Dann erst folgte ein Ton: der dumpfe Aufprall der Statue auf den Dielen der Bibliothek.

Sie erinnerte sich auch nicht genau, was dann geschehen war. Nur, wie sie in der Küche saß, die Köchin mit einem nassen Tuch versuchte, das Blut zu stillen, und die Mädchen flüsternd um sie herumhuschten. Der Physikus wurde nicht gerufen.

Sosehr Emma es damals auch wünschte, es stellte sich kein Fieber ein. Die Wunde war nicht so tief, wie es zuerst den Anschein gehabt hatte, und die Salben und Verbände der Köchin ließen sie bald heilen. Ein tiefroter Narbenstreifen zog sich nun über ihre linke Wange bis zum Kinn hinunter, doch das bekümmerte sie nicht. Auch das Mal, das Kain auf der Stirn getragen hatte, war nicht wirklich ein Makel, sondern ein Zeichen zu seinem Schutz gewesen.

Zwei Tage und Nächte, nachdem die Köchin den letzten Verband abgenommen und gefunden hatte, die Wunde sei nun verheilt, sie werde mit der Zeit gewiss heller und unter ein wenig Schminke leicht zu verbergen sein, schlüpfte Emma in der Mitte der Nacht in die gestohlenen Kleider, zog ihr heimlich gepacktes Bündel unter ihrem Bett hervor und öffnete das Fenster.

Das war nun viele Jahre her. Sie hatte ihren Vater und alle und alles, was zu ihm gehörte, seither nicht mehr gesehen. Und nun? Wie sollte sie mit ihm sprechen? Was sollte sie mit ihm sprechen?

Sie lag in der Dunkelheit und lauschte in die Nacht. Nichts regte sich. Selbst die Mäuse im Dach schliefen. Da war nur Klemens' Atem. Plötzlich wusste sie, was ihr so seltsam schien. Er atmete sanft und gleichmäßig, doch es war nicht das Atmen eines Schlafenden.

Die beiden Reiter, die von Lüneburg über die Heide, durch die Sümpfe bei Gifhorn und weiter nach Braunschweig galoppierten, wurden allgemein für reitende Posten gehalten. Niemand sonst würde seine Pferde so erbarmungslos vorwärts treiben. Wer ihnen an ihrem Weg nachsah, dachte, die Post in ihren Satteltaschen müsse von ganz besonderer Wichtigkeit sein.

Christians Bedenken waren umsonst gewesen. Filippo, von dem er gedacht hatte, dass der nur ein Akrobat und Schauspieler mit bescheidenen Talenten war, ritt, als sei er sein Leben lang auf dem Rücken eines schnellen Pferdes über das Land gejagt.

Schon in Lüneburg hatten sie ihre Pferde gegen frische eingetauscht und Nachricht nach dem Neuen Wandrahm geschickt, man möge sie dort so bald als möglich abholen, damit sie nicht entgegen den (gut bezahlten) Versprechungen des Postenhalters an andere Reiter weitergegeben würden. Sooft es möglich war, wechselten sie ihre müde gejagten Tiere gegen frische aus. So bewältigten sie eine Wegstrecke, die Rosina und Klemens einen ganzen Tag gekostet hatte, in wenigen Stunden.

Nicht Christian, sondern Filippo war es, der stets zu

noch mehr Eile drängte, stets auf die nächste Herberge verwies, wenn es darum ging, endlich eine Rast einzulegen. An nahezu jedem Posten standen frische Pferde bereit, kein einziges Mal wurden sie ihnen verweigert.

Weniger Glück hatten sie bei der Suche nach einer Spur von Rosina und Klemens. Wen immer sie nach zwei jungen Männern fragten, der eine groß und schlank, der andere deutlich kleiner und mit einer langen Narbe auf der linken Wange, niemand konnte sich an sie erinnern. Erst in Braunschweig, wo Christian auf dem besten Gasthof bestand, um die wenigen Stunden ihrer Rast wenigstens in einem guten Bett zu verbringen, berichtete der Wirt, die beiden jungen Herren Lenthe hätten die Nacht von Montag auf Dienstag in seinem Haus verbracht.

MITTWOCH, DEN 22. MARTIUS, NACHMITTAGS

Auch das preußische Wernigerode an der Kreuzung zweier alter hansischer Handelsstraßen war eine bedeutende Stadt gewesen, bis Pest, Krieg und verheerende Brände den Reichtum vernichteten. Die letzte Feuersbrunst vor beinahe zwei Jahrzehnten hatte mehr als dreihundert Gebäude gefressen. Gegen all diese Heimsuchungen trotzten einige Häuser der kleinen Stadt noch mit kunstvollen Fassaden. Schwarz, rot und grün bemaltes Fachwerk, reich und eigen geschnitztes Gebälk, blaugraue, hier und da von spitzen Türmchen aufgeheiterte Schieferdächer, hoch aufragende Kirchturmspitzen empfingen Rosina und Klemens hinter dem Mauerring. Über alldem und schon von ferne zu sehen thronte die mächtige Schlossburg der Stolberger Grafen. Am dicht bewaldeten

Hang der hier steil aufsteigenden Harzhöhen erbaut und schon vom kalten Dunst des Gebirges berührt, wirkte sie abweisend und fremd, als gehöre sie in einen weitaus schrofferen Landstrich und nicht an diesen Ort.

Es war erst Nachmittag, und sie hatten nicht vorgehabt, in Wernigerode zu rasten. Bis zu Klemens' Mine war es nicht mehr weit, sie konnten sie leicht vor Einbruch der Dunkelheit erreichen und im Haus des Verwalters Unterkunft finden. Doch dann, schon nahe dem Stadttor, verlor Rosinas Fuchs ein Eisen, ein zweites erwies sich als locker, und sie mussten sich auf die Suche nach einem Hufschmied machen. Es gab zwei in der Stadt, doch weil einer der Schmiede vor drei Tagen gestorben und sein Haus noch in Trauer war, blieb nur einer. Der wollte den Fuchs gerne neu beschlagen, natürlich, das sei sein Handwerk, doch nicht sofort. Nein, auch nicht um den doppelten Preis. Erst seien die zu beschlagen, die schon vor der Schmiede in der Breiten Straße warteten.

Das waren an diesem Tag etliche. So blieben sie in der Stadt und fanden Unterkunft in der Herberge *Zur goldenen Forelle* am Markt.

Sie aßen in der Gaststube zu Abend, die Verstimmung, die entstanden war, als Rosina sich geweigert hatte, Claes Herrmanns' Fuchs gegen ein Mietpferd zu tauschen und doch gleich weiterzureiten, schwand endlich. Nicht zuletzt durch die Gesellschaft eines Zeichenkünstlers aus Gotha, der unterwegs war, das wilde Bodetal zu erwandern und zu zeichnen. Ein äußerst gesprächiger junger Herr, der viel und Schauerliches über das Brockengespenst und auf den stürmischen Höhen miteinander tanzende Hexen und Teufel zu berichten wusste. Auch von den Venedigern erzählte er, von den unheimlichen fremden Schatzsuchern, die für ihre Brüder Geheimzeichen auf Steine ritzten und sich mit nur einem Zauberspruch blitzschnell vom Harz bis nach Venedig versetzen konnten.

DONNERSTAG, DEN 23. MARTIUS, VORMITTAGS

Am nächsten Morgen, bald nach Sonnenaufgang, verließen sie die schützenden Mauern Wernigerodes und ritten auf dem Weg nach Süden in das Gebirge. Auch dieser Tag war grau und zudem winterlich, mit jedem Schritt der Pferde erschien er Rosina kälter. Der Weg, gerade breit genug für einen Karren oder ein einspänniges Fuhrwerk, führte am Ufer eines Baches entlang zunächst nur sanft bergan. Der Wald, um Wernigerode durch die zahlreichen Birken, Ebereschen und Buchen noch licht, wurde, je höher sie ritten, mehr und mehr zum finsteren Fichtenforst.

Einmal glaubte Rosina die spitzen Ohren eines auf eine Felskuppe geduckten Luchses zu erkennen, aus den Zweigen einer allein stehenden, majestätischen Fichte im Bachtal floh ein aufgeschrecktes Sperberpärchen. Sonst wirkte der Wald verlassen, bis sie auf eine Köhlerhütte trafen. Der Geruch der Kohle war ihnen schon eine Weile entgegengeweht, endlich öffnete sich der Wald und gab die Lichtung mit der spitz zulaufenden Hütte aus Stämmen und Zweigen und einem blau rauchenden Meiler frei. Der Köhler und seine beiden Gehilfen waren damit beschäftigt, auf einer alten Kohlstelle einen zweiten zu errichten. Die Männer drehten sich nur kurz nach den Reitern um, erwiderten Rosinas Morgengruß mit einem Nicken und fuhren fort, die Spalten zwischen den zu einer gut mannshohen Pyramide aufgerichteten Buchenknüppeln mit Kleinholz aufzufüllen.

Am Rand der Lichtung gabelte sich der Weg, und Klemens, der hinter ihr ritt, rief Rosina zu, der rechte führe zu der Mine. Während sie den schmalen, nun steil bergan führenden Pfad hinaufritten und schnell hinter dichtem Unterholz verschwanden, sah der jüngere Gehilfe des Köhlers ihnen nach. Das konnten nur Fremde sein, unverständige reiche Leute aus einer Stadt, aus Braunschweig womöglich. Wer sonst würde sich auf diesen im Frühjahr stets morastigen Pfad wagen, und das nur zum Zeitvertreib? Wozu sonst? Schließlich führte der Pfad nur zu einer alten Mine, wenn man nicht schlau genug war, den breiten Weg von der anderen Seite des Berges zu nehmen, und die war längst mit Wasser vollgelaufen und stillgelegt.

Seit Hunderten von Jahren gruben die Menschen auf der Suche nach Silber, Blei, Kupfer, Eisen und anderen Schätzen der Erde tiefe Stollen in den felsigen Grund des Harzes. Generationen von Fürsten und Bürgern waren daran reich geworden und die Bergleute ein geachteter Stand mit mehr Privilegien und Freiheiten als die Angehörigen anderer Gewerke. Tausende hämmerten und gruben in den Tiefen des Harzes, auch viele Kinder, kaum einer wurde alt. Nicht nur wegen der endlosen Arbeitstage in kaum erhellter Dunkelheit und Staub, in Hitze und Kälte. In den oft meilenlang und bis 1500 Fuß tiefen Stollen drohten auch Einstürze und Wassereinbrüche. Die aufwendigen Systeme von parallel verlaufenden Wasserlösungstollen und Schächten zum Abfluss des Wassers und die komplizierten Maschinerien zu dessen

Hebung konnten nicht verhindern, dass immer wieder Stollen voll liefen und für die Förderung der kostbaren Erze verloren gingen. Wenn durch eine der Rüböllaternen ein Feuer ausbrach, wenn sich die flachen Karren, Stützbalken und das Gerät entzündeten, rasten die Flammen unaufhaltbar und immer schneller durch die zugigen Stollen wie durch einen gigantischen Kamin.

Schon lange kamen Besucher von weit her, um die Bergwerke, deren Stollen zu den längsten der Erde gehörten, und die Maschinerien zu besichtigen. Das wussten auch der Köhler und seine beiden Gehilfen in dem engen Tal südlich von Wernigerode. Allerdings hatten sie nie gehört, dass welche kamen, um eine dieser äußerst unbequem zu erreichenden verlorenen Minen zu besichtigen. Noch nie war jemand an ihren Meilern vorbei und auf dem alten Pfad den Berg hinaufgeritten. An diesem Morgen, den sie bis dahin für keinen besonderen gehalten hatten, geschah das gleich zweimal. Während die ersten beiden Reiter sie kaum beachtet hatten, verlangten die, die etwa eine Stunde später auf die Lichtung ritten, Auskunft. Sie stiegen nicht, wie es sich gehörte, aus dem Sattel, um zunächst ein wenig über das Wetter oder die drohende Konkurrenz durch die schwere englische Kohle zu reden und einen Becher Wasser zu teilen, sondern forderten gleich und mit Ungeduld in den Stimmen Auskunft. Die gab der jüngere Gehilfe, geschickt die Kupfermünze auffangend, bereitwillig.

Ja, zwei Reiter seien vorbeigekommen und den steilen Pfad hinaufgeritten, der führe zur Mine, habe der eine dem anderen zugerufen. Was einen vergeblichen Weg bedeute, denn deren Stollen seien längst abgesoffen. Nein, sie hätten nicht nach dem Weg gefragt, der eine, der größere, habe sich wohl ausgekannt, obwohl er ihn hier nie zuvor gesehen habe. Doch, der Weg sei einfach zu finden: immer bergauf und dann auf dem Pfad hoch über der Schlucht am Berg entlang.

«Wartet!», hatte er gerufen, als die beiden ihre Fersen schon in die Flanken ihrer Pferde drückten. Später gabele sich der Weg noch einmal, bei dem Kreuzstein. Viel zu umständlich, fanden Christian und Filippo, erklärte der Junge, wie sie von dort den richtigen Weg zu Mine erkennen konnten.

An heiteren Sommertagen, dachte Rosina, müsse dieser Pfad am bewaldeten Abhang hoch über dem in der Schlucht rauschenden Bach ein Vergnügen sein. Jetzt war er eine Strapaze. Um die Bergkuppen hing grauer Dunst, harsche Schneereste und Eisbrocken zwischen den Steinen machten den Weg unsicher. Vor jeder Biegung erwartete sie, dahinter sei er abgebrochen, unter der Wucht der Herbstregen und der Schneemassen des Winters einfach den Abhang hinuntergerutscht, nichts als kahle Felsen hinterlassend. Doch es ging immer weiter, und obwohl der Fuchs niemals über solche Wege gegangen war, suchte er sich behutsam und geduldig seinen Weg.

Schon nachdem sie die Köhlerei passiert hatten, führte der Pfad eng und steinig bergauf. Nach einer weiteren Weggabelung wurde er noch steiler und schmaler. Obwohl sie Wernigerode erst vor zwei oder drei Stunden verlassen hatten, fror sie, und ihre Muskeln schmerzten schon. Klemens kannte die Schlucht, dennoch ließ er sie auch jetzt vorausreiten. Wieder wand sich der Weg um einen schroff vorspringenden Felsen, und als habe er an ihrem steifer werdenden Rücken erkannt, dass sie sich nichts mehr wünschte als eine kleine Rast, bat er sie, zu halten und abzusteigen. Die Stelle war gut gewählt. Der Pfad weitete sich hier um einige Fuß zu einem länglichen Platz, gerade Raum genug für zwei Reiter und ihre Pferde. Ein in Jahrtausenden vom Regen beinahe rund gewaschener Felsblock lud zum Sitzen ein.

Rosina stieg behutsam aus dem Sattel und warf die Zügel über die Zweige einer jungen Fichte. Sie reckte ihre steifen Glieder, rieb die Hände warm und betrachtete verstohlen ihren Cousin. Wie am vergangenen Abend war er wortkarg, doch als ihre Blicke sich trafen, lächelte er flüchtig. Sie verstand seine Stimmung, der Wassereinbruch in der Mine musste ein schwere Sorge sein. Zum Glück, so hatte er versichert, sei dabei niemand ums Leben gekommen. Er schien eine längere Rast zu wünschen, denn er verknotete sorgfältig eine Leine zwischen dem Sattel seines Pferdes und dem Stamm einer Esche, die neben dem rundlichen Felsen aus dem Hang wuchs.

«Ist es noch weit?»

«Nein.» Er prüfte den letzten Knoten, öffnete die Satteltasche und nahm den Beutel mit ihrer Wegzehrung heraus. «Nein», wiederholte er, «nicht mehr weit.» Er legte Brot und Rauchfleisch auf den Felsen, trat an den Rand der Schlucht und zeigte vage nach Westen. «Dort, keine Viertelmeile entfernt. Von hier könnt Ihr schon erkennen, wo der Wald für den Vorplatz zurückweicht.» Er drehte sich nach ihr um und bewegte auffordernd den Kopf. «Kommt doch näher.»

Rosina schüttelte den Kopf. «Lieber nicht. Es reicht, wenn ich während des Ritts ständig nahe am Abgrund sein muss. Ich bin wohl eine Komödiantin, aber keine Seiltänzerin.»

«Ihr braucht kein Seil, Cousine. Kommt her.» Er griff nach ihrem Arm und versuchte, sie heranzuziehen. «Hier gibt es nichts, woran es zu befestigen wäre.»

«Lasst mich, Klemens.» Lachend wehrte sie sich gegen seinen Griff und zog ihren Arm zurück. «Ich glaube auch so, dass wir bald am Ziel sind.»

«Am Ziel», sagte er, griff wieder nach ihrem Arm, umklammerte ihn fest, und endlich merkte sie, dass dies kein Spaß war.

Heftig schlug sie auf seine Faust, entzog ihm mit einem Ruck ihren Arm und stolperte, im Versuch, von ihm zurückzuspringen, gegen die Felsen. Da war er schon über ihr, zerrte sie auf die Füße und näher an den Rand der Schlucht. Aber er unterschätzte ihre Kraft, sie wehrte sich verzweifelt, trat mit den harten Reitstiefeln nach ihm, grub schließlich ihre Zähne in sein Handgelenk. Da schlug er sie ins Gesicht, sie taumelte unter der Wucht des Schlages, taumelte zurück, ihre Füße verloren den Halt, und ihre Hände griffen nach dem Einzigen, das sie erreichen konnten, nach den Aufschlägen seines Rockes. Ein heiserer Schrei hallte durch die Schlucht, brach sich an den felsigen Wänden, und auf dem schmalen Platz am Pfad war niemand mehr als die erschreckten Pferde.

«Ihr irrt Euch.» In Filippos Gesicht stand nichts als Ungeduld und Ärger. «Er hat ‹den rechten Weg› gesagt. Ich bin ganz sicher.»

«Aber nein.» Christians Stimme klang kaum milder. «Ihr seid es, der hier irrt. Er hat gesagt: ‹Der Weg rechts vom Stein›. Das meint eindeutig den linken Weg.»

Christian und Filippo hatten sich beeilt, den schmalen Pfad hinaufzureiten. Die Gabelung, von der der Köhlergehilfe gesprochen hatte, war bald erreicht und tatsächlich an dem alten Kreuzstein leicht zu erkennen. Die eingekratzte Inschrift erinnerte an einen Mann namens Jobst Peter, der hier vor fast vierzig Jahren einen gewaltsamen Tod gefunden hatte. Der Stein stand wenige Fuß links der Gabelung, sodass beide, der nach rechts und der nach links führende weitere Weg, rechts des Steines begannen. Es war tatsächlich darüber zu streiten, was der Köhler mit seiner Auskunft gemeint hatte.

Zum Streiten sei nun aber keine Zeit, beendete Filippo schnell das kurze Rencontre. Am besten nehme jeder den Weg, den er für den richtigen halte. Und so geschah es.

Schon bald merkte Christian, dass sein Weg steil bergauf führte und immer schmaler wurde. Ein solcher Bergpfad als Zufahrt zu einer Mine? Hatte womöglich Filippo doch Recht gehabt? Nachdem er eine Weile mit sich gerungen hatte und an eine etwas breitere Stelle kam, sprang er aus dem Sattel, nahm sein Pferd am kurzen Zügel, drehte es vorsichtig auf dem schmalen Grat und ritt, so schnell es der unebene Weg zuließ, zurück.

Er hatte den Kreuzstein und die Gabelung passiert und gerade den anderen Weg eingeschlagen, als er den Schrei hörte. Im ersten Moment dachte er nicht, dass er menschlich sei, sondern von einem der Raubvögel in den Wäldern stamme. Doch dann trieb er sein Pferd fluchend voran. Filippo, dachte er. Er hatte ihm nie ganz getraut, von Anfang an nicht. Wer war Filippo überhaupt? Saß ein einfacher Komödiant und Akrobat im Sattel wie ein Kosak? Keiner der Komödianten war vertrauter mit Klemens gewesen als er. Was, wenn er nur so auf Eile gedrungen hatte, um seinem Komplizen zu Hilfe zu kommen? Was, wenn …

Da sah er ihn vor sich. Behutsam, doch schnell und sicher lenkte er sein Pferd über den Pfad, der nun plötzlich wieder leicht bergab führte. Als Filippo Pferd und Reiter hinter sich hörte, drehte er sich halb um, für einen Moment nur, dann heftete er seinen Blick wieder auf den steinigen Boden vor den Hufen seine Pferdes.

«Habt Ihr es auch gehört?», rief er. «Das war ein Schrei.»

Christian antwortete nicht, und Filippo schien auch keine Antwort zu erwarten. Schweigend ritten sie weiter, so schnell es der unsichere Boden zuließ und somit viel zu langsam. Der Weg begann etwas breiter zu werden und wieder anzusteigen, als sie ein lautes Wiehern hörten. Sie entdeckten das Pferd sofort, es stand angebunden auf dem Weg hoch über der anderen Seite der Schlucht und warf unruhig den Kopf; von seinen scharrenden Hufen gelöstes Geröll polterte die Felsen hinab. Ein zweites, Christian glaubte den Fuchs seines Vaters zu erkennen, stand ein wenig abseits, den Kopf gesenkt, als lehne es sich müde gegen die Felsen.

Endlich entdeckten sie auch einen menschlichen Körper. Er lag auf einem schmalen Absatz im Fels etwa fünfzehn Fuß unterhalb des Weges, die Hände umklammerten einen dünnen, aus den Steinen wachsenden Stamm. Das Band des Zopfes hatte sich gelöst, durch die dicken blonden Locken sickerte Blut. Es war nun wieder ganz still. Nur am Boden der zerklüfteten Schlucht, wohl siebzig Fuß unter dem Felsabsatz, toste der vom Schmelzwasser hoch über das Geröll aufgischtende Bach.

Wieder war keine Zeit zu streiten, die beiden wechselten einen Blick, und Christian beschloss, Filippo zu vertrauen. Jeder der beiden tat, was er für richtig hielt. Filippo glitt vom Sattel, rutschte, sprang und kletterte zum Bach hinunter, fand hinter dornigem Gestrüpp und Schwarzerlen eine Stelle, um ihn auf schweren Steinen zu durchqueren, und machte sich auf der anderen Seite an den Aufstieg. Christian, der über viele, aber gewiss über keine akrobatischen Talente verfügte, lenkte sein Pferd zurück zur Weggabelung und ritt, wie er es zuerst gewollt hatte, den anderen Weg hinauf. Rosinas Hände hatten das Bäumchen umklammert gehalten, jedenfalls glaubte er das aus der Entfernung erkannt zu haben, also war sie bei Bewusstsein.

Als er die Stelle erreichte, an der Klemens' Pferd immer noch festgebunden stand, hörte er schon die Stimmen.

«Halt dich fest, Rosina», sagte Filippo, «halt dich um Gottes willen weiter fest. Nicht ohnmächtig werden, dafür ist später Zeit. Du musst tief atmen. Wie beim Tanzen. Es ist ganz einfach. Ja, so ist es gut. Wir holen dich jetzt von diesem Felsen, sei ganz ruhig ...» Er redete und redete, sprach zu ihr wie zu einem panischen Pferd, und das matte kurze Flüstern verriet Christian, auch wenn er sie nicht verstehen konnte, dass Rosina antwortete.

Er löste hastig das Seil vom Sattel, legte sich auf den Bauch und sah über den Felsrand in die Schlucht hinunter. Er verstand nicht, wie es Filippo gelungen war, die steile zerklüftete Wand in so kurzer Zeit zu ersteigen.

In diesem Moment sah Filippo zu Christian hinauf. «Habt Ihr das Seil?», rief er. «Durch die Schlucht schafft sie es nicht, Ihr müsst sie hochziehen. Sucht Euch an der Kante einen breiten glatten Stein, um das Seil darüber laufen zu lassen.» Er fing mit der linken Hand das Ende des schon fallenden Seils. «Und zieht um Gottes willen langsam. Lasst ihr Zeit, damit sie sich mit Füßen und Händen abstützen kann. Aber nicht *zu* langsam. Sonst ...»

«Sonst fällt sie», hatte er sagen wollen, aber er verschluckte die Worte. Der Gedanke schon war schrecklich genug.

Später erschienen Christian die endlosen Minuten, bis Rosina sicher auf dem schmalen Plateau lag, wie Stunden. Noch einmal genauso lange empfand er die Zeit, die Filippo brauchte, um wieder hinab in die Schlucht, durch den tosenden Bach und hinauf zu seinem Pferd zu steigen, um endlich zu ihnen auf die andere Seite zu reiten.

Gegen Mittag zog eine seltsame Karawane an den Hütten der Köhler vorbei. Drei junge Männer, alle schmutzig, einer gar mit zerrissenen Kleidern und wirren, über dem linken Ohr blutverkrusteten blonden Locken, ritten wortlos und behutsam, als gehe es über Glas, auf dem Pfad von der toten Mine über ihre Lichtung und auf den Weg nach Wernigerode. Ein viertes Pferd, gezäumt und gesattelt, aber ohne Reiter, führte der letzte an einem Seil mit sich.

Das Seil, sagte der Köhler, als er bei der Vesper die erstaunlichen Ereignisse dieses einen Tages mit seinen Gehilfen besprach, hätten sie sich sparen können. Es sah schon ganz zersplissen aus, ein Ruck des starken Pferdehalses, und es zerreiße wie ein Faden aus billigster preußischer Seide.

KAPITEL 13

SONNTAG, DEN 6. AUGUSTUS,
NACHMITTAGS

Im Herrmannsschen Haus am Neuen Wandrahm herrschte in den letzten Wochen eine geradezu gespenstische Stille, und Augusta Kjellerup langweilte sich außerordentlich. Auch Domina Mette van Dorting, gefürchtete Feindin ihrer Jugend und zunehmend vertraute Freundin ihres Alters, hatte die Stadt verlassen. Von zwei Konventualinnen des Johannisklosters begleitet, war sie zur Trinkkur nach Bad Pyrmont gereist. Sie selbst halte eine solche Zeit der Untätigkeit selbstverständlich für überflüssig und reine Zeitverschwendung, war die Ehrwürdige Jungfrau Domina nicht müde geworden zu betonen, Mademoiselle Meyerinks strapazierte Nerven jedoch bedürften unbedingt des schwefeligen Wassers, sie sei aber leider nicht in der Lage, alleine zu reisen. Und die kugelrunde Mademoiselle Pollermann, berüchtigt für ihre unverwüstliche Konstitution und Munterkeit, sei als Ausgleich für die Mimoserei der Meyerink unverzichtbar.

Die Stadt brütete unter der Hitze des Hochsommers. Selbst die Konzerte am Valentinskamp und bei Monsieur Bach, dem allseits verehrten Compositeur und Kantor, waren abgesagt worden, weil sich sowieso niemand freiwillig in die aufgeheizten kleinen Säle begeben hätte. Außer Augusta vielleicht. Nicht weil ihre Liebe zur Musik so groß gewesen wäre, dass sie dafür einen schweren

Fall von Schlagfluss riskiert hätte, das ganz gewiss nicht. Aber es war doch sehr hübsch, etwas anders zu hören als die alltäglichen Kirchenmusiken, und vor allem – Musik hin oder her – empfand sie die Plaudereien und Beobachtungen in den Pausen als ungemein erbaulich. Bei aller Kunstsinnigkeit der Hanseaten und besonders der Hanseatinnen – wer außer den von steter Leidenschaft und der Pein der Empfindsamkeit gequälten jugendlichen Seelen besuchte solcherart Darbietungen schon wegen der erhebenden Musik?

So war Augusta in den Garten nach Harvestehude geflüchtet. Da lebte es sich zwar noch friedlicher als in der Stadt, doch wenigstens stieg dort nicht der Gestank von Moder und Fäulnis aus den Fleeten auf, sondern der Duft von Annes vorzüglichen Rosen und des stets frischen Wassers des Alstersees.

Im Herrmannsschen Garten, seit Anne fort war von Gärtner Kampe besonders liebevoll gepflegt, stand die Pracht des hohen Sommers in voller Blüte. Phlox, Gilbweiderich und Ringelblumen, dunkelblauer Eisenhut, Sternblumen, Zinnien und Löwenmäulchen konkurrierten mit der Fülle der Rosen. Nahe der wärmenden Hauswand gediehen zartvioletter Lavendel und weißer Eibisch, und im flachen Uferwasser des Sees blühten noch delikat wie Porzellan die Seerosen. Und nun im August, darauf spekulierte Augusta, füllte sich ein so üppig blühender Garten leichter mit Besuchern als ein leeres, stickiges Haus.

Für diesen Nachmittag hatte sie sich nicht auf den Zufall und die unberechenbaren Launen potenzieller Gäste verlassen, sondern den Pferdejungen mit Einladungen nach Altona und in die Neustadt geschickt. Baumeister Sonnin, da war sie sicher, würde es wie Monsieur Lessing und anders als die meisten anderen Freunde des Hauses Herrmanns höchst unterhaltsam finden, einen Nachmittag mit einigen Mitgliedern der Beckerschen Komödiantengesellschaft zu verbringen. Dass plötzlich auch Kantor Bach mit seiner Gattin am Gartenzaun stand und seine Aufwartung machen wollte, hatte nur Elsbeth in der Küche in Aufregung versetzt. Sie musste nun für zwei hungrige Mäuler mehr zaubern, was bei der Bouillon mit Suppen-Biscuits, dem Kalbsfricassée mit Caroliner Reis und dem Mirabellenkompott weniger, dafür bei den jungen Hühnern mit Stachelbeersauce umso mehr ein Problem war.

Tatsächlich war der Kantor an diesem Nachmittag der Einzige in Augustas Runde, der nichts von Rosinas Existenz, geschweige denn von ihrem mörderischen Abenteuer wusste. Ohne Zweifel hatte er davon gehört, es aber für sich als Räuberpistole bezeichnet und umgehend vergessen. Er genoss den Duft des Gartens und den freundlichen Halbschatten der Robinie, unter der Augusta den Tisch hatte decken lassen, und beobachtete eine naschhafte Biene auf dem Lavendel.

Vielleicht, so überlegte er, ohne auf das Plaudern der anderen zu hören, sollte er seine Musik auf Lessings hübsche Zeilen doch noch ein wenig kecker machen. In Gedanken memorierte er wie schon oft in den letzten Tagen den kleinen Text:

Als Amor in den güldenen Zeiten
in schäferlichen Lustbarkeiten
verliebt auf Blumenfelder lief.
Da stach den kleinen Gott der Götter
ein Bienchen, das auf Rosenblätter

wo es sonst Honig holte, schlief.
Durch diesen Stich ward Amor klüger,
der unerschöpfliche Betrüger,
sann einer neuen Kriegslist nach.
Er lauschte unter Nelk und Rosen,
ein Mädchen kam, sie liebzukosen,
er floh als Bien heraus, und stach.

Kecker, dachte er, unbedingt. Besonders zur zweiten Strophe. Da fühlte er sanft den Ellenbogen seiner Frau, besann sich auf seine Pflichten als Gast, vergaß Lessings wunderbar frivole Späße und zwang seine Aufmerksamkeit zurück in den Herrmannsschen Garten. Immer noch wurde von dieser Mademoiselle Rosina geredet, und er begriff endlich, dass es sich nicht um die Heldin eines jener modernen Romane handelte, die seine Tochter neuerdings so gerne las, sondern um eine junge Frau aus Fleisch und Blut, was er gleich sehr viel anregender fand. Warum eigentlich sollte er nicht selbst die Texte zu seinen heiteren Clavierliedern machen, wenn sich direkt vor seiner Nase solcher Furor ereignete?

Madame Bach, im Gegensatz zu ihrem Gatten bestens über die Vorgänge in der Stadt informiert, errötete peinlich berührt, als er fragte, wann man diese interessante junge Dame kennen lernen könne, wo doch während der letzten Viertelstunde nichts anderes diskutiert worden war, ob überhaupt und wenn ja, wann Mademoiselle Lenthe in die Stadt zurückkehren werde.

«Nichts, verehrter Monsieur Bach», versicherte Augusta amüsiert, «würde ich Euch lieber verraten. Aber leider, wir wissen es nicht. Obwohl alle hoffen, dass es nicht mehr lange dauern wird.»

«Der letzte Brief kam schon vor vier Wochen», sagte

Helena, und Jean ergänzte: «Seither keine Nachricht, keine Zeile. Tatsächlich machen wir uns die größten Sorgen. Schließlich hat man den Leichnam dieses betrügerischen Unholds nicht gefunden, und wer weiß, womöglich hat er den Sturz überlebt, ist entkommen und sinnt nun fürchterlich auf Rache, weil sie seine Pläne durchkreuzt hat.»

«Er muss den Sturz wohl überlebt haben», fand Sonnin. «In dieser Schlucht fließt ja kein reißender Strom, sondern nur ein Gebirgsbach. Man hätte ihn finden *müssen.* Wobei man sich kaum vorstellen kann, dass er den Sturz unverletzt überstanden hat, der Abhang war doch wohl sehr tief und voller kantiger Felsen. Ich finde es seltsam, dass Euer Filippo ihn nicht gesehen hat. Er ist doch von unten, vom Bachbett aus, den Hang hinaufgestiegen, direkt bis zu Rosina. Er hätte diesen bösartigen Monsieur Cousin doch sehen, geradezu über ihn stolpern müssen.»

«Müssen», rief Jean, «müssenmüssenmüssen. Filippo hatte genug damit zu tun, sich einen Weg durch den Felsenhang zu suchen und auf Rosina zu achten, die über ihm auf einem schmalen Grat hing, von nichts gehalten als einem mageren Stämmchen. Der Kerl wird in eine Felsspalte gerutscht sein, man weiß doch, dass unter solchen Spalten im Gebirge oft ganze Höhlen verborgen sind. Oder der Teufel selbst hat ihn gleich in die Hölle geschleppt. Irgendwo wird er schon sein, der Kerl, oder besser, sehr viel besser: sein Leichnam.»

«Womöglich», meldete sich nun Madame Bach schüchtern zu Wort, «ist des Nachts ein Wolf gekommen, oder ein Bär, und hat den Leichnam weggeschleppt. Man konnte ja erst am nächsten Morgen nach ihm suchen, wenn ich Euch richtig verstanden habe, Madame Becker.»

Der Kantor sah konsterniert die glänzenden Augen seiner Frau. Niemals hätte er gedacht, eine so grausige Vorstellung könnte ihrer Phantasie entspringen und sie auch noch wohlig erschauern lassen.

«So etwas ist sicher möglich», antwortete Helena, «wenn ich auch glaube, dass es im Harz keine Bären mehr gibt. Aber gewiss ist so etwas nie.»

«Ich bitte um Vergebung», Monsieur Bach begann die Sache erbaulich zu finden, «ich muss gestehen, ich war mit meinen Gedanken ein wenig abseits. Wäre es dennoch möglich, zu erfahren, was es mit dieser Mademoiselle auf sich hat, dass sie von Felshängen gerettet werden muss? Und wer, bitte, ist dieser mörderische Monsieur Cousin?»

Im Wettkampf der Erzählwilligen siegte Helenas helle Stimme, was ein Glück war, denn hätte Jean das Wort behalten, wäre die ganze Geschichte kaum vor Sonnenuntergang erklärt gewesen.

«Es war eine ungeheure Fortune», schloss Helena, «dass Filippo und Christian überhaupt den richtigen Weg gefunden haben. Und hätte Rosina im Fallen nicht aufgeschrien, womöglich wären sie auf der anderen Seite der Schlucht an ihr vorbeigeritten, und sie wäre auch gefallen, und ...»

An dieser Stelle schluckte sie und verstummte, so wie immer, wenn sie die Geschichte erzählte. Die Vorstellung, was hätte geschehen können, war ihr unerträglich.

Es war nun schon viele Wochen her, seit die erste eilige Nachricht von Christian gekommen war: Rosina sei gerettet, er und Filippo würden sie nun zu ihrem Vater begleiten. Klemens hatte er nicht erwähnt, was alle außerordentlich empörte. Bald danach kam der erste Brief von Rosina. Darin erzählte sie, was während ihres langen Rittes und schließlich auf dem schmalen Pfad zu der Mine im Harz geschehen war.

Als ich Filippos Stimme hörte, schrieb sie zum Ende, *dachte ich, ich sei tot. Er konnte ja gar nicht da sein. Aber dann war da auch Christians Stimme, er warf ein Seil herunter, und auch wenn ich (gewiss zu meinem Glück!) nicht mehr genau erinnere, wie alles vor sich ging, lag ich irgendwann wieder sicher auf dem Pfad, und Christian flößte mir Madame Augustas unvergleichlich belebenden Rosmarinbranntwein ein.*

Der Brief schloss mit knappen Auskünften über den Fortgang der Reise.

Rosina sah nach ihrem Sturz zwar übel zugerichtet aus, dennoch war sie nicht ernstlich verletzt worden. So rasteten sie nur zwei Tage in Wernigerode, bevor sie weiterritten. Christian meldete dort, was geschehen war, wobei Rosinas wahre Identität als Frau in Männerkleidern einigen Aufruhr verursachte. Nach Klemens wurde gesucht, aber er blieb verschwunden, und auch wenn Rosina dazu nur diesen einen mageren Satz geschrieben hatte, glaubte Helena zwischen den Zeilen Beunruhigung zu lesen.

«Ich denke, wir müssen uns wegen dieses Cousins nicht sorgen, Helena», sagte Augusta und füllte ihre Gläser mit Moselwein nach. «Selbst wenn er überlebt und es irgendwie geschafft hat, sich davonzuschleichen und zu verschwinden, was ich mir wirklich nicht denken kann. Warum sollte er Rosina jetzt noch schaden wollen? Er hatte den entsetzlichen Plan gefasst, sie töten zu lassen, als er begriff, dass sein Onkel seiner Tochter nicht mehr gram ist und ihr sein Erbe hinterlassen will. Dieses vermaledeite Erbe, auf das er fast sein halbes Leben spekuliert hatte. Als Rosinas Vater, sein Onkel, ihn und seine

Mutter bei sich aufnahm, muss er ja sicher gewesen sein, dass mit dem Verschwinden seiner Cousine vor so vielen Jahren kein anderer Erbe da sei.»

«Wieso töten *lassen*? Ich denke, der gottlose Mensch hat sie selbst diesen Felsen hinuntergestürzt.»

«Das stimmt, Monsieur Bach. Aber zuvor hat er in Altona einen nicht weniger gottlosen Menschen dafür bezahlt, Rosina zu töten. Der war dumm und blind genug, die Falsche in die Elbe zu stoßen und ertrinken zu lassen. Ihr müsst doch von dem Tod der Tochter des Lotsenältermannes Hörne gehört haben. Sie sah Rosina ein wenig ähnlich, und bei Nacht, als es geschah, gewiss noch mehr. Wohl wegen ihrer Haare, beide haben ungewöhnlich dicke, honigblonde Locken, wie sie hier nicht häufig sind. Außerdem kam sie in der Nacht allein aus dem Seiteneingang, durch den gewöhnlich nur die Komödianten die Theaterscheune verlassen. Dennoch ist es schwer zu verstehen, denn er muss das Mädchen zumindest flüchtig gekannt haben. Nun gut, es war stockdunkel und neblig, und wir werden das nicht mehr klären können, er ist ja längst gehenkt. Jedenfalls muss dieser Klemens dann beschlossen haben, dass es sicherer und auch unauffälliger sei, selbst ans Werk zu gehen, und zwar in einer einsamen, gefährlichen Gegend.»

«Wäre sein Plan gelungen», fuhr Helena fort, «hätte es wohl einiges Misstrauen gegeben, aber niemand hätte beweisen können, was tatsächlich geschehen war. Es kommt vor, dass ein Pferd scheut. Er hätte leicht behaupten können, ein Luchs oder sonst ein wildes Tier habe ihr Pferd erschreckt, es habe Rosina abgeworfen, und sie sei in die Schlucht gestürzt.»

«Aber warum setzte er seinen Plan nicht schon auf

dem langen, gewiss recht einsamen Ritt um? Wie sollte er erklären, dass er sie überhaupt auf diesen gefährlichen Weg brachte? Habt Ihr nicht gesagt, der führe nur zu einer stillgelegten Mine?»

«Das stimmt schon. Aber auf dem Ritt über die Ebenen war es sicher gar nicht einfach, einen glaubwürdigen ‹Unfall› zu inszenieren. Im Gebirge ist so was einfacher, besonders mit Pferden, die solche Pfade nicht gewöhnt sind. Und den Ritt über den gefährlichen Weg hätte er nicht erklären müssen. Er hatte nämlich tatsächlich die Nachricht bekommen, mit einer neuen Wasserkunst, einer Wasserhebemaschinerie, sei es vielleicht möglich, die Mine zu retten. Das hat Rosina später von ihrem Vater erfahren. Er konnte also sagen, er habe dort nach dem Rechten sehen wollen. So wie er es auch Rosina gesagt hat. Die Mine hat Klemens Lenthes Vater und so zu seinem Erbe gehört.»

«Dann war er also doch vermögend?», fragte Baumeister Sonnin, der absolut nichts von Geld verstand und sich im Gewirr der Erbschaften nun nicht mehr zurechtfand.

«Überhaupt nicht.» Helena seufzte, um Geduld bemüht. «Das hat er wohl nur behauptet, um kein Misstrauen entstehen zu lassen. Außerdem war er so sicher, bald reich zu sein, es muss ihm leicht gefallen sein, schon im Voraus so zu tun. Sein Vater starb arm, deshalb hat dessen Bruder, also Rosinas Vater, sich des einzigen Sohnes und der Witwe angenommen. Obwohl die beiden Brüder sich vor langer Zeit um die Minen zerstritten hatten. Klemens' Vater hatte behauptet, sein Bruder habe ihn übervorteilt, ihm die tauben Minen zugeschoben und dafür gesorgt, dass er selbst die ertragreichen bekam. Wahrscheinlich stimmt das, und Monsieur Lenthe wollte sein schlechtes Gewissen beruhigen und gewiss auch seine Einsamkeit vertreiben, als er Klemens wie einen Sohn aufnahm. Der wiederum fand, dass einzig ihm das Erbe zustehe. Nämlich als der Reichtum, um den sein Vater und damit er betrogen worden waren, wie er jedenfalls fand. Ja, und dann fiel dem kranken alten Mann plötzlich ein, dass er eine Tochter hat, mit der er sich liebend versöhnen will, bevor er vor seinen strengen Herrgott tritt.»

«Klemens erbot sich sofort, sie zu suchen», fuhr nun Jean mit dem Bericht fort. «Er muss gewusst haben, dass es zu riskant ist, sie einfach ‹nicht zu finden›, also beschloss er, sie zu töten. Was an sich schon ungeheuerlich ist, aber die Heimtücke seines Plans, wäre er nicht – nun ja, eben perfide –, man müsste sagen: magnifique!»

«Das muss man überhaupt nicht», fuhr Helena auf. «Überhaupt nicht! Allein der Gedanke!! Ich hoffe, Madame Bachs Vermutung stimmt und ein mächtiger, äußerst schlecht gelaunter Bär hat ihn gefunden.»

Madame Bach nickte zustimmend, wobei sie auch nichts gegen drei hungrige Wölfe einzuwenden gehabt hätte.

«Und nun?», fragte sie, nach so viel Bestätigung nicht mehr im Geringsten schüchtern, obwohl sie nie zuvor mit einem Paar fahrender Komödianten geplaudert, geschweige denn zu Tisch gesessen hatte. «Was ist nun mit Mademoiselle Rosina?»

«Christian, mein Großneffe, und Filippo, der Akrobat der Beckerschen Gesellschaft, haben sie nach Hause begleitet», erklärte Augusta. «Christian ist bald weitergeritten, weil er sich bei dieser Gelegenheit ein wenig in Leipzig umsehen wollte. Er hoffte, noch rechtzeitig zur

Ostermesse dort einzutreffen. Filippo ist bei Rosina im Anwesen ihres Vaters nahe bei Hardenstein geblieben. Sie hatte die traurige Pflicht, ihm und ihrer Tante von den Untaten und vom Schicksal ihres Cousins zu berichten. Nun ja. Sie schreibt aber nichts darüber, sicher war es zu schmerzlich, und – ich muss es wirklich bedauern, weil es doch eine sehr anrührende Geschichte sein muss – leider schreibt sie auch nur wenig über das Wiedersehen mit ihrem Vater. Es muss ebenfalls recht schmerzlich gewesen sein, ganz besonders unter diesen schrecklichen Umständen.»

«Unbedingt», rief Jean und stützte beide Hände auf den Tisch, wie er es gerne tat, wenn er zu einer längeren Erläuterung brisanter Neuigkeiten anhub. Leider traf ihn genau in diesem Moment ein scharfer Blick seiner Frau, und bevor er den ignorieren konnte, fiel sie ihm schon ins Wort: «In ihrem letzten Brief, es waren leider nur ein paar Zeilen, schrieb sie, ihr Vater sei gestorben, in Frieden, das betonte sie, und es gebe nun viel zu tun, seinen Nachlass zu richten. So hat sie sich ausgedrückt: zu richten. Sehr seltsam.»

Und weil nun eine angeregte, gleichwohl mit größter Behutsamkeit – Geld war wirklich kein Thema für ein sonntägliches Essen, schon gar nicht unter einer Robinie – geführte Debatte um die möglichen Geheimnisse und den Umfang des Erbes begann, bemerkte niemand, wie Helena sich zurücklehnte und in ihren Gedanken davonwanderte.

Sie hatte von Rosinas letztem Brief berichtet, von dem davor hingegen, einem sehr viel längeren, würde sie nichts sagen. Auch Jean, nur ihm hatte sie ihn gezeigt, würde sich nun zusammenreißen und schweigen. Rosinas

Wiedersehen mit ihrem Vater war eine Sache, von der nur sie selbst erzählen sollte.

Im Gegensatz zum letzten war dieser Brief lang gewesen. Sie schilderte darin ihr Wiedersehen mit den Plätzen ihrer Kindheit, dass das Haus viel kleiner sei, als sie es erinnere, die Wälder tiefer und dunkler und der Garten beinahe verwildert. Der jüngste der Hunde lebte und bewachte noch den Garten, aber er hatte sich nicht an sie erinnert. Dann schrieb sie von den Menschen, auch von dem jungen Diener und dem Gärtner, denen sie die Kleider für ihre Flucht gestohlen hatte (beide waren noch da), von der Köchin, den Mägden, den anderen Bediensteten. Alle bemühten sich um die für die Tochter des Hauses angemessene Ehrerbietung, keinem, so schien es ihr, gelang sie ohne Falsch.

Sie berichtete auch von den vielen Leuten aus den umliegenden Dörfern, deren Weg plötzlich über die Auffahrt des Hauses führte, und von den Kutschen, die wohl langsam vorbeirollten, von denen aber keine hielt, um die Heimgekehrte zu begrüßen.

Schließlich schrieb sie von Alexander Lenthe, von der Erschütterung des Wiedersehens, dem tiefen Gefühl des Heimgekommenseins. Und wie schnell dieses köstliche Gefühl der Zugehörigkeit schwand. Sehnsucht, Schmerz und Einsamkeit malen goldene Bilder, aber es sind eben nur Bilder. Traumbilder, die der Gegenwart nicht standhalten können. Sosehr sie sich wünschten, sosehr sie sich auch bemühten, einander zu verzeihen und neue Brücken zu finden, es gelang doch nicht. Hinter jedem freundlichen Wort lauerte ein unausgesprochener Vorwurf, hinter jedem forschenden Blick Misstrauen und Zorn. So wurden sie sprachlos, bevor sie wirklich miteinander gesprochen hatten, und Helena hoffte innig, dass es Rosina in diesen letzten Wochen mit ihrem Vater schließlich doch noch gelungen war, die Mauer zu überwinden.

Plötzlich merkte sie, dass alle schwiegen. Sonnin griff nach seinem Glas, leerte es bedächtig und stellte es umständlich auf den Tisch zurück.

«Dann werden wir ihr gratulieren können», sagte er. «Pardon, nicht zum Tod ihres Vaters natürlich, aber sie wird nun eine wohlhabende Frau sein.»

Er hatte niemand Besonderen angesprochen, und so antwortete auch niemand.

«Jedenfalls», sagte Augusta endlich, «wird sie nicht mehr arm sein. Aber sie wird trotzdem nicht einfach fortbleiben, das glaube ich nicht.»

«Niemals!», rief Jean. «Sie kommt natürlich zurück. Ihr denkt doch nicht ernsthaft, sie werde sich dort in Seidenröcken in einer Sänfte herumtragen lassen, wieder im Damensattel reiten und nur noch Französisch parlieren mit gepuderten Zöpfen und einen Läusekratzer in der einen, einen Fächer in der anderen Hand? Das ist unmöglich, nicht Rosina, wenn sie auch zehnmal Emma Lenthe heißt. Emma! Was für ein unpassender Name! Wenn sie vermögend ist, ich sage *wenn*, wer weiß denn, ob der eine Bruder nicht am Ende genauso arm gewesen ist wie der andere? Diese Minen sind nicht besser als Hasardspiele! Natürlich wird sie zurückkommen, vermögend oder nicht. Und dann, ja, dann können wir ein Theater bauen, hier in Altona, diese Scheune ist doch eine Schande für die zweitgrößte Stadt des dänischen Königs. Ein richtiges Theater, ein festes Haus, in dem man die besten Kulissen bauen kann, mit funktionabler

Ober- und Unterbühne, den besten Maschinerien, samtgepolsterten Logen, eine …»

«Nichts für ungut», rief eine vergnügte Stimme mitten in Jeans schillernden Zukunftstraum, «wirklich nicht. Aber wo bleibt das Feuerwerk, wo die Fahnen und Trommelwirbel? Was ist das für ein unangemessener Empfang?»

«Christian», schrie Augusta auf, sprang flinker, als es ihre Jahre eigentlich erlaubten, von ihrem Sessel und eilte – wieder einmal ohne Schuhe – über den Rasen ihrem Großneffen entgegen. «Wieso bist du hier? Woher kommst du? Wo ist Rosina, wo ist …»

Christian Herrmanns fing seine Großtante auf, umarmte sie und küsste sie lachend auf die Stirn. Dann drehte er sich um und zeigte mit einer schwungvoll ausholenden Bewegung seines rechten Armes, die nur Jean noch melodramatischer gelungen wäre, zur Terrasse des Hauses. Von dort kamen zwei schlanke Gestalten näher, beider Gesichter gleich Christians braun gebrannt wie die der Männer auf den Schuten, mit schmutzigen Stiefeln, die weißen Hemden längst nicht mehr weiß, und mit strahlenden Gesichtern.

Was dann kam, wurde später von Monsieur Bach in einem wunderschönen, wahrhaft erhebenden Lied vertont. Er gab ihm den schlichten Titel «Vom tränenreichen Wiedersehen nach schicksalsschwerer Zeit». Allerdings traute er sich nie, es zu veröffentlichen, weil es ihm für das Werk aus der Feder eines frommen Kantors und Compositeurs von Reputation gar zu rührselig erschien. Stattdessen verehrte er es heimlich Rosina, die ihm versprach, es oft und stets mit dem Hinweis zu singen, es stamme aus Feder und Herzen eines empfindsamen Anonymus.

Als auch Elsbeth ihre Tränen weggewischt und selbst Blohm, der alte Diener, geräuschvoll seine Nase geputzt hatte, verschwanden beide eilig in der Küche, um aus dem, was dort noch an Essbarem zur Verfügung stand, eine Mahlzeit für die hungrigen Heimkehrer zu brutzeln. Bald roch es behaglich nach Eiern und Speck, nach Schmalzgebackenem und sahniger Zitronencreme, nach Kaffee, Zimt und Kardamom.

Christian war nach etlichen Abenteuern im brodelnden Leipzig, die er bei dieser Gelegenheit (und in Anwesenheit von Damen) allerdings für sich behielt, nach Hardenstein zurückgekehrt, gerade rechtzeitig zu Rosinas Vorbereitungen für die Rückkehr an die Elbe. Der lange Ritt zurück durch das sommerliche Land war trotz der fortwährenden Staubwolken auf den Straßen erheblich vergnüglicher als die Reise im nebelig kalten März. Auch wenn Rosina zumeist schweigsam blieb und oft, wenn Filippo oder Christian ihr etwas zuriefen, nicht antwortete. Endlich erreichten sie die Heide. Das graubraune Ödland aus dem März hatte sich in ein hochsommerliches Meer lichten Violetts mit zartblauen Inseln von kleinen Flachsfeldern verwandelt. Der beständig auf- und abzwitschernde Gesang ganzer Heerscharen von in der Luft tanzenden Lerchen, Weidenlaubsängern, Wiesen- und Brachpiepern lieferte alle Tage Gratiskonzerte, und die Bienen summten bei ihrer unermüdlichen Suche nach dem Nektar um die Wette. Selbst die armseligen Kätner und ihre dünnen Kinder schienen nun nicht mehr ganz so armselig. Bei der Artlenburger Furt hatten sie die Elbe überquert, und je näher sie der Stadt kamen, je deutlicher sich deren grüne Türme in den tiefblauen Himmel reckten, umso mehr verlor Rosina ihre Melancholie.

Das Haus am Neuen Wandrahm, ihre erste Station in der Stadt, fanden sie verlassen. Alle seien im Garten, versicherte Betty, die die Ruhe des Hauses und die ungewohnte Freiheit von ihren Pflichten als Elsbeths erstes Mädchen genoss und heftig durch die Ankunft des jungen Herrn aufgeschreckt wurde. Aber sie hatte Glück, die drei verlangten nicht einmal einen Schluck Wasser, sondern ritten unverzüglich weiter, über den Wall und durchs Dammtor wieder aus der Stadt hinaus nach Harvestehude.

«Und wo ist mein Vater?», fragte Christian, nachdem er in einem Zug einen Krug Zitronenwasser geleert hatte. «Ich dachte, er sei auch hier.»

«Nein», sagte Augusta vergnügt. «Er ist nicht hier, er ist nicht mal in der Stadt. Es hat lange gedauert, viel zu lange, wenn du mich fragst, aber vor drei Wochen ist er tatsächlich abgereist.»

«Abgereist?» Christian saß plötzlich kerzengerade. «Wieso abgereist? Wie kann er abreisen, wohin auch immer, wenn ich nicht da bin, ihn zu vertreten?»

«Das war ganz einfach, mein Lieber. Er musste nur seinen Reisesack packen, was natürlich Betty für ihn getan hat, und seine Füße auf ein Schiff bewegen. So einfach geht das. Ich bin sicher, er ist inzwischen angekommen. Zumindest in London, nach Jersey ist es dann ja nur noch ein Katzensprung. «

Augusta, die sich durchaus das Verdienst anrechnete, ihren bockigen Neffen schließlich doch davon überzeugt zu haben, dass er sich schon selbst auf den Weg machen müsse, wenn er seine Ehefrau zurückhaben wolle, machte ein Gesicht wie eine Katze, die gerade eine Schale mit Rahm leer geschleckt hat.

Sie war in der Tat glücklich über Claes' Abreise, besonders glücklich jedoch war sie über die nächtlichen Gespräche, die dem vorausgegangen waren. Es war zunächst unmöglich für ihn gewesen, etwas anderes als Zorn und Kränkung über das Verlassenwerden zu fühlen und zu zeigen. Letztlich hatte sich die harte Schicht doch als dünn erwiesen.

Die Liebe und Verbundenheit, die darunter zum Vorschein kamen, sein Bemühen, Anne zu respektieren, selbst wenn er sie nicht wirklich verstand, machten es ihm schließlich leicht, diese schwierige Reise anzutreten.

«Du meine Güte!» Christian saß immer noch steif wie ein Stock auf seinem Stuhl. «Konnte er nicht noch ein bisschen warten? Wenigstens bis zu meiner Rückkehr?»

«Nein, das konnte er nicht. Er wusste ja nicht, wann das sein würde, und er hat, wie ich bereits sagte, schon viel zu lange gewartet.»

«Und das Kontor? Die Börse.»

«Rege dich nicht auf! Monsieur Bocholt sieht im Kontor nach dem Rechten und vertritt euch auch an der Börse.»

«Bocholt?!» Nun sprang Christian endgültig von seinem Stuhl auf, und Augusta dachte, ihr Großneffe werde seinem Vater immer ähnlicher. Was gut, aber auch nicht gut war. Sein Charme, seine Heiterkeit, seine Entschlossenheit, das war gut. Seine wachsende Neigung, den Geschäften stets den Vorrang einzuräumen, das war nicht gut. Jedenfalls nicht immer.

«Setz dich wieder. Wenn du gleich losrennst, wird es nicht anders. Und das muss es auch nicht. Werner Bocholt steht einem ebenso großen Handelshaus vor wie dein Vater, also stell dich nicht an. Morgen ist genug Zeit, zu prüfen, ob der Freund deines Vaters die Zeit genutzt hat, das Haus Herrmanns zu ruinieren.»

«Gibt es Nachricht von Anne?», fragte Rosina. «Christian hat erzählt, dass sie Sophie begleitet. Ich habe ihr geschrieben, aber wir waren gewiss nicht lange genug in Hardenstein, als dass ein Brief von ihr mich hätte erreichen können. Geht es ihr gut?»

Augusta nickte. «Es geht ihr sehr gut, sie ist glücklich, ihre Familie und ihre schöne kleine Insel wieder zu sehen. Jedenfalls hat sie mir das geschrieben. Und wenn du nun fragst, ob auch sie zurückkommt, kann ich dir keine Antwort geben. Aber wenn Claes sich nicht ganz und gar dämlich anstellt», an dieser Stelle entfuhr ihr ein tiefer Seufzer, «werden beide bald zurück sein.»

Madame Bach verfolgte mit geröteten Wangen die privaten Dramen des Hauses Herrmanns. Sie war fasziniert von dieser alten Dame, die über den Vorstand ihres Hauses sprach wie über einen verstockten Pagen und dessen Sohn, den zukünftigen Familienvorstand, in der gleichen Weise zur Ordnung rief. Monsieur Bach würde es in den nächsten Wochen nicht so bequem haben, wie er es gewohnt war.

Die Uhr im Turm über dem Eingang des Hauses schlug leise viermal, Augusta klatschte in die Hände und machte ein vergnügtes Gesicht. Es waren beklemmende Wochen gewesen, manchmal hatte sie geglaubt, das behäbige und zufriedene Leben sei endgültig vorbei. Doch nun war sie sicher, alles werde gut, und so ein Sturm, dachte sie, könne ja auch wie ein großer Hausputz wirken: aller Staub, alle Spinnweben, alle Muffigkeit wehten hinaus.

«Und nun, meine Lieben, wird gefeiert. Benni ist

schon nach Altona unterwegs. Die restlichen Beckerschen, auch Lies und Matti, werden ganz gewiss bald in den Garten stürmen und Rosina totdrücken, wenn wir nicht Acht geben. Am besten schicken wir ihn, sobald er zurück ist, auch gleich nach Wagner. Zu schade, dass Monsieur Lessing nicht in Hamburg ist, er würde gerne mitfeiern. Und du, Rosina, musst dich rasch frisch machen. In Annes Zimmer ist ein ganzer Schrank voll mit ihren Gartenkleidern, sie werden ein bisschen lang sein, aber das macht nichts. Rasch, Mädchen, in der Küche ist frisches Wasser, und dann hinauf in Annes Zimmer.»

Rosina lachte. «Das ist sehr liebenswürdig, Madame Augusta. Ich bin sicher, Anne wird nichts dagegen haben, es wäre ja nicht das erste Mal, dass sie mir ein Kleid leihen muss. Aber ich glaube nicht, dass es nötig ist. Wenn ich meine ein wenig ausklopfe ...»

«Nichts da, Kind. Du bist sonnenverbrannt wie ein spanischer Zitronenpflücker. Das frische Pumpenwasser reicht da nicht, du brauchst zumindest auch ein hübsches Kleid. Wir erwarten nämlich noch anderen Besuch, und ich will, dass du so schön aussiehst, wie du bist.»

Da half kein Protest. Wenn Augusta etwas beschlossen hatte, war es klüger, gleich nachzugeben.

Christian wusch sich wie Filippo unter der Pumpe im hinteren Garten und bediente sich im Schrank seines Vaters mit reinen Kleidern. Während Rosina sich auf Augustas Befehl auch noch von Elsbeth frisieren ließ, befriedigte er die allgemeine Neugier auf Rosinas weiteres Schicksal. Was alle außerordentlich erleichterte, denn natürlich wäre niemand so indiskret gewesen, sie selbst und ganz direkt zu fragen, ob sie denn nun eine reiche, womöglich gar steinreiche Erbin sei oder nicht.

Tatsächlich war Alexander Lenthe als reicher Mann gestorben. Tatsächlich hatte er vorgehabt, seine Tochter zu versorgen und einen nicht unbeträchtlichen Teil seines Erbes seinem Neffen zuzusprechen, damit der einen guten Anfang für eigene Erfolge habe. Seiner Schwägerin, die ihm so lange sein Haus geführt hatte, hatte er ein großzügiges Legat ausgesetzt. Den Großteil seines Vermögens, sein Anwesen eingeschlossen, hatte er jedoch für eine Stiftung zur Einrichtung eines pädagogischen Instituts für Jungen bestimmt, in dem nach den neuesten Erkenntnissen und Philosophien über das Wesen der Menschen gelehrt und erzogen werden sollte. Wobei er zur Bedingung machte, dass den Knaben auch eine musische, insbesondere musikalische Erziehung zuteil würde, die auch, wie an renommierten Lateinschulen, das Theaterspiel nicht vernachlässigte.

Was Rosina geerbt, was sie mit ihrem Besitz vorhatte, wusste Christian nicht. Leider hatte sie sich auch in dieser Sache nicht als mitteilsam erwiesen. Er wusste nur, dass sie eine beträchtliche Summe einem Chemikus anvertraut hatte, irgendeinem Freund ihrer Jugend. Der glaubte, in Rüben, man bedenke, Rüben!, stecke genug Zucker, um sie in absehbarer Zeit dem Zuckerrohr den Rang ablaufen zu lassen.

«Ich konnte ihr diesen Unsinn nicht ausreden, nun ja, sie hat mich auch nicht wirklich um Rat gefragt. Als ich aus Leipzig nach Hardenstein zurückkehrte, war alles schon unter Dach und Fach. Jedenfalls will dieser Mensch jetzt eine Fabrik bauen und sich dort an den Rüben versuchen. Ich denke, sie hätte das Geld auch gleich in den Hardensteiner Mühlbach werfen können, aber da ist nun nichts mehr zu machen. Doch wer weiß, vielleicht hat er Erfolg, es gibt ja die seltsamsten Erfindungen. Und da kommt sie selbst!»

Es gab wenig Zeit, Rosina – in eine junge Dame in zartgelbem, mit weißen Seidenfäden besticktem Musselin verwandelt – zu bewundern. Gerade als sie auf die Terrasse trat, rumpelte der Wagen der Komödianten in den Hof, und der nächste Begrüßungssturm begann. Er stand dem ersten in nichts nach.

Muto, behauptete Helena später, habe tatsächlich wieder gesprochen, nur wenige Worte, aber eben doch gesprochen. Sie habe es immer gewusst, er könne es, wenn er nur die Kraft des richtigen Gefühls erfahre. Titus blieb dafür umso stummer, was aber niemanden wunderte, da er nur auf der Bühne ein Schwätzer war. Auch hatte er genug damit zu tun, immer wieder sein Gesicht zu trocknen von dem niemand wusste, ob es wirklich nur vom Schweiß des heißen Tages so genässt war.

Als auch noch Lies und Matti eintrafen, von Benni in dem Herrmannsschen Zweispänner kutschiert und seltsamerweise in Begleitung von Wagner und Mattis neuem Mädchen, einem schüchternen dünnen Ding, ging die Ankunft des von Augusta noch erwarteten Gastes beinahe unter.

Er war ein schlanker junger Mann, vom langen Ritt von Rom über Florenz und die Alpen und durch die deutschen Länder noch wettergegerbter als die Neuankömmlinge aus dem nicht ganz so fernen Sachsen, von der südlichen Sonne noch mehr Goldfäden als sonst in seinem Haar von der Farbe alten polierten Buchenholzes mit einem leichten rötlichen Schimmer. Seinen sahnefarbenen Rock, gut geschnitten und aus feinem italienischen Tuch, verunzierten zwar einige kleine Farbflecke in Magentarot und Türkisblau, aber das war für einen Maler nichts Besonderes. Paul Tulipan, erst vor zwei Wochen von seiner Studienreise nach Rom und Florenz zurückgekehrt, ein halbes Jahr früher als erwartet, band sein Pferd im Hof an und wartete unter der Clematishecke bei der Terrasse. Er betrachtete still die turbulente Idylle unter der Robinie, und endlich, als auch Wagner sein großes blaues Tuch wieder in seine Tasche gesteckt hatte, wandte sich die Gestalt im zartgelben Musselin um und erkannte ihn. Auf dem obersten Ast begann ein Pirol ein Lied von übermütigen Trillern zu singen. Vielleicht, so hätte die Ehrwürdige Jungfrau Domina gewiss gesagt, war es auch eine Schwalbe.

GLOSSAR

Admiralität Die 1623 gegründete Institution war so eine Art frühe Schifffahrtsbehörde. Das Kollegium setzte sich aus Vertretern des Rats, der Kaufmannschaft und der Schiffer zusammen. Die A. organisierte, verwaltete und beaufsichtigte in Hamburg nahezu alles, was mit der Fluss- und Seefahrt zu tun hatte, so auch die Lotsen und die Seegerichtsbarkeit.

Ältermann von allen Mitgliedern einer (→) Brüderschaft gewählter Vorstand und Sprecher.

Altonaer Schauspielhaus Das erste feste Theater in Altona wurde am heutigen Komödienstieg nahe der Palmaille nach einjähriger Bauzeit 1783 eröffnet. Erste Besitzer und Direktoren waren ein Notar und ein Kaufmann. Der lang gestreckte schmucklose Bau bot 1202 Plätze, die nach kurzer Blüte allerdings meistens ziemlich leer blieben. Trotz aller Schwierigkeiten wurde das Theater erst 1869 endgültig geschlossen.

Altonaischer Mercurius Die Zeitung existierte von 1690 bis 1875. Da seine Herausgeber vom dänischen Hof verpflichtet waren, alle amtlichen Proklamationen abzudrucken, blieb meistens wenig Platz für Nachrichten aus dem Rest der Welt. Der größere Teil der Auflage (um 1790 ca. 5000 geschätzte Ex.) wurde außerhalb Altonas gelesen. Die Qualität und Popularität des *Hamburgischen Correspondenten*, über viele Jahrzehnte eine der wichtigsten und auflagenstärksten Zeitungen Europas, erreichte der A. M. nie.

Amidam-Macherei Werkstatt oder kl. Fabrik zur Herstellung von Stärke. Sie wurde in einem aufwendigen Verfahren aus Weizen (schon seit der Antike), später auch aus Mais und Reis, ab dem 19. Jh. zunehmend aus Kartoffeln gewonnen und zum Steifen von Wäsche, zur Verdickung von Farben, in der Papier-, Kleister- u. Schlichteherstellung wie auch in Küche und Zuckerbäckerei gebraucht. Die Stärke kam gepresst und getrocknet in ziegelsteingroßen Stücken in den Handel. Von deren Rinde wurde auch der feine Puder für Perücken und Schminke abgeschabt. Der Haarpuder wurde oft gefärbt und mit gestoßenen Veilchenwurzeln oder Duftölen parfümiert.

Bach, Carl Philipp Emanuel (1714–1788) Der zweite Sohn und Schüler Johann Sebastian Bachs studierte Jura in Leipzig und Frankfurt/Oder, ab 1737 gehörte er zur Kapelle des preuß. Kronprinzen und späteren Königs Friedrich II. Sein Spiel auf dem «Clavier», dem Cembalo und dem Clavichord galt als unübertroffen. Im März 1768 folgte er seinem Patenonkel Georg Philipp Telemann im Amt des Städtischen Musikdirektors der fünf Hamburger Hauptkirchen und als Kantor der Lateinschule Johanneum nach. B. wurde zu seinen Lebzeiten weitaus höher geschätzt als sein heute berühmterer Vater. Zu seinem Hamburger Freundeskreis gehörten J. G. Büsch, J. A. H. Reimarus, G. E. Lessing, M. Claudius, F. G. Klopstock und J. H. Voß.

Bake Noch im Mittelalter wurden alle fest stehenden Seezeichen, die (auch) zur Peilung gebraucht wurden, sogar Leuchtfeuer, Kirch- oder andere Türme als B. bezeichnet. Heute werden drei Arten von fest stehenden Seezeichen so genannt: Pricken, Kopfbaken und Kapen. Erstere sind schlanke Bäumchen, die am Rand des Fahrwasser (in strömungsarmen flachen Regionen) in den Boden gesteckt werden. Man findet sie heute z. B. noch bei den Wattenfahrwassern. Kopfbaken (ab dem 13. Jh.) sind bis neun Meter lange Fichten- oder Erlenstangen, die an ihrer Spitze eine quer gelegte Holztonne oder spezielle Weidenkörbe trugen. Waren die zur Peilung nicht lang genug, kamen Kapen (bes. auf Sänden u. Inseln und an Strommündungen) zum Einsatz: komplizierte stabile Holzgerüste. Die Ros-Bake bei Cuxhaven bestand seit 1470 und war mit 39 Metern die höchste deutsche Kape. Sie wurde erst durch einen Leuchtturm ersetzt, nachdem sie 1801 im Sturm eingeknickt war. Kapen mussten, wenn sie Stürme und Blitze überstanden, alle zehn bis dreißig Jahre erneuert werden. Dauerhafte steinerne «Seetürme» wie z. B. auf Neuwerk, waren wegen der hohen Kosten selten. Die Bake auf der Insel Scharhörn in der Elbmündung ist seit 1661 belegt, 1766 erhielt sie eine Art Rettungsraum für Schiffbrüchige.

Bark Der große, eher bauchig gebaute Dreimaster gehörte seit der Mitte des 18. Jh. zu den wichtigsten Langstreckenseglern der Handelsflotten.

Brandige Halsbräune ist die alte Bezeichnung für die damals sehr gefürchtete und verbreitete Diphtherie.

Brüderschaft. Wie viele Handwerker bildeten auch Lotsen Brüderschaften, in erster Linie als eine Form der sozialen Sicherung, bald aber auch als berufspolitische Vertretung. Die Lotsenb. zu Övelgönne-Neumühlen wurde 1745 von fünfzig Lotsen gegründet. Sie hatte je zwei Älterleute und Beisitzer. In der Einleitung zu ihrer 25 Artikel umfassenden Stifungsurkunde heißt es:

«Kund und zu wissen sey mit dieses, allen so daran gelegen, in Sonderheit unsern lieben Mitbrüdern, dass wir im Namen GOTTES, als etliche Christliebende Hertzen, am Elbestrande, zu Övelgönne und Neumühlen wohnende Lootsen, eine freywillige Brüderschaft, genannt: Treu-verbundene, mitleidend, gleich gesinnend, barmhertzig, freundlich-liebende Brüderschaft gestiftet haben. Es ist dieselbe zu keinem anderen Entzweck angestellte, als die verwittweten und nachgelassenen Frauens, unmündige Waisen und alte abgelebte Lootsen, welche ihre Kost mit auf- und niederfahren nicht mehr verdienen können, unter die Arme zu greifen, damit sie nicht dem Publico noch der Armen-Cassa zur Last oder gar an den Bettelstab gerathen mögten.» Angehörige der B. verpflichteten sich auch zu ehrenhaftem Verhalten, ihre Mitglieder waren bei Schiffern, Kaufleuten wie der «Obrigkeit» angesehen.

Campecheholz Das auch Blau- oder Blutholz genannte sehr harte rote, später violette Holz stammt von den mexikanischen Kampescheholzbäumen. Aus dem Holz wurde das farblose Hämatoxylin gewonnen, aus dem nach Oxidation der damals sehr begehrte rote Farbstoff Hämatein entsteht.

Commerzdeputation Die Vorläuferin der Handelskammer wurde 1665 von Großkaufleuten als selbständige Vertretung des See- und Fernhandels gegenüber Rat und Bürgerschaft gegründet. Sie hatte sieben Mitglieder (sechs Kaufleute und einen Schiffer) und gewann bald großen Einfluss auf Handel und Politik. Ihre 1735 gegründete Bibliothek besaß schon nach 15 Jahren etwa 50 000 Bücher und gehörte zu den größten und bedeutendsten Europas. Ab 1767 unterstand ihr auch die 1619 nach Vorbildern in Venedig und Amsterdam gegr. Hamburger Bank für den Giro- und Wechselverkehr. Die C. mischte naturgemäß mit Rat, Tat und viel Geld auch bei allem mit, was Hafen und Schifffahrt betraf.

Duckdalben In der Mitte des 18. Jh. waren die Liegeplätze am Elbufer schon knapp und für die größer werdenden Schiffe nicht mehr tief genug. Durch die D., sehr tief in den Elbgrund gerammte dicke Pfähle oder Pfahlbündel, vervielfachte sich die Zahl der Anlegemöglichkeiten. Ob der aus dem Niederländischen stammende Begriff vom Namen des Herzogs von Alba (Duc d'Alba) abzuleiten ist oder sich aus düken (dukken) und Dollen (Pfähle) zusammengesetzt hat, ist nicht geklärt. Auch vorm Altonaer Hafen wurden D. eingerammt, allerdings erst einige Jahrzehnte später.

Düpe Die D., vertreten durch die beiden jüngsten Senatoren, war für die Reinhaltung der Gassen und Fleete verantwortlich. Gleichzeitig Mitglieder der Elbdeputation, mussten die «Düpeherren» «die Veranstaltung zur Austiefung des Havens und der Canäle executieren lassen». Die Fahrrinne der von Natur aus flachen Elbe war vor Blankenese z. B. abschnittsweise nur etwa 1,70 m tief, im Hamb. Hafen bei Ebbe 2,30 bis 3,50 m. Weiter östlich im Zusammenflussgebiet von Süder- und Norderelbe war die Einmündung der Norderelbe bis auf eine 0,5 m tiefe Fahrrinne ganz von einer Barre (Sandaufschwemmung) verschlossen. Das Abtragen vereisten Sandes oder das Baggern mit den damals üblichen Leinensäckchen an langen Stangen war nicht mehr als ein oft wiederholter sinnloser Versuch der Vertiefung. Tatsächlich ließ sich bis zur Einführung des ersten Dampfbaggers auf der Elbe eine Vertiefung der Fahrrinne nur durch Vergrößerung der Fließgeschwindigkeit vermittels aufwendiger Eingriffe in den Lauf des Flusses und seiner Nebenflüsse erreichen, die wegen Problemen mit den politischen Nachbarn nur im geringen Maß durchgeführt werden konnten.

Eimbecksches Haus Das Gebäude aus dem 13. Jh. stand an der Straße Dornbusch. Es beherbergte zunächst Rat, Gericht und eine Schenke und wurde nach dem Bier aus Eimbeck (heute: Einbeck) benannt, das nur dort ausgeschenkt werden durfte. Als Gesellschaftshaus blieb es durch die Jahrhunderte ein beliebter Treffpunkt der Bürger. Im 18. Jh. befanden sich hier u. a. auch ein Anatomisches Theater, eine Hebammenschule und ein Raum, in dem «Selbstmörder und von unbekannter Hand gewaltsam Getötete entkleidet zur Schau gestellt und mitunter seziert» wurden. Von 1769 bis 1771 wurde das Haus prachtvoll neu erbaut. 1842 fiel es dem «Großen Brand» zum Opfer, nur die Bacchusstatue vom Eingang des Hauses wurde gerettet. Sie bewacht nun den Eingang zum Ratskeller im «neuen» Rathaus.

Englisches Haus Sitz der Vertretung der englischen Kaufleute in Hamburg. Deren Gilde «Right Worshipful Company of Merchant Adventurers» hatte im 17. Jh. das alleinige Recht, sich auf dem Festland niederzulassen und englische Ware, zunächst vor allem Tuche, zu verkaufen und zu stapeln, d. h. lagern. Der Rat (1605) garantierte ihr nahezu die gleichen Rechte wie den Hamburgern. Anders als viele Niederländer verfolgten die Engländer ausschließlich Handelsinteressen und kehrten nach wenigen Jahren in ihre Heimat zurück. Mitte des 18. Jh. hatte die Vereinigung nur noch geringe, mehr gesellschaftliche als ökonomische Bedeutung. Lager- und Kontorräume, die Wohnungen des Courtmasters, Schreibers und Aufsehers befanden sich im «Englischen Haus», einem spätgotischen (erb. 1478) Doppelhaus aus massivem Backstein mit hohem Staffelgiebel nahe dem Hafen in der Gröninger Straße. Es wurde 1819 abgerissen.

Ewer Der in den vergangenen Jahrhunderten meistgebaute deutsche Segelschifftyp. Für die Hamburger und die Anrainer der ganzen Unterelbe war er im 18. Jh. sozusagen das Allround-Schiff für alle Gelegenheiten. Das offene, einmastige Fahrzeug unterschiedlicher Größe wurde z. B. zum Transport landwirtschaftlicher Produkte und Brennmaterials aus dem Umland, als Fährschiff oder als Postewer, aber auch für die Flussfischerei eingesetzt.

Fleete werden die Gräben und Kanäle genannt, die seit dem 9. Jh. gleichzeitig als Entwässerungsgräben, Müllschlucker, Kloaken, Nutz- und Trinkwasserleitungen und als Transportwege dienten. Manche waren (und sind es noch) breit und tief genug für Elbkähne. Viele F. fallen bei Ebbe flach oder trocken, so wurden die Lastkähne mit auflaufendem Wasser in die Fleete zu den Speichern u. a. Häusern in der Stadt gestakt, entladen und mit ablaufendem Wasser zurückgestakt.

Fronerei Eine Art Untersuchungsgefängnis auf dem großen, «Berg» genannten Platz südwestlich der Hauptkirche St. Petri. Im Keller befand sich eine Marterkammer für «peinliche Befragungen», die zu dieser Zeit nur noch mit Genehmigung des Rats durchgeführt werden durfte. Die letzte offizielle Folterung fand in Hamburg 1790 statt. Der Fron, sozusagen der Fronerei-Chef, war zugleich der Scharfrichter. Für Gefangene der bürgerlichen Klassen wurde 1768 in dem aus dem 14. Jh. stammenden Turm des Winsertores am Meßberg eine (allerdings erheblich gemütlichere) Arrestantenstube eingerichtet.

Fuß Die Maße und Gewichte waren wie auch die Währungen im Deutschen Reich des 18. Jh. ein einziges großes Kuddelmuddel. Handelsstädte wie Hamburg veröffentlichten Listen und Umrechnungstabellen, um den internationalen Handel in dieser Hinsicht halbwegs reibungslos zu gestalten. Ein «Fuß hamburgisch» entsprach damals 0,2866 m.

Galiot(e) oder *Galeote* Ursprünglich wurde so eine von nur 16 bis 24 Rudern bewegte einmastige Galeere im Mittelmeerraum bezeichnet, später ein Zweimaster für die Küstenschifffahrt vor allem in Nord- und Ostsee.

Grönlandfahrer Die falsche Bezeichnung G. erhielten die Walfänger im 16. Jh., nachdem sich holländische Entdeckungsreisende auf der Suche nach der Nordostpassage 1596/7 an der grönländischen Ostküste wähnten, als sie im Packeis von Spitzbergen überwintern mussten. Ihre Nachricht von den reichen Walfanggründen löste einen Jagdboom ohnegleichen aus. Der Begriff G. bürgerte sich trotz Aufklärung dieses Irrtums ein. Die Fanggründe bei Spitzbergen wurden schon im frühen 18. Jh. mager, auch weil die Wale sich ins offene Meer – auch Richtung Grönland – zurückzogen. Der Tran wurde zur Beleuchtung gebraucht, aus den Barten wurden in Fischbeinreißereien verschiedenste Gebrauchsgegenstände hergestellt. Die Knochen fanden z. B. auf den baumarmen friesischen Inseln als Baumaterial Verwendung, Schulterblätter wurden oft zu Wirtshausschildern. Der Walfang war mit rd. 6000 Fangfahrten von der Mitte des 17. bis ins 19. Jh. ein bedeutender Wirtschaftszweig in Hamb. und Altona. Zwischen 1670 und 1715 wurden dabei ca. 10 000 Wale erlegt. Zeitweilig fuhren von dort jährlich mehr als 80 Schiffe in diesem Geschäft. Holländische Reeder z. B. schickten zw. 1669 und 1725 8027 Schiffe auf Walfang, die 36 369 Wale erlegten. Das Geschäft war enorm lukrativ und ebenso gefährlich. Allein 1777 blieben sieben Hamburger Schiffe im Eis, 320 Mann starben.

Hensler, Dr., Philipp Gabriel (1733–1803) gehörte wie sein Vorgänger (→) Struensee zu den aufgeklärten unermüdlich forschenden Ärzten mit einem breiten Spektrum an medizinisch-theoretischem und -praktischem Wissen. Er war gebildet, offen für die neuen Erkenntnisse der (Natur-)Wissenschaften und ein fleißiger medizinischer Publizist. Als einer von drei Autoren schuf er 1773 die neue Gymnasialordnung für Altona, die von modernem pädagogischem Denken zeugt. Als Professor an der Universität Kiel gehörte er in späteren Jahren wie zuvor in Hamburg und Altona zum führenden Kreis der Aufklärer. Er soll ein äußerst lebenslustiger Mensch gewesen sein.

Holberg, Ludvig (1684–1754, ab 1747 Baron) Der dänisch-norwegische Dichter und Historiker schrieb staatstheoretische, historische und belletristische Werke. Er gilt als der Begründer des dänischen Lustspiels und Nationaltheaters und erlangte als erster dänischer Dichter Weltruhm. Als weit gereister Gelehrter wie als Dichter war er eine der bedeutendsten Persönlichkeiten der dän. Aufklärung. Sein Roman *Nicolai Klims unterirdische Reise*, eine Staatsutopie, weist satirisch auf die Missstände seiner Epoche hin. Aus Angst vor der Zensur verfasste er ihn in Latein und ließ ihn 1741 in Leipzig verlegen. Die dtsch. Übersetzung erschien im gl. Jahr. Seine 33 satirischen, derb-realistischen Komödien machten ihn auch beim Volk beliebt.

Hornwerk Zwei miteinander verbundene Halbbastionen oberhalb des Geestabhanges zur Elbe vor der südwestlichen Ecke des Befestigungswall. Das H. diente der vorgeschobenen Verteidigung nach Westen, flankierte die benachbarten Bastionen Albertus und Casparus und schützte den Hafen.

Jan Mayen Die zu einem Drittel vergletscherte Insel im Nordatlantik nahe Grönland (380 km^2, bis 2777 m hoch) wurde 1607 von Hudson entdeckt. Der Vulkan Berenberg war noch im 18. Jh. aktiv, Erdbeben wurden auf J. M. noch im 20. Jh. registriert. Auf der zu Norwegen gehörenden Insel befindet sich heute eine Funk-, Wetter- und Radarstation.

Kaiserhof am Ness Das renommierte Gasthaus für vornehme Gäste der Stadt wurde 1619 nur wenige Schritte von Rathaus und Börse entfernt erbaut. Seine Renaissance-Fassade galt als die schönste in Hamburg. Deshalb wurde sie 1873 bei Abriss des Gebäudes abgetragen und im Hof des *Museums für Kunst und Gewerbe* wieder aufgebaut. Dort ist sie heute noch zu sehen.

Kapok Watteähnliches, faseriges und Wasser abstoßendes Polstermaterial aus den inneren Fruchtwänden des Kapok- oder Baumwollbaumes (Ceiba). Die bis zu 50 Meter hohen Bäume wachsen in etwa 20 Arten vor allem in den tropischen Regenwaldgebieten, aber z. B. auch auf Madeira.

Kreuzstein Steine mit Kreuzdarstellungen oder in Kreuzform (Steinkreuze) mit oder ohne Inschrift gab es in vielen Regionen. Schon im 18. Jh. wurden sie als Relikte einer mittelalterlichen Rechtstradition Gegenstand der (Heimat-)Forschung. Die meisten gelten als Sühnesteine für einen Mord oder Totschlag. Sie waren Teil der Entschädigung und öffentlichen Sühne, die der Täter bzw. seine Sippe für die Angehörigen des Getöteten zu leisen hatten, um den Frieden wieder herzustellen. Später wurden solche Zeichen einfach zum Gedenken an Plätzen aufgestellt, an denen jemand auf tragische oder seltsame Weise den Tod gefunden hatte. Der in diesem Roman erwähnte Stein stand tatsächlich nicht bei Wernigerode, sondern (vermutlich) östlich eines alten Fußweges von Harzburg nach Torfhaus. Er ist nicht mehr auffindbar. Es gibt drei Vermutungen für seinen Anlass: 1. Bei einem Postwagenüberfall wurde hier der Kutscher Jobst Peter getötet. 2. Hier wurde der Salzhausierer Jobst Peter ermordet. 3. Im Winter anno 1730 wurde an dieser Stelle der Bote Georg Speter getötet und, nachdem seine Leichenreste ein halbes Jahr später gefunden wurden, auch beerdigt.

Leimsieder übten eine außerordentlich übel riechende Tätigkeit aus. In großen Kupferkesseln kochten sie die Abfälle der Schlachter, Abdecker und Gerber (Häute, altes Leder, Knochen), an den Küsten aber auch Fischabfall, bis die festen Bestandteile aufgelöst waren. Die heiße Flüssigkeit wurde mit Alaunpulver haltbar gemacht und in Fichtenholztröge gegossen, wo sie mit dem Erkalten erstarrte.

Lichtenberg, Georg Christoph (1742–1799) Einer der führenden Experimentalphysiker seiner Zeit, Schriftsteller, Repräsentant der Aufklärung. Er war das jüngste von siebzehn Kindern einer Pfarrersfamilie, studierte in Göttingen Mathematik. 1769 zum außerordentlichen Professor der Philosophie (galt als unterste Fakultät) nach Gießen berufen, trat er das Amt nicht an, sondern begab sich auf monatelange Reisen, bis er, obwohl skandalumwittert, 1775 als ordentlicher Professor nach Göttingen berufen wurde, wo er Mathematik, Astronomie und Experimentalphysik lehrte. Selbst ein angesehener (also auch angefeindeter) Wissenschaftler, stand er mit vielen Geistesgrößen seiner Zeit in intensivem Kontakt und Austausch. Seine wissenschaftlichen und literaturkritischen, den Zeitgeist und dessen Moral satirisch aufspitzenden Veröffentlichungen, sind heute wenig bekannt. Umso mehr seine «Sudelbücher», tagebuchähnliche Notizen und Aphorismen.

Lotsen gibt es heute in nahezu allen schwierigen Gewässern der Welt. Weit bis ins 18. Jh. wurden sie (auch) Piloten genannt. Kommt der Lotse an Bord, übernimmt er die Aufgaben und die Autorität des Kapitäns. Die Organisation(en) der Seelotsen auf der Elbe incl. der Deutschen Bucht, ihre Aufgaben, Rechte und Pflichten wie ihre Konflikte sind ein kompliziertes, mit den Zeitläuften auch veränderliches Ding. Einen reich illustrierten Überblick gibt Karl B. Kühne: *Seelotsen – 400 Jahre im Dienste der Seeschiffahrt.*

Makler gab es als organisierte Berufsgruppe in Hamb. seit dem 16. Jh. Sie vermittelten Waren und auch Dienstleistungen nahezu aller Art zwischen Anbietern und Käufern im Groß- und Zwischenhandel. Ihre Rechte und Pflichten waren in einer Maklerordnung streng geregelt. Nur vereidigte M. durften nach der Maklerordnung von 1642 «für Andere Waaren kaufen und verkaufen, Schiffe befrachten und sonst bedienen, Assecuranzen schließen, Immobilien kaufen, verkaufen und vermiethen sowie den öffentlichen Geld- und Wechsel-Cours notieren und über geschlossene Wechsel- und Geld-Negationen amtliche Atteste erteilen». Ihr «Ausweis» war ein mit dem Wappen der Stadt, ihrem Namen und dem Datum ihrer Vereidigung geprägtes Kupferstück, ab 1787 der Maklerstock. Ihre Tätigkeit war spezialisiert, 1809 verzeichnete das Hamb. Adressbuch 37 verschiedene M. von Assekuranz- über Russische Waren- bis Zuckermakler. Heute betreuen 240 Maklerfirmen jedes im Hafen einlaufende Schiff, wenn dessen Reederei kein Büro in Hamb. hat.

Meile Europäische Längeneinheit von sehr unterschiedlichem Maß zwischen ca. 1,0 (Niederlande) und 10,688 (Schweden) Kilometer. Eine Hamburger Meile entspr. 7,532 km, in Kurhessen jedoch 9,2, in Westfalen (als «Große M.») 10, in Sachsen (als «Postmeile») 2,5 Kilometer.

Neuer Wandrahm Der Name benennt seit dem 17. Jh. die Verlängerung des Alten W. Beide Straßen liegen auf der Wandrahminsel, im Areal der heutigen, ab 1885 erbauten Speicherstadt. Bis zur Verlegung auf den noch südlicheren Grasbrook vor den Wällen im Jahre 1609 standen hier die Wandrahmen, große Gestelle, in die die Tuchmacher das gefärbte Tuch (Wand, Lein-Wand) zum Trocknen und Glätten einspannten. Der Begriff Wand für Tuch geht auf das 8. Jh. zurück. Er bedeutete in gotischer Zeit Rute und übertrug sich über die aus Ruten geflochtene (mit Lehm verputzte) Haus‹wand› auf das wie Flechtwerk strukturierte Gewebte.

Palmaille Die lange Allee entlang dem Altonaer Hochufer über der Elbe wurde Ende 1638 angelegt. Graf Otto V., der letzte Schauenburger Herrscher über Altona, ließ 400 Linden in vier Reihen pflanzen, damit er und «seine» Altonaer in ihrem Schatten das damals bes. an den Höfen von Holland, England und Frankreich sehr beliebte «Pallmail» spielen konnten. Bei dem in Italien entstandenen Spiel muss ein hölzerner Ball (palla) mit ebenfalls hölzernem Hammer (maglio) mit einer bestimmten Anzahl von Schlägen durch einen eisernen Torbogen am Ende der Bahn getrieben werden. Auf der Altonaer Palmaille wurde allerdings nie Pallmail gespielt, denn Graf Otto starb schon 1640, nach nur fünfjähriger Regentschaft und gerade 27 Jahre alt, bei einem Gastmahl für die protestantischen Fürsten und Heerführer zu Hildesheim. Wie es heißt, an Gift.

Rousseau, Jean-Jacques (1712–1778) Der französische Moralphilosoph, Schriftsteller, Komponist und Musiktheoretiker forderte gleiche Rechte und Selbstbestimmung für alle Bürger unter der Voraussetzung, dass der Einzelne im Sinne der Vernunft den eigenen Willen dem Gemeinwohl in einem Staat unterwirft *(Der Gesellschaftsvertrag).* Sein literarisches Schaffen, vor allem *Die neue Heloise oder Briefe zweier Liebenden,* übte großen Einfluss auf die Autoren seiner Zeit aus. Er propagiert darin die Läuterung der Leidenschaften durch Verzicht, ein neues Naturgefühl und idyllisches Land- und Familienleben. Auch sein Erziehungsroman *Emil oder Über die Erziehung* beeinflusste die Pädagogen des 18. und auch des 19. Jh. stark. Seine Oper *Der Dorfwahrsager* (Le devin du village; Musik und Libretto) im Stil des heiter-harmlos tändelnden Singspiels war die erste «opéra comique» in französischer Sprache, eine Attacke gegen die italienischen Komponisten und sein einziges zu seinen Lebzeiten erfolgreiches Werk.

Schnau Nordeuropäischer, zweimastiger Rahsegler des 18. und 19. Jh. von bis zu 30 Meter Länge.

Schnigge Ursprünglich in Nordeuropa seit dem 10. Jh. ein schnelles Ruder-Segel-Boot mit 20 Ruderbänken, einem Mast und bis zu 90 Mann Besatzung. Während der Hanse diente die Sch. auch als Kriegsschiff, im 18. und 19. Jh. vor allem als kleiner Fracht- oder Fischersegler vor der Küste.

Spinnhaus Das Gefängnis mit harter Zwangsarbeit zur Strafe und moralischen Besserung für kleine Diebe und Prostituierte wurde um 1670 neben dem (→) Werk- und Zuchthaus erbaut.

Reeperbahn Eine lang gestreckte, überdachte Anlage zur Herstellung von Tauen und Seilen etwa auf dem Gelände der heutigen Seilerstraße, das von 1626 bis 1883 dem Amt (Zunft) der Reepschläger, der Seilmacher, überlassen worden war. Die später als Reeperbahn bezeichnete Straße und heutige Amüsiermeile liegt nur wenige Schritte südlich. Sie war im 18. Jh. ein Zufahrtsweg über das Feld vor den Wällen.

Rute Die R. war die im ganzen deutschsprachigen Raum übliche Bezeichnung für ein Längenmaß. Während sie in Ostfranken 30 (→) Fuß = 8,649 Meter, in Württemberg 10 Fuß = 2,865 Meter maß, bedeutete die hamburgische Rute 16 Fuß = 4,585 Meter.

Schaluppe steht für verschiedene Arten flach gehender einmastiger Küstenfrachtsegler und auch für größere Beiboote mit Riemen-, Segel- oder (heute) Motorantrieb.

Schiffer Die noch bis ins 19. Jh. übliche Bezeichnung für die Kapitäne der nichtmilitärischen Schiffe. Als eigentlicher Kapitän galt der Schiffseigner, sofern er an Bord war. Sonst übte der Schiffer, also der Schiffsführer, die Funktionen und Rechte des Kapitäns aus.

Schout oder *Wasserschout* Zunehmender Ärger mit unzuverlässigen und unfähigen Seeleuten führte 1691 nach holländischem Vorbild zur Anstellung eines Wasser-Sch. Bewerber wurden von der (→) Commerzdeputation vorgeschlagen und von der (→) Admiralität gewählt und vereidigt (ab 1750 auf Lebenszeit). Bald durften nur noch vom Sch. überprüfte und registrierte Jungen und Männer als Seeleute geheuert werden, ab 1766 mussten er oder einer seiner Gehilfen nur noch bei der Musterung durch den Schiffer anwesend sein. Er schrieb die Musterrolle (eine Art Arbeitsbuch bzw. Namensliste der angeheuerten Besatzung eines Schiffes) jedes in Hamburg geheuerten Seemannes und eine Kopie für den jeweiligen Steuermann. Bei Verbrechen von Seeleuten auf dem Wasser wie an Land hatte der Sch. Polizeibefugnisse, er sollte Streit schlichten, Straftäter arretieren und dem Richter vorführen. Jeglicher Ärger, jeder Vertragsbruch an Bord, aber auch die im 18. Jh. zunehmenden Frachtdiebstähle sollten ihm gemeldet werden.

Schute In der Mitte des 18. Jh. ein flaches, meist offenes Fluss- oder Hafenboot ohne Segel, das gezogen oder geschoben wurde. In den Häfen wurde die Sch. zum

Transport der Waren zwischen Schiffen auf Reede und Lagerhäusern oder Märkten an Land eingesetzt. In den Hamburger Fleeten und anderen flachen Gewässern wurden Sch. auch gestaakt.

Sonnin, Ernst Georg (1713–1794) Nach dem Studium der Theologie, Philosophie und Mathematik in Halle arbeitete S. in Hamburg als Privatlehrer und entwickelte als genialer Tüftler mechanische und optische Geräte. Erst mit 40 J. begann er als Baumeister zu arbeiten. Seine aus fundiertem Wissen entwickelten bautechnischen Methoden galten besonders beim Turmbau als verwegen, wenn nicht gar teuflisch. Das Hamburger Wahrzeichen, die Michaeliskirche, war sein berühmtestes Werk. Als Bauhofmeister, so eine Art städtischer Oberbaudirektor, stellte ihn der Rat zwar nicht an, aber er arbeitete sehr häufig im Auftrag der (→) Commerzdeputatiton, auch als Gutachter in Sachen Versandung der Elbe. Eng verbunden mit den aufklärerischen Kreisen Hamburgs, gehörte er zu den Gründern der *Patriotischen Gesellschaft*, einer beispielhaften Vereinigung zur Beförderung des Gemeinwohls, die noch heute außerordentlich aktiv ist.

Struensee, Dr. Johann Friedrich (1737–1772) wurde schon mit 20 Jahren Stadtphysikus von Altona, damit zugleich Armen- und Gefängnisarzt. Er war ein Freidenker und seiner Zeit besonders auf medizinischem und sozialpolitischem Gebiet weit voraus. Seine zahlreichen streitbaren gesundheits- und sozialpolitischen Publikationen fielen oft der Zensur zum Opfer. 1768 wurde er zunächst Reise-, 1769 Hofarzt und dann Geheimer Kabinettsminister, so eine Art Regierungschef, des dänischen Königs Christian VII. Seine radikalen

Reformen gegen die Interessen von Kirche, Patriziat und Adel (und vielleicht auch eine Liebschaft mit Königin Karoline Mathilde) führten zu seinem schnellen Sturz. Der vehemente Gegner der Todesstrafe wurde auf grausamste Art durch Rädern und Vierteilen hingerichtet. Die Königin wurde nach Celle verbannt, wo sie schon 1775, gerade 24 Jahre alt, starb.

Tranbrennerei Im 17. Jh. erwarb Hamburg als erste deutsche Stadt im Walfanggebiet der nach ihrer Hauptinsel Spitzbergen genannten Inselgruppe im Nordpolarmeer einen Hafen. Die erlegten Wale wurden direkt am Fangort zerlegt und der Speck am Ufer ausgekocht, «gebrannt». Als die Wale vor der schnell zunehmenden Jagd weiter in die Eisregion und ins offene Meer zurückwichen (ca. ab 1650), wurde der Speck in Fässern in die Heimathäfen transportiert, wo er in zumeist an den Ufern errichteten, übel stinkenden T.n «ausgebrannt» wurde. Mit den Rückgang der Wale wurde die Jagd auch auf Robben und Walrosse ausgedehnt. Die hier nahe dem Hanfmagazin erwähnte T. nahe der heutigen St. Pauli-Hafenstraße gehörte Berend Roosen, der ca. 1736 die Tochter des (→) Grönlandfahrer-Reeders und Werftbesitzers Kramer (1. Werft am Reiherstieg, gegr. 1705) heiratete. Ab 1758 besaß Roosen, zu seiner Zeit einer der bedeutendsten Hamb. Reeder, auch die Werft.

Unschlitt wird der Talg von Rindern, Schafen und anderen Widerkäuern genannt, der u. a. zur Herstellung von Seifen und Kerzen verwandt wird. Während die besseren (nicht qualmenden) Bienenwachskerzen von Wachsziehern hergestellt wurden, wurden die billigeren und weniger hell brennenden U.kerzen häufig von Seifensiedern und Metzgern gegossen und verkauft.

Vaudeville Die derben Schwänke aus den Pariser Vorstädten (voix de ville = Stimme der [Vor-]Stadt) waren ab dem Beginn des 18. Jh. auch bei vielen Bourgeois sehr beliebt. Außer einigen Couplets und Gassenhauern, gerade richtig zum Mitgrölen, boten sie wenig Musik. Viele V. wurden von der Zensur verboten, was ihrer Beliebtheit in den vorrevolutionären Zeiten natürlich nicht den geringsten Abbruch tat. Selbst in Mozarts *Die Entführung aus dem Serail* gibt es ein V. benanntes Quartett. Später bürgerte sich der Begriff auch für eine bestimmte Art von revueartigen, nach wie vor deftigen Stücken und Couplets ein, die im 19. Jh. in den Theatern ganz Europas bis Moskau viel aufgeführt wurden. Im Gegensatz zum süßlichen deutschen Singspiel verstand sich das Vaudeville immer auch als spitze Satire.

Vorsetzen werden seit mindestens 500 Jahren die zum Schutz der Uferböschung «vorgesetzten» Wände aus Eichenbohlen oder Weidenrutengeflecht genannt. Hier konnten die Schiffe direkt festmachen. Eine Straße gleichen Namens am Hamb. Hafen erinnert noch an diese bis ins 20. Jh. verwandte Form der Kaianlage.

Wedde Die Organisation der Hamburger Behörden und Verwaltungen im 18. Jh. unterschied sich stark von der heutigen. So ist auch die W. nicht mit der heutigen Polizei gleichzusetzen, aber auch zu ihren Aufgaben gehörte die Aufsicht über «die allgemeine Ordnung» und die Jagd auf Spitzbuben aller Art, andererseits auch die Registrierung von Eheschließungen und Begräbnissen. Kein Prediger durfte ohne Erlaubnisschein der W. für das Brautpaar eine Trauung vornehmen. Die der W. vorgesetzte Instanz wurde «Praetur» genannt. Dass der gleich vier Senatoren vorstanden, zeigt die Bedeutung und Vielzahl der Aufgaben. Diese Praetoren waren bzgl. «Criminalsachen» in etwa der heutigen Staatsanwaltschaft mit einer guten Prise Kriminalpolizei ähnlich.

Zuckerrüben Hier wird bzgl. des Rübenzuckers hemmungslos die Geschichte der Naturwissenschaften geplündert. Tatsächlich gilt Andreas Sigismund Markgraf (1709–1782) als Entdecker des Rübenzuckers. Der Sohn eines königlich-preußischen Hofapothekers, späteres Mitglied und Direktor der Akademie d. Wissenschaften, galt als der «erste Chemikus Deutschlands». Er arbeitete als erster Chemiker mit dem Mikroskop, zu seinen zahlreichen Entdeckungen zählt die Ameisensäure. 1747 fand er im Saft der Runkelrübe Kristalle, die er als reinen, mit dem Rohrzucker chemisch identischen Zucker identifizierte. Wofür er vor allem Spott erntete. Erst sein Schüler und Nachfolger Franz Carl Achard (1753–1881) erbat vom König ein Darlehn, bekam das Gut Kunern in Schlesien, wo er 1801 die erste (ziemlich erfolglose) Zuckerrübenfabrik eröffnete. Unter Napoleon entstanden Zuckerfabriken in Frankreich, dann auch in Deutschland. Die Veredelung der Runkel- zur Zuckerrübe gelang erst 1850.

DANKSAGUNG

Bis auf einige historisch bedeutende Persönlichkeiten wie z. B. Carl Philipp Emanuel Bach oder Dr. Philipp Gabriel Hensler, die anno 1769 tatsächlich in Hamburg bzw. Altona gelebt haben, sind Personen und Handlung dieses Romans Produkte meiner Phantasie. Ähnlichkeiten mit vergangener oder gegenwärtiger Realität wären reiner Zufall.

Wieder konnte ich aus dem großen Fundus der Fachliteratur und der Museen, Bibliotheken und Archive schöpfen. Für die Unterstützung bei meiner Recherche zu diesem Buch danke ich vielen, besonders Dr. Brigitte Wolf, Abt. Strom- und Hafenbau der Wirtschaftsbehörde, Ältermann Merkens von der Bundeslotsenkammer, Meike Annuss, Altonaer Museum/Norddeutsches Landesmuseum, Susanne Mehrkühler, Deutsches Zollmuseum, den Mitarbeiterinnen der Commerzbibliothek der Handelskammer (alle Hamburg) und Andreas Rommerskirchen, Waldökologe im Nationalpark Hochharz. Eventuell eingeschlichene fachliche Fehler gehen einzig auf mein Konto.

Wer sich in Geschichte und Geschichten der Orte und Zeit dieses Romans auskennt, wird vielleicht zwei besonders gravierende Veränderungen der historischen Realität entdecken.

Erstens: Der 19. März 1769, in diesem Roman ein ganz gewöhnlicher Sonntag, war tatsächlich der Palmsonntag, der Beginn der Karwoche, die ich, um den

Handlungsablauf nicht zu komplizieren, einfach unterschlagen habe.

Zweitens: Die Harzschlucht gibt es in der hier geschilderten Form bei Wernigerode nicht, und wo der von mir dorthin versetzte Kreuzstein tatsächlich gestanden hat, ist im Glossar nachzulesen.

Petra Oelker

PETRA OELKER,
Jahrgang 1947, arbeitete als Journalistin u. a. für die *tageszeitung* und die *Brigitte*. Sie hat Jugend- und Sachbücher veröffentlicht, u. a. *Nichts als eine Komödiantin – Die Lebensgeschichte der Friederike Caroline Neuber* (1993) und *Eigentlich sind wir uns ganz ähnlich. Wie Mütter und Töchter heute miteinander auskommen* (60544).
In der Reihe Thriller erschien ihr Kriminalroman *Neugier* (43341), und sie ist Herausgeberin der Anthologie *Eine starke Verbindung. Mütter, Töchter und andere Weibergeschichten* (22752).
Dem großen Erfolg ihres ersten historischen Romans, *Tod am Zollhaus* (22116), folgten drei weitere, in deren Mittelpunkt Hamburg und eine Komödiantin stehen: *Der Sommer des Kometen* (22256), *Lorettas letzter Vorhang* (22444) und *Die zerbrochene Uhr* (22667).

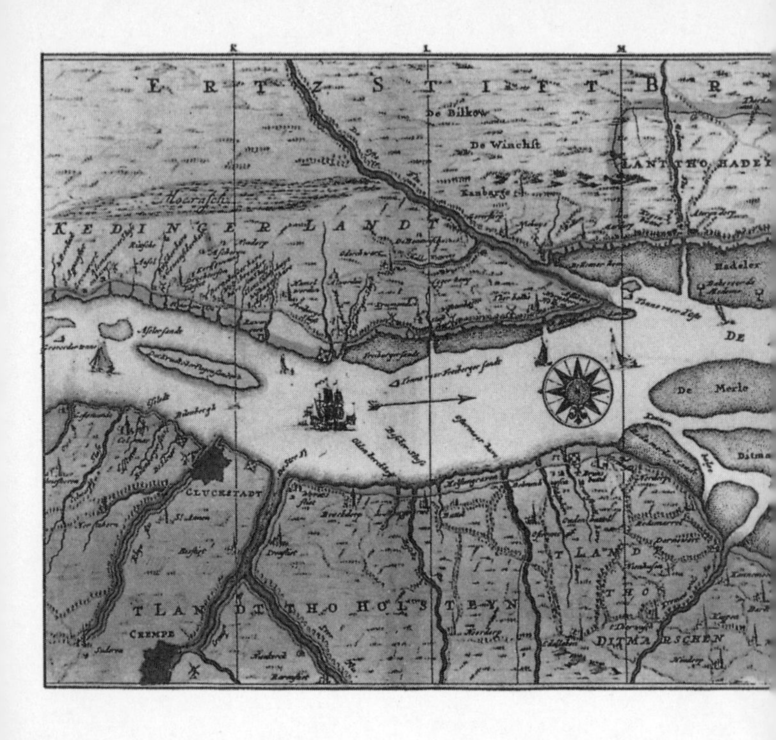

K
L
M
E R T Z S T I F T B R
De Bilkow
De Winchst
KEDINGER LANDT
Hadeler
DE
De Merlo
GLUCKSTADT
T LANDT THO HOLSTEYN
CREMPE
T LAND THO
DITMARSCHEN

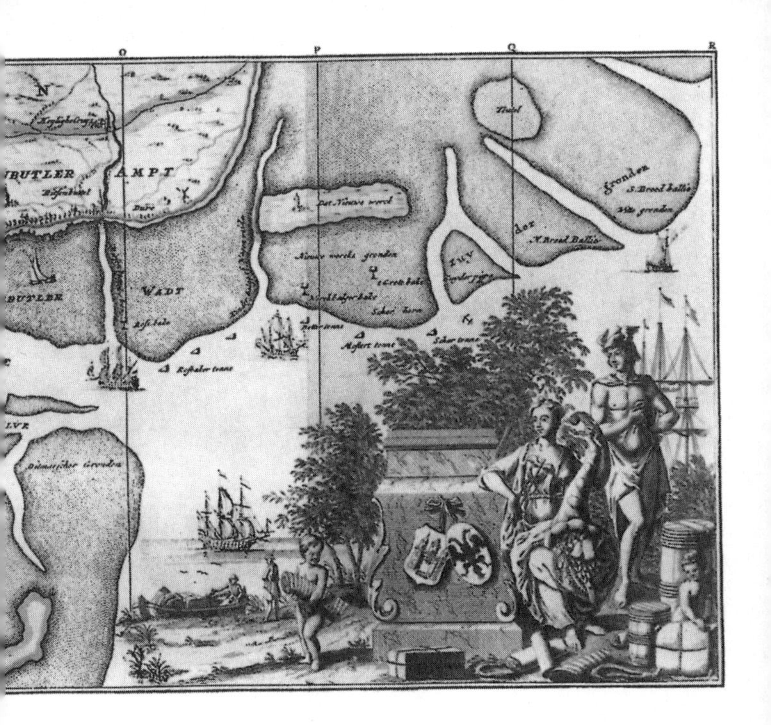
O
P
Q
R
N
AMPT
WADT
Dat Niewe werck
Niewe werck grondes
Scher tonne
Rosbaler tonne
grondes
N. Breed Ballie
S. Breed ballie

Petra Oelker

Petra Oelker
Tod am Zollhaus *Ein historischer Kriminalroman*
(rororo 22116 und als Großdruck 33142)
Mit ihrem ersten Roman um die Komödiantin Rosina eroberte Petra Oelker auf Anhieb die Taschenbuch-Bestsellerlisten.

Der Sommer des Kometen
Ein historischer Kriminalroman
(rororo 22256 und als Großdruck 33153)
Hamburg im Juni des Jahres 1766: im nahen Altona sterben kurz nacheinander drei wohlhabende Männer unter seltsamen Umständen. Und wieder nimmt sich die Schauspielerin Rosina mit ihrer Truppe der Sache an.

Lorettas letzter Vorhang
Ein historischer Kriminalroman
(rororo 22444)
Hamburg im Oktober 1767: Zum drittenmal geht Rosina gemeinsam mit Großkaufmann Herrmann auf Mörderjagd.

Die ungehorsame Tochter *Ein historischer Kriminalroman*
(rororo 22668)

Neugier *Bibliothek der Leidenschaften*
(rororo thriller 43341)

«Eigentlich sind wir uns ganz ähnlich» *Wie Mütter und Töchter heute miteinander auskommen*
(rororo sachbuch 60544)

Petra Oelker u. a.
Der Dolch des Kaisers *Eine mörderische Zeitreise*
(rororo thriller 43362)Petra Oelker, Charlotte Link, Siegfried Obermeier, Thomas R. P. Mielke u. a. beschreiben die unheilvolle Reise eines Dolches durch die Jahrhunderte, in denen er seinen Besitzern Mord, Verrat und Totschlag bringt.

Petra Oelker (Hg.)
Eine starke Verbindung
Geschichten über Mütter und Töchter
(rororo 22752)
Die Geschichten namhafter Autorinnen erzählen von Erlebnissen mit der anderen Generation, von Begegnungen mit Frauen, die aus verschiedenen Lebenswelten kommen.

Weitere Informationen in der **Rowohlt Revue**, kostenlos in Ihrer Buchhandlung, und im **Internet: www.rororo.de**

rororo

3686/4